Hans Hellmut

KIRST

Wir nannten ihn Galgenstrick

Roman

GOLDMANN VERLAG

Ungekürzte Ausgabe

Made in Germany · 1. Auflage · 9/86

Umschlagentwurf: Design Team München
Umschlagfoto: Süddeutscher Verlag (Bildarchiv), München
Druck: Elsnerdruck, Berlin
Verlagsnummer: 8507
MV · Herstellung: Sebastian Strohmaier
ISBN 3-442-08507-1

Der Abend ist fahl, stumpf und glanzlos.

Der Transportzug rollt in den Bahnhof von Rehhausen. Bremst. Steht. Steht wie ein müdes, dreckiges Tier. Steht. Sonst geschieht vorerst nichts. Erwartung lauert zwischen den Geleisen.

Aus einem Gepäckwagen zerrt der Oberleutnant Strick seinen Rucksack, läßt ihn auf den Bahnsteig fallen. Der kippt ab und liegt da. Wie ein Toter in Zeltleinwand. Strick sieht sich um. Niemand beachtet ihn. Es ist, als existiere er für niemand.

Die Tür zum Bahnhofsgebäude öffnet sich weit. Ein Offizier, ein Major, stelzt von dort aus zum Zugführer hin. Papiere werden lässig ausgetauscht. Ein Soldat trottet jetzt an der Spitze eines Arbeitskommandos quer über die Schienen. Zwei Wagen werden abgehängt.

Der Transportzug rollt weiter.

Der Oberleutnant Strick packt sich seinen Rucksack auf, rückt das Koppel mit der Pistole zurecht und geht auf die Sperre zu. Der Major bemerkt ihn, sieht ihm prüfend entgegen, wartet darauf, daß er gegrüßt wird. Strick hebt die Hand an die Feldmütze. Der Major dankt, noch um einen Grad lässiger.

»Sie haben einen Materialtransportzug benutzt«, sagt der Major. »Das ist verboten.« Er sagt das, als verlese er eine Vorschrift. Der Herr ist ungehalten darüber, daß er das tun muß. Er fühlt die Anordnungen seines Bereiches mißachtet. Das trifft sein Amt und damit ihn, persönlich. Das muß vermieden werden.

Strick, an der geschlossenen Sperre, wuchtet seinen Rucksack auf eine Bank, die in der Nähe steht. Setzt sich dazu. Sieht den Major an. Sagt: »Ich habe schon vieles machen müssen, was verboten war.« Er zerrt ein Taschentuch unbestimmbarer Grundfarbe hervor und schneuzt hinein.

Der Major streckt den rechten Daumen ins Koppel, läßt ihn

zurückgleiten, um so eine lästige Falte, die der Uniformrock wirft, zu glätten. Das Parteiabzeichen in Gold blitzt auf der tadellos geschneiderten Uniform. »Urlaub?« fragt er forschend. »Nein. Versetzung.« »Hier, nach Rehhausen?« »Kommandantur Rehhausen, jawohl.«

Der Major wendet sich unwillig, doch mit betonter Haltung, ab. Seine Stiefel glänzen sanft, der Specknacken schimmert rosig. Ein energischer Nacken, denkt Strick; trägt viel, kann viel vertragen. Ein Lastträger der Behaglichkeit. »Sind Sie hier«, ruft er dem in nicht undekorativer Weise Wohlgenährten nach, »der Bahnhofskommandant?« Dieser bestätigt das, dabei weitergehend, mit einem ungehaltenen abweisenden »Ja!« »Kann man bei Ihnen telefonieren?« will Strick wissen. »Nein«, sagt der Bahnhofskommandant. »Wir sind kein Postamt.« Er schlägt die Tür zum Bahnhofsgebäude hinter sich zu.

Strick sieht sich um. Der Bahnhof ist fast leer. Keine Reisenden, kein Bahnpersonal, kein Fuhrwerk. Bäume, leere Straßen, Häuser wie aus Streichholzschachteln für Sandkästen fabriziert. Ringsherum Berge, wie vermummte alte Weiber, die in die Abendsonne blinzeln. Kaum ein Mensch. Nur an den abgehängten Wagen werkte das Arbeitskommando ohne besondere Eile.

Ruhiger Krieg in dieser Gegend, denkt Strick. Einsames, verlassenes Nest in Mainfranken. Irgendwo hier in der Nähe ein paar Kriegsgefangenenlager, ein Ausbildungsbataillon, eine Fabrik für Geschoßkörbe und mitten drin eine Kommandantur, zu der er versetzt wurde. Austauschverfahren Front — Heimat. Ein frisches Bett für morsch gewordene Knochen. Das erste Bett seit drei Jahren Ostfront.

Er schnallt eine Seitentasche seines Rucksacks auf, entnimmt daraus Handtuch und Seife. Seine Feldmütze wirft er auf die Bank neben sich, schnallt das Koppel mit der Pistole ab, knöpft seine Feldbluse auf, zieht sie aus, legt sie ab. Er geht auf das Wasserbecken zu, das mitten auf dem Bahnsteig angebracht ist, prüft nach, ob das Wasser läuft. Dann streift er das Hemd über die Schultern und beginnt sich zu waschen.

Der Bahnhofskommandant erscheint erneut und schiebt sich widerwillig näher. »Sie waschen sich hier?« sagt er mißbilligend. Es ist als stelle er fest, daß hier eine amtliche Einrichtung mit einer Bedürfnisanstalt verwechselt werde. »Wie Sie sehen!« meint Strick und seift sich ein.

Der Major ist gedämpfte, aber deutliche Verwunderung. »Das sind wohl Frontallüren!« konstatiert er mißbilligend. »Wäscht man sich in der Heimat denn nicht mehr?« stößt Strick prustend aus. Er fühlt sich wohl, das kalte Wasser tut gut. Eine dicke Schicht aus Staub und Schweiß löst sich von ihm ab. Der Dreck der Front versickert in den Löchern des Ausgusses. Wenn er jetzt die Augen aufmachen wird, weiß er, wird ihm die Welt heller erscheinen. Schon als Kind hat er das entdeckt: Augen fest zupressen, dann aufreißen — und das Licht schießt hinein, als habe es einen Überfall geplant.

Der Major betrachtet ihn mit schweigendem Mißtrauen, als mustere er ein Pferd, das ihm angedreht werden soll. Keine sehr breiten Schultern, ausgehungertes Gestell mit bleicher Haut bespannt. Ein gebräuntes Gesicht, fast als konstant dreckig zu bezeichnen, ausgedörrt, knochig, unrasiert. Was jetzt so alles Offizier wird, denkt der Bahnhofskommandant ehrlich verwundert. Peinlich wirkende Lückenbüßer. Befehlsmaschinen ohne notwendige Haltung und Wissen um Lebensstil und Verhalten in der Öffentlichkeit. Geduldete Außenseiter. Aber was soll man machen — in der Not ...

Der Major stelzt achselzuckend zu den abgehängten Wagen, die gerade ausgeladen werden. »Beeilt euch!« ruft er dem Arbeitskommando entgegen. »Die Kisten müssen sofort in mein Büro. Bei uns wird nicht getrödelt.«

Strick fährt mit dem Oberkörper wieder in sein Hemd, rollt die Seife in das Handtuch ein, begibt sich zu der Bank zurück, auf der sein Rucksack steht. Dort packt er gelassen sein Zeug zusammen.

Das Arbeitskommando beginnt bei der forschenden Gegenwart des Majors die Kisten zwar nicht schneller, aber erheblich lärmender zu entladen. Sie poltern auf den bereitstehenden Handwagen, Federn ächzen, ein dumpfes Echo rollt durch den leeren Bahnhof. Der Major krächzt Aufmunterung.

Strick sieht auf. Dieser Major schnarrt wie ein Grammophon, denkt er. Gut, daß die Kisten kein Gehör haben. Sie würden sonst nervös werden. Aber Kisten sind stur. Sie haben ein Dutzendgesicht. Und diese sind mit einem großen roten G beschriftet. Massige, schwere Kisten. Und ein großes rotes G ist auf jeder ihrer Wände mit breitem Pinsel aufgezeichnet. Das grinst ihn herausfordernd an.

Strick kennt diese Kisten. Sie sind ein Glied in einer Kette von Geschehnissen, die er nicht so leicht vergessen wird. Er war dabei, wie sie im rückwärtigen Operationsgebiet der Ostfront eingeladen wurden. Dort stellten sie einen Transportzug zusammen. Strick stieg in ihn hinein, weil er Rehhausen durchfahren sollte. Leermaterial, Kisten und defektes Gerät staute sich in den Wagen: ausgespieener Fraß des Krieges, Exkremente seiner pausenlosen Verdauung, die in neue Nahrungsmittel für ihn umgearbeitet werden sollten.

Und ein Wagen war damals fast noch leer. Es war einer von den Wagen, die jetzt hier auf dem Bahnhof in Rehhausen stehen. Wimmernde Verwundete lagen auf dem verstaubten Bahnsteig, mit gelben Gesichtern unter blutverkrusteten Dekken. Ihre Verbände stanken nach Eiter, faulem Wasser und Karbol. Strick ging zum Transportführer, setzte durch, daß die Verwundeten in den leeren Wagen eingeladen wurden. Irgendwo würde man sie ihm schon abnehmen, sagte er, und das sei besser, als wenn sie hier hilflos krepierten.

Dann kam der 1. Kommandant des dortigen Frontbahnhofs, so bezeichnete er sich, und hinter ihm rollten Handwagen mit Kisten. Von ihren Bäuchen grinste herausfordernd ein breitverschmiertes G, genau so wie jetzt hier in Rehhausen. Und eben diese Kisten wurden eingeladen. Dafür mußten dann die Verwundeten wieder zurück auf den verlaufenen Streifen Land, den sie einen Bahnsteig nannten. Strick protestierte zuerst; der Bahnhofskommandant, ein Hauptmann, lehnte den Protest kühl ab. Strick drohte sodann; und der Hauptmann erklärte kalt, er werde ihn verhaften lassen. »Noch ein Wort, und Sie werden abgeführt! Das hier sind Geheimkisten. Wichtiges Material. Dokumente zumeist. Die müssen mit. Befehl des Generalkommandos. Dringlichkeitsstufe Ia. Hier der Transportbefehl.«

Daß es Akten geben konnte, die unter Umständen wichtiger als gefährdete Menschenleben waren, sah Strick ein. Er stieg auf seinen Gepäckwagen, sah wie gebannt auf die Kisten, die eingeladen wurden; er wünschte, die Kisten mögen seine Gefühle zerquetschen, wie eine Zitrone, die zufällig unter sie gerät. Er wagte nicht mehr nach den Verwundeten zu sehen, hörte sie aber, hörte vor allem das Wimmern eines Menschen, das wie ein endloses, kicherndes, irres, gepreßtes Lachen klang. Ein Fiebergelächter, das zwischen vorbleckenden, gelblichen Zähnen herausgestoßen wurde.

Dieses krepierende Wrack, aus dem der Atem quoll als sei er glucksendes Wasser, war einst ein blühender Mensch. Er kannte ihn. Er beneidete ihn stets und vergaß doch nie, ihn zu lieben. Vielleicht gab es ihn jetzt gar nicht mehr, da Kisten wichtiger geworden waren als sein Restchen Leben. Wie billig doch alles ist. Ein Loch im Körper, aus dem das klebrige Blut in den Dreck sickert: nicht einige Pfund Papier wert.

Geheimakten! Wichtige Dokumente! Dringlichkeitsstufe Ia! Hieß es nicht so? Und jetzt wurden die Kisten hier ausgeladen. Hier, in Rehhausen? Formlos. Fast unbeachtet. Wie pralle Mehlsäcke. Seltsam. Da stimmt doch etwas nicht? Strick steht auf, strafft sich, mechanisch, bindet sich das Koppel mit der Pistole um, setzt seine Mütze auf.

Dann geht er langsam auf diese Kisten zu, deren breites, rotes, verschmiertes G ihn angrinst.

Der Obergefreite Vogel zieht gemächlich seine Socken aus und legt sie, einen nach dem anderen, auf den Tisch. 60 Zentimeter weiter frißt der Gefreite Hoepfner an einem halben Pfund Preßkopf und verschlingt dazu, um sein Abendessen nicht gar zu einseitig zu gestalten, eine Scheibe Weißbrot.

Hoepfner kaut. Das ist das einzige Geräusch in der Stube. Daß dieser Hoepfner so gar keine Notiz von seinen Socken nimmt, ärgert Vogel. Er schiebt sie 30 Zentimeter näher an Hoepfner heran. Der spaltet einen neuen Würfel Preßkopf ab und verleibt ihn sich ein. Seine gesamten Sinnesorgane scheinen auf Fressen konzentriert.

Vogel beginnt seine Zehennägel zu beschneiden. Diese Zeremonie gestaltet er mit liebevoller Umständlichkeit. »Ein neuer Offizier soll kommen?« sagt er schließlich beiläufig, als stelle er fest, daß es wieder einmal an der Zeit ist, seine Füße zu waschen, Hoepfner nickt Zustimmung. »Und wie heißt der?«

»Strick. Ein Oberleutnant.« »Bestimmt Strick?« »Bestimmt«, sagt Hoepfner mit mahlenden Kiefern und treuherzigem Kuhblick.

»Hast du eigentlich schon meine Aktentasche gesehen?« will Vogel wissen, nachdem er sein Bein nicht ohne Mühe auf dem Tisch plaziert hat und auch das recht wenig Eindruck auf Hoepfner macht. »Welche Aktentasche?« fragt der nur.

Vogel schließt seinen Schrank auf, entnimmt ihm eine hellbraune Ledermappe. Doppelter Verschluß, mehrere Innenfächer, zwei Außentaschen. Ein Prachtexemplar, besonders in diesen Zeiten.

»Weg mit deinen dreckigen Pfoten!« sagt Vogel, als Hoepfner danach greifen will. Der hat zu kauen aufgehört, schiebt sich näher heran, beäugt die Tasche sachverständig. Vogel wendet sie, zeigt sie von vorne, von hinten, von der Seite, öffnet die Verschlüsse, läßt Hoepfner einen Blick in das Innere werfen. Der ist ganz bei der Sache. »Könnten wir gebrauchen«, stellt er fest. Fragt dann: »Wieviel?«

Vogel läßt die Schlösser zuschnappen. »Selbstkostenpreis«, sagt er kurz. »25 Mark.« Das ist geschenkt, das ist mehr als geschenkt. Das ist zu billig, um wahr zu sein. Hoepfner wird sofort mißtrauisch. »Und?« »Nichts und. 25 Mark.« »Willst du Urlaub?« »Nein.« »Lebensmittel?« »Auch nicht.« »Was zum Saufen?« »Nein.« »Und sonst?« »Nichts.«

Doch dann rückt Vogel raus. »Putzer will ich werden.« Hoepfner ist in lässiger Manier verwundert. »Das bist du doch schon.« »Putzer will ich werden, bei diesem Neuen, diesem Strick.« »Warum?« »Frag doch nicht so dämlich, Mensch. Neue Bärte sind leichter zu rasieren.«

Hoepfner grinst verständnisvoll. »Gut«, sagt er. »Ich werde morgen mit dem Alten reden.« »Warum morgen? Heute abend noch. Schaukele zum Alten rüber, du bist ja schließlich sein Putzer, halte ihm diesen Apparat unter die Nase und blase ihm ein, was wir von ihm erwarten.«

Schön. Genau das wird also der Hoepfner machen. Er wickelt die Aktentasche in Packpapier, klemmt sie sich unter den Arm und zieht los. Geschäft ist Geschäft; und wenn es sein muß, auch nach Dienstschluß.

Das Gebäude der Kommandantur von Rehhausen liegt

innerhalb der Kasernenanlage des Ausbildungsbataillons 434. Zur Kommandantur Rehhausen gehören ferner eine Wachkompanie für zwei Gefangenenlager und ein Wehrmachtsgefängnis. Kommandant von Rehhausen ist Oberst Müller. Chef der ihm unmittelbar unterstellten Wachkompanie der Kommandantur ist Hauptmann Wolf. Bursche von Hauptmann Wolf ist der Gefreite Hoepfner. Freund, Kamerad und Stubengenosse von Hoepfner ist der Obergefreite Vogel, der zur Zeit Bursche, Fotograf und Schreibkraft ist, je nachdem, wozu man ihn gerade braucht, und oft sogar alles auf einmal.

Hoepfner latscht, das Paket in der linken Hand, über den langen Korridor, eine Treppe hinunter in das Erdgeschoß, schlägt die Flügeltüren auseinander, die die Aufschrift »ORTSKOMMANDANTUR REHHAUSEN« tragen, hält vor einer Tür. Dort steht: Wolf, Hauptmann und Chef des Kommandanturpersonals. Hoepfner klopft. Innen grunzt eine kräftige Stimme Eintrittserlaubnis.

Hauptmann Wolf sitzt mit weit ausgestreckten Gliedmaßen tief in einem Sessel. Er betrachtet, über ein Bierglas hinweg, die Bilder von Frau und Kind. Er ist stolz auf die Seinen, wie er sie nennt. Und in besonderen Stunden des Gedenkens, das weiß Hoepfner, trinkt er ihnen zu und nickt dabei befriedigt vor sich hin. Das ist Familiensinn. Muß gepflegt werden. Und Gelegenheiten dazu ergeben sich reichlich. Dieses Rehhausen ist ein stinklangweiliges Nest. Kurzer Dienst, lange Abende, ein wenig Saufen, Pflege der Kameradschaft und gelegentlich ein weibliches Wesen, um den Krieg zu vergessen. Das ist gutes Soldatenrecht. Traditionelle Überlieferung. Und nicht erst seit Friedrich dem Großen. Und dann und wann ein Blick auf das Familienfoto, Gedächtnisschluck und anerkennende Worte. Zu trinken ist immer genügend da. Für Wolf schon.

Wolf mustert die ihm unter die kolbenartige Nase gehaltene Aktentasche sachlich. Seine kurzen, dicken Finger reiben das Leder. Ansprechende Form, brauchbare Qualität. Gemacht. »Wieviel?« »Nur 50 Mark«, sagt Hoepfner. Wolf legt die Aktentasche vor sich auf den Tisch, zieht seine Geldbörse, entnimmt ihr einen Schein. Hoepfner steckt ihn weg.

»Noch was?« will Wolf wissen. Hoepfner, als hole er sich Direktiven: »Der neue Offizier, Herr Hauptmann, der kommen soll — für den putzen wir doch auch?« »Wer ist: wir?« »Vogel und ich.« »Sie nicht, Hoepfner, Sie brauche ich für mich. Aber dieser Vogel kann das ruhig machen. Dem wird das sowieso nichts schaden, wenn er seinen Wanst mehr bewegt.« »Das meine ich auch, Herr Hauptmann.«

»Übrigens«, sagt Wolf, als erinnere er sich beiläufig daran, »ist Oberleutnant Strick bereits eingetroffen. Er soll sich unten am Bahnhof aufhalten. Der Bahnhofskommandant hat mich informiert. Sie können hingehen und seine Sachen abholen. Oberleutnant Strick wohnt vorläufig in dem gleichen Zimmer wie Leutnant Rabe. Organisieren Sie das, Hoepfner.«

Hoepfner macht eine stramme Ehrenbezeugung und beeilt sich, fortzukommen. Je länger ich mich hier aufhalte, denkt Hoepfner, je mehr fällt dem Alten ein. Und das am späten Abend. Eine glatte Gefährdung des wohlverdienten Privatlebens. Kein ausgeprägter Sinn für Freizeitgestaltung. Also nichts wie weg!

Er latscht durch die Flügeltür, die Treppe hoch, durch den langen Korridor. Sagt dann auf der Stube zu Vogel: »Alles in Ordnung. Du sollst gleich zum Bahnhof runter, Oberleutnant Strick wartet dort schon auf dich. Mit Gepäck.« »Und meine 25 Mark?« »Die kriegst du morgen«, sagt Hoepfner, der noch rechtzeitig daran denkt, daß ihm Wolf einen 50-Mark-Schein gegeben hat. Der muß erst noch gewechselt werden. Und zu diesem Zweck wird er jetzt in die Kantine gehen und vielleicht gelingt es ihm, der strammen Barbara nach dem zweiten Viertel Wein gefühlvoll auf den Hintern zu klopfen.

Vogel macht sich sofort fertig, um in die Stadt hinunter zum Bahnhof zu gehen. Hoepfner, wenn auch schon mit erheblichen Teilen seiner Gedanken bei der allseitig wohlgerundeten Barbara, nimmt diesen Eifer mit leichtem Erstauen zur Kenntnis. Was hat der, denkt Hoepfner, der wird doch nicht etwa stramm werden? In diesen Zeiten, und hier in Rehhausen? Aber wenn er durchaus will ...! Die Strammheit der einen fördert die Bequemlichkeit der anderen.

Und Vogel scheint wirklich zu wollen. Er geht, mit weit größerer Beschleunigung als sonst, durch das Tor. »Mach die Feldbluse zu, Vogel«, sagt der Posten. Vogel murmelt nur flüchtig: »Halt doch deine Schnauze, Mensch!« und steigt den

Hügel hinunter, auf dem die Kaserne liegt, nach Rehhausen hinein. Geht auf den Bahnhof zu, diesem Strick entgegen.

Was mag aus dem Burschen geworden sein, denkt Vogel. War ein seltsames Exemplar. Ein unbeschriebenes Blatt, das danach schrie, bemalt zu werden. Daß sie ihn zum Oberleutnant gemacht haben, muß man nicht gleich als schlechtes Zeichen auslegen. Es kann auch Generale geben, die anständige Kerle sind. Besonders, wenn sie die Uniform ausgezogen haben; und wenn auch nur symbolisch. Es ist nicht alles Schwein, was glänzt. Sie beide jedenfalls, Strick und er, haben eifrig miteinander im Sand gespielt, voneinander abgeschrieben, auf der Orgel in der Dorfkirche Walzer intoniert, sich um die Tochter des Bäckers geschlagen — die ist übrigens ein stattliches, ausgefressenes Exemplar geworden, mit zwei Kindern und offiziell dazugehörigem Vater — und den Studienrat haben sie im WC eingenagelt. Dann kam der Krieg. 5 Jahre Generalpause für ihre Freundschaft. Urlaub ohne Ehrenwort: mal sehen, was wir alles aus uns machen lassen. Kein Wiedersehen in dieser Zeit, keine Briefe, keine Nachricht. Nichts.

Wir werden sehen, denkt Vogel, was sich aus dem entwikkelt hat. Wir werden sehen.

In diesen Kisten, das fühlt jetzt der Oberleutnant Strick, sind keine Dokumente. Er habe eine von Ihnen an. Schwer. Aber kein Papier, keine Akten.

Hinter ihm steht der Bahnhofskommandant, der Major. »Was wollen Sie von diesen Kisten?« sagt er. »Ich möchte gerne wissen, was da drin ist«, meint Strick. »Und andere Sorgen haben Sie nicht?« »Im Augenblick nicht.«

»Ich bin Major«, sagt der Bahnhofskommandant. Es klingt leise und fordernd. »Das sehe ich.« »Dann benehmen Sie sich entsprechend«, sagt der Major. »Ich werde es versuchen — Herr Major.«

»Sie scheinen sich vieles draußen an der Front abgewöhnt zu haben. Keine Beispiele, keine Sitten. Sie kommen doch von der Front?« Der Major läßt hier ein wenig Wohlwollen einfließen, ein Gran Verständnis, was zugleich als großmütig angebahnte Verzeihung angesehen werden kann. »Rußland«, sagt Strick. »Drei Jahre ununterbrochen Rußland.« Und er fügt nach kurzer Pause hinzu: »Herr Major.«

Na schön, dafür hat der Major Verständnis. Mein Gott, Rußland, und das noch drei ganze Jahre. Ununterbrochen. Da kann es schon vorkommen, daß der Lack abplatzt, die Formen vergessen werden, und die Hand nur gewohnt ist, an den Kopf zu fahren, um dort zu kratzen, nicht aber, um eine vorschriftsmäßige Ehrenbezeugung zu absolvieren. Armes Schwein von Frontsoldat, muß sich erst wieder an Kasinoton und Korpsgeist gewöhnen. Er wird daher leutselig. »Trinken Sie einen Kognak mit mir, Herr Kamerad?«

Strick dankt. Der Major wendet sich von dieser hoffnungslosen Randerscheinung ab und wieder seinen Kisten zu, überwacht deren Transport und läßt sie in seinem Büro abladen. Er ist sehr angeregt beschäftigt. Seine Wortgebilde erhalten die Funktion beharrlich angesetzter Hebel.

Strick sieht den Kisten nach. Und über die Kisten hinweg sieht er den Bahnhof hinter der Ostfront. Und er sieht das gelbe, zerfallene, geliebte Gesicht mit den herausbleckenden Zähnen. Zu hören ist nichts, nein, nichts. Ein Bild, stumm wie ein Denkmal. Er reißt seinen Blick los, seine Augen wandern über die ausgewaschene Hausfront des Bahnhofs, bleiben jetzt auf ein Schild gerichtet, auf dem in kleinen, unregelmäßigen Buchstaben »Feldgendarmerieposten« geschrieben steht. Er geht in die Richtung, auf die das Schild hinweist.

Der Wachtmeister der Feldgendarmerie will sich bei seinem Eintritt erheben. Strick winkt ab, tritt näher in den Kreis einer grünlich beschirmten Tischlampe. Der Wachtmeister sieht nicht das Gesicht, er sieht auf der rechten Brust des vor ihm Stehenden das Deutsche Kreuz in Gold, auf der linken das EK I, eine breite Spange, ein Nahkampfabzeichen, mehrere Bänder von Medaillen, das rote Band des EK II. Das imponiert dem Wachtmeister, das allein. Er ist aufnahmebereit wie ein Mikrofon.

»Sind Sie berechtigt«, will der Oberleutnant wissen, »verschobenes Wehrmachtsgut zu beschlagnahmen?« »Durchaus«, beeilt sich der Wachtmeister zu versichern; und fügt dann hinzu: »Wenn die Beweise dafür einwandfrei sind.« Das ist die Bedingung, durch Schulung und Dienstanweisung unumgänglich gestellt. Unter »Tatbestandsmerkmale« nachzulesen.

»Nehmen Sie an«, sagt der Oberleutnant, »es werden Kisten versendet, deren Inhalt als Geheimakten angegeben ist. Aber in ihnen befindet sich etwas ganz anderes.« »Was zum Beispiel?« »Öffnen Sie die Kisten und Sie werden es wissen.« Der Wachtmeister beginnt weiter intensiv in Vorschriften zu denken. »Erst muß der Beweis da sein, dann kann ich Kisten öffnen.« »Aber Sie können den Beweis doch nur dann antreten, wenn Sie die Kisten öffnen.«

Das muß sich der Wachtmeister aber ganz genau überlegen. Er blättert in einem Aktenstück mit zusätzlichen Dienstanweisungen, Ergänzungen zur zusätzlichen Dienstanweisung, Ausführungsbestimmungen und Hinweise auf besondere Fälle. Schließlich sagt er: »Ein Verdacht würde genügen, wenn er begründet ist.« Strick erklärt: »Der Verdacht, den ich habe, ist begründet.«

Die Auszeichnungen von Strick funkeln zum Wachtmeister herüber und beschleunigen dessen Entschlüsse. Ihm ist, als stoße jetzt die ruhige Stimme, da leicht an Schärfe zunehmend, spürbar in seine Rippen. Die Umgebung des Magens ist es, die bei ihm immer zuerst reagiert. »Es ist gut«, sagt er, sich erhebend. »Wo sind die Kisten?« »Im Büro des Bahnhofskommandanten.« Der Wachtmeister setzt sich wieder, langsam, wie hinabgelassen. Er ist noch nie über den Zaun gesprungen, der ihn umgibt. »Dann ist ja alles in Ordnung. Das ist ein klarer Fall. Da haben wir nichts zu suchen. Das fällt nicht in meinen Zuständigkeitsbereich.«

Strick wird entschiedener, er fordert; seine Worte klingen scharf, als erteile er Befehle. Sie springen den behäbigen Feldgendarmen von allen Seiten an. Unruhe rutscht in sein Gesäß. Der Wachtmeister windet sich. Schließlich greift er zum Telefon, um bei seiner vorgesetzten Dienststelle Auskunft einzuholen. Dort wird ein Feldgendarmerieoffizier, da vermutlich aus anregender Abendunterhaltung gerissen, sehr massiv, spricht von Hirngespinsten, Frontkoller und der ewigen Wahnidee gewisser Leute, hinter jedem Päckchen eine Schiebung zu wittern. Und hängt ab. Der Wachtmeister fühlt sich wie ein gemaßregelter Schuljunge. Es tut ihm sichtlich leid, aber er bedauert. Die Zuständigkeiten, die Vorgesetzten und Vorschriften, kurz: der Krieg; beweist und entschuldigt alles. Vater aller Dinge. Kann jederzeit nachgelesen werden. Strick kennt das. Er entfernt sich eilig.

Es ist dunkel geworden. Der Bahnhofsvorplatz könnte ein Friedhof sein, wenn er Kreuze trüge. Über dem Eingang brennt ein fahles Licht, abgedunkelt, wirft einen breiten Strich auf das Pflaster; ein Strich wie von schmieriger Kreide gezogen. Dort steht ein Soldat. Strick geht auf ihn zu. Der Soldat scheint zu warten. Jetzt nimmt der lauernde Schatten, als wolle er seine Umrisse preisgeben, die Feldmütze ab.

»Vogel!« sagt Strick. Er reicht ihm die Hand. Vogel schiebt sein Gesicht näher in das Licht und verzieht es zu einem breiten Lachen. Er verzieht es mit clownhafter Übertreibung, wohl damit diese Reaktion genau gesehen werden möge und vielleicht sogar so, als müsse er dahinter eine wesentlich andere Regung verbergen. Masken über den Gesichtern, dazu primitive, unverfängliche, zumeist gelogene Worte — das sind die Begegnungen der Zeit.

»Herr Oberleutnant scheinen mich noch zu kennen!« stellt Vogel mit leicht krähender Anerkennung fest. Strick, als müsse er sich durch Lautstärke und Lebhaftigkeit von einer bedrückenden Verwunderung befreien: »Wie geht es dir? Wie kommst du hierher? Wie kommst du ausgerechnet hierher?« Und Vogel, stramm, gereckt, die eckige Karikatur eines Heldenmals, trompetet nicht ohne Lautstärke in die beginnende Nacht: »Obergefreiter Vogel meldet sich als Putzer für Herrn Oberleutnant Strick zur Stelle!«

Strick lacht herzlich. Welch eine völlig unerwartete Begegnung. Welch eine Aussicht, durch breiigen Nebel erwandert. Vogel! Ein Mensch! Ein ausgekochter, frecher Hund zwar, schon immer, aber doch ein Stück Heimat, einige Jahre Jugend, lebende Vergangenheit. Diese schmalen, verrutschten Schultern tragen eine Welt mit sich herum, die ausgelöscht schien, wie eine Rechenaufgabe auf der Schiefertafel. Die Freude von Strick ist wirklich ehrlich. »Vogel«, sagt er immer wieder. »Vogel! Alter Vogel! Wie geht es dir denn? Was machst du ausgerechnet hier? Du lebst noch — wie konnte man dich nur übersehen!«

Sie stellen sich unter das fahle Licht, betasten sich mit den Augen, mustern sich, wie man ein gelungenes Spiegelbild betrachtet, nehmen die Feldmützen ab, um die ganzen Gesichter mit allen Einzelheiten vor sich zu haben.

Der schmierige Kreidestrich aus Licht liegt jetzt in voller Breite auf ihnen. Fahle, leergespülte, verkniffene Gesichter; die Visagen alter Spitzbuben auf 25jährigen Körpern. Masken — wie aus Papier und Leim geformt.

Der hat sich nicht viel verändert, denkt Vogel. Der hat sich wahrlich nicht viel verändert, denkt Strick. Das heißt in Vogels Gedanken: immer noch der alte idiotische Spintisierer, Romantiker und Menschheitsbeglücker! Und das heißt bei Strick: stets der alte heimtückische Eulenspiegel, Spötter und verschämte Freund aller Geschöpfe, denen das Schicksal in die Hintern tritt. So sehen sie ineinander hinein, als hätten sie sich gegenseitig auf den Operationstisch ihrer Erfahrungen gelegt.

»Wo ist dein Gepäck?« will Vogel wissen. »Lass' mich die Kriegsbeute eines bewährten Helden und mehrfach ausgezeichneten Vaterlandsverteidigers transportieren!« Vogel schlägt Strick leicht mit dem Handrücken auf die Orden. »Es scheppert nicht einmal«, sagt er mit empörtem Bedauern. Strick lacht. »Muß ich einen Lastwagen organisieren, um deine Kisten abzufahren, Herr Oberleutnant?«

Kisten. Das ist wie eine Mahnung. Strick wird sofort sachlich. »Was ist der Kommandant für ein Mann?« will er wissen. Und Vogel, nach geringer Überlegung und sich vergeblich fragend, worauf dieser Gedankensprung hinaus will, meint: »Ein vornehmer Mann, soviel ist sicher.« »Ob er jetzt noch zu sprechen ist?« »Jetzt? Das denn doch bestimmt nicht. Um diese Zeit pflegt der allseits verehrte Kommandant bereits zu schlafen, zumeist beizuschlafen. Du bist hier im Heimatkriegsgebiet, vergiß das nicht.« »Das scheint ein feiner Saustall zu sein!« »Und eben deshalb: herzlich willkommen!«

Strick zieht Vogel auf die Bank zu, wo sein Rucksack liegt. »Vogel«, sagt er, »du kennst die Verhältnisse hier besser als ich. Wer wohl wäre bereit, den Bahnhofskommandanten fertig zu machen?« Vogel versteht immer Bahnhofskommandanten;

und dann noch fertig machen! »Wie lange bist du eigentlich schon hier?« »Eine Stunde.« »Allerhand Ideen für sechzig Minuten.«

Vogel überprüft das Gewicht des durch ihn zu transportierenden Rucksacks. »Bepackt hast du dich gerade nicht«, stellt er fest. »Oder kommen etwa noch diverse Koffer nach?« »Das ist alles.« »Nicht gerade viel für fünf Jahre Krieg.« »Es ist immer weniger geworden.« »So ist das Leben«, meint Vogel, Versonnenheit andeutend. »Wenn ich in meiner Eigenschaft als Obergefreiter reise, dann nur noch mit großem Gepäck. Umgekehrt wäre eigentlich verständlicher, wenn auch nicht gerade gerecht.«

Ein Streichholz flammt auf. Zwischen den schmalen Lippen von Strick steckt eine Zigarette. Der Schatten seiner Nase wirft einen dicken Längsstrich über die Stirn. Er hält Vogel die Packung Zigaretten hin. Vogel prüft kurz die Marke und gibt sie zurück. »Ich rauche keinen getrockneten Kuhmist«, sagt er. »Diese Vernebelungsapparate sind gerade noch gut genug für Heldensöhne. Die Heimatfront kämpft mit besseren Waffen.« Er klappt ein wohlgefülltes Etui auf und bietet an. Sie rauchen schweigend.

»Hier in Rehhausen gibt es wirklich keinen, der gerne den Bahnhofskommandanten bei günstiger Gelegenheit ausschalten würde?« »Die sind alle froh, daß es ihn gibt. Sie leben dadurch wesentlich angenehmer.« »Der Kerl ist also ein Schieber, Vogel?« »Das will ich gar nicht einmal sagen. Er nutzt lediglich die günstigen Gelegenheiten aus. Man könne das auch mit purer Fürsorge bezeichnen. Edle Freßkameradschaft. Kann man denn heute so genau wissen, wo die Fürsorge aufhört und die Schiebung beginnt?«

Die Zigaretten sind glühende Punkte. »Das nächste Generalkommando liegt doch in Würzburg?« Vogel nickt, sagt dann: »Und die warten nur darauf, daß du ihnen Arbeit und Unannehmlichkeiten verschaffst. Mit Wehrmachtseinrichtungen wirst du da nicht viel erreichen.« »Sondern?« Vogel saugt lange an seiner Zigarette, sie glimmt auf und wirft einen Lichtpunkt in dunkle, aufmerksame Augen. »Gestapomethoden«, sagt Vogel leise, jede Silbe betonend.

Keine Antwort von Strick. Vogel, wie im verhaltenen

Selbstgespräch weiter: »Die geheime Feldpolizei in Würzburg hat einen neuen Chef bekommen. Der ist dorthin von der Gestapo aus versetzt worden, oder nur hinkommandiert, was weiß ich. Soll wohl der Wehrmacht kräftiges Feuer unter den Schwanz machen. Gareis heißt der Mann. Der kommt für interne Leichenbegängnisse in Frage.«

Immer noch keine Antwort von Strick. Er läßt den Rest der Zigarette, den er in der Hand hielt, auf den Boden fallen. Der sinkt in eine Pfütze und verlöscht zischend. Also: Gareis heißt der Mann. Woher weiß Vogel das? Wer hat ihm diese Informationen gegeben? Warum verfällt er sofort — wie auf Anhieb — auf diesen Mann? Ein Zufall, vermutlich. Kaum mehr. Doch gleich — es ist nicht so wichtig.

»Ich habe noch einiges zu erledigen«, sagt Strick. »Wenn du den Rucksack mit in die Kaserne nehmen willst, bin ich dir dankbar.« »Und wann kommst du nach?« »Ich weiß noch nicht, wie lange das hier dauern wird.« »Gut. Ich werde dafür sorgen, daß die Wache dich weiter einweist, wenn du kommst. Wir sehen uns dann morgen früh.«

Vogel schultert den Rucksack. »Wirklich bißchen sehr wenig für einen Oberleutnant, sagt er mit aufrichtiger Mißbilligung. Dann geht er. Die Dunkelheit verschluckt ihn. Es ist, als habe ihn ein dicker Theatervorhang abgetrennt. Aber seine ruhigen, gemessenen Schritte sind noch lange zu hören.

Strick zündet sich eine neue Zigarette an. Macht zwei kurze, hastige Züge. Dann wirft er die Zigarette in hohem Bogen fort und erhebt sich entschlossen.

Inspektor Gareis, der Geheimen Feldpolizei zugeteilt, ist ein kleiner, beweglicher Mann, mit einem runden, melancholischen Gesicht, abstehenden Ohren und müden, glanzlosen Augen. Er raucht nicht, trinkt nicht, macht sich nichts aus den Frauen. Er hat nur eine Leidenschaft: Menschen irgendeines Verbrechens zu überführen.

Ein gerissener Spürhund, mit der lächerlichen Visage eines wohlgenährten Kaninchens. Einstmals geschätzter Eintreiber beim Fahndungsdienst, dann eine Leuchte der Gestapo. Bis er in Stettin auf die peinliche Idee kam, den Gauleiter von einer öffentlichen Kundgebung weg verhaften zu wollen. Das damals angeschleppte Material war zwar einwandfrei und außerordentlich überzeugend, wenn auch zumeist brutal herbeigepreßt, aber der mangelnde Takt, mit dem Gareis vorging, die Rücksichtslosigkeit gegenüber vorgesetzten Dienststellen und das völlig fehlende Verständnis für das Ansehen des Reiches und seiner Hoheitsträger, hatten zu seiner Versetzung zur Geheimen Feldpolizei geführt. Wenn dieser raffinierte Hund schon stänkern will, soll Himmler gesagt haben, dann in der Wehrmacht; denen kann das gar nichts schaden.

Zur Zeit ist Gareis sehr unzufrieden mit sich und seiner Stellung. Nichts los hier in diesem Mainfranken. Das ist ödestes Hinterland. Von Gott und allen Zuchthausaspiranten verlassen. Keine Spur von Spionage, Sabotage oder organisierter Wehrkraftzersetzung. Ab und zu ein primitiver Ausbruch aus einem Kriegsgefangenenlager, mehr nicht. Und diese ausbrechenden Idioten fängt Gareis mit der linken Hand ein, ehe sie sich noch richtig orientiert haben. Sein Straßenüberwachungsnetz ist mustergültig. Das von ihm entworfene Sperriegelsystem hat sich bestens bewährt. Und sonst? Vielleicht arrangiert wenigstens der neue Trupp gefangener britischer Offiziere eine kleine Hetzjagd. Zuzutrauen ist ihnen das, und ihm wäre es nur willkommen. Aber ob sie das versuchen werden? Persönlich dazu auffordern kann er sie ja nicht. Schön wäre es jedenfalls. Zu schön, um wahr zu sein. Dieses Mainfranken ist eine einzige Matratze und der Krieg pennt darauf.

Gareis, der seine Tage im Büro oder im Kraftwagen zubringt, wenn er nicht gerade in seinem schäbigen, zerwohnten Pensionszimmer schläft, entwirft neue Kontrollpläne. Zarte Bleistiftstriche ziehen sich wie Spinnweben über die Landkarte. Sein System ist die Überrumpelung, die einen völlig planlosen, verwirrenden Eindruck macht, aber dessen mathematisch ausgeklügelte Sprunghaftigkeit sich letzten Endes fast lückenlos auswirkt. Gareis wünscht sich eine Revolte, einen großen Ausbruch, eine Massenlandung von Fallschirmjägern. Dann könnte er den Leuten zeigen, wer Gareis ist. Aber so! Langweiliger Dreck.

Der Inspektor malt an den Rand des »Mainfränkischen Beobachters« Männchen. Sie haben ausgedehnte Hälse, dicke

Köpfe und lange Finger. Das sind Symbole: die langen Finger verraten die kriminelle Veranlagung, die Dicke der Köpfe drückt den Grad der Triebhaftigkeit aus, und je ausgedehnter ein Hals ist, um so bequemer läßt er sich spalten. Wer stirbt, stirbt schuldig. Ohne Schuld hat keiner gelebt. Wer zufällig leben bleibt, ist wohl vergessen worden.

Das Telefon klingelt. Gareis gibt dem Kopf seines letzten Männchens eine abschließende Wölbung nach hinten, so seinem Delinquenten Intelligenz zugestehend. Er hebt den Hörer ab. »Ja«, sagt er, »hier ist Gareis.« Das Männchen wird mit wenigen, sich heftig sträubenden Haaren versehen. Jetzt setzt er ihm eine Melone auf. Aber schon bei deren Wölbung unterbricht er seine Zeichnung und legt den Bleistift beiseite.

»Mit wem rede ich überhaupt? Wer sind Sie? Erzählen Sie mir alle Einzelheiten. Wann und wo eingeladen? Als was deklariert? Wo und durch wen ausgeladen? Wohin gelagert?«

Gareis schiebt den »Mainfränkischen Beobachter« zur Seite. Er macht eifrig Notizen. Seine Fragen kommen schnell und präzis. Die Antworten, die er hört, sind sachlich, kurz und aufschlußreich. Sie ergeben ein recht klares Bild. Stehen übersichtlich da, wie eine gekonnte Geländeskizze. Das gefällt ihm. Er kennt keinerlei Sympathie für irgend etwas oder irgend jemand, zumeist nur wohlabgestufte Anerkennung, nicht selten schweigende Verachtung. Doch was er hier zu hören kriegt, sind brauchbare Unterlagen. Das ist anerkennenswert.

»Von wo aus rufen Sie an?« Gareis ist mit allen Wassern gewaschen. Er liest in den Gesichtern seiner Mitmenschen wie andere in einem Buch. Er will stets auch das hören, was ihm verschwiegen werden soll. Ihn benebelt man nicht; ihn nicht. »Gut. Hängen Sie ein. Ich rufe sofort von hier aus wieder durch.«

Eine Sicherungsmaßnahme. Gareis arbeitet nie, ohne auf Nummer Sicher zu gehen. Er weiß um tausend Fehler, die gemacht werden; zumeist von anderen. Er hebt den Hörer ab und spricht mit seiner Vermittlung. »Verbinden Sie mich«, sagt er, »mit dem Wehrmachtsgefängnis in Rehhausen. Aber lassen Sie mich, während Sie die Verbindung suchen, eingeschaltet.«

Die Vermittlung ruft durch: Würzburg — Zentrale Würzburg — direkte Verbindung nach Rehhausen — Zentrale Rehhausen — Wehrmachtsgefängnis Rehhausen — Wache im Wehrmachtsgefängnis Rehhausen — Oberleutnant Strick.

Währenddessen ordnet Gareis, den Hörer am Ohr, seine Notizen. Streicht einiges durch, unterstreicht drei Worte, setzt eins hinzu, verbindet zwei Begriffe durch ein Oval miteinander. »Ich möchte den Wachthabenden des Wehrmachtsgefängnisses sprechen«, sagt er. Der Wachthabende meldet sich. Gareis ordnet an: »Neben Ihnen steht ein Offizier. Bitten Sie ihn, daß er folgende Papiere vorlegt: Soldbuch und Dienstreiseausweis. — Haben Sie das? — Lesen sie mir im Soldbuch die ersten beiden Seiten vor. — Gut. Jetzt lesen Sie den Dienstreiseausweis vor.«

Gareis vergleicht seine Notizen, die er nach den Angaben von Strick angefertigt hat, mit dem, was der Wachthabende durchgibt. Die Daten, Zahlen und Namen stimmen überein. Soweit ist alles in Ordnung. Er läßt sich wieder mit Strick verbinden.

»Wie kommen Sie eigentlich in das Wehrmachtsgefängnis?« Er hört, daß Strick in der Nähe des Bahnhofs Rehhausen nach einer Möglichkeit zum Telefonieren gesucht habe. Bahnhofskommandantur kam nicht in Frage. Der dort stationierte Feldgendarmerieposten auch nicht. Das Wehrmachtsgefängnis liegt in unmittelbarer Nähe. Gareis hat die Karte seines Bezirkes vor dem Schreibtisch an der Wand hängen. Ein Blick genügt: stimmt.

»Herr Strick«, sagt er und versucht sogar einiges an Wohlwollen in seine Stimme zu legen. »Ich gebe zu, daß Ihre Verdachtsmomente einleuchtend sind. Noch lieber aber wäre mir, ich hätte einen sichtbaren Beweis.« Er greift nach seinem Bleistift und malt zwischen seinen Notizen den Ansatz eines langen, röhrenartigen Halses. Er lauscht in den Hörer, als werde ein subtiler Kenner mit Kammermusik erfreut.

»Sie verstehen mich schon richtig«, sagt er. »Sie verstehen mich da ganz richtig. Ein einwandfreier Beweis und Sie werden sehen, wie der Laden dort raucht.« Er streicht den Hals mit einem dicken Strich quer durch. »Rufen Sie sofort an, wenn es soweit ist. Ich bereite inzwischen hier alles vor.« Er legt den Hörer langsam, fast liebevoll, in die Gabel.

Er drückt — anhaltend — einen Klingelknopf auf seinem Schreibtisch. Ein breiter, massiger Kerl, ein Bulle, erscheint. Er schiebt sich durch die Tür wie ein Schrank. Gareis geht an die Karte und betrachtet sie. Langsam sagt er: »Lassen Sie meinen Wagen fertigmachen. Möglich, daß wir nach Rehhausen fahren. Sie und noch einer von Ihrer Sorte begleiten mich. Lassen Sie in Rehhausen einige Zellen freimachen. Drei werden vorläufig genügen.«

Der Bulle nickt, geht wortlos ab. Gareis fährt mit dem Finger auf seiner Spezialkarte spazieren. Er tastet den Weg von Würzburg nach Rehhausen ab. 28 Kilometer. Eine knappe halbe Stunde mit seinem Wagen. Kleine nächtliche Spazierfahrt mit anschließendem Volksvergnügen. Wenn der Laden klappt: wohlgelungene Morgenüberraschung für den Kommandierenden General. Von dem Geheul der Hyänen in Rehhausen gar nicht zu reden.

Man müßte sich allerdings rückversichern, denkt Gareis. Sonst wiederholt sich das peinliche Mißverständnis Stettin für ihn noch einmal. Er wird Keßler anrufen. Keßler ist der Politische Offizier des Generalkommandos, frisch importiert. Keßler — früher SS-Führer, Abteilungsleiter bei Himmler für »Sippenpflege«, jetzt ausgesandt, um die Wehrmacht in Schwung zu bringen: Nationalsozialistischer Führungsoffizier beim Generalkommando Würzburg, mit Sondervollmacht und Spezialauftrag.

Das Gespräch mit Keßler ist kurz. Keßler ist durchaus dafür: hochnehmen, einlochen! Ohne mit der Wimper zu zucken! Man muß, meint Keßler, die Wehrmacht auf Schwung bringen, schädliche Elemente ausrotten, nationalsozialistisches Gedangut eintrichtern. Besonders Rehhausen hat ein Exempel nötig. »Die Kerle pennen dort nur, meistens mit Weibern, saufen und machen lauter Mist. Dabei aber von Nationalsozialismus keine Spur. Obendrein noch renitent. Höchste Zeit, daß ihnen ein Knüppel zwischen die Beine geworfen wird.«

Gareis verspricht, alles, was in seiner Macht liegt, gerne und gründlich zu tun. Keßler trompetet noch einige Worte von Verpflichtung, rücksichtslosem Durchgreifen der gerechten Sache wegen und nationalsozialistischer Gründlichkeit durch den Draht. Auch vom Führer ist, wie nicht anders zu erwarten, die Rede. Schulungsunterricht für Kriminalinspektoren, denkt Gareis grinsend, frei Haus in nächtlicher Stunde. Dann versichert er Keßler, daß er ihn morgen früh informieren werde und hängt ab.

Wenige Minuten später kommt der Anruf aus Rehhausen. Gareis ist ruhig und überlegen, wie zu Beginn einer primitiven Schachpartie. »Gut!« sagt er nur.

Dann setzt er sich in sein Auto und jagt Rehhausen zu. Die Scheinwerfer schießen einen grellen, spaltbreiten Lichtschein vor sich her. Es ist, als durchsäge er die Bäume der Landschaft, an denen sie vorübersausen.

»Man muß die Feste feiern, wie sie fallen«, sagt Gareis. Seine Begleiter, die Bullen, kichern zufrieden vor sich hin. Einer lacht Zustimmung und knallt sich auf den Schenkel. Sie wissen: wenn Gareis aufdreht, gibt es immer viel Spaß.

Strick erwartet Gareis vor dem Bahnhofsgebäude. Zwei Mann der Wache des Wehrmachtsgefängnisses bewachen den Eingang zum Büro des Bahnhofskommandanten von Rehhausen. Wie bei der Ehrentafel an der Feldherrnhalle.

Der Wagen bremst kreischend und hält mit jähem Ruck. Hinten springt eine massige Gestalt heraus und öffnet die vordere Tür. Dort steigt ein kleiner, dicklicher Mann im leichten, schlotternden Mantel aus und meint: »Brechen Sie sich nur keine Verzierungen ab. Wir sind hier doch nicht beim Militär.«

Der kleine Mann im Mantel bewegt sich auf Strick zu. Der Strahl einer Taschenlampe springt ihn an. »Sie sind Oberleutnant Strick?« will der wissen. Strick bejaht das. Der helle Schein der Taschenlampe sinkt auf den Boden. »Ich bin Kriminalinspektor Gareis«, sagt der Mann, wie wenn er vom Wetter spricht. »Wo ist der Bahnhofskommandant?« »Vermutlich in seiner Wohnung!« »Um so besser«, meint Gareis und schaltet seine Taschenlampe ab.

Sie begeben sich durch die leere Bahnhofshalle auf den Zwischenplatz vor der Sperre, gehen am Gebäude entlang bis zur Tür zum Büro des Bahnhofskommandanten. Die Tür steht weit auf. Das Büro ist erhellt. Kisten stehen auf dem Boden. Einige sind aufgebrochen. Holzwolle und Bretter liegen im

Raum. Ein Soldat, wie ein verkantetes Kommißbrot, die diensttuende Ordonnanz, sitzt im Raum, erhebt sich beim Eintritt von Strick und Gareis beflissen, steht stramm. Scheint nach Befehlen, Anordnungen, Wünschen oder Hinweisen zu lechzen.

Gareis übersieht die Situation mit einem Blick. Er schiebt sich den Hut in das Genick. Das ist eine Geste der Zufriedenheit, seine Begleiter bemerken das sofort. Der Inspektor beugt sich über die aufgerissenen Kisten: Pakete Fett, Öl in Kanistern, Pelze. Er läßt sich von dem Soldaten der Bahnhofskommandantur die Begleitpapiere geben: Akten, Dokumente, Pläne. Gareis sieht auf, sieht Strick an. Strick sieht Gareis an. Gareis nickt befriedigt.

Strick soll berichten. »Die Sache ist einfach. Ich bezog mich auf Sie und ließ mir zwei Soldaten des Wachkommandos mitgeben. Mit denen kreuzte ich hier auf, setzte den Kommandanturschreiber außer Funktion, sah nach, was sich in den Kisten befand. Dann verständigte ich Sie. Das ist alles.«

»Allerhand«, meint Gareis. »Und wenn nun in den Kisten nicht ...« »Es ist aber!« »Das kann man vorher nie so genau wissen.« »Eben. Und deshalb muß man nachprüfen.«

Dieser Mann vor mir, denkt Gareis, ist eine Bombe. Ein lebendiges Brecheisen. Der geht an einen Stapel Dynamit ran, wie andere an einen Bücherschrank. Vielleicht ist dieser Kerl noch gefährlicher als ich. Ich mache, wenn es knallt, nie die Augen zu; der jedoch könnte zu denen gehören, die solche Knallereien erst entfesseln. Kommt her, besetzt eine Kommandantur, bricht Geheimkisten auf wie Walnüsse. Nicht schlecht. Ich müßte ihn auf meiner Dienststelle haben. Aber nur, wenn ich sicher sein könnte, daß er mich dort nicht mit Sprengstoff in die Luft experimentiert.

Kurze Anweisungen des Inspektors genügen und seine Begleiter krempeln die Bahnhofskommandantur um wie einen alten Handschuh. Gareis selbst macht sich über den Schreibtisch her, öffnet Schubladen und durchblättert Papiere. Einige von ihnen legt er gesondert hin und steckt sie später ein. Strick öffnet mit einem handfesten Beil die restlichen Kisten. Die Schreibkraft des Kommandanten hilft dabei diensteifrig. Es kracht, als fabriziere eine ganze Kompanie Kleinholz.

Die Ausbeute befriedigt Gareis sichtlich. Außer den Rußlandkisten lagern Sachen im Raum, die nicht so ganz in eine Bahnhofskommandantur hineinpassen. »Das ist ein ganzes Marketenderwarenlager«, sagt der eine Begleiter von Gareis mit erstaunter Anerkennung. Der Inspektor aber, gelassen zwischen seinen Papieren blätternd, meint: »Stellen Sie die Flasche wieder dorthin, woher Sie sie genommen haben.« Die breite Gestalt im Mantel holt eine Schnapsflasche aus einer ihrer weiten Taschen und stellt sie wieder in den Schrank. Der Bulle stößt ein unverständliches Gemurmel aus. »Sie können mich schon lange!« sagt Gareis.

»Wo wohnt der Bahnhofskommandant?« will Gareis jetzt wissen. Die Schreibordonnanz nähert sich diensteifrig und versucht eine Erklärung hervorzusprudeln. »Los!« sagt der Inspektor. »Gehen Sie voran.« Er forderte Strick auf, ihn zu begleiten. »Damit Sie auch einen kleinen Spaß haben, nach der Arbeit.«

Die Wohnung des Bahnhofskommandanten liegt etwa acht Minuten vom Bahnhof entfernt. In der Faltergasse habe der Major, so schnurrt es unaufgefordert aus dem Schreiber, zwei Zimmer bezogen, mit separatem Eingang. Das mit dem separaten Eingang gefällt Gareis. »Ein separater Eingang«, führt er aus, »ist genau das, was wir brauchen. Immer nobel. Besonders dann, wenn die Welt zugrunde geht.«

Auf einen Winkt von Gareis öffnet einer seiner Bullen lässig die Tür, als entferne er eine Tapetenwand. Der andere schaltet das Licht ein: der Raum ist leer. Ein Wohnzimmer vermutlich. Tisch, Sofa, einige Uniformteile, eine Mütze. Gareis durchquert den Raum, öffnet die Tür zum nächsten Zimmer, macht Licht. Ein Bett knarrt. Eine tiefe, heisere Stimme wird vernehmbar, sofort danach, wie gehetzt, eine helle, weibliche, in hohen Tönen. »Die Kleine überschlägt sich!« sagt einer der Begleiter von Gareis freudig bewegt.

Der Inspektor steht im Türrahmen zum Schlafzimmer. Strick hinter ihm. Zwei Menschen liegen, flüchtig bedeckt, im Bett. Offensichtlich sind sie nackt. Das helle Deckenlicht leuchtet jeden Winkel aus. Der Mann, ohne Uniform ein um Haltung bemühter Wanst, ruft: »Machen Sie, daß Sie rauskommen! Was wollen Sie hier?« Das Mädchen streicht sich die wirren Haare aus der Stirn. Es weiß noch nicht, ob es sich schämen oder böse sein soll.

»Ich hoffe«, sagt Gareis mit triefender Freundlichkeit, »ich störe Herrn Major nicht allzusehr. Ich wünsche, Herr Major mögen wohl geruht haben.« Der Mann im Bett richtet sich auf. »Was erlauben Sie sich!« sagt er scharf. »Nicht so stürmisch, Herr Major«, besänftigt ihn der kleine Inspektor freundlich. »Sie vergreifen sich in der Tonart. Sollten Sie mich mit Ihrem Putzer verwechseln?«

Die Gedanken des nackten Majors beginnen zu arbeiten. Er sieht Gareis prüfend an, sieht hinter ihm Strick, hinter diesem die Schatten massiger Männer. Eine vage Ahnung überfällt ihn. Es ist, als sei ihm eine Rechnung präsentiert worden. Als sehe er in eine große, schwere Decke, die über ihn geworfen werden soll. »Was wollen Sie von mir«, sagt er leiser, fast zögernd.

Ein Geruch von Alkohol, Parfüm und Schweiß liegt in der Luft. Eine Waschküche für Unterleibsgefühle. Das Bett ist zerwühlt. Einige Kleidungsstücke liegen auf der Erde. Strick sieht auf einer Nachttischplatte ein umgekipptes Likörglas. Eine gelbgrüne Flüssigkeit fließt zäh und klebrig aus ihm heraus, auf die Tischplatte und tropft von dort auf die Erde. Strick vermeint den Fall der Tropfen zu hören. Das widert ihn an. Er wendet sich ab, geht in den Nebenraum, zündet sich dort eine Zigarette an.

Aus der Stimme von Gareis trieft gut temperiertes Wohlwollen. Er redet auf den Major ein, als habe ein Vater sein aufgeregtes Kind nach einem Kinobesuch zu beruhigen. »Immer ruhig Blut und dann warme Unterhosen, Herr Major. Hierauf die bequemste, nicht etwa eleganteste Uniform, eine schöne wollene Unterjacke, ein Mantel. Alles, damit Sie uns nicht frieren.«

»Was bedeutet das?« will der Major wissen. Seine Stimme klingt heiser, kein Befehlston schwingt mehr in ihr, keine forsche Kürze. »Was das bedeutet?« Gareis gibt sich erstaunt. »Aber mein lieber Major! Verhaftet sind Sie. Ganz einfach verhaftet. Ziehen Sie sich ein Hemd über. Sonst erkälten Sie sich noch. Wäre wirklich schade. Wo wir doch noch soviel mit Ihnen vorhaben.«

Strick geht. Er zieht die Tür hinter sich ins Schloß und geht in die Nacht hinaus. Ihn fröstelt. Die Straße ist leer. Der Himmel über ihm ist klar und stumm. Schweigen. Seine Schritte hallen durch das Dunkel. Sonst: Schweigen!

Der Gefreite Hoepfner, hauptamtlicher Bursche und halbamtlicher Vertrauter des Hauptmanns Wolf, pflegt sich gegen sieben Uhr zu erheben. Langsam, mit eckigen Verrenkungen, die von ihm großzügig als Morgengymnastik bezeichnet werden, kriecht er aus dem Bett. Sein erster Griff gilt den Hosen, der zweite dem Taschenmesser, um ein Stück Preßkopf abzuspalten. Darauf sinniert er, kauend, drei bis dreieinhalb Minuten vor sich hin.

Sodann schlürft er Kaffee und liest im Anzeigenteil des »Mainfränkischen Beobachters« von gestern. Das dauert genau 25 Minuten. Nach Ablauf dieser Zeit erhebt sich Hoepfner und greift in seinen Schrank nach dem Putzzeug. Mit dem Wort »Scheißdreck!«, womit unter anderem der »Mainfränkische Beobachter« abschließend gewertet wird, verläßt er die Stube. Das geschieht jeden Morgen um 7.25 Uhr.

Er schiebt sich durch den langen Korridor, trottet die Treppe hinunter, windet sich durch die Flügeltüren. Jetzt, punkt 7.30 Uhr, steht er vor dem Zimmer von Hauptmann Wolf. Wie jeden Morgen. Und wie jeden Morgen wird er nunmehr langsam die Tür öffnen — sie ist gut geölt und also knarrt sie nicht —, vorsichtig um die Ecke greifen, sich Wolfens Stiefel herausangeln und diese im Korridor auf soliden Hochglanz bringen. Jeden Morgen geht das so.

Hoepfner drückt auf die Klinke. Öffnet die Tür. Unerwartetes bietet sich ihm dar und beraubt seinem gelinden Verstand vorübergehend jede Funktion. Seine leicht erstaunten Augen sehen: das Zimmer ist hell, entdunkelt. Ein Fenster geöffnet. Wolf steht, völlig angezogen, mitten im Raum. Er zieht seinen Scheitel nach und überprüft, peilend, ob die Rinne auch schnurgerade verläuft. In die Stiefel, ungeputzt wie sie sind, ist Wolf ebenfalls hineingestiegen. Und das alles um 7.30 Uhr!

Hoepfner, nur mühsam, aber mannhaft, den unerwarteten Anblick überwindend, hängt seinen Oberkörper durch die halbgeöffnete Tür. »Kommen Sie rein, Sie Molch!« sagt Wolf und zieht einige Haare sorgfältig nach links. Sein Schädel glänzt. Die spärlichen Haare liegen auf ihm wie angeklebt. Wie mit Spucke, denkt Hoepfner und zieht seinen Körper vollends in das Zimmer. Man soll es nicht für möglich halten, aber der Alte ist völlig mobil. Der geht auf Brautschau oder sicherlich zum Oberst, um dem gut eingeölt frühmorgens in den Hintern zu krauchen.

»Ich muß zum Oberst«, sagt Wolf. Warum nicht, denkt Hoepfner. »Kaffee trinke ich später.« Wie du willst, denkt Hoepfner. »Elendige Schweinerei!« »Jawohl«, sagt Hoepfner. »Elendige Schweinerei.« Wolf gießt sich einen Kognak ein, kippt ihn herunter. Der spült seinen Ärger hinweg, oder er hat Angst in den Hosen, denkt Hoepfner.

»Was macht eigentlich dieser Oberleutnant Strick?« will Wolf wissen. Hoepfner weiß das nicht. »Schlafen wird er, Herr Hauptmann. Was soll er sonst tun? Der kam gestern doch erst sehr spät hier an. Der wird Ruhe nötig haben.«

»Ja«, sagt Wolf, »der hat die Ruhe nötig!« Noch einen Kognak. Hinuntergekippt. Wolf schüttelt sich, angenehmen Abscheu andeutend. Er stellt sich vor den großen Spiegel. Betrachtet sich mit stummer Anerkennung. »Koppel«, sagt er. Hoepfner reicht es ihm hinüber. Er umgürtet sich, sorgfältig, jede Falte vermeidend. »Mütze.« Hoepfner bringt sie ihm. Er setzt sie sich mit beiden Händen, als nehme er eine Krönung vor, auf. Zufriedenstellender Anblick.

Wolf wandelt aufrecht durch den Korridor. Die Stiefel knarren angenehm. Ehrenbezeugungen erwidert er sorgfältig. Er verläßt die Kommandantur, begibt sich zu dem sogenannten Gästehaus, das zwischen Kommandanturgebäude und Offizierskasino liegt. Dort bewohnt der Oberst zwei Zimmer.

Wolf klopft, durchaus ergeben, aber auch sehr deutlich. Er wartet respektvoll vierzig Sekunden. Das mit leichtem, keinesfalls aber ungehaltenem Räuspern. Danach klopft er erneut. »Was ist denn los!« ruft eine Stimme. »Hauptmann Wolf. Darf ich Herrn Oberst sprechen?« »Kommen sie herein!«

Der Oberst liegt sicherlich noch im Bett. Wolf, der das Wohnzimmer betreten hat, bleibt dort an der Tür stehen. »Was wollen Sie eigentlich, Wolf? Sie wollen doch nicht etwa Ihren Oberst im Hemde besehen?« Eine kräftige, etwas fette Stimme dringt Wolf entgegen. Wolf verneint. Er quittiert den

Scherz von Herrn Oberst mit einem kurzen, meckernden Lachen.

»Und sonst? Ist die Kommandantur abgebrannt? Sind die Insassen eines Kriegsgefangenenlagers entwischt? Haben Sie Schwierigkeiten mit irgendwelchen Weibern? Schießen Sie los! Aber schnell. Ich will noch mindestens eine Stunde weiterpennen.«

»Der Bahnhofskommandant ist verhaftet worden.« Wolf hat das hervorgestoßen. Das erleichtert ihn. Es ist, als sei es ihm gelungen, sich plötzlich von einer Last zu befreien. Begierig lauscht er auf eine Antwort von Oberst Müller. Die kommt vorerst nicht. Dafür knarrt das Bett heftig: der Oberst hat sich aufgerichtet. »Sie spinnen, Wolf«, sagt der Oberst. Das wird ohne Schärfe gesprochen, aber auch ohne eine Spur morgendlicher guter Laune mehr.

»Nein, Herr Oberst. Es stimmt leider.« Wolf scheint selbst lebhaft zu bedauern, daß er nicht spinnt. Aber so ist das. Tatsache. Der Oberst springt aus dem Bett. Die Sprungfedern seufzen erleichtert auf. Wolf hört, wie nackte Füße einen schweren Körper quer durch das Zimmer tragen. Ein Hahn wird aufgedreht. Wasser rauscht durch die Röhren, fließt sprudelnd in ein Becken. Hände plantschen darin herum. Ein schwerer Gegenstand taucht sich ein. Das Wasser fließt über den Rand des Beckens, klatscht auf die Erde. Der Oberst prustet und flucht unterdrückt.

Jetzt kommt die starke, fette Stimme wieder auf Wolf zu. Sie ist klarer und deutlicher als vorher. »Verhaftet, sagen Sie?« »Jawohl, Herr Oberst.« »Wann?« »Heute nacht.« »Und weshalb?« »Vermutlich wegen Anstapelung von Wehrmachtsgut.« »Idiot!« sagt der Oberst scharf. Wolf hat Taktgefühl genug, den »Idioten« nicht auf sich zu beziehen. »Der Kerl ist ein Idiot!« ruft der Oberst verärgert weiter durch die Tür dem mit Haltung wartenden Hauptmann Wolf zu. »Der Kerl stapelt unten Kisten, anstatt sie der Truppe zuzuführen. Das mußte ja einmal schief gehen!« Wolf schließt sich der Meinung von Herrn Oberst grundsätzlich an, scheint jedoch versuchen zu wollen, ein vorsichtiges »aber« anzubringen. Schließlich ist der Bahnhofskommandant eine seiner besten Bezugsquellen.

Der Oberst betritt den Raum. Wolf grüßt. Der Oberst winkt ab. Er hat große Latschen an den Füßen. Die nicht verschnürten Reithosen baumeln um seine strammen Waden. Ein allseitig rot besticktes Nachthemd ragt hinten aus den Hosen heraus. Den Hals umschlingt ein langes Frottiertuch. »Eine glatte Schweinerei ist das, Wolf«, stellt der Oberst fest. »Eine riesengroße Schweinerei. Das kann uns unter Umständen große Unannehmlichkeiten bereiten.«

Um dem vorzubeugen, ist Wolf da. »Man müßte«, meint er, »die Verhaftung rückgängig machen. Es wäre gut für uns alle.« Die massige Figur des Obersten baut sich unmittelbar vor Wolf auf. »Was heißt das: gut für uns alle? Soll das eine Anspielung sein?« Wolf verneint sofort. Er habe sich da wohl nicht ganz klar ausgedrückt, gibt er zu. »Aber wir müßten versuchen, dem Herrn Major, dem Bahnhofskommandanten, zu helfen. Er hat uns auch immer ausgeholfen, wenn er konnte.«

»Wenn ein Kamerad in Not ist«, sagt der Oberst großzügig, »dann stehen wir für ihn ein. Das ist selbstverständlich.« Er bearbeitet mit dem Frottiertuch seinen blanken Schädel. »Aber stellen Sie sich das nicht so leicht vor. Eine Verhaftung rückgängig machen! Es gibt Dinge, die leichter sind. Wer hat ihn denn überhaupt eingelocht?«

Auf diese Frage hat Wolf gewartet. Seit dem Augenblick, wo er beschlossen hatte, den Oberst aufzusuchen, erwartet er diese Frage. »Das ist es, Herr Oberst!« sagt er, als sei ein Plakat zu beschriften. »Verhaftet hat ihn dieser Oberleutnant Strick!« Das klingt geradezu nach einer Offenbarung. Aber der Oberst erfaßt nicht ganz, was Wolf damit andeutet. »Oberleutnant Strick? Wer ist Strick?«

Jetzt packt Wolf aus. »Strick ist der neue Offizier, den sie von der Front zu uns versetzt haben. Ausgerechnet. Gestern abend kam er an.« Der Oberst ist überrascht. »Das ist doch ein Witz, Wolf. Der kommt also gestern abend hier an und einige Stunden später verhaftet er einen Major?« »Genau so ist es!« »Das nenne ich Tempo!« Der Oberst setzt sich und schaut Wolf an, als binde der ihm ein außerordentlich unterhaltsames Märchen auf. Verdammt, das mißfällt ihm nicht einmal. Irgend etwas ist an der ganzen Sache dran! Der Kerl kommt an, ist knappe zwei Stunden da und locht den Bahnhofskommandanten ein! Könnte man fast als schneidig bezeichnen.

»Schießen Sie los, Wolf. Wie war das eigentlich genau. Geben Sie Einzelheiten.« Wolf weiß da auch nicht sehr viel zu berichten. Heute früh habe ihn die Ordonnanz des Bahnhofskommandanten angerufen. Die hätte ihm nur berichten können, daß der Major eingesperrt sei. Aus dem Bett raus. Und veranlaßt habe das ein Oberleutnant Strick.

Der Oberst fühlt das Verlangen nach einem Schnäpschen in sich aufsteigen. Wolf soll einschenken. Der überprüft den stattlichen Vorrat im Bücherschrank und tischt schließlich eine Flasche Cointreau auf. Der Oberst mißbilligt das. »Sie sind ein Banause, Wolf. Keiner, der auch nur etwas vom Trinken versteht, wird am frühen Morgen dieses klebrige Zeug saufen. Bringen Sie Kognak.«

Den trinkt Müller genußvoll, in kleinen Schlucken. »Allerhand von dem Bengel«, sagt er, »der verhaftet einfach den Bahnhofskommandanten.« Er wiegt sein schweres Haupt, zugleich Verwunderung und Anerkennung ausdrückend. Er gießt ein wenig Kognak nach und schlürft ihn in sich hinein. Allerhand. Dann schiebt er das Glas beiseite. »Natürlich geht das so nicht. Schließlich bin ich hier Kommandant. Er hätte mich fragen müssen.« »Das ist es«, meint Wolf, »das ist es!«

»Das Ganze ist eine glatte Sauerei. Ein Major, der sich von einem Oberleutnant verhaften läßt. Ein Oberleutnant, der seinen Kommandanten übergeht. Und außerdem wird die Sache, wenn wir sie nicht sofort bereinigen, einen Gestank aufwirbeln, der auch noch diesen Schnüfflern in Würzburg in die Nase steigen wird. Der Kerl ist ein blöder Hammel. Kommt her und fängt an zu stänkern. Der Bursche gefährdet unsere ganze wohlverdiente Ruhe.«

Wolf kann da nur beipflichten. Er erhebt sich, da auch der Oberst aufgestanden ist. Der Oberst befiehlt: »Besorgen Sie mir an Unterlagen, was greifbar ist. Verständigen Sie den Gerichtsoffizier. Dieser Strick soll sich um zehn Uhr bei mir melden.« Der Oberst richtet sich hoch auf, so daß die breite, behaarte Brust durch den Spalt des Nachthemdes zu dringen versucht. »Der Kerl kann sich auf allerlei gefaßt machen!«

Dann winkt er ab. Wolf steht stramm. Grüßt. Geht. Der

Oberst schlürft in seinen Pantoffeln an das Waschbecken. Tief taucht er seinen massigen Schädel ein. Noch einmal. Er prustet. Allerhand Unternehmungsgeist scheint in diesem Burschen zu stecken! Einen Major verhaften! Ihm, einem Oberst, Scherereien machen! Wohlverdienten Morgenschlaf verkürzen! Dem wird er schon zeigen, wer Herr in Rehhausen ist.

Der kleine, mit einem Tuch abgedämpfte Wecker schnurrt sanft und deutlich, als hätten sich zehn Katzen dicht an das Ohr gelegt. Morgensonne drängt sich durch die Vorhangspalten.

Strick ist sofort hellwach. Er bleibt aber regungslos liegen und beobachtet den Mann, der im gleichen Zimmer schläft und Rabe heißt. Leutnant Rabe. Wachoffizier und zugleich Gerichtsoffizier der Kommandantur Rehhausen.

Er hat in der Nacht nur wenige Worte mit ihm wechseln können. Als er kam, schlief Rabe bereits, wachte aber sofort auf, begrüßte ihn, wies ihn ein. Sehr höflich, aber zurückhaltend. Aufgerichtet im Bett, dabei mit leichter, knapp angedeuteter Verbeugung. Dann schlief er weiter. Ein sehr korrekter Herr vermutlich, auch im Schlaf noch.

Rabe tastet jetzt nach dem Wecker, der neben seinem Bett steht, und stellt mit sicherem Griff das Läutwerk ab. Er erhebt sich sofort, legt seinen Schlafanzug ab und zieht eine Turnhose an. Fünfzig straffe, bewußt forcierte Kniebeugen. Ein Tänzeln auf den Zehenspitzen. Dann greift Rabe nach einem Handtuch und begibt sich, fast völlig lautlos, hinaus.

Nach einigen Minuten ist Rabe wieder im Raum: triefende Haare, durchnäßte Badehose. Er hat gebraust, denkt der aufmerksame Strick. Jetzt greift Rabe seine Stiefel auf, einige Bürsten, die neben der Tür bereit liegen und begibt sich auf den Korridor. Strick vermag zu hören, wie er draußen kräftig die Stiefel bearbeitet. Darauf bürstet er seinen Anzug aus. Dann packt Rabe Rasier- und Zahnputzzeug zusammen und begibt sich erneut in den Waschraum.

Als er zurückkommt, begleitet ihn Vogel. Vogel betrachtet mit freundlicher Billigung die geputzten Stiefel. »Sie machen uns beschäftigungslos, Herr Leutnant«, sagt er. »Oder ist

Stiefelputzen Ihre Leidenschaft? Ich stelle Ihnen dann gerne jeden Abend meine eigenen Knobelbecher vor die Tür, damit Sie sich amüsieren können.«

»Putzer«, sagt Rabe, »sind nach meiner Meinung im Krieg eine völlig unnötige Einrichtung.« Vogel ist nicht im geringsten gekränkt. Derartige Morgengespräche scheint er gewöhnt zu sein. Er hebt die Stiefel des Leutnants gegen das Licht, das vom Fenster her hell in den Raum dringt. »Wenn Sie nicht Offizier wären, Herr Leutnant«, sagt Vogel freundlich, »könnten Sie Putzer sein. Das Format dazu will ich Ihnen nicht absprechen. Um Leutnant zu werden, besucht man eine Schule. Putzer aber kann man nicht lernen, das ist Begabung.«

»Überflüssige Einrichtung, Vogel. Völlig überflüssige Einrichtung, diese Putzer.« Vogel stellt die Stiefel beiseite. »Und der Krieg etwa nicht?« Rabe stutzt kurz, als höre er eine völlig neuartige, ihm ungewohnte Behauptung. Dann macht er eine abwehrende Bewegung mit der Hand. »Kriege sind unvermeidlich, wir können daran nichts ändern.«

Vogel sieht ihn voll an. »Der Tod ist unvermeidlich!« ruft er aus. »Darum laßt die Mörder morden. Sterben müssen die Menschen sowieso!« Rabe ist sichtlich verblüfft. Er mustert Vogel, als sehe er ihn zum ersten Mal. Dann sagt er bedächtig: »Glauben Sie denn nicht daran, Vogel, daß es eine gerechte Sache gibt? Eine Sache, um derentwillen es sich lohnt, zu kämpfen?« Vogel ergänzt: »Und zu sterben.« »Jawohl«, sagt Rabe ganz ernsthaft. »Für die es sich lohnt, zu sterben!«

Darauf erwidert Vogel nichts. »Wo sind die Stiefel von Oberleutnant Strick?« will er wissen. Rabe zeigt sie ihm. Vogel greift sie sich. »Der Dreck ist da, um entfernt zu werden«, sagt er beiläufig und will abziehen.

Der Oberleutnant Strick richtet sich auf. »Guten Morgen«, sagt er. Rabe nickt ihm zu. Vogel grinst ihn an. »Die einen schlafen, die anderen debattieren. Davon werden meine Stiefel schließlich nicht sauber. Aber wenn ich mich an eurer Debatte beteiligen darf, so möchte ich erklären, daß auch ich daran glaube, daß es sich lohnen könnte, zu sterben. Wenn es auch zumeist mehr einbringt, die anderen sterben zu lassen. Fragt sich immer nur: wofür einer abkratzt.«

Vogel hört sich das sehr aufmerksam an. Rabe denkt

darüber nach und findet vorerst keine Antwort. Schließlich sagt er: »Es lebt sich leichter, wenn man weiß, wofür man lebt. Und auch weiß, wofür man sterben könnte.« Strick ganz unmittelbar: »Und Sie wissen das?« »Ich glaube es zu wissen.« Vogel läßt sich zu einem Zitat hinreißen: »Selig sind, die da geistig arm sind, denn das Himmelreich ist ihnen nahe!« Fügt dann hinzu: »Anwesende sind ausgeschlossen.«

Strick lacht schallend auf. »Hören Sie nicht auf ihn, Rabe«, sagt er besänftigend. »Er hat sich noch nie ernst genommen. Tun wir dasselbe.« Rabe lächelt etwas bedrückt, aber dennoch um Freundlichkeit bemüht. Dieser Vogel ist ein intelligenter Bursche, das weiß er, aber diese auffallende Frechheit hat er noch nie an ihm bemerkt. Das bricht plötzlich aus ihm hervor, wie aus einem Leitungsrohr, das angebohrt worden ist.

Vogel schwenkt die staubigen Stiefel des Oberleutnants Strick, wie ein Streckenwärter seine Blendlaterne, wenn er Zeichen gibt. »Des einen Dreck«, erklärt er dabei, »ist des anderen Lebensaufgabe.« Und Strick meint: »Genug der Morgenrotphrasen! Ich will frühstücken.«

Es klopft. Der Gefreite Hoepfner schiebt sich in den Raum. Er deutet mit groben Umrissen eine stramme Ehrenbezeugung an. Dann verkündet er, daß Hauptmann Wolf sagen lasse, und das vertraulich und geheim, Leutnant Rabe möge sich sofort in seiner Eigenschaft als Gerichtsoffizier zur Bahnhofskommandantur begeben und dort genau nachforschen, was sich daselbst heute nacht ereignet habe. Ehrenbezeugung. Ab.

Vogel, an der Tür, stellt die Stiefel wieder ab und nähert sich. Rabe macht sich sofort fertig. »Was kann da los gewesen sein?« fragt er. Strick, sehr entgegenkommend, meint: »Das kann ich Ihnen ganz genau sagen: der Bahnhofskommandant ist verhaftet worden.« »Heute nacht?« »Aus dem Bett heraus.«

Rabe unterbricht seine Vorbereitungen, sieht Strick an. »Sie wissen davon?« Strick: »Ich war dabei.« Das verwirrt Rabe ein wenig. Das kommt ihm völlig unerwartet. Eine Verhaftung des Bahnhofskommandanten! Das ist eine schwerwiegende Aktion. Das wird viel Staub aufwirbeln und will genau untersucht sein. Für das ruhige Rehhausen ist das eine Sensation. Tragweite noch nicht übersehbar. Erste Aufgabe: jedes unnötige Aufsehen vermeiden. Und ausgerechnet jetzt steht dieser Vogel hier, sperrt Mund, Augen und Ohren auf, wie ein Fuchs, der sich auf eine Gans stürzen will.

»Vogel«, sagt Rabe bedeutsam, »ich nehme an, Sie haben nichts von dem gehört, worüber wir soeben sprachen.« Vogel nickt zustimmend. »Ich habe nichts davon gehört, daß sie den Bahnhofskommandanten eingelocht haben.« Rabe ist ein wenig ungehalten. »Es ist gut, Vogel. Gehen Sie Stiefel putzen.« Vogel blickt Rabe freundlich an. »Das Putzen von anderer Leute Stiefel«, erklärt er, »ist doch eine völlig überflüssige Angelegenheit.«

Rabe ist hell verwundert. Dieser Vogel war doch sonst nicht so! Ein heller Bursche, zweifellos. Sah stets mehr als andere, sprach aber nicht davon. Zwar kein soldatisches Vorbild, das nicht, aber doch auch kein schlechtes Beispiel. Und jetzt sprudeln die Frechheiten aus ihm, wie aus einem Springbrunnen.

Strick amüsiert sich köstlich. »Obergefreiter Vogel!« ruft er nun laut und im gestrammten Kasernenhofton aus. Der, eine Komödie witternd, sofort darauf eingehend, steht stramm, wie ein Hauklotz. »Herr Oberleutnant befehlen!« »Abtreten!« Vogel markiert strammste Ehrenbezeugung. Die rechte Hand geht hoch wie ein Mühlenflügel. »Abtreten! Jawohl, Herr Oberleutnant. Heil Hitler, Herr Leutnant!«

Vogel verschwindet, als gelte es, einem Wasserstrahl auszuweichen. Er knallt die Tür hinter sich zu, daß der Verputz von der Decke rieselt.

Rabe ist nahezu sprachlos. Er versucht mühsam, eine Erklärung zu finden. Strick beruhigt ihn gelassen. »Seien Sie Vogel nicht böse«, sagt er. »Vogel und ich, wir sind Jugendfreunde. Gemeinsame Kindheit, gemeinsame Jugend, die gleiche Schule, dieselben Mädchen. Jetzt begegnen wir uns wieder. Da geht das Temperament ein wenig durch. Das Angelernte verschwindet, das gemeinsam Erlebte dringt durch. Sie verstehen: das macht ein wenig übermütig.« Rabe versteht das.

»Sie erwarten doch nicht, Herr Rabe, daß wir uns wie Vorgesetzter und Untergebener aufführen? Wir sind gute Freunde gewesen. Sagt das nicht alles?« Selbstverständlich, meint Rabe, muß das so sein und nicht anders. Aber das konnte er natürlich nicht wissen. Er bitte um Entschuldigung. Nein, meint Strick, wenn einer um Entschuldigung zu bitten habe, dann sei er das. Beide lachen.

»Und wie war die Sache mit dem Bahnhofskommandanten?« Strick berichtet. Ausführlich. Abfahrt in Rußland — Kistentransport — Ankunft hier — Verdächtigungen — Beweisführung — Verhaftung. Rabe hört schweigend und aufmerksam zu. Sein sehr junges, offenes, fast klug zu nennendes Gesicht sieht ruhig und gesammelt aus. Die großen Augen richten sich auf Strick und irren nicht ein einziges Mal ab.

»Können Sie das verstehen?« will Strick abschließend wissen. Doch, ja, Rabe kann das verstehen. Er selbst hätte wohl ähnlich gehandelt. Ähnlich? Nur ähnlich? Ja, er wäre sicherlich ein wenig anders vorgegangen. »Das müssen Sie mir näher erklären.«

Rabe will das gerne versuchen. »Ein Krieg wie dieser«, sagt er, sich langsam vortastend, »ist voll von großartigen Geschehnissen und nicht frei von üblen Randerscheinungen. Es kommt nur darauf an, das Wertvolle nicht durch das unwürdige zu entwerten.«

Strick wird unruhig. In ihm wächst Ungehaltenheit. Er schiebt den Stuhl zurück, auf dem er sitzt und schlägt die Beine übereinander. Ihm ist, als sei er in einer fremden Sprache angeredet worden. Das Gespräch kompliziert sich. Er muß nach einfachsten Vokabeln suchen, um verstanden zu werden. Er sagt: »Der Dreck soll also Dreck bleiben.«

Rabe fühlt sich unverdient mißverstanden. »Man muß ihn beseitigen. Aber es ist nicht notwendig, daß man ihn überall herumzeigt.« Strick schüttelt heftig den Kopf. »Was ist, muß klar erkannt werden. Von allen. Die Menschen müssen sich auch den Duft des Mistes in ihre Nasen steigen lassen. Erst dann werden ihnen die Unterschiede ins Bewußtsein dringen. Nur so werden sie das Gute schätzen lernen. Auch wo das Schlechte fehlt, verliert das Gute an Wert.«

Nein, diese Ansicht teilt Rabe nicht. »Was wir vor allen Dingen brauchen, ist eins: das Vertrauen der Soldaten. Wir Offiziere müssen in Besonderheit dafür sorgen, daß es nicht erschüttert wird.« »Das ist doch Quatsch!« »Es ist meine Überzeugung.«

Strick erhebt sich, geht an das Fenster. Der Kasernenhof

beginnt sich mit Leben zu füllen. Soldaten eilen zu ihren Dienstplätzen. Ein Lastwagen rollt zum Küchengebäude. Weibliche Hilfskräfte plaudern angeregt, als wandelten sie durch einen Stadtpark. Die Weinberge strecken sich unter der Morgensonne behaglich aus.

»Sie wollen also vertuschen?« stellt Strick fest. »Sie wollen Schweine in Seide hüllen und erwarten, daß man nur die Seide sieht und nicht die Schweine, die sie tragen. Jede Uniform ist ein Dreck, wenn der sie nicht adelt, der darin steckt. Wollen Sie Kleidungsstücke bewerten oder Menschen?« »Ich will das tun, was ich für meine Pflicht halte.« »Und was halten Sie für Ihre Pflicht?«

Rabe geht zur Tür. »Ich sehe viel, und vieles darunter, das mir noch nicht klar ist«, sagt er. »Daß sich Dinge ereignen, die ein Verbrechen sind, ist wohl nicht zu vermeiden. Es muß aber vermieden werden, daß daraus üble Klatschgeschichten entstehen, die dem Ansehen der Wehrmacht nur schädlich sein können. Wenn wir diesen Krieg bestehen wollen, dann brauchen wir eine unerschütterte Kampfmoral.«

Strick dreht sich brüsk um. »Mann!« sagt er, »Sie zitieren Durchhaltebefehle. Geht es denn nicht ohne Phrasen?« Rabe schüttelt den Kopf. »Vielleicht sehen Sie das falsch«, sagt er. »Können Sie sich nicht vorstellen, daß das, was manchen als Phrase erscheinen mag, anderen Lebensinhalt ist?« »Sie glauben an solche Dinge?« »Ich lebe danach.«

Rabe verbeugt sich kurz und geht. Strick schaut ihm verwundert nach. Er lebt danach! Ein merkwürdiger Mensch? Ein bemerkenswerter Mensch! Ein Idealist, vermutlich. Aber ab man ihn in diesen Idealen leben lassen wird?

Punkt acht Uhr pflegt Hauptmann Keßler mit forschen Schritten seine Dienststelle zu betreten. Das Personal erhebt sich und streckt die Hand zum Deutschen Gruß aus. Das geschieht stumm und sehr präzis. Gewinkelt, einheitlich, mit klar zu übersehenden Gesten.

Keßler bleibt an der Tür stehen und mustert die Angehörigen seiner Dienststelle. Er überprüft kurz, etwa zehn Sekunden lang, ihr Aussehen und ihre Haltung. Dann sagt er: »Heil

Hitler!« Und sie antworten: »Heil Hitler.« Auf einen Wink setzen sie sich und beginnen übergangslos zu arbeiten.

Die Tür zu seinem Dienstzimmer steht weit offen. Keßler geht darauf zu, betritt den Raum, schließt die Tür hinter sich. Er lächelt befriedigt. Wehrmacht bleibt Wehrmacht. Jeden Morgen überkommt ihn erwärmend dieses Gefühl, bedingungslosen Gehorsam gespürt zu haben, als betrete er einen gut durchheizten Raum nach langem Weg in großer Kälte.

Für Keßler ist dieser Krieg die große Wende. Bisher hat er — Freikorpskämpfer, Student, Arbeitsloser — sich mit den Rabauken der Partei nach oben geschlagen. Dann trat er, stets die Auslese bejahend, der SS bei. Dort fiel er auf, wurde ungewöhnlich schnell befördert, war Mitglied der SS-Reichsführung. Jetzt haben sie ihn, im Spezialauftrag und mit Sondervollmacht versehen, in die Wehrmacht gesteckt.

Dieses Generalkommando in Würzburg ist ein bescheidener Anfang. Hier wird er sich einige Wochen lang akklimatisieren, die Lage peilen, die besonderen Verhältnisse studieren. Ist das geschehen, werden ihm größere Aufträge übergeben werden. Durchdringung ganzer Frontabschnitte mit NS-Gedankengut und Lebensform, vermutlich. Losgelassener Wachhund für fragwürdige Generale und niedere Handlangerdienstgrade. Hier in Würzburg zapft er nur die ersten Quellen an, um sich an den Geschmack zu gewöhnen.

Seine Prinzipien sind einfach und klar. Und wirksam. Er schlägt die Wehrmacht mit ihren eigenen Waffen. Er macht kräftig in Disziplin. Er ist Offizier unter Offizieren, Soldat über Soldaten. Und Vorgesetzten gegenüber ist er der Mann, der mindestens die Vollmachten eines Kommandierenden Generals in der Tasche trägt. Er verlangt eisernen Gehorsam, ihm gegenüber.

Keßler, groß, breit, mit energischen, eckigen Gesichtszügen, sitzt hinter seinem Schreibtisch. Heute abend wird er vor den Offizieren des Standortes eine programmatische Rede halten. Er wird ihnen eindringlich klarmachen, daß Nationalsozialismus und Wehrmacht ein und dasselbe sind. Untrennbar. Und unerschütterlich, wenn sie untrennbar sind. Er wird sie seelisch darauf vorbereiten, daß er zwischen sie Nationalsozialistische Führungsoffiziere setzen wird. Und das werden seine Spürhunde sein, die er den Gesinnungsschweinen auf die Fersen hetzen wird. Dagegen können sie nicht an. Das ist dann Hochverrat. Und dafür wird man an die Wand gestellt.

Er überprüft das Konzept seiner Rede. Die Mitte gefällt ihm nicht. Es muß klarer herausgearbeitet werden, daß ein schlechter Soldat auch ein schlechter Nationalsozialist ist. Und umgekehrt! Und soviel Offiziere wie möglich müssen sich das anhören. Auch von den angrenzenden Standorten. Wer sich nicht freiwillig hergezogen fühlt, muß unter Druck gesetzt werden.

Gareis wird ihm gemeldet. Ah, gut, Gareis! Soll kommen. Er schlägt den Aktendeckel über seiner Rede zu und geht Gareis entgegen. Gareis grüßt mit der entwaffnenden Saloppheit nicht ausgebildeter Zivilisten. Keßler übersieht das großzügig. Wenn auch kaum ein anderer, aber Gareis kann sich das bei ihm leisten. Gareis wird gebraucht. Der löst jeden schwierigen Fall, als wäre der eine Klippschulrechnung.

»Schnäpschen? Zigarre? Zigarette?« Gareis lehnt dankend ab. »Dann schießen Sie los, Gareis. Was hat es gestern nacht gegeben?« Und Gareis berichtet. Er kennt Keßler noch von früher und weiß genau, was er gerne hört. Die Schilderung von der Verhaftung nimmt einen breiten Raum ein. Keßler ist ein einziges Gelächter. Die beiden im Bett, das könne er sich genau vorstellen. »Und Sie sagen, Gareis, beide waren total nackt?« Gareis gibt bereitwillig nähere Einzelheiten zum besten.

»Und sonst?« Keßler, den zwar pikante Geschichten amüsieren, der aber auswertbares Material dringend braucht, ist plötzlich ernst geworden. Wie umgeschaltet. Sein Körper, leicht vorgeneigt, erinnert Gareis an einen Tiger, der zum Sprung ansetzt. Nun, er wird ihm einiges in den Rachen werfen, das seinen Appetit erheblich stillen wird.

Keßler nimmt eine lange Liste entgegen, die eine Aufstellung der beschlagnahmten Gegenstände enthält. Keßler pfeift durch die Zähne. Stattlich, sehr stattlich. Er überlegt bereits, mit welchen Details er diesen eklatanten Fall in seine Rede einbauen kann. Selbstverständlich wird er ihn restlos auswerten, den Offizieren blamable Einzelheiten unter die Nase reiben. Er wird ihnen schon klarmachen, daß üble Elemente in ihren Reihen sitzen. Wenn er später den einen oder den anderen herausholt, geschieht das nicht ohne Vorbereitung.

Gareis erwähnt jetzt Strick. Gibt nähere Einzelheiten: geht ran, haut rein, nimmt keine Rücksicht. Keßler horcht sichtlich auf. Diesen Strick, denkt Gareis, müßte man Keßler vorsichtig aufreden. Strick ist bestimmt der richtige Mann, um Keßler in Unruhe zu bringen. Und Keßler hat das nötig. Je mehr dieser Strick den Keßler beschäftigt, um so weniger wird sich Keßler mit ihm, Gareis, beschäftigen. Er hat dann freie Hand, und mehr will er gar nicht. Man kann das zwar nie so genau wissen, aber man sollte es versuchen. Wenn sich aber Keßler und Strick verstehen, auch das ist leicht möglich, wird es hier in Würzburg und Umgebung mächtig rauchen. So oder so, er, Gareis, wird in seinem Element sein dürfen.

Keßler ist von Stricks Verhalten außerordentlich angetan. Gareis fühlt das. Jetzt sieht er, wie Keßler den Namen Strick auf ein gesondertes Blatt Papier schreibt. Ausgezeichnet. »Jedenfalls«, sagt Keßler, »bin ich sehr mit Ihnen zufrieden.« Das genügt Gareis vorerst.

Keßler fordert von jeder Vernehmung, von jedem Bericht eine Kopie für seine Dienststelle. Gareis hat das erwartet, zieht die ersten Unterlagen aus seiner Brusttasche und sieht zufrieden, wie sie sorgfältig in einen neuen Aktendeckel wandern. Das ist wie Köder, denkt Gareis zufrieden, und Keßler frißt alles, was man ihm geschickt ins Maul wirft.

»Sie werden mich ständig unterrichten«, fordert Keßler. Und Gareis verspricht das. Ein prächtiger Fall, denkt Keßler zufrieden. Das ist genau das Material, das ich brauche. Wasser auf meinen Mühlen! Ich werde diesen Vorgang nicht nur in meine Rede einbauen, ich werde ihn ausbauen. Künstlich erweitern. Sie alle durch ein Vergrößerungsglas sehen lassen. Stielaugen müssen die Kerle machen. Wenn es sich lohnt — und es scheint sich zu lohnen — mache ich daraus eine glatte Staatsaktion.

Er beginnt begierig in den Unterlagen zu blättern. Gareis, der es plötzlich sehr eilig hat, will wissen, ob er sich verabschieden darf. Keßler genehmigt das, nicht ohne anerkennende Worte auszusprechen. Gareis hört noch zusätzlich etwas von Pflichtgefühl, Pflichterfüllung und Verpflichtung den großen Gedanken der Zeit gegenüber; ein anscheinend unvermeidlicher Abschiedssegen.

Gareis ist froh, daß er draußen ist. Ich muß mich, denkt er, in den nächsten Stunden auswärts beschäftigen. Wenn nämlich Keßler die Unterlagen genau durchlesen wird — und das wird er — kann ihm nicht entgehen, daß dieser Major und Bahnhofskommandant das Goldene Parteiabzeichen besitzt und sich auch sonst kräftig in der Bewegung betätigt hat. Kaum anzunehmen, daß Keßler darüber sehr erbaut sein wird.

Und Keßler ist auch nicht sehr erbaut davon. Er liest das, stutzt, liest das noch einmal und flucht dann leise vor sich hin. Daß der Mann lediglich bei der SA war, beruhigt ihn ein wenig. SA war schon seit je nichts anderes als ein Haufen großschnäuziger Kümmerlinge. Und wenn man genau überlegt, sagt sich Keßler, ist überhaupt vieles in der Partei ein Scheißhaufen. Müde Verwaltungsbeamte und Märzveilchen, lahmarschiges Kroppzeug und gar nicht mehr revolutionär eingestellte Pensionäre.

Außerdem: er, Keßler, braucht seinen Fall. Für ihn ist dieser Bahnhofskommandant eben Major des Heeres und nichts anderes. Was er war, hat nicht zu interessieren; was er sich geleistet hat, geht auf Kosten der Wehrmacht. Fertig.

Und wer ist dieser Strick? Solche Kerle kann er gebrauchen. Sie greifen durch und gehen aufs Ganze. Was werden die erst veranstalten, wenn man ihnen die notwendigen Vollmachten und starke Rückendeckung gibt? Nicht auszudenken!

Aber wer ist dieser Mann? Daß dieser Strick ihm womöglich gefallen könnte, spielt gar keine Rolle, wird auch kaum eintreten. Wenn er ihn aber auf die Menschheit losläßt, muß offiziell alles in Ordnung sein. Er braucht für seine Mäuse eine Katze, aber im Sack wird er sie nicht kaufen.

Keßler drückt auf alle Klingeln. Das ist Großalarm. Die Angestellten seiner Dienststelle versammeln sich im Raum. Keßler, hinter sich das Hitlerbild, sitzt aufgerichtet im Schreibtischsessel. Er wartet wortlos, mit kleinen prüfenden Augen, bis alles diensteifrig Aufstellung genommen hat.

Dann sieht er auf seine Armbanduhr. Sie zeigt 9.18 Uhr an. »Es ist jetzt genau 9 Uhr«, sagt er. »Sie haben also zwei volle Stunden Zeit. Spätestens um elf Uhr legen Sie mir Ihre

Unterlagen vor. Was ich Ihnen jetzt befehle, bekommt Vorrang. Jede andere Arbeit wird zurückgestellt.«

Seine Mitarbeiter mimen hohe Anteilnahme. Es bleibt ihnen auch gar nichts anderes übrig. Seinerzeit hat ihnen Keßler unmißverständlich erklärt: »Es ist für Sie alle eine große Ehre, dieser Dienststelle angehören zu dürfen. Ich hoffe, Sie werden das zu würdigen wissen. Hingabe an die gerechte Sache ist das Wichtigste. Diese gerechte Sache heißt Nationalsozialismus. Wer hier nicht mitmacht, sabotiert. Wer sabotiert, den lasse ich einsperren oder an die Front schicken. Es lebe der Führer!«

Wenn Keßler offizielle Reden hält, spricht er reine Plakattexte. NS-Versammlungshochdeutsch, stark konzentriert. Ansonsten läßt sich nicht alles wortgetreu aufschreiben, was er sagt; es wäre nicht druckreif. Was jedoch Keßler jetzt will, hat er sich genau überlegt. Das quillt aus ihm heraus, wie aus einem vollaufgedrehten Hydranten.

»Ich brauche möglichst genaue Unterlagen über einen Oberleutnant Strick. Oberleutnant Strick gehörte bisher — schreiben Sie sich das auf — der Dienststelle der Feldpostnummer 17830 an. Ostfront. Mittlerer Abschnitt. Er ist im Austauschverfahren Front—Heimat nach Rehhausen versetzt worden. Jetzt legen Sie los. Telefonieren Sie, bis die Drähte rauchen.«

Keßler erhebt sich, nähert sich seinem ersten Mitarbeiter, pflanzt sich vor diesem auf. »Sie werden mir alle Unterlagen über Oberleutnant Strick verschaffen, die mit dessen Dienstzeit zusammenhängen. Sie wissen: Duplikate der Personalpapiere müssen beim Wehrmeldeamt liegen.«

Der zweite Mitarbeiter erhält seinen Auftrag: »Sie wenden sich an den Heimatort des Oberleutnant Strick. Ziehen Sie Erkundigungen bei der Polizei und bei der Partei ein. Wer ist der Mann? Wer sind seine Eltern? Wie ist ihr politischer Ruf? Welchen Beruf hat der Oberleutnant Strick? Welchen Leumund? Und was man sonst noch alles zu fragen pflegt. Je mehr Sie herauskriegen, um so besser.«

Der dritte Mitarbeiter beginnt seine Notizen. Keßler spricht auch zu ihm schnell und wohlüberlegt. »Jedem Versetzten werden Papiere mitgegeben oder vorausgeschickt. Mimen Sie unauffällige Personalkontrolle bei der Wachkompanie Rehhausen. Suchen Sie alles zusammen, was irgendwie mit Strick zusammenhängt.«

Keßler begibt sich wieder zu seinem Sessel zurück. »Sie haben, wie gesagt, zwei Stunden Zeit. Um elf Uhr wünsche ich an Unterlagen zu sehen, was irgendwie erreichbar war. Außerdem steht um elf Uhr mein Wagen hier. Noch irgendeine Frage?« Niemand anwesend, der es wagen würde, hier etwas unklar zu finden. Keßler nickt Entlassung. Seine Mitarbeiter entfernen sich.

Austausch Front—Heimat? Keßler läßt sich die dazu erlassenen Ausführungsbestimmungen vorlegen. Was er liest, bestätigt seine Überlegungen. »Besonders zu berücksichtigen sind verdienstvolle Offiziere nach langjährigem Einsatz.« Also scheint das ein verdienstvoller Offizier zu sein. Aber lassen sie »verdienstvolle Offiziere« überhaupt von der Front weg? Also vielleicht so etwas wie ein dort unerwünschtes Element? Unerwünschter Offizier in diesem reaktionären Stall von überheblichen Uniformfatzken? Gar nicht schlecht.

Wenn nichts dazwischenkommt, könnte das wirklich sein Mann sein. Wenn nichts dazwischenkommt!

Der Kreisleiter der NSDAP von Rehhausen, Dr. Friedrich, ist ein wahrhaft friedfertiger Mensch. Ein bereitwillig hergeliehener Spielplatz für anderer Leute Einfälle. Der Oberst Müller soll gesagt haben: eine Seele von Kamel.

Dr. Friedrich wäre heilfroh, wenn die Welt nur aus Parteigenossen bestünde, oder wenn es überhaupt gar keine Partei gäbe. Am glücklichsten wäre er, wenn er hätte Zahnarzt bleiben können. Und er war ein ganz brauchbarer Zahnarzt gewesen.

Dr. Friedrich begibt sich zur Kaserne. Er hat einen längeren, inneren Kampf mit sich ausgefochten, ob er seine Uniform anziehen soll oder nicht. Schließlich rang er sich zu dem Entschluß durch, den Uniformierten in voller Uniform zu begegnen. Das ist durchaus nicht sehr angenehm. Seinem Freund, dem Oberst Müller, sitzt die Uniform wesentlich besser. Außerdem hat Müller eine stattliche Menge Orden, er dagegen nur das EK II aus dem 1. Weltkrieg und das Kriegsverdienstkreuz II. Klasse, ohne Schwerter, anläßlich dieses Krieges.

Langsam steigt Dr. Friedrich den gewundenen Fahrweg zur Kaserne hoch. Dr. Friedrich geht zu Fuß. Das ist bei ihm nichts Besonderes. Er geht immer zu Fuß oder fährt auf der Eisenbahn. Er hat einen Befehl gelesen, wonach Benzin gespart werden soll, und so spart er eben. Ihm wird sehr heiß. Er möchte die Mütze abnehmen und sie in der Hand tragen, aber er sagt sich, daß er dann nicht mehr vollständig und vorschriftsmäßig uniformiert wäre. Auch das Koppel drückt ihn und die Pistole hängt schwer herunter. Doch er trägt ergeben seine Last, denn das muß wohl sein, da mit allen Einzelheiten angeordnet.

Seine Leidenschaft, und er wollte, er wäre nie im Leben leidenschaftlich gewesen, war das Reden. Er hat immer gerne, wenn auch nicht immer gut geredet. Schon seine Patienten, wehrlos unter dem Bohrer, wurden vornehmlich mit Weltanschauung betäubt. Dann redete er auch öffentlich, wo man ihn öffentlich reden ließ. Und sie ließen ihn reden, wann, wo und wie er wollte. Große politische Spannungen hatte es in Rehhausen nie gegeben. So hatte er weder welche zu beseitigen gebraucht, noch hatte er jemals welche geschaffen. Bei der Machtübernahme anno 1933 verlor Rehhausen einen mittelprächtigen Zahnarzt und erhielt dafür einen völlig harmlos einherredenden Kreisleiter, der sich mit bäuerlicher Schläue durch alle Klippen wand.

Dr. Friedrich wollte, er wäre nie Kreisleiter von Rehhausen geworden. Aber er blieb es nicht nur, sondern er galt sogar als besonders verläßlich, weil er prompt alle Befehle ausführte, die ihn jemals erreichten. Er selbst war vollkommen davon überzeugt, daß er nur lebe, um Schwierigkeiten aus der Welt zu schaffen. Wo er hinsah: Schwierigkeiten. Was er anfaßte: Schwierigkeiten. Was auf ihn zukam: Schwierigkeiten.

Jetzt wieder diese Schwierigkeiten mit dem Bahnhofskommandanten! 600 oder 800 Kreisleiter gibt es in Großdeutschland. Wer von ihnen hat direkte Verbindungen zu seinem Bahnhofskommandanten? Er. Und wem entstanden dadurch Schwierigkeiten? Ihm. Nur ihm. Einst hatte dieser Major die SA des Ortes geführt und ihm zu festlichen Anlässen gemeldet. Einst war dieser Major und Bahnhofskommandant SA-Sturmführer, Träger des Goldenen Parteiabzeichens und wurde dann sein Schwager. Nun, er, Dr. Friedrich, war heilfroh, daß er Elise, die Schwester seiner Frau, auf gute Art los wurde. Das war ein Esser und ein Keifer in der Familie weniger. Aber seit dem frühen Morgen lag ihm Elise wieder in den Ohren und verlangte, er müsse ihren geliebten Mann beschützen.

Geliebter Mann! Hat sich was. Wohl ein höchst einseitiges Vergnügen. Der Schwager schützte Arbeit vor und hatte seinen Spaß mit Mädchen. Eine Schande. Aber was sollte er dagegen machen? Ihn zur Rede stellen? Das geschah auch, mehrmals sogar, blieb aber völlig wirkungslos. Und sonst? Er kann ihn doch nicht verprügeln! Der Mann hat einen ganzen Sturm hinter sich und wiederholt den Gruppenführer auf die Jagd begleitet. Waidmannsheil! Da ist nicht viel zu machen. Eben: nichts als Schwierigkeiten.

Dr. Friedrich nähert sich dem Kasernentor. Der Aufstieg hat ihn ins Schwitzen gebracht. Kleine Tropfen stehen ihm auf der Stirn. Sein kurzer, bürstenartiger Schnurrbart ist feucht. Das Hemd klebt auf ihm wie eine feuchte Tapete. Dr. Friedrich sieht sich um, ob auch niemand in der Nähe ist, der ihn bei privatester Beschäftigung neugierig betrachtet. Dann holt er ein großes, blütenweißes Taschentuch hervor, bleibt stehen, nimmt die Mütze ab, verschnauft kurz und fährt sich mit dem Tuch schnell, in kurzen Bewegungen über die Stirne, Wangen, Kinn und Hals, als hobele er an seinem Kopf herum.

Der Posten, telefonisch von der Ankunft des Kreisleiters unterrichtet, öffnet geschäftig das Tor. Dr. Friedrich beschleunigt seine Schritte, damit der Posten auf ihn nicht zu warten brauche. Er beobachtet den Wachposten aufmerksam. Sobald der seine Ehrenbezeugung machen wird, und die Anweisungen erfordern es vom Kreisleiter, darauf zu warten, wird er sie sofort erwidern. Er wird das sehr stramm tun, aber doch nicht ohne Wohlwollen. Der Posten muß spüren, daß ihm ein bedeutender Mensch naht, aber auch einer, der ihm nicht ohne Wohlwollen, gewissermaßen kameradschaftlich, gegenübersteht.

Grüßend durchschreitet der Kreisleiter die Wache. Er ist einen kurzen Augenblick lang sehr mit sich zufrieden. Aufmerksam äugt er durch die Gegend, jederzeit bereit, einen ihm entgegengebrachten Gruß exakt zu erwidern, denn seit Oberst Müller, sein Freund, hier Kommandant ist, bringt man ihm viel Aufmerksamkeit entgegen. Selbst Offiziere grüßen bereits auf weite Entfernungen; und da einer dem anderen gerne zuvorkommen will, schwenken sie schon auf fünf und mehr Meter Entfernung die Arme.

Da steht sein lieber Freund, der Oberst. Pralle Vormittagssonne liegt auf seiner stattlichen Erscheinung. Das Ritterkreuz funkelt, als sei zusätzliches Eichenlaub mit Brillanten bereits vorhanden. Das energische, breitflächige Gesicht strahlt ihm entgegen. Wie eingeölt mit freundschaftlichem Wohlwollen. Und über dem Oberst steht in klaren gotischen Buchstaben: ORTSKOMMANDANTUR REHHAUSEN.

Oberst Müller tut, als sehe er erst jetzt — bisher durch die helle Sonne daran gehindert — den Kreisleiter. Er kommt ihm entgegen. Streckt die Arme aus. Begrüßt ihn mit einem herzlichen »Heil Hitler!« Er setzt sich an die linke Seite des Kreisleiters und bewegt sich mit ihm seinen Diensträumen zu.

Bei Oberst Müller fühlt sich der Kreisleiter Dr. med. dent. Friedrich geborgen. Müller ist für ihn überlegene Ruhe und Sicherheit, ist Verständnis für seine Schwierigkeiten und kameradschaftlicher Trost. Daß Müller nach Rehhausen versetzt wurde, ist für ihn das große Glück dieses an Schwierigkeiten reichen Krieges. Seit es ihn gibt, arbeiten in Rehhausen Wehrmacht und Partei Hand in Hand. Und es hat seitdem mehr als einen Kreisbefehl der NSDAP gegeben, der aus Müllers Gedanken entstanden war, wenn er auch noch nicht seine Unterschrift trug.

Müller geleitet seinen lieben Gast, wie er ihn gerne nennt, mit allen Zeichen liebevoller Aufmerksamkeit durch seine Büroräume. Er könnte ihn auch ohne Umwege in sein Dienstzimmer führen, aber er läßt sich das nun fällige Zeremoniell selten entgehen.

Im großen Büroraum erheben sich die Schreiber und ein Unteroffizier meldet. Müller winkt ab, der Kreisleiter Dr. Friedrich dankt. Im nächsten Raum pumpt sich der füllige Oberwachtmeister Demuth, der Ia-Schreiber, hoch. Auch er meldet und berichtet kurz über Neueingänge. Müller und Dr. Friedrich danken.

Im nächsten Raum treffen sie Hauptmann Geiger, den Adjutanten an. Geiger — stramm, korrekt, höflich. In tadelloser Uniform und mit ebensolchen Umgangsformen. Er erstattet Meldung und bittet um die Erlaubnis, ein soeben eingegangenes Geheimschreiben vorlegen zu dürfen. »Später«, sagt der Oberst. »Das hat Zeit. Erst habe ich eine wichtige Besprechung mit unserem Kreisleiter.« Der Adjutant schlägt dezent die Hacken zusammen, Dr. Friedrich reicht ihm die Hand, die Hauptmann Geiger herzhaft und ergeben zugleich drückt.

Der nächste Raum ist das Vorzimmer des Obersten. Es ist gediegen, fast vornehm eingerichtet. Den Fußboden bedeckt ein roter Teppich. Der Duft eines leichten Parfüms liegt im Raum. Hier treffen sie auf Erika Blaustrom, die Sekretärin des Obersten. Der Kreisleiter stelzt auf Erika zu, drückt ihr die Hand, versichert, daß er sich sehr freue, sie zu sehen. Erikas gutgeschminkte Lippen lächeln. Sie geben zwei Reihen wohlgeformter Zähne frei, die ihn immer wieder, wie er bereits mehrmals versichert hat, in seiner Eigenschaft als Zahnarzt entzücken, wobei er taktvoll verschweigt, daß er sie ein wenig als zu groß geraten empfindet.

Jetzt betreten sie das eigentliche Büro des Obersten. Ein riesiger Schreibtisch, tiefe Clubsessel, eine Couch, zwei Teppiche, ein Regal, ein geschnitzter Schrank. Sehr vornehm. Repräsentativ. Dr. Friedrich muß das immer wieder erneut mit neidloser Bewunderung feststellen. Und wenn man sich dem Oberst gegenüber setzt, sieht man hinter ihm Adolf Hitler hängen, in Öl.

»Mein lieber Herr Kreisleiter«, sagt der Oberst jovial, »wir scheinen schon wieder einmal die gleichen Sorgen zu haben.« Der Kreisleiter nickt. »Aber wozu sind die Schwierigkeiten da?« fragt der Oberst. Eine Frage, die er sofort selber beantwortet. »Um überwunden zu werden!« Der Kreisleiter nickt noch eifriger. Es ist wirklich gut, daß es diesen Müller gibt. Der wird ihm viel Sorgen ersparen.

»Die Kreisleitung«, stellt der Oberst fest, »ist also mit der Kommandantur der gleichen Meinung.« Dr. Friedrich bestätigt das. »Dann wird sich die Sache um so leichter durchdrücken lassen.« Und er fügt hinzu: »Es ist ja nicht so, daß wir irgend etwas vertuschen wollen, oder gar besondere Veranlassung dazu haben. Aber es gibt einen Passus, den man das Ansehen von Wehrmacht und Partei nennt. Wir müssen hier jede Schädigung vermeiden.«

Dr. Friedrich zieht sich, weit zufriedener, als er es vor fünfzehn Minuten zu hoffen gewagt hätte, in seinem Sessel zusammen. »Es wäre ja durchaus vorstellbar«, sagt er langsam, »daß dieser Offizier, dieser Oberleutnant Strick, einem Irrtum zum Opfer gefallen ist. Er hat sich einfach geirrt. Irren ist menschlich. Und auch durchaus verzeihlich. Wenn er aber einsieht, daß er sich geirrt hat, wäre sofort eine andere Grundsituation geschaffen.«

Müller nickt seine Zustimmung. Er sieht sein Gesicht auf der spiegelglatten Schreibtischplatte matt aufglänzen. Das Gesicht verrät selbst dort noch eine ganz leichte, sehr dezent hervorbrechende Überraschung. Dieser Friedrich, denkt Müller, ist beileibe kein Idiot. Er hat zwar keine großen Gedanken, aber was die theoretische Beseitigung von Schwierigkeiten anbelangt, da reicht so leicht keiner ran. Dieser Mann ist ein Kaninchen, sein Gehirn ein Kaninchenbau mit zwei Dutzend Schlupflöchern. Was er jetzt da vorschlägt, wäre sicherlich die beste Lösung.

»Und Sie halten es für möglich«, sagt Dr. Friedrich bescheiden, dabei aufmerksam die Spitzen seiner Zugstiefel betrachtend, »daß dieser Oberleutnant Strick seinen Irrtum zugibt.«

Der Oberst scheint seiner Sache sehr sicher. »Es wird ihm gar nichts anderes übrig bleiben.« Das Gesicht auf der blanken Schreibtischplatte lacht ihm zuversichtlich entgegen. »Ich werde diesen Strick durch Eri herholen lassen. Sie wird ihn liebevoll anbraten. Bei ihr schmelzen die Männer wie Butter. Die hat schon ganz andere Brocken klein gekriegt.«

»Hoffentlich«, sagt der Kreisleiter, aber es klingt dennoch sehr zustimmend. »Hoffentlich.«

Erika Blaustrom, die Sekretärin des Obersten, von ihren Freunden auch kurz Eri genannt, nimmt kaum Notiz, als Oberleutnant Strick ihr Zimmer, das Vorzimmer, betritt.

Erika poliert ihre Fingernägel, mit weichen, schnellen Bewegungen. Sie erglänzen in matt schimmernder Zufriedenheit. Eri läßt prüfend das Sonnenlicht darauf spielen. »Nehmen Sie doch Platz«, sagt sie, ohne ihre Beschäftigung zu unterbrechen.

Der Nagel am linken Mittelfinger glänzt ihr ein wenig zu aufdringlich. Er wirkt nicht matt, sondern fettig, nicht glänzend, sondern blank. Unmittelbar über ihrer Nase entsteht der Ansatz einer kleinen Querfalte in der sonst glatten Stirn. Das aber geschieht nicht ihres Fingernagels wegen, sondern weil sich Strick auf einen Stuhl in ihrer unmittelbaren Nähe gesetzt hat und sie interessiert zu betrachten scheint.

Das macht Erika ein wenig nervös. Ihre Bewegungen, mit denen sie den widerspenstigen Fingernagel bearbeitet, sind schneller als vorher, kürzer noch, fast schroff. Strick zieht seinen Stuhl einige Zentimeter näher, um ihre Beschäftigung genau verfolgen zu können. Er beugt sich interessiert ihren Händen entgegen, als bewundere ein Laie eine Drehbank und deren präzise Arbeit.

Erika läßt ihre Hände sinken, hebt den Kopf und sieht sich Strick genau an. Der lächelt. Er hat ein freches Lächeln, denkt Erika. Niemand in Rehhausen wagt es, mich derartig frech anzulächeln. Aber vielleicht weiß der Mann gar nicht, wen er vor sich hat, ahnt nicht, welche Stellung sie hier bekleidet und daß der Oberst auf sie hört.

»Sind Sie Oberleutnant Strick?« will Erika wissen. Strick sieht sie an, als begegne ihm ein Fabeltier. Er gibt sich angenehm überrascht. »Ah«, sagt er, »Sie sind der Oberst!« Erika weiß darauf nichts zu erwidern. Das ist doch eine glatte Frechheit! Oder soll das ein Scherz sein?

»Wenn Sie der Oberst sind«, erklärt Strick weiter und gibt sich ganz ernsthaft, »und Sie scheinen es zu sein, dann muß ich Ihnen erklären, daß Sie der reizendste Oberst sind, der mir bisher begegnete.« Erika macht eine ungehaltene Geste der Abwehr. Strick ist großmütig bereit, sich auf Korrekturen einzulassen. »Bestimmt aber«, so versichert er, »haben Sie die schönsten Hände, die ich in den letzten Monaten betrachten durfte. Wahre kleine Kunstwerke.«

Erika hält das für einen glatten Angriff auf die Schönheitsbedürfnisse einer modernen Frau. »Was erwarten Sie denn von uns?« erklärt sie leicht ungehalten. »Erwarten Sie etwa, wir sollen uns Ihnen angleichen? Einheitsunterwäsche tragen und mit mistigen Fingernägeln herumlaufen, nur weil euch an der Front kein Friseursalon nachrollt? Sollen wir uns acht Tage lang nicht waschen, nur weil ihr auch manchmal angeblich wochenlang keine Zeit dazu habt, oder zu faul dazu seid?«

Strick wehrt ab. Von ihm aus könne sie sich täglich in Eselsmilch baden. Er habe nichts dagegen. Im Gegenteil, ganz im Gegenteil! Eri betrachtet ihn mißtrauisch, aber mit ganz leicht ansteigendem Wohlwollen. Dann sieht sie auf ihre Hände, auf die Hände, von denen er gesagt hat, es seien die schönsten Hände, die ihm in den letzten Monaten begegnet seien.

Aber Eri beschließt, mißtrauisch zu bleiben. Wenn sie im Krieg auch nicht viel gelernt hat, das hat sie gelernt: nicht allen kann es gut gehen; viele leben nur deshalb, weil andere für sie sterben. Und wer sich nicht behauptet, säuft ab. Sie ist, worauf sie in melancholischen Stunden gelegentlich sehr stolz ist, ein Kind armer, aber braver Eltern. Hat nicht ihr Vater, ein Buchhalter, immer wieder behauptet, daß er zwar arm sei, aber ehrlich? Daran erinnert sie sich immer wieder gerne mit gedämpftem Stolz; aber, wie gesagt, nur in ihren melancholischen Stunden, und die sind recht selten.

Gelegentlich aber ist sie davon überzeugt, ihr Vater sei nur deshalb arm geblieben, weil er dumm war. Ein Schaf und brav! Nun, er war ein redlicher Mann, der des Sonntags regelmäßig zur Kirche ging, vor jedem Mittagessen laut betete und die Nächte wohlgefällig und im ganzen Hause hörbar durchschnarchte.

Sie war heilfroh, als sie von zu Hause fort konnte; und sie konnte es, als der Krieg kam. Gelobt sei der Krieg — er machte sie frei; er befreite sie von der Dummheit armer Leute. Und dumm war in ihren Augen — übrigens sehr schönen, dunklen Augen — jeder, der wie ihr Vater brav war. Nun, sie war es nicht und sie sah, daß es sich lohnte.

Auf was Erika auch immer blickt, es wird für sie zum Spiegel. Und auch in dem Gesicht von Strick sieht sie, daß sie schön ist. Das ist, weiß Gott, nichts Neues für sie. Aber es tut immer wohl, solches Wissen bestätigt zu sehen. Zufrieden dehnt sie sich ein wenig; und sie sieht es Strick an, daß er an ihr nicht nur Augen und Hände betrachtenswert findet.

Sie erhebt sich, streift mit den Händen behutsam, fast zärtlich, über ihre Hüften, als wolle sie, was aber nicht nötig ist, das leichte Sommerkleid glätten. Sie geht auf ihren Tisch zu, setzt sich auf diesen und läßt die Beine herunterbaumeln.

Strick rückt mit seinem Stuhl ein wenig zurück. Er vermutet, daß die Temperatur im Raum sehr hoch sein muß. Er fühlt das Bedürfnis in sich aufsteigen, die Fenster weit zu öffnen, möglichst auch noch die Tür.

Er hält mich für eine raffinierte Person, mutmaßt Erika. Und das ist gut so. Er muß fühlen, daß ich kein Bählamm bin; und wenn er das fühlt, wird er sich entsprechend benehmen. Er kann sich leisten, was er will und ich werde ihm genau soviel erlauben, wie mir gerade paßt, nur eins nicht: daß er mich wie ein dummes, kleines Mädchen behandelt.

Strick macht, sehr gedehnt, darauf aufmerksam, daß er zum Oberst bestellt sei; er versichert, daß es ihm zwar sehr viel Freude bereite, mit ihr zu plaudern — und er hoffe, das werde noch oft möglich sein — aber er müsse wohl annehmen, daß der Oberst ihn zu sehen wünsche.

Erika versichert ihrerseits, daß das vorläufig noch gar nicht der Fall sei. »Der Herr Oberst verhandelt mit dem Kreisleiter, mit dem Adjutanten, mit Hauptmann Wolf, mit dem Gerichtsoffizier. Und solange das dauert, müssen Sie warten.«

Und wie lange das wohl noch dauern wird? Er könne ja in der Zwischenzeit in die Kantine gehen. Erika belehrt ihn sanft: »Offiziere, Herr Strick, gehen bei uns nicht in die Kantine, sondern in das Kasino. Wir haben hier ein Kasino, für die Offiziere und deren Damen.« Das Wort »Damen« betont Erika mit leichter Ungehaltenheit, als zitiere sie einen Begriff, der auf Toilettentüren vorzufinden ist.

Erika hat etwas gegen jene Damen, die Offiziers-Damen genannt werden und denen Sonderrechte eingeräumt worden sind. Erika gehört nicht zu ihnen und das findet sie hundsgemein. Erika denkt da ganz logisch: einmal sieht sie weit besser aus, als alle Exemplare jener Gattung zusammen; dann aber hat sie auch weit mehr zu sagen als diese gehobenen Caféhausmädchen; und schließlich ist ihr Verhältnis zu Oberst Müller zum mindesten genau so eindeutig, wie manche gerade noch krampfhaft zusammengehaltene Ehe in Offizierskreisen.

Daß das jeder in der Kommandantur nicht nur weiß — wohl mit der einzigen Ausnahme von diesem Strick — sondern auch ihr gegenüber verbindlich durchblicken läßt, daß er es weiß, aber doch nicht das geringste in diesem Sinne für sie unternimmt, das ist ja die ganze Sauerei. Erika leidet darunter; sie zeigt es nicht und sagt es niemandem, auch dem Oberst nicht, aber sie leidet darunter. Das Ganze ist — immer wieder einmal! — eine glatte Sauerei.

»Das ist doch ausgezeichnet!« sagt Strick. Erika horcht auf. »Was ist ausgezeichnet?« will sie wissen. »Daß er hier ein Kasino gibt. Ich hoffe, ich werde Sie dort oft sehen.« Erika, an ihrem wundesten Punkt getroffen, antwortet kurz, mit spürbarer Verbitterung: »Mich nicht.« Da ist Strick aber sichtlich erstaunt. »Sie verkehren nicht im Kasino?« »Dort werden nur Damen des Offizierskorps geduldet.« »Und Sie sind keine Dame des Offizierskorps?« »Nein.«

Strick spürt deutlich, daß ihm hier etwas in die Hände geraten zu sein scheint, das jeder Beachtung wert ist. Sein kunstvoll arrangiertes Erstaunen nimmt wesentlich an Umfang zu. »Was ist denn das?« ruft er hell verwundert aus. »Es findet sich im ganzen Offizierkorps niemand, der Sie als seine Dame im Kasino einführt?«

Dieses Gespräch verwirrt Erika, was ihr sehr neu ist, ein wenig. »Sie würden mich dort einführen?« will sie wissen. »Mit Wonne!« erklärt Strick und es klingt nicht nur ehrlich, sondern er meint diesmal, was selten ist, wirklich das, was er sagt.

Erika versucht von diesem Gespräch loszukommen. Dieser Strick scheint ein naiver Mensch zu sein, oder aber, was sie eher hoffen möchte, er weiß gar nichts von dem, was in Rehhausen intern vor sich geht. Natürlich wird sie nie im Kasino erscheinen dürfen; sie bedauert das sehr, aber es ist wohl nicht zu ändern. Privat teilt sie Tisch und Bett mit dem Obersten, je nach Bedarf, aber offiziell ist sie seine Sekretärin und hat besonders im Offizierskasino nichts zu suchen; denn Ordnung muß sein, auch die Kasinoordnung. Und es gibt gesellschaftliche Verpflichtungen, sagt auch der Oberst oft, denen man sich nicht entziehen darf; das Offizierkorps sei gewachsene Tradition und die müsse gepflegt werden.

Also schaltet Erika brüsk das Gespräch um. Sie hat einige Richtlinien bekommen und danach will sie jetzt handeln. Damen des Offizierkorps? Kasinobesuche? Blödes Gerede! Bringt nichts ein und nimmt ihr nur die Zeit weg.

Sie steuert ohne Umwege auf ihr Ziel los. »Sie scheinen sehr wenig von Rehhausen zu wissen«, sagt sie. »Woraus schließen Sie das?« »Der Bahnhofskommandant ist ein sehr verdienstvoller Mann.« »Das glaube ich Ihnen gerne. Es kommt nur darauf an, ob man das Verdienst oder den Verdienst meint.«

Erika spürt deutlich, daß der mittelgroße, schmächtige Mann vor ihr voller Hartnäckigkeit ist. Der fragt jetzt grinsend: »Sind Sie auch in der Partei?« Erika ist leicht empört. »Sehe ich so aus?« Strick bestätigt freundlich, daß sie nicht unbedingt diesen Eindruck mache. Er betrachtet zierliche Hände mit rosigen Fingernägeln, sorgfältig nachgezogene Lippen, schmale, geschickt verlängerte Augenbrauen, eine zarte, kaum spürbare Schicht von Puder. »Nein«, sagt er entschieden. »Sie hopsen sicherlich nicht im BDM mit.«

Erika versucht erneut, Strick auf das ihr nahegelegte Thema zu bringen. Aber der weicht aus. Kommt sie auf die internen Verhältnisse in Rehhausen zu sprechen, redet Strick vom Wehrmachtsbericht und erkundigt sich angeregt nach dessen Wirkung auf die weibliche Zivilbevölkerung. Wenn Erika das Verhältnis von Kommandant, Bahnhofskommandantur und Kreisleitung näher erläutern will, bekundet Strick sein dringendes Bedürfnis, Näheres über die Bademöglichkeiten in Rehhausen und Umgebung zu erfahren.

Dabei drängt die Zeit. Die süßliche Luft im Raum nimmt zu an Dicke und Trägheit. Es atmet sich schwer. Die Gedanken folgen einander nur noch mühsam. Die späte Vormittagssonne liegt prall auf den fest geschlossenen Fenstern. Erika dehnt sich in der wachsenden Hitze, als sei sie in ein warmes Bad gestiegen. Strick bewundert sie unverhohlen; ihm ist, als beginne er mit offenen Augen angenehm zu träumen. Erika sieht in seinem Gesicht das Bild, das sie ihm bietet.

Leutnant Rabe, der Gerichtsoffizier, betritt, aus dem Zimmer des Obersten kommend, den Raum. Er bleibt kurz stehen. Sein Gesicht ist starre Ablehnung, wie die gefrorenen Züge einer Zeichnung. Er geht zum Fenster, öffnet es weit, atmet dort tief. »Eine Treibhausatmosphäre ist das hier!« erklärt er. »Gut geeignet, um darin zu ersticken!«

Erika betrachtet ihn spöttisch. »Wie gut, daß es Sie gibt, Herr Rabe. Sie bewahren uns vor dem Erstickungstod. Überhaupt: Sie sind der geborene Bewahrer.« Rabe tut, als höre er das nicht. »Der Herr Oberst läßt Sie bitten, Herr Strick«, sagt er. Und er sagt das sehr förmlich.

Strick ist gerne bereit, wie er sagt, dieser Bitte nachzukommen. Er wendet sich an Erika: »Und das mit dem Kasino, das sollten Sie sich überlegen. Wie gesagt: ich bin liebend gerne dazu bereit.« Dann geht er, von Rabe gefolgt.

Erika schlendert an das Fenster. Die Sonne legt sich auf ihr dünnes Kleid. Sie hebt die rechte Hand und betrachtet ihre Fingernägel. Das sind also die reizendsten Hände, die er, wenn man ihm glauben darf, in den letzten Monaten gesehen hat. Dabei ist der Glanz ihrer Fingernägel nicht einmal vollkommen aufeinander abgestimmt. Jedenfalls sind es Hände, die wohl niemals ein Weinglas im Offizierskasino halten werden — obwohl sie es verdient hätten.

Zähes Wohlwollen trieft Strick entgegen.

Der Oberst, breit und behaglich hinter seinem Schreibtisch, sieht ihm mit wohltemperierter Herzlichkeit entgegen. Es ist, als erwarte er einen lieben Sohn, sei aber noch nicht völlig davon überzeugt, diesen endlich vor sich zu haben.

Der Kreisleiter, aufgerichtet und um eindrucksvolle Haltung bemüht, hat die Arme auf die breiten Sessellehnen gelegt und sitzt da wie eine leicht komisch uniformierte Sphinx. Hauptmann Wolf besitzt artig und sprungbereit einen Stuhl in der Nähe des Obersten und der Adjutant, Hauptmann Geiger, blättert stehend in einem Aktenstück und sieht in unbestimmter Art sehr diensteifrig aus. Leutnant Rabe steht mit sichtlicher Gelassenheit im Hintergrund.

Die Sonne fällt mit breiten Streifen in den Raum ein. Wo sie auf das glatte Parkett prallt, leuchtet sie eine hauchdünne Staubschicht unbarmherzig aus, aber der dicke rote Teppich saugt sie ein, als sei es ausschließlich seine Aufgabe, Sonnenstrahlen zu verschlucken.

Strick meldet kurz: Dienstgrad, Name, Versetzungsgrund, frühere Dienststelle. Müller nickt und reckt seine fleischige Hand weit über den Schreibtisch. Strick ergreift sie. Es ist eine weiche, gepflegte, aber dennoch kräftig zudrückende Hand.

Der Oberst stellt die Herren seiner Umgebung vor, soweit sie Strick noch nicht bekannt sind. Hauptmann Geiger gibt sich verbindlich, aber ohne auch nur ein geringes an Distanz einzubüßen. Hauptmann Wolf grinst gemachtes Wohlwollen zu ihm hoch; es ist, als habe er ein Geschäft zu tätigen, dessen Erfolg sehr ungewiß ist.

Müller, mit großer Geste: »Und das ist Herr Doktor Friedrich. Kreisleiter der NSDAP in Rehhausen.« Der Kreisleiter erhebt sich, Entgegenkommen und aufgeschlossene Bereitwilligkeit demonstrierend. »Willkommen in der Heimat!« ruft er aus. Strick verbeugt sich leicht. »Ich freue mich, Sie kennenzulernen, Herr Doktor.«

»Das ist er also!« stellt der Oberst jovial fest, mit nahezu lärmender Fröhlichkeit und so, als habe er einen guten Witz anzubringen. »Das ist also der Mann, der seine Freizeit mit Verhaftungen von Stabsoffizieren ausfüllt!« Er greift in ein Seitenfach seines Schreibtisches und fördert eine Zigarrenkiste an das Sonnenlicht. »Rauchen Sie?« Er präsentiert Strick eine Serie dicker, dunkelbrauner Zigarren, mit stumpfen Enden und farbenprächtiger Bauchbinde.

Strick überprüft den Inhalt, tastet nach einer besonders wohlgeformten Brasil und entnimmt sie dem Kistchen. Der Oberst registriert diese bedächtige Auswahl nicht ohne Anerkennung. Das Kistchen wandert weiter. Alle, mit Ausnahme von Rabe, greifen danach. Der Oberst zückt ein kleines Taschenmesser und beginnt mit dem sorgfältig durchzuführenden Zeremoniell des Beschneidens. Dann flammen drei Streichhölzer auf und werden in unmittelbare Nähe des Obersten gebracht. Der greift eins davon auf, hält es dem Kreisleiter verbindlich unter die Zigarre und fordert die anderen auf: »Bitte, meine Herren, bedienen Sie sich doch!«

Ein leichter, aromatischer Duft legt sich in den Raum. Die Rauchwolken schweben in das breite Sonnenlicht, fließen dort in dichten Wellen aufeinander zu, vereinigen sich, streben nach dem Fenster.

Der Oberst, nach ausgedehntem Genuß des ersten Zuges, lehnt sich zurück und betrachtet liebevoll seine Zigarre. Es ist, als spräche er zu ihr. »Mit der uns eigenen Ehrlichkeit frage ich Sie, lieber Strick: mußte das sein?« Strick scheint voll bereitwilliger Freundlichkeit. »Jede Verzögerung wäre gleichbedeutend mit Verschleierung gewesen.«

»Derartige Aktionen pflegen hier in der Heimat weite Kreise zu ziehen.« Der Oberst unterbricht sich kurz und saugt an seiner Brasil. »Haben Sie daran gedacht, daß Sie das Ansehen des Offizierkorps gefährden?« Strick ist bemüht, in seiner Antwort Verbindlichkeit aufklingen zu lassen. »Diese Mahnung, Herr Oberst, hätte besser etwas früher an den Bahnhofskommandanten gerichtet werden müssen.«

Oberst Müller läßt die Zigarre, als sei sie gefährdet, sinken. Was ist denn das! Eine Frechheit? Doch wohl kaum anzunehmen. Sein Blick wandert auf den Kreisleiter. Der hat, soweit das überhaupt noch möglich ist, seine Haltung neuerdings versteift. Sein Gesicht ist pure Ungehaltenheit. Der Kreisleiter sagt: »Wir werden — wie sich der Führer einmal ausdrückte — Fraktur reden müssen.«

Hauptmann Wolf ist reinrassige Zustimmung. Geiger wartet sichtlich auf eine Entscheidung des Obersten, um sich ihr sofort anzuschließen. Rabe macht einen völlig unbeteiligten Eindruck. Strick scheint sich vorzukommen, als habe er sich lediglich eine recht harmlose Bemerkung erlaubt.

Müller fühlt, daß hier keine Holzfällerei betrieben werden darf. »Lieber Strick«, sagt er und das klingt sehr väterlich. »Notwendigerweise muß Ihnen jede Übersicht über die örtlichen Gegebenheiten fehlen. Nur wir verfügen über die ausreichenden Kenntnisse. Die Verhaftung des Majors ist mehr als nur ungünstig. Sie ist — immer von der Situation der Heimat aus betrachtet — außerordentlich unklug.«

Strick sieht aus, als sei es ihm peinlich, sich dieser Meinung nicht anschließen zu können. »Ich gestehe«, sagt er, »weder an günstige Gelegenheiten noch an heimatliche Klugheit gedacht zu haben.«

Dr. Friedrich will das Schaf scheren, solange es noch angenehm blökt. »Na sehen Sie!« ruft er wie ein zufriedener Entdecker aus, Kamerad zum Kameraden. »Jetzt haben wir Sie aufgeklärt. Nun wird es Ihnen leicht fallen, den Interessen von Partei und Wehrmacht zu dienen.«

Strick ist unangenehm berührt. Das ist doch ein wenig zu plump! Er liebt in solchen Zusammenhängen keine massiven Deutlichkeiten. Sie sind doch nur ein Zeichen dafür, daß man ihn für einen Idioten hält. Er wendet sich direkt an den Kreisleiter, stößt eine Wolke Rauch aus sich heraus, als habe er das Bedürfnis, tief auszuatmen. »Ich fühle mich«, so erklärt er, nunmehr selbst um ein geringes deutlicher werdend, »aufgeklärt genug; wenn auch nicht gerade durch Sie, Herr Doktor. Doch selbst wenn ich Ihren besonderen Wünschen, denen von Partei und Wehrmacht, entsprechen wollte — ich kann es nicht mehr. Die Verhaftung ist bereits erfolgt.«

Der Oberst hebt seine Hand, als genüge eine leichte Bewegung, einen Zug zum Bremsen zu bringen. Der stattliche Aschenkegel fällt wie eine geballte Schneeflocke von seiner Zigarre, prallt auf die spiegelblanke Schreibtischplatte, zerschellt dort in watteweiche Brocken und bleibt unbeachtet liegen. »Ich möchte einen Offizier meines Bereiches«, meint er friedlich, »vor Unannehmlichkeiten bewahren. Aufgeklärt wie ich bin, halte ich einen Irrtum für menschlich.« Der Kreisleiter sekundiert sofort: »Und daher für verzeihlich!« setzt er versöhnlich hinzu.

»Ich bedauere fast«, sagt Strick sehr freundlich, »daß es kein Irrtum war.« Müller, nur noch mühsam: »Sie sollten genau nachdenken. Ich halte es für wahrscheinlich, daß Sie sich geirrt haben.« »Ich nicht.«

Oberst Müller schnauft dezent, holt dann tief Luft. Sein Blick fällt auf die Schreibtischplatte vor ihm. Unwillig bemerkt er die verstreute Asche. Er duckt sich und pustet sie mit kräftigem Atem seitwärts vom Tisch. Die Asche fliegt wie heftig gestoßen auf, macht einen kargen Bogen und rieselt auf die Hosen von Hauptmann Wolf. Der Oberst beachtet das nicht weiter. Wolf lacht unterdrückt auf, als habe ihn eine launige Bemerkung erreicht. Er stäubt sich ab.

Der Kreisleiter ist erfüllt von aufrichtiger Empörung darüber, so bitter wenig Reaktion auf sein entgegenkommendes, doch durchaus kameradschaftliches Verhalten gefunden zu haben. Seine Worte sind voller Vorwurf. »Zu Ihren Gunsten nehmen wir an, daß Sie nicht in der Lage sind, uns zu verstehen. Lassen Sie mich deutlich werden: Wir verlangen im Interesse von Partei und Wehrmacht von Ihnen, daß Sie alles tun, um diese Verhaftung rückgängig zu machen.«

Strick schüttelt bedauernd seinen Kopf, als begreife er diese Gedankengänge nicht. »Sie werden es sicherlich nicht glauben, Herr Doktor, aber gerade im Interesse von Partei und Wehrmacht erschien es mir notwendig, diesen Gauner in Majoruniform dorthin zu bringen, wo er schon seit geraumer Zeit hingehört.«

Das geht Oberst Müller zu weit. Dieser »Gauner in Majoruniform« ist ihm denn doch ein zu starkes Stück. Er schlägt mit der Faust auf den Tisch, daß die Asche seiner Zigarre wie ein Sternschnuppenfall darüber herfällt. Oberst Müller liebt diese Gesten. Sie zeigen, so meint er, leidenschaftliches Temperament und entschlossene Unerschütterlichkeit. Der Kreisleiter sitzt hoch aufgereckt da, als sei er, mitten im Aufstehen begriffen, vor Empörung erstarrt. Wolf hat das Format eines Bullen, der ein rotes Tuch sieht. Geiger wird sich sofort der Meinung des Obersten anschließen, sobald diese klar und unmißverständlich kenntlich wird. Rabe ist Schweigen und hohe Aufmerksamkeit.

Der Oberst lacht kurz auf und schüttelt heftig unwillig mit dem Kopf. »Sie verstehen mich wohl nicht? Ich will Ihnen ein Verfahren wegen Schädigung des Offizierkorps ersparen.« Strick, verkniffen: »Das ist sehr liebenswürdig von Ihnen, Herr Oberst. Aber es ist nicht notwendig.« »Sie wollen nicht?« Das klingt bedrohlich, leise, sehr deutlich, sehr fordernd. Es ist wie eine letzte Frage, auf die nur noch ein Urteilsspruch folgen kann.

Strick beißt die Zähne zusammen. Er gibt sich ruhig, aber seine Muskeln sind gespannt. Er spürt, daß ihn lauernde Gefahr umgibt. Leichte Unsicherheit überkommt ihn. Er fühlt sich ein wenig mutlos, hilflos, ausgeliefert. In ihm wächst das Bedürfnis riesengroß, zu schlafen, zu vergessen. Alles was hinter ihm liegt vergessen! Zu vergessen sind drei grauenhafte Jahre Rußland, mit Wanzen, Dreck, Kot, Blut und Leichen. Überhaupt: alles was mit dem Krieg zusammenhängt. Und hier könnte er es finden, dieses Vergessen. Hier ist versteckteste Heimat, ruhiger Dienst, lange freie Abende, ein Freund, vielleicht auch ein Mädchen, viel Wein wächst auf den Bergen ringsumher und irgendwo ist ein Raum, in dem ein weiß überzogenes Bett steht und auf ihn wartet. Ruhe. Die Augen zumachen und tief einsinken können in das Vergessen, wie in Watte.

Wie lautete doch die Frage des Obersten? »Sie wollen nicht?« Er sieht in fragende Gesichter, die groß und flächig auf ihn zuzukommen scheinen. Gesichter wie Fastnachtsmasken, die durch ein Gedränge taumeln. Er sieht Rauch, Asche und hauchdünnen Staub, die die Sonne grell und in breiten Streifen erbarmungslos ausleuchtet. Und er sieht das junge, kluge Gesicht des Leutnant Rabe, das einzige Gesicht im Raum, das ihn nicht ansieht, das aber mehr als alle anderen — das fühlt er plötzlich deutlich — eine Antwort verlangt. »Sie wollen nicht?«

»Nein«, sagt der Oberleutnant Strick.

In diesem Augenblick betritt Hauptmann Keßler den Raum und knallt die Tür hinter sich ins Schloß.

Es ist wenige Minuten nach elf Uhr, als Keßler in Würzburg seinen Wagen besteigt. Das Ziel ist Rehhausen. Der Kraftfahrer geht sofort auf Tempo. Er hat den grundsätzlichen Befehl, immer dann, wenn nicht ausdrücklich anders befohlen wird, aus dem Kasten herauszuholen, was er nur aus sich herausholen läßt.

Keßler liebt hohes Tempo. Er hat stets Vorfahrtrecht. Signale und polizeiliche Anordnungen sind immer nur für die anderen da. Was einige rücksichtslos nennen, das bezeichnet er mit »sich durchsetzen«. Für ihn sind jene Wände, die das gesetzlich geregelte Dasein errichtet, aus Papier. Papier ist für ihn kein Hindernis.

Der Kraftfahrer hat bereits mitten in Würzburg den Motor seines Wagens auf hohen Touren. Er überfährt zweimal das rote Licht an Straßenkreuzungen. Er fühlt, wie zweimal hinter ihm Polizeibeamte ihr Notizbuch zücken, um seine Nummer zu notieren. Das ist ein voller Erfolg. Keßler wird, wenn er in den nächsten Tagen die Strafmandate sieht, sehr zufrieden mit seinem Kraftfahrer sein, beweisen sie doch nichts anderes, als daß er sich durchgesetzt hat. Die Strafmandate werden dann immer lachend durchstrichen und mit dem Vermerk versehen: Dringende Dienstfahrt! Das macht sie ungültig.

Während der Kraftfahrer vor dem Hauptbahnhof scharf links abgebogen ist, sich durch einige enge Gassen zwängt, ein altes Weib kunstgerecht erschrickt und sich nach der Mainuferstraße durchschleust, prüft Keßler neben ihm Papiere.

Es sind die Unterlagen über Strick. Stattliche Unterlagen, ausreichende Unterlagen. Seine Leute scheinen für zwei Stunden das gesamte Telefonnetz des Generalkommandos für ihn in Betrieb gesetzt zu haben. Er ist durchaus nicht unzufrieden mit Ihnen.

Dieser Strick scheint eine stattliche Frucht zu sein. Vielleicht genau der Mann, den er braucht. Vielleicht. Er muß ihn sehen, ihn abtasten, auf den Zahn fühlen. Und dann muß er beim guten Oberst Müller, beim Breitarsch, wie er ihn bei sich nennt, ein bißchen »Schwarzer Mann« spielen. Das kann nie schaden.

Er überprüft den Tachometerstand. Der Zeiger zittert über der 80. Der Wagen saugt sich in hohen Tönen wimmernd durch den warmen Tag. »Mehr wie 80 kriegen Sie nicht rauf?« will er wissen. »Wir fahren gegen den Berg«, sagt der Kraftfahrer. »Ich habe bereits den Gashebel bis zum Stehkragen durchgedrückt.« »Wir werden uns eine andere Karre besorgen müssen. Schließlich habe ich nicht das geringste Bedürfnis, ständig in einem Kinderwagen spazieren zu fahren.«

Der Kraftfahrer erzählt von einem neuen Wanderer, Acht-Zylinder, der dem Generalkommando zugewiesen sei. »Und wer soll den kriegen?« »Vermutlich der Stabschef.« »Das glaube ich kaum«, sagt Keßler. »Wir brauchen ihn dringender.« Und der Kraftfahrer weiß im gleichen Moment, daß Keßler den Wagen kriegen wird.

Keßler kennt keine Schwierigkeiten, weil er keine Schwierigkeiten anerkennt. Wenn er nicht gerade beschäftigt ist, sucht er sich immer Dinge heraus, die — nach seiner Meinung — zu nichts anderem geeignet sind, als beseitigt zu werden. Und Keßler setzt sich immer durch. Als er ankam, hat er als erstes sämtliche Büroräume des Generalkommandos besichtigt. In die, die ihm dabei am besten gefielen, zog er ein. Dann hat er das Personal durchgekämmt. Wer ihn gleichgültig ließ, konnte bleiben, wo er war. Wer ihm nicht gefiel, wurde im Handumdrehen versetzt. Wer ihm besonders gefiel, den nahm er auf seine Dienststelle.

Der Wagen bremst scharf vor dem Kasernentor in Rehhausen. Der Gummi radiert den Asphalt. Kaum steht der Wagen, da drückt der Kraftfahrer anhaltend auf den Kontaktknopf für die Hupe. Ein Posten will kontrollieren. Keßler springt heraus, steht da, groß, massig, breit, fixiert den Posten, brüllt ihn an. Der Posten, völlig überrumpelt, zieht sich sofort zurück und ist eifrig bemüht, das Tor zu öffnen. Keßler setzt sich wieder in den Wagen. Er grüßt flüchtig. In seinen Mundwinkeln liegt grinsende Zufriedenheit.

Das ist seine Methode: die Leute fertigmachen, Widerstände brechen, klarstellen — ein für allemal — wer hier etwas zu sagen hat und wer nicht! Das exerziert er konsequent vier bis fünfmal hintereinander durch und weiß genau, wenn er zum sechsten oder siebten Male kommt, fliegt das Tor auf sobald er nur entfernt gesichtet wird. Und genau so muß es sein.

Der Wagen hält vor der Kommandantur. Der Kraftfahrer soll warten. Keßler packt seine Unterlagen in die Mappe, klemmt sie unter den linken Arm und begibt sich mit drahtigen Schritten in das Gebäude hinein. Das große Büro durchquert er, ohne von irgend jemand Notiz zu nehmen. Der dicke Ia-Schreiber, der Oberwachtmeister Demuth, sieht ihm im nächsten Zimmer mit verwunderter Ungehaltenheit entgegen. Das ist doch nicht die Art, wie man sich Oberst Müller, unter Mithilfe seiner Person, nähert! Solches muß er, mimisch, zum Ausdruck bringen.

Das ist ein Fall, wie Keßler ihn braucht. »Sie machen wohl keine Ehrenbezeugung mehr, Sie Täubchen, was?« Demuth, dem sowas hier noch nicht passiert ist, glaubt nicht recht zu hören. »Erheben Sie schon Ihren dicken, vollgefressenen Wanst, Sie Schmarotzer.« Keßler hört, wie die niederen Dienstgrade im Nebenraum vor Vergnügen gedämpft zu wiehern beginnen. Diese Begleitmusik hat er gerne.

Der mächtige Keßler baut sich drohend vor dem kleinen, dicken Demuth auf. Er fährt mit ihm Schlitten. Demuth muß, nach Kommando, »auf« und »hinsetzen« üben. Dem Hauptmann Keßler geht das viel zu langsam. Er stellt das mit gefährlichen leisen Worten fest. Demuth gerät in die Funktion eines Stehaufmännchens. Die niederen Dienstgrade luchsen neugierig durch die offene Tür. Keßler erweitert das Schauspiel, das er ihnen bietet, kunstgerecht. Auf Demuths speckigem Gesicht glänzen die ersten Schweißtropfen auf. Keßler mustert ihn, als prüfe ein Architekt nach vollendetem Werk noch einmal seine Entwürfe.

»Wenn Sie etwa glauben, Oberwachtmeister, Sie sind hier nur in der Heimat, um sich dick und rund zu fressen, dann haben Sie sich geirrt. Zum Arbeiten sind Sie hier, verstanden! Zum Disziplin halten! Vorbild sollen Sie sein, aber nicht beim Fressen!« Demuth steht ergeben stramm. Er möchte dem Kerl vor ihm an die Gurgel springen, ihn in den Hintern treten, in den Bauch, ihn anspucken! Ach! Keßler merkt das und grinst zufrieden. Demuth ist erstarrt; randvoll angefüllt mit wehrloser, gehässiger Ergebenheit.

»Haben Sie das verstanden?« will Keßler wissen. Und Demuth, in hoher Lautstärke, mit fetter Stimme: »Jawohl, Herr Hauptmann.« »Dann ist es gut«, sagt Keßler und will den Nebenraum betreten. Demuth springt vor und öffnet diensteifrig die Tür. Keßler lächelt zufrieden. Er kennt doch seine Pappenheimer! In Zukunft wird dieser dicke Oberwachtmeister in seiner Gegenwart flitzen, wie ein Wiesel.

Erika wird von Keßler übersehen. Es ist, als schritte er durch einen luftleeren Raum. Erscheinungen wie Erika übersieht er grundsätzlich immer. Bei ihnen fühlt er instinktiv, daß sie den normalen Dienstablauf gefährden. Und solange er das nicht beweisen kann, ignoriert er sie grundsätzlich, so sein Mißtrauen bekundend. Ehe Erika noch richtig von ihm Notiz nehmen kann, hat er das Vorzimmer durchquert und, ohne anzuklopfen, das Dienstzimmer des Obersten betreten.

Keßler begrüßt die Anwesenden im Raum mit weiter Geste, so als hätten sie sich eigens zu dem Zweck versammelt, von ihm aufgesucht zu werden. »Heil Hitler, Herr Oberst!« sagt Keßler, den rechten Arm leicht, aber nicht ohne die lässige Eleganz der gestauten Kraft, aufwärts-rückwärts winkelnd. Das ist die Geste des Führers, wenn dieser für Ovationen dankt.

Und das gleiche noch einmal: »Heil Hitler, meine Herren!«

Er bemerkt mit hoher Befriedigung, daß der Oberst sichtlich unangenehm überrascht ist. Seine Pantoffelhelden machen sogar einen ausgesprochen verblüfften, teilweise sogar saudummen Eindruck. Und siehe da, der Herr Kreisleiter! »Heil Hitler, Herr Kreisleiter!« Er trieft mit Wonne öligen Hohn in die ihn anstaunenden Visagen. »Wehrmacht und Partei von Rehhausen«, ruft er aus, »Arm in Arm vereint! Welch ein erhebender Anblick. Symbol der Zeit.«

Keßler schüttelt mit behaglichem Grinsen mehrere Hände. Bei Strick verweilt er, überprüft ihn kurz, als gedenke er Maß zu nehmen. Kräftiger Händedruck.

Der Oberst überlegt. Er ignoriert das Verhalten Keßlers, das wahrlich nicht den allgemeinen Gepflogenheiten entspricht, vorerst. Er fragt sich, ob wohl Keßler über die Verhaftung des Bahnhofskommandanten unterrichtet sein kann. Und er fragt sich weiter, was eigentlich zu geschehen hat, wenn das wirklich so ist. Dieser Keßler ist nämlich kein Witz, sondern muß todernst genommen werden. Seine Vollmachten könnten selbst ihm, dem Oberst und Ortskommandanten, leicht gefährlich werden.

Keßler zieht gemächlich einen Stuhl herbei und setzt sich in günstige Position. Er blickt grinsend von einem zum anderen, als habe er zu verkünden: da bin ich, da habt ihr mich, freut euch denn also! Das Schweigen der anderen Seite geht ihm wohlig ein, wie das erste Glas eines schweren Burgunder. Er schlägt, als erwarte er, freudig bewegt, noch mehr Genüsse, die Beine übereinander. »Sehr peinlich, Herr Oberst, diese Affäre mit dem Bahnhofskommandanten. Sehr peinlich.« Keßler wiegt bedächtig den Kopf, als habe ihn aufrichtiges Mitleid gepackt. »Sollte ich, Herr Oberst, nach Lage der Dinge dazu gezwungen sein, darüber an höchster Stelle zu berichten, sehe ich für Sie alle schwarz!« Er sieht genußvoll im Kreise herum. »Sehr schwarz!«

Oberst Müller hat sich jetzt völlig gefangen. Er weiß es also! Damit ist wenigstens die Grundsituation klar. Das Weitere wird sich finden. »Es ist sehr gut, daß Sie gekommen sind, Herr Keßler.« Es gelingt ihm, sonore Befriedigung in seiner

Stimme mitschwingen zu lassen. Um seine Augen bilden sich freundliche Falten. »Ihr Kommen erspart mir umfangreiche Berichte. Es ist ausgezeichnet, daß mein Anruf Sie noch erreicht hat.«

Jetzt ist Keßler ganz kurz von ehrlicher Verwunderung erfüllt. Er hat einen geringen Augenblick das Gefühl, mit kaltem Wasser überbraust worden zu sein. Er schlägt die Beine auseinander und richtet sich auf. »Ich weiß von keinem Anruf.« Müller erhebt sich. »Nun, Sie sind gekommen und das ist die Hauptsache! Darf ich Sie vorerst bitten, im Offizierskasino mein Gast zu sein. Wir speisen pünktlich um zwölf Uhr. Gleich ist es soweit. Ich habe die Angewohnheit, meine Offiziere nie warten zu lassen.«

Wer noch sitzt, erhebt sich jetzt gleichfalls; außer Keßler. »Meine Herren«, sagt der Oberst mit liebenswürdiger Bestimmtheit, »wir treffen uns also um zwölf Uhr im Kasino. Punkt dreizehn Uhr können wir dann hier weitermachen.«

Keßler kommt sich ein wenig überfahren vor. Aber im Grunde ist ihm diese Pause recht willkommen. Er wird sie dazu ausnutzen, diesen Strick näher zu beriechen. Die Einladung des Obersten, ihm in seine Wohnung zu folgen — »Hände waschen und kleines Schnäpschen« — lehnt er dankend ab.

Der Oberst setzt sich mit dem Kreisleiter in Marsch. Geiger und Wolf folgen in dezentem Abstand. Rabe will auf Strick warten. Aber Keßler sagt: »Wenn es Ihnen recht ist, Herr Strick, machen wir beide noch einen kleinen Spaziergang.«

Sie gehen hinaus. Oberwachtmeister Demuth, kaum daß er Keßler gesichtet hat, läuft voraus und öffnet diensteifrig die Türen. Keßler registriert das kühl. Er findet das ganz in der Ordnung. Wo er sich betätigt, sind solche Dinge selbstverständlich.

Das alltägliche Mittagessen, das unter dem Vorsitz von Oberst Müller eingenommen wird, muß von jedem Offizier besucht werden, der in der Kaserne von Rehhausen Dienst tut. Das ist in der Kasernenordnung festgelegt und durch Kommandanturbefehl erhärtet worden.

Der große Speisesaal im Kasinogebäude ist ein außerordentlich repräsentativer Raum. Sein Baumeister hat, da Geld vorhanden war, Geschmack beweisen dürfen. Die hohen Wände sind mit Eiche getäfelt. Von der schweren Balkendecke hängen zwei Kronleuchter herab. Den sorgfältig gepflegten Parkettfußboden bedeckt ein großer grüner Teppich fast vollkommen. Die Fensterfront besteht aus großen, bis zur Decke reichenden Glastüren. Wenn die geöffnet sind, geben sie den Weg auf eine Terrasse frei, von der aus das tiefer liegende Rehhausen, der Main und die jenseitigen Weinberge besichtigt werden können. Wie gesagt: repräsentativ.

Die Offiziere, die sich zum Mittagessen eingefunden haben, pflegen in kleineren Gruppen plaudernd zusammenzustehen, bis Oberst Müller, pünktlich um zwölf Uhr, den Speisesaal betritt. Der Adjutant hat, kurz vorher, alltäglich die Offiziere zu benennen, die die Ehre haben, am Tisch des Obersten ihre Mahlzeit einnehmen zu dürfen. Diese also geehrte Besetzung wechselt laufend und Hauptmann Geiger ist aufrichtig bemüht, jede Zufälligkeit auszuschalten, offensichtliche Bevorzugungen zu vermeiden. Seine Tabelle, die er in diesem Zusammenhang führt, darf als vorbildlich gelten.

Heute scheint sich der Oberst, was ungewöhnlich selten vorkommt, zu verspäten. Die improvisierten Kurzgespräche der Offiziere verstummen langsam oder gleiten auf rein fachliche Gebiete ab. Der Kommandant des Ausbildungsbataillons 434, Major Wittkopf, bemängelt heftig die Haltung der Kasinoaushilfsordonnanz Vogel; er will gesehen haben, wie sich dieser nachlässig und völlig tatenlos gegen die Holzvertäfelung gelehnt hat.

Hauptmann Geiger, der Adjutant, betritt den Raum. Er streckt die Hand grüßend Herrn Major Wittkopf entgegen, was dieser als rangältester Offizier dankend quittiert. Hauptmann Geiger verkündet: »Am Tisch von Herrn Oberst sitzen heute, außer Herrn Major Wittkopf: Kreisleiter Dr. Friedrich als Gast, Hauptmann Keßler vom Generalkommando Würzburg als Gast, Hauptmann Wolf, meine Wenigkeit, Oberleutnant Strick, ein neu zu uns versetzter Offizier, und Leutnant Rabe. Der Herr Oberst läßt bitten, die eingetretene Verspätung entschuldigen zu wollen. Es waren dringende, unaufschiebbare Dienstgeschäfte zu erledigen.«

Der Herr Oberst wartet im Vorraum. Seine kräftige, gedrungene Gestalt wippt unwillig in den Kniekehlen. Er hat die Hände tief in die Hosentaschen gesteckt, was auch nichts anderes als seinen Unwillen ausdrücken soll. Es ist bereits acht Minuten nach zwölf Uhr und sein Gast, der Hauptmann Keßler, ist noch nicht da. Dieser Oberleutnant Strick auch nicht.

Der Kasinounteroffizier meldete bereits zum zweiten Mal, daß angerichtet sei. Jetzt steht er in der Ecke, mit der Miene eines beleidigten Künstlers, dem zu verstehen gegeben worden ist, daß seine Leistungen nicht unmittelbar interessieren. Müller ist das unangenehm, denn dieser verdienstvolle Unteroffizier führt eine vorzügliche Küche und hat ihn oft persönlich mit diversen Spezialitäten erfreut. Pünktlichkeit, so denkt er, ist die Höflichkeit der Kommandanten.

Der Kreisleiter versteht seinen Freund Müller nur allzu gut. Er bewundert dessen feinen Sinn für Tradition und Zeremoniell aufrichtig und ist stets voller Anerkennung darüber, wie sicher Müller seine Gedankengänge in die Praxis umzusetzen versteht. Ihm, dem Kreisleiter, ist das noch nie so recht gelungen, selbst bei seinem internen Kreisstab nicht. Aber auch gar kein Sinn für wohltuende Formen ist dort vorhanden. Die Kerle zertrampeln sein Parkett mit Reitstiefeln und streifen an den Gardinen ihre Zigarrenasche ab. Nur ihm Schwierigkeiten machen, das können sie, nichts anderes.

»Wir sollten«, bläst Dr. Friedrich dem Obersten ein, »auf diesen Keßler keine Rücksicht nehmen. Der verdient das gar nicht. Wir sollten uns überhaupt nicht um ihn kümmern.« Sie wandeln beide im Vorraum auf und ab. Ihr Gespräch ist gedämpft. Ihre Begleitung zieht sich diskret zurück. Wolf versucht bei dieser Gelegenheit Rabe in ein Gespräch zu ziehen und drückt ihn in eine Ecke, dort mit großen Gesten auf ihn einredend.

»Lieber Herr Kreisleiter«, bekennt der Oberst, seinen Arm leicht in den des Dr. Friedrich legend, »dieser Keßler ist mir gewiß nicht sympathisch, aber wir müssen mit ihm rechnen. Leider.« »Ich jedenfalls, Herr Oberst, werde nie dulden, daß dieser Keßler in meinen Hoheitsbereich eingreift. Wir verkörpern hier den Nationalsozialismus, niemand anders.«

Der Oberst gibt, im Vorübergehen, der Kasinoaushilfsordonnanz Vogel den Befehl, auch die oberen Fenster zu öffnen, denn es sei doch sehr heiß geworden. Und außerdem kann er es nicht leiden, wenn Soldaten beschäftigungslos herumstehen. Die fangen dann nur an zu spintisieren und das ist nicht gut.

»Herr Kreisleiter«, sagt er, »wenn es nach mir ginge, dann würde ich diesen Kerl zum Teufel jagen. Ich würde ihm das Betreten des Kommandanturbereiches Rehhausen verbieten, aber« — und hier holt der Oberst tief Luft, und Dr. Friedrich spürt deutlich, wie schwer es ihm fällt, diese Erkenntnis auszusprechen — »aber ich kann nicht. Die Vollmachten dieses Keßler sind ungewöhnlich weitreichend.«

Dr. Friedrich sieht klar, wo Keßler hinsegeln will. Auch er kennt seine Pappenheimer. »Es ist doch klar, was dieser Mann will. Er will das durchdrücken, was er Nationalsozialismus nennt. Es geht Keßler allein um die Einführung des Nationalsozialistischen Führungsoffiziers — des NSFO — im Bereich Ihrer Kommandantur, Herr Oberst. Wir sollten ihm einen fetten Bissen in den aufgerissenen Rachen werfen. Wir werden auf die Dauer seiner Forderung sowieso nicht ausweichen können. Setzen wir aber niemand ein, einen, der uns genehm ist, so wird er sich einen aussuchen. Und dann, Herr Oberst, wird das ein Mann sein, der uns viel Unannehmlichkeiten bereiten könnte.«

Der Oberst sieht das ein, durchaus. »Aber wer kommt denn bei uns in Frage?« Dr. Friedrich meint, zögernd, so als entschuldige er sich, in den Bereich des Obersten, wenn auch nur vorsichtig beratend, einzugreifen: »Vielleicht Rabe.« Der Oberst bleibt stehen. »Ich könnte mit vorstellen«, beeilt sich der Kreisleiter zu versichern, »daß Leutnant Rabe durchaus geeignet wäre.«

Der Oberst betrachtet Rabe, auf den Wolf gestenreich einredet. Rabe steht lässig da, mit leicht zurückgebeugtem Oberkörper, als trachte er danach, zu vermeiden, von Spucke besprudelt zu werden. Sein Gesicht verrät leichte Ablehnung, die Augen gehen über Wolf hinweg und scheinen den Faltenwurf eines Türvorhangs für betrachtenswerter zu halten.

Der Oberst wendet sich wieder Dr. Friedrich zu, nimmt mit

diesem die lokale Pendelwanderung erneut auf. »Nicht, daß ich die einwandfreie Haltung von Leutnant Rabe bezweifele. Aber er besitzt so etwas wie einen Gerechtigkeitsfimmel. Blickfeldenge aus dem Deckungsloch heraus. Zu jung, zu unerfahren, zu sehr Fronterlebnisfantast. Sieht nicht das reale Leben. Und NS-Führung ist kein Stoßtruppunternehmen. Dieses Amt in die Hände eines Außenseiters, Herr Kreisleiter, und wir werden mehr Schwierigkeiten als Unterstützung haben.«

Der Kasinounteroffizier nähert sich entschlossen, um zum dritten Mal zu melden, daß die Speisen zubereitet seien. »Ach was!« sagt der Oberst. »Gehen wir essen.« Er begibt sich, von den Seinen gefolgt, in den Speisesaal. Er grüßt freundlich, exakt, und nimmt sofort an seinem Tisch Platz. Alles setzt sich. Der Oberst schwenkt den Löffel, als bewege er einen Marschallstab. »Guten Appetit, meine Herren!« ruft er seinen Offizierskameraden zu. Achtundzwanzig Löffel tauchen in die Suppe aus Gänseklein.

Der Oberst pflegt gewöhnlich das allgemeine Tischgespräch nach dem dritten Löffel zu eröffnen. Die beiden leeren Stühle in seiner unmittelbaren Nähe, die für Keßler und Strick reserviert sind, irritieren ihn. Sie wollen ihm wie eine glatte Herausforderung erscheinen. Das ist Nichtbeachtung seiner Kasinoordnung, letztlich sogar Nichtachtung seiner Person. Das ärgert ihn immer intensiver. Besonders aber stört ihn, daß ausgerechnet Keßler gemeinsam mit Strick fehlt. Er wittert Unannehmlichkeiten. Er mutmaßt, daß Keßler Strick nach allen Regeln der Kunst ausnehmen wird. Er wird ihn ausschlachten wie eine Goldmine, und was er dann zurückläßt, ist Erde und Geröll.

Erst nach dem siebten Löffel, was als durchaus ungewöhnlich angesehen werden muß, beginnt er das allgemeine Tischgespräch. »Das Ansehen des Offizierkorps«, sagt er, »ist in Gefahr. Wir müssen uns davor hüten, die Führerschicht des Reiches leichtsinnig bloßzustellen.« Seine Umgebung ißt schweigend. Der Kreisleiter nickt bedächtig. Wolf quäkt mit vollem Mund eifrige Zustimmung und verschluckt sich leicht.

»Würden Sie denn«, und damit wendet sich Müller an Leutnant Rabe, »um lediglich ein Beispiel herauszugreifen, einen Obersten während einer Parade verhaften?« Leutnant Rabe verneint das. »Ich würde damit warten, bis die Parade beendet ist.« Wolf verschluckt sich erneut. Geiger vergißt, seinen erhobenen, voll gefüllten Löffel in den Mund zu schieben. Rabe führt nach geringer Pause weiter aus: »Ich billige die Methode des Oberleutnant Strick keineswegs, muß aber ...«

Der Oberst unterbricht ihn angeregt. »Richtig! Auch Sie mißbilligen. Es geht hier jedenfalls doch nicht ausschließlich um die Tat. Sie mag sogar begründet sein — oder auch nicht. Es geht um die Mittel, die angewendet werden.« Die Stimme des Obersten wird laut und übertönt die gedämpften Gespräche an den anderen Tischen. »Das Ansehen des Offizierkorps ist in Gefahr!« Das wird allgemein zur Kenntnis genommen. »Ich hoffe«, sagt der Oberst in das erwartungsvolle Schweigen hinein, »daß sich jeder danach richten wird.«

Und die hinter dem Obersten stehende Kasinoaushilfsordonnanz Vogel will gedämpft, aber bei der totalen Lautlosigkeit im ganzen Raum vernehmlich, wissen, ob jetzt die »Kalbsbrust mit Sahnensoße« serviert werden dürfe. »Selbstverständlich«, sagt der Oberst.

Keßler schlendert mit Strick über die zementierte Fahrbahn der Kasernenanlage. Sie wenden sich dem Wachgebäude zu. »Wir müssen hier raus!« sagt Keßler. »Dieser Laden wimmelt wie ein Ameisenhaufen. Überall steht einer herum. Jeder quatscht. Alle grüßen wie die Automaten. Keinen Raum gibt es hier, in dem man sich völlig ungestört unterhalten kann. Gehen wir ins Freie.«

Der Posten reißt, kaum daß er Keßler bemerkt, das Tor auf. Der Verriegelungsbolzen schnarrt über den Zement der Straße, reißt sie auf, dann schnappt er in einer Auffangvorrichtung ein. Das schmiedeeiserne Tor liegt fest, sein Oberteil zittert noch kurz, steht dann, wie abgestorben, still. Der Posten erstarrt zu einer Ehrenbezeugung. »Sie parieren alle, wenn man ihnen einheizt«, sagt Keßler. Und Strick meint: »Der letzte Trieb bei vielen ist Ehrgeiz und Angst.« Keßler nickt.

Im Tal vor ihnen liegt Rehhausen. Es ist, als hätte es sich der Kaserne zu Füßen geworfen, regungslos, ergeben, bereit Urteil,

Verdammnis oder Gnadenzuruf entgegenzunehmen. Der Main, dessen Einlauf in Rehhausen durch Weinberge verdeckt ist, bewegt sich aus der Stadt fort wie ein träger Abfluß, der Sickerwellen von Spülwasser mit sich führt. Strick vermeint aus diesen stummen Häusern zahlreiche Abwässer fließen zu sehen, dreckige Rinnsale aus Wasser, Urin, Wein, Milch und Tränen. Und so aus tausend schleichenden Kanälen gespeist, wird ein Fluß, trägt alles mit sich fort, spült es in den Sand, als sei dieser ein Filter. Die Erde aber saugt das auf, pumpt sich damit voll, und aus dieser also befruchteten Erde treiben Pflanzen, Weinreben, Bäume. Jauche ist es, die das Wachstum fördert.

Keßler sieht eine Bank, die, etwa achtzig Meter von der Kaserne entfernt, im freien Gelände steht. Er steuert darauf zu. »Dieser Platz ist gut!« stellt er befriedigt fest. »Niemand im Rücken, keiner vor uns, nicht ein Strauch in der Nähe, in dem irgendeiner unberufen seine dreckigen Ohren spitzen kann.« Strick lächelt. »Sie sind sehr mißtrauisch.« »Geworden!« antwortet Keßler kurz.

Strick erspürt Keßlers zertrümmerte Welt deutlich, fast greifbar, ihm in zersplitterten Einzelheiten bekannt, als sei sie ein Teil seiner eigenen. Ihm ist, als atme er Keßlers Weltverachtung und stets hellwaches Mißtrauen ein. »Die Welt ist ein Dreckhaufen«, sagt er. Keßler stimmt dem zu, aber nicht ohne Einschränkung. »Immer noch gut als Dünger zu gebrauchen«, sagt er. »Man muß nur die Regeln kennen, wenn man ihn ausstreut. Auch der Mist gehört zur Ernte.«

Sie erreichen die Bank. Keßler fordert Strick auf, Platz zu nehmen. Er tut das mit einer Bewegung, als gehöre die Bank ihm und er erlaube lediglich großzügig einem Hinzugekommenen, auf ihr zu sitzen. Sie lehnen sich zurück. Strick ist voller Erwartung. Aber Keßler beginnt vorerst kein Gespräch. Ihre Gedanken tasten nacheinander. Sie betrachten die Gegend, als gelte es, deren Eigenarten zu erforschen.

Strick kann kein Stück Land dieser Erde mehr ansehen, ohne es in kriegerische Positionen zu zerfetzen. Es sieht nicht mehr, was andere Frieden, Ruhe und Gottes herrliche Natur nennen. Er sieht Mulden, die sich bequem zu Deckungsgräben ausheben lassen, Hügel werden unter seinen Blicken zu M.G.-

Stellungen, der Fluß dort unten ist eine gute Trennungslinie, eine Hauptkampflinie — HKL — wie sie im Buche steht. Und von hier aus, wo er jetzt sitzt, würde ein guter Beobachtungsposten das ganze gegnerische Gelände in der Tasche haben.

»Sind Sie eigentlich das, was man einen Idealisten nennt?« will Keßler wissen. »Ich glaube nicht«, antwortet Strick gedehnt. »Ich bin ein Realist aus Erfahrung.« »Dreckige Erfahrungen?« »Zeitgemäße.«

Keßler knöpft sich den Rock auf, um bequemer sitzen zu können. Die pralle Sonne hat sich auf sie geworfen, als seien sie beide das einzige Ziel dieser Erde, um derentwegen sie scheine. »Auch ich«, sagt Keßler, »bin ein Mann der Tatsachen, nicht der Traumgebilde. Es ist sicherlich etwas Wunderbares um Mut und Glauben, wenn sich damit Frontabschnitte erobern lassen. Aber wenn erst der Rausch einer Primanerbegeisterung verflogen ist, hilft nur noch die Furcht. Die nackte Angst um Leben, Ehre, Pensionsberechtigung — oder sonst irgend etwas Ersetzbares. Das hält die Schützengräben am sichersten.«

Strick sieht am jenseitigen Ufer drei einsame Pappeln stehen. Ein prächtiges, gut auszumachendes Ziel. Zielansprache: Geradeaus — 1200 Meter — Kirchturm — eine Handbreit rechts: 3 Bäume — Ziel erkannt? — Aufsatz 6,2 — Aufschlagzünder — eine Gruppe — Feuer! Strick sagt: »Sie meinen, wo die Vaterlandsliebe versagt, hilft nur noch der Selbsterhaltungstrieb.«

Genau das meint Keßler. »Nach fünf Jahren Krieg, mein Lieber — und Sie haben das erkannt — kotzen die heldischen Parolen nur noch an. Ehrgeiz und Angst sind stärker als der beste Drill und die angebliche Begeisterung für Großdeutschland.« Und Strick ergänzt: »Es kommt die Pflicht auf, das Heldentum durch einen Tritt in den Hintern zu fördern.« »Unsere Ansichten begegnen sich«, sagt Keßler. Und er sagt weiter: »Wir vertreten beide gleiche Richtungen.«

Strick wendet sich von dem gegnerischen Hügel ab, wo er versucht hat, Schützengrabensysteme auszumachen. Er dreht sich Keßler zu. Er sieht ein hartes, eckiges Profil, ein massives, vorgeschobenes Kinn, den geöffneten Waffenrock, der eine breite Brust freigibt. Die Füße sind, breit auseinander, auf den

Boden gestemmt. Die großen festen Hände Keßlers spielen mit einigen Papieren, die er einer Seitentasche entnommen hat.

»Wissen Sie«, sagt Keßler, »daß ich Ihretwegen den ganzen Vormittag telefoniert habe.« »Doch nicht etwa, um mir zu helfen?« »Wozu auch! Es geht doch nicht um uns. Unser Wohlbefinden ist nicht von der Funktion des Unterleibes abhängig. Sie wissen das selbst am besten. Wäre das anders, so hätten Sie sich an den Kisten des Bahnhofskommandanten beteiligt und die Schnauze gehalten.«

»Richtig«, sagt Strick, ohne ganz seine Verwunderung über diese Kombination verbergen zu können. »Richtig. Das wäre auch eine Möglichkeit gewesen.« Keßler beugt sich tief vor und angelt eine Haselnußgerte auf. Irgend jemand muß sie hier liegengelassen haben, denkt Strick. Ein Kind vielleicht, das damit gespielt hat. Oder ein junger Mann, dem sie entglitt, als er begann, sich mit einem anderen Menschen zu beschäftigen. Das alles scheint es hier zu geben: spielende Kinder und liebende Menschen.

»Sie können so etwas nicht«, sagt Keßler und überprüft die Elastizität der Gerte. »Ich auch nicht. Wir beide sind keine Schieber. Wir haben andere Ambitionen. Aber das ist immer so: die einen fressen sich voll, die anderen toben sich aus, wir aber ...«, die Gerte saust durch die Luft, als habe sie Welten zu trennen, »... wir aber — wir führen!«

Strick weht letzte Deutlichkeit an. Der Mann neben ihm ist Kraft und Entschlossenheit. Ein unermüdlicher Motor. Fast Dynamit. Er besteht aus Wille und Muskeln. Ein Rammbock aus Fleisch und Blut. Ein menschgewordener Wagenheber. Wenn er nicht zerreißen kann, zerreißt er selbst. Strick tastet sich in dieses Labyrinth an Kraft hinein. »Führen wollen, meinen Sie, ist eine Veranlagung? Rassische Merkmale?«

»Quatsch!« sagt Keßler überzeugt. »Alles Hokuspokus. Tarnnetze und Fußangeln. Mythologischer Nebel für Massengehirne. Wichtig allein ist der Durchbruch der Führerpersönlichkeit. Sich durchsetzen müssen, das ist es. Wir können einfach nicht dagegen an. Wir werden niemals Leuten gehorchen, die kein inneres Recht dazu haben. Wir — wir! — müssen befehlen! Nach allem, was ich bisher von Ihnen gehört habe, Strick, sind Sie einer der unseren!«

Strick ist es, als sauge eine gewaltige Kraft ihn an, eine Kraft aber, die nicht von Keßler ausgeht. Er wehrt sich dagegen mit hoher Vorsicht. »Und wenn Sie sich täuschen, Keßler? Wohl bin ich Offizier wegen Tapferkeit vor dem Feinde, aber ich habe einige Vorstrafen.«

Keßler lacht auf und schlägt sich mit der Gerte auf die hohen Reitstiefel. Staub wirbelt auf. Wo der Hieb saß, ist eine schmale, schwarze Rinne zu sichten, wie ein Spalt, der in die Dunkelheit führt. Er blättert amüsiert in seinen Unterlagen, als beschäftige er sich mit einem wohlgelungenen Witzblatt.

»Ich bin, mein lieber Strick, so ziemlich genau darüber unterrichtet. Im September 1939 griffen Sie einen Unteroffizier tätlich an; gerade, als dieser im Begriff war, ein Mädchen zu besteigen. Da einwandfrei Vergewaltigung nachgewiesen werden konnte, mußten Sie freigesprochen werden.«

Strick ist durch die Genauigkeit dieser Unterlagen betroffen. Er blinzelt in die grelle Mittagssonne. Unten in Rehhausen blitzt eine Fensterscheibe auf. Wäre hier die Front, denkt er, dann müßte man annehmen, daß dort Signale gegeben werden. Das Mittel, solche Signale zu verhindern, ist einfach: man läßt hineinschießen! Er reißt sich von diesem Bild los und sagt: »Im Dezember 1941 stand ich zum zweiten Mal vor einem Kriegsgericht.«

Wieder lacht Keßler auf und tippt mehrmals mit seiner Reitgerte auf ein zweites Blatt. »Seien Sie nicht so eitel, Strick. Ich kenne auch diesen Fall. Sie haben den direkten Befehl eines Generals, seine Absetzbewegungen zu schützen, nicht ausgeführt. Aber der Führer persönlich degradierte den General wegen Feigheit. Das Verfahren gegen Sie wurde eingestellt.«

Jetzt beschließt Strick, unter keinen Umständen mehr erstaunt zu sein. Er wehrt gering lächelnd ab: »Ich versichere, daß ich das alles nicht bewußt herbeigeführt habe. Ich bin mir wie ein Wanderer auf dunkler Straße vorgekommen. Dort waren Löcher und ich fiel hinein.«

Keßler entnimmt seinen Unterlagen ein weiteres Blatt. Er doziert mit wohliger Überlegenheit und genießt die Verwunderung Stricks, die er erspürt. Es ist die Freude eines Lehrers, wohlfundiertes Wissen in die Köpfe seiner baß erstaunten Schüler zu träufeln. Er klemmt die Reitgerte unter den Arm.

»Ihren Beurteilungen nach gelten Sie als eigenwillig bis eigensinnig. Aber niemand wagt es, Ihre Führerpersönlichkeit zu leugnen.« Er blättert um, liest noch kurz einiges nach und faltet dann seine Unterlagen zusammen. »Sehen Sie«, sagt er, »Genau solche Leute brauchen wir hier. Wie günstig nun, daß Sie außerdem einer vorbildlichen nationalsozialistischen Familie entstammen. Ihr Vater ist Weltkriegsteilnehmer, mehrfach ausgezeichnet. Außerdem Ortsgruppenleiter seit 1931«.

Die Reitgerte klatscht erneut auf Keßlers linken Stiefel. Sie zieht abermals einen dunklen Strich auf das Leder. Wäre dieser Stiefel, denkt Strick, ein Gesicht, so würde jetzt Blut daraus quellen, würde wie in einer Rinne abwärts laufen, zäh tropfen, versickern, sich verkrusten. Er gesteht: »Sie sind ausgezeichnet informiert.«

»Das«, sagt Keßler und lehnt sich zurück, »ist auch unbedingt nötig, wenn man die Absicht hat, für die Kommandantur Rehhausen einen Nationalsozialistischen Führungsoffizier einzusetzen.«

Es ist Strick, als breche dicht neben ihm eine Stichflamme aus einem Geschütz hervor. Es ist Strick, als müsse er jetzt gleich die dazugehörige Detonation hören. Dann das zischende Zurückgleiten des leergekotzten Rohres in den Öllagern der Rohrwiege. Das Geschoß müßte sich, so wähnt Strick, gurgelnd entfernen, mit nachzitterndem Pfeifen, und dann drüben im Feindesland aufprallen; genau unter den drei vorher ausgemachten Bäumen. Dort müßte er die Explosion aufzucken sehen, ein Staubpilz würde sich bilden, und nach vier weiteren Sekunden bestätigt dann ein schwacher Knall das Zerbersten des Geschosses.

Das war seine tägliche Beschäftigung. Fünf Jahre lang. Die Zahlenkolonnen einer Schußtafel, kurze Berechnung, instinktiv einkalkulierte lange Erfahrung und ein Zusatz Begabung. Dort drüben Tote, hier Orden. Fünf Jahre lang. Ein Zahn in dem Räderwerk einer Mordmaschine. Ein Akkordarbeiter in einer Fabrik, die Menschenbrei produzierte. Er wird nie von diesen Dingen loskommen. Nie.

Er spürt, wie Keßler ihn beobachtet. Er glaubt, daß sein Gesicht naß sein muß vor Schweiß. Er möchte mit der flachen

Hand darüber pressen. Aber er richtet sich nur auf und wendet seine zusammengekniffenen Augen Keßler zu. Sie sehen sich voll an. Schließlich sagt Strick: »Das ist doch wohl nicht Ihr Ernst?«

Doch. Keßler nickt ihm zu. »Eine ungewöhnliche Zeit«, sagt er, »erfordert ungewöhnliche Maßnahmen. Ich habe einfach keine Lust mehr, meine Vollmachten nur zur Dekoration in der Tasche zu tragen. Diese Leute hier sind weich wie Quallen. Was ihnen fehlt, ist ein kräftiger Druck. Seit Tagen dränge ich auf die Einsetzung eines NSFO im Bereich dieser Kommandantur. Die Kerle biegen ständig aus. Rohr im Winde. Meine Geduld ist jetzt zu Ende. Ich brauche hier einen Mann, der sich rücksichtslos durchzusetzen versteht. Sie!«

Rehhausen liegt in der Glut der Mittagssonne ermattet unter ihnen. Schlapp, ausgelaugt und krank. Wie ein Patient nach schwerem Blutverlust. Die Felder sind leer. Müder Rauch steigt aus wenigen Häusern. Der Main schleppt sich träge vorwärts, als bestände er aus zähflüssigem Blei, das ohne Glanz ist. Hinter ihnen brodelt der Mittagslärm der Kaserne. Kolonnen ziehen mit Kochgeschirren zu den Küchen. Sie scheppern mit ihren Blechnäpfen im Marschrhythmus.

Strick sagt: »Vergessen Sie nicht, daß ich mich — nach Ihren eigenen Erkundigungen — nur schwer unterordnen kann. Ich habe mich immer von meinen Vorgesetzten freizumachen versucht. Sie waren zuerst sehr erstaunt. Aber dann gewöhnten sie sich daran, daß ihre Befehle nur mit meinen Auslegungen durchgeführt wurden.«

Keßler schlägt sich auf den Schenkel. Es knallt wie ein Pistolenschuß. »Aber genau das erwarte ich doch von Ihnen! Niemand darf Ihnen hineinreden, weder der Oberst noch der Kreisleiter. Sie haben nur eine einzige Aufgabe: rücksichtslos — rücksichtslos, Strick! — alles Erdenkliche in Ihrem Bereich für den Endsieg zu mobilisieren. Dulden Sie keinen Widerspruch gegen die Anordnungen des Führers. Setzen Sie alle unter Druck, die weichwerden wollen. Machen Sie vor niemandem Halt, nehmen Sie auf keinen Rücksicht. Dafür kriegen Sie jede Vollmacht. Jede.«

Strick zeigt keine Ablehnung. Das Gelände vor ihm — Rehhausen, der Main, die Weinberge — versinkt. Der Lärm der

Kaserne drängt sich auf. Er hört Marschtritte. Sie lassen kein Idyll zu, keine Ablenkung, kein Ausweichen. Er ist entschlossen. Aber zugeben wird er das erst, wenn er sich eine gute Ausgangsposition gesichert hat. »Und Sie Keßler?« will er wissen.

»Ich werde stets für Sie erreichbar sein. Wir werden die Verbindung miteinander nie abreißen lassen. Aber ich habe wenig Zeit. Ich weise Ihnen lediglich ein Feld zu. Wie und wann Sie darauf jagen, ist Ihre Sache. Nur — es muß gejagt werden, verstehen Sie mich. Da haben alle unklaren Elemente zu verschwinden. Müssen ausradiert werden. Marionetten und Scharlatane, wie dieser Kreisleiter und der Oberst, verweisen wir in ihre Schranken. Sie sind gefährlich, weil sie rückständig sind. Aber wir brauchen sie. Deshalb müssen wir sie in unserem Sinne erziehen. Wir kneten sie wie feuchten Lehm. Ist das nicht eine prachtvolle Aufgabe für einen Mann wie Sie?«

»Ich bekomme jede Vollmacht?« »Jede.«

Keßler streckt Strick die Hand entgegen. Strick zögert. Ergreift sie dann plötzlich, entschlossen. In der Kaserne singen sie jetzt:

»... und was geschieht,
geschieht für unser Vaterland.«

Es klingt laut, doch ohne sonderliche Begeisterung. Sie singen auf Befehl. Worte lassen sich befehlen, Gedanken nicht.

Keßler erhebt sich. Er zerbricht die Reitgerte und wirft sie weg. Ihre Teile fallen zwischen Gräser, die ausbiegen und sich wieder aufrichten. »Es ist also entschieden«, sagt er.

Keßler knöpft, schon im Gehen, seinen Uniformrock zu. Er legt seine schwere Hand auf die Schulter von Strick. Strick sieht in ein genußvoll grinsendes Gesicht. »Wir werden unseren Täubchen jetzt die frohe Botschaft überbringen«, sagt er. »Sie werden überrascht sein, Strick, wie die Kerle parieren.«

Der Posten reißt, kaum daß er Keßler sichtet, das Tor zur Kaserne weit auf.

Der Obergefreite Vogel, der heute als Kasinoaushilfsordonnanz eingeteilt ist, amüsiert sich königlich. Regelmäßig einmal in der Woche, sowie bei besonderen Kasinofestlichkeiten, muß er dieses Amt bekleiden; und er absolviert das nie, ohne seinen Spaß gehabt zu haben.

Gleich wenn Vogel kurz nach elf Uhr aufkreuzt, um an den Vorbereitungen für das Mittagsmahl der Offiziere teilzunehmen, pflegt er in der Küche des Kasinos laut und fröhlich zu erklären: heute sei wieder einmal ein Tag, an dem er, wenn er es nur wollte, den Offizieren in die Suppe spucken könnte; er wolle aber nicht.

Niemand unter den Kasinoordonnanzen, der das ernst nimmt. Vogel gilt als ein Original. Er hat, wie man so sagt, Narrenfreiheit. Und die nutzt er auch weidlich aus. Selbst der Kasinounteroffizier hat für Vogel eine besondere Schwäche. Vogel ist nämlich ein Feinschmecker und ißt, was nach Ansicht des Kasinounteroffiziers nur wenige können, zugleich mit Zunge und Gehirn.

Der Kasinounteroffizier schwört auf das maßgebliche Urteil von Vogel. Wenn er das Essen abschmeckt, steht Vogel löffelnd dabei. Und Vogel schnalzt mit flotter Zunge und geschlossenen Augen. Hierauf überlegt er ausgedehnt, als durchbrüte er ein Weltproblem. Der Kasinounteroffizier, dick, stets freundlich, wo er es sein darf, jederzeit kochbereit, scheint den Atem angehalten zu haben. Schließlich spricht Vogel ein Urteil. Und dieses Urteil, der Küchenunteroffizier schwört darauf, hat Format.

Das ist der eigentliche Grund, warum Vogel bei seinem Dienst als Kasinoaushilfsordonnanz Sonderstellung bekleidet. Sämtliche Ordonnanzen bedienen, Vogel gibt Anregungen; die ganze Belegschaft wäscht Geschirr, Vogel wiegt mit dem Küchenunteroffizier Portionen; keiner der da nicht Fußboden bohnert oder Steinfliesen schrubbt, mit Ausnahme von Vogel, Vogel zählt Silberzeug oder macht Inventur im Weinkeller.

Jetzt ist das Mittagessen vorüber. Nach dem »Kalbsbraten mit Sahnensoße« hat es Schokoladenpudding gegeben. Hierauf haben sich die meisten Offiziere unter dem Vorwand, wichtige Dienstgeschäfte erledigen zu müssen, zurückgezogen und pennen jetzt intensiv auf ihren Stuben. Nur der Oberst hat sich mit seiner Tischrunde auf die Terrasse gesetzt. Dort zerhacken sie den Oberlautnant Strick mit vereinten Kräften, mit Ausnahme von Rabe, zu Kleinholz. Zumeist wird mit dem Beil hantiert, nur Wolf schwingt eine mächtige Streitaxt. Vogel kennt das; Wolf pflegt Gegner, die nicht anwesend sind, am Boden zu vernichten.

Vogel betreut die Tischrunde auf der Terrasse mit hingebungsvoller Aufmerksamkeit. Er schleppt drei Sonnenschirme herbei, damit der Herr Oberst und die Seinen auch gut im Schatten sitzen. Es wechselt ständig Aschenbecher aus und transportiert immer wieder Eis in winzigen Portionen an den Tisch. Der Oberst hat Augenblicke, wo er diese diensteifrigste aller Ordonnanzen anerkennend mustert.

Gibt es aber für Vogel unmittelbar am Tisch nichts zu tun, so wartet er diensteifrig lauschend an der Fenstertür. Kaum ein Wort, das ihm entgeht. Der Kreisleiter und der Oberst werfen nur noch geringe Bemerkungen in die Debatte. Sie kommen Vogel vor, als wären sie Brandstifter, die zufrieden in die angefachten Flammen starren. Hier und dort werfen sie einige Worte hin, gleich Öllappen, die man ins Feuer schmeißt, um die Glut zu erhöhen. Wolf schleppt mächtig Kleinholz herbei und Geiger assistiert prächtig.

Vogel entnimmt aus diesen Reden, daß Strick mindestens ein Querulant sei, wenn nicht sogar ein Stänkerer. Daß er nicht zum Essen erschien, mache ihn zu einem Rebellen wider die Kasinoordnung. Vogel erfährt weiter, daß dieser Keßler, der unverständlicherweise ein Hauptmann sei, das Format eines Straßenräubers habe, aber leider auch, wie der Oberst warnend und dämpfend hinzufügt, die Vollmachten eines Kommandierenden Generals.

Und Vogel hätte noch viel mehr gehört, wenn ihn nicht der aufmerksame Rabe dabei erwischt hätte. Dieser Rabe winkt ihn herbei und sagt: »Ich glaube, Vogel, Ihr Gehör ist genau so gut wie Ihr Gedächtnis. Beide Dinge werden im Augenblick nicht benötigt. Entfernen Sie sich bitte. Wenn wir Sie brauchen, werden wir rufen.« Das allgemeine Gespräch verstummt betreten, niemand revidiert Rabes Ansichten und Vogel bleibt nichts anderes übrig als abzutraben.

Er arrangiert ein kurzes Zwischenspiel in der Küche. Dort gibt er dem niedlich abgerundeten Spülmädchen Irene den freundschaftlichen Rat, sie möge nicht soviel fressen, sie werde sonst zu dick. Die empörte Irene wirft Ihren Aufwischlappen nach Vogel. Aber Vogel bückt sich und der naßschwere, kräftig geschleuderte Lappen fliegt gegen einen Stapel Teller und reißt ihn vom Tisch. Vogel applaudiert, als begeistere ihn eine Bravourszene in einem Varieté.

Die niedliche, immer sehr begehrte Irene verkündet wutentbrannt, daß sie das dem Kasinounteroffizier melden werde. Aber Vogel winkt nur gelassen ab. Irene behauptet sprudelnd, daß der Kasinounteroffizier immer auf sie höre, aber Vogel bringt das gar nicht aus der Ruhe. »Das wirst du ihm nicht erzählen, Puppchen«, sagt Vogel überzeugt. »Das wirst du ganz schön für dich behalten. Sonst erfährt dein geliebter Unteroffizier, daß du langsam dick wirst, um den Hintern herum vorläufig nur. Und du weißt, mein Freund, der Unteroffizier, ist ein Ästhet. Ein Ästhet ist etwas, was du nicht bist. Der Unteroffizier hält viel von meinem Geschmack, und das zu Recht. Du kannst es dir einfach nicht leisten, daß ich dich dick finde.«

Irene gießt die Reste der Soße aus den Terrinen über die Kartoffeln, die im Trankeimer liegen. Darauf schüttet sie den Pudding, der übriggeblieben ist. »Will noch jemand, außer Vogel, Gänsekleinsuppe?« ruft Irene. Die Ordonnanzen sind gesättigt. Einer meint: »Friß das doch alleine, bis du platzt!« »Du bist bloß wütend«, schreit ihn Irene an, »weil du bei mir nicht ran kannst.« Und Vogel sagt: »Werde Unteroffizier, Menschenskind! Dann kannst du bei Irene und ihresgleichen ran und rauf.«

Die Ordonnanzen lachen. Das ist wieder einmal ein echter Vogel! Er ist der einzige, der der kessen Irene nicht unter die Röcke krauchen will. Aber Vogel hat gar keine Zeit, den Beifall einzuheimsen. Er hat durch die Glastür im Vorraum Keßler und Strick bemerkt. Die wollen ihm wie zwei Viehhändler erscheinen, die einen guten Abschluß getätigt haben.

Vogel nähert sich Ihnen, als erwarte er einen Auftrag. Keßler sagt: »Zeigen Sie mir, wo hier ein Telefon ist. Und dann verschwinden Sie.« Vogel führt Keßler an den Apparat in der Garderobe. Er hört, wie Keßler eine Verbindung mit dem Generalkommando in Würzburg verlangt. »Aber Tempo, wenn ich bitten darf!«

Strick sieht Vogel grinsend an und kneift andeutend ein Auge zu. Vogel ist entzückt. Diese Geste kennt er. So hat Strick gezwinkert, als er, vor langen Jahren, seiner herrschsüchtigen Tante eine Petroleumlampe herbeischleppte, in die er vorher hineingepinkelt hatte. Keßler, der die Vermittlung unter Druck setzt, bemerkt Vogel erneut und sagt: »Sind Sie noch nicht draußen, Mensch!«

Vogel trottet in die Küche. Dort gießt Irene die Gänsekleinsuppe in den Trankeimer. Pudding, Soße, Suppe und Kartoffeln vermengen sich zu einem dünnflüssigen Brei. Der penetrante Gestank, der sofort dem Eimer entströmt, ist süßlich und schwer. »Wenn das der geliebte Führer wüßte!« sagt Vogel und sieht betrübt aus.

Aber Irenchen schiebt ihn energisch zur Seite. Irene ist der Meinung, daß der Führer nichts gegen sie und ihren Trankeimer einzuwenden hätte. Denn sämtliche Abfälle werden, der Notzeit gemäß, voll verwertet. Was immer auch übrig bleiben mag, und es bleibt immer allerhand übrig, das bekommen die Kasinoschweine.

Die Kasinoschweine sind eine Einrichtung von Hauptmann Wolf. Es ist, wie Oberst Müller einmal launig formulierte, ihr Vater; zumindest aber ihr geistiger Vater. Abfälle, so hat Wolf gefolgert, müssen verwertet werden. Die Abfälle der Offiziere aber, so folgerte Wolf weiter, müssen für die Offiziere verwertet werden. Ergo: er wird Tiere damit füttern und diese, wenn sie schlachtreif sind, wieder den Offizieren vorsetzen. Hieraus werden sich neue Abfälle ergeben, neue Abfälle aber bedeuten neue Tiere, die damit gefüttert werden können. Ein genial erkannter, den Mittagstisch ungemein bereichernder Kreislauf.

Der so durch Wolf eingerichtete Kasinozoo umfaßt zur Zeit vier Schweine, neun Gänse, vierzehn Enten, dreiundzwanzig Hühner, unter den letzteren siebzehn, die einwandfrei Eier legen. Sie alle leben, um besondere Fest- und Gedenktage des Offizierkorps zu verschönen.

Vogel bemerkt, daß die beiden Offiziere, Keßler und Strick, die Garderobe verlassen. Er schlängelt sich ihnen entgegen. Keßler sagt: »Da ich die Zustimmung des Kammandierenden Generals habe, verfügen wir über eine Rückendeckung, vor der der Oberst kapitulieren muß.« Er bemerkt, nicht ohne Unwillen, Vogel. Der meldet: »Der Herr Oberst befinden sich auf der Terrasse.«

Vogel geht, den Weg weisend, voran. Er sieht, wie Keßler auf den Oberst zugeht und diesen mit harmloser Miene fragt, ob ihm das Mittagessen geschmeckt habe. Vogel bemerkt, was er sich bequem ausrechnen konnte, daß zuerst das Gespräch völlig verstummt, als gebe es bei sitzenden Menschen keine Sprache. Dann aber träufelt der Oberst puren Hohn in die Ohren von Keßler. »Entschuldigen Sie, bitte«, sagt er mit einer Stimme, die wie in Alkohol und Honig gebadet erscheint, »wenn das Offizierkorps und meine Wenigkeit nicht länger als fünfzehn Minuten auf Ihr Erscheinen gewartet haben.«

Vogel fühlt, mit sicherem Instinkt, das allgemeine dringende Bedürfnis nach großen Kognaks herannahen. Er richtet ein Tablett mit umfangreichen Gläsern her und stellt die Pulle griffbereit. Kühlwasser für mit Politik betriebene Einheitsmotoren.

Die Terrasse flirrt im Sonnenlicht. Die Gestalten unter den Schirmen erscheinen Vogel wie verwässerte, völlig konturlose Silhouetten. Würden sie auseinanderfließen und davonschwimmen, sich in einen dünnen Dampfschleier auflösen und verwehen, er bekäme es nicht fertig, sich darüber zu wundern. Aber die Stimmen dringen deutlich vernehmbar bis zu ihm. Fest umrissene, klar geformte Menschen sieht er nicht, aber er hört Stimmen, wie sie nur aus solchen Körpern zu tönen vermögen.

Da ist die Stimme des Hauptmanns Keßler, laut, polternd, durchdringend. Eine Stimme, die vernehmlich über die Terrasse schallt, eine Stimme wie ein Knüppel, der zuschlägt, eine fast greifbare Stimme, die gelegentlich massiv im Raum zu stehen scheint, wie eine Säule. Keßler sagt: »Während Sie speisten, Herr Oberst, habe ich für die Kommandantur Rehhausen einen Nationalsozialistischen Führungsoffizier ausgesucht.«

Vogel sieht den Augenblick mit rasender Geschwindigkeit näher kommen, bei welchem der doppelte Kognak verlangt werden wird. Sein Korkenzieher bohrt sich in den Korken. Oberst Müller, als habe die Hitze ihn ausgetrocknet, als bleibe ihm die Spucke weg, fragt: »Und wer ist das?« Keßler mit der Ruhe eines überlegenen Pokerspielers bei hohem Einsatz: »Oberleutnant Strick.«

Vogel klemmt die Flasche zwischen die Knie. Er zieht den Korken heraus. Er vernimmt ein dumpfes Geräusch, als krepiere in weiter Ferne ein Geschoß. Er hört den Oberst bedächtig sagen: »Sie sind die letzte Instanz nicht, Keßler.« Und Keßler, mit völlig unveränderter Ruhe: »Die letzte Instanz, der Kommandierende General, ist von mir soeben telefonisch unterrichtet worden und hat seine Zustimmung gegeben.«

Großes Schweigen auf der Terrasse. Die Welt scheint leer zu sein, ausgestorben. Niemand in ihr als Vogel mit seiner Kognakflasche. Und Vogel hat sie nötig. Er füllt ein großes Glas bis an den Rand. Er kippt es in sich hinein. Hochprozentig! Das durchbraust die Kehle wie ein Fackelzug.

Die Stimme des Obersten kommt auf. »Was dann«, sagt er, »wenn der Kommandierende General durch uns über die Vorfälle der letzten Nacht unterrichtet wird? Sie verstehen, was ich meine, Keßler? Wir könnten, wenn wir wollten, einen Präzedenzfall schaffen. Wenn es hart auf hart geht, bin ich überzeugt, bekämen wir Gelegenheit, den NSFO unseres Bereiches selbst auszusuchen.«

Keßlers Entgegnung kommt sofort. »Ich bezweifle das«, sagt er, »wenigstens aber doch im wesentlichsten Kern. Möglich, daß Rehhausen einen anderen als den von mir vorgeschlagenen NSFO bekommt, durchaus möglich. Aber ebenso möglich ist dann auch, daß Rehhausen einen anderen Ortskommandanten erhält.«

Vogel kippt, dringendes Bedürfnis fühlend, einen zweiten Kognak auf Staatskosten in sich hinein. Dieser Keßler geht ran wie ein Preisboxer. Der landet seelische Tiefschläge. Der haut, wenn es sein muß, den Oberst und Konsorten glatt aus dem Anzug. Vogel lauscht angestrengt. Die Terrasse scheint erneut entvölkert. Plötzlich ruft der Oberst: »Vogel! Kognak!« Vogel reagiert wie ein aufmerksames Echo: »Jawohl, Herr Oberst!« Eilig beginnt er die bereitstehenden Gläser zu füllen.

Er trägt das Tablett über die Terrasse auf den Tisch zu, setzt es dort behutsam ab. Die Anwesenden greifen nach den Gläsern. Sie stürzen den Inhalt in sich hinein. »Die ganze Flasche!« sagt der Oberst.

Keßler bahnt großmütig einen Weg. »Wenn erst der Kommandierende General«, sagt er lässig, »von der Schweinerei mit dem Bahnhofskommandanten erfährt, wird nicht zu vermeiden sein, daß selbst oberste Dienststellen eingehend darüber unterrichtet werden. Aber muß man ihnen das unbedingt aufbinden? Wenn Sie es ausdrücklich wünschen, gerne. Und diese obersten Dienststellen, das versichere ich Ihnen, werden todsicher mit der Nase auf diesen Skandal hier stoßen, wenn Sie den kuriosen Einfall weiter verfolgen sollten, den von mir ausgesuchten NSFO anzuzweifeln. Eins jedenfalls bedingt das andere. Sie dürfen wählen.«

Jetzt greift Keßler nach der herbeigeholten Kognakflasche, gießt sich und Strick ein Glas voll, stößt mit diesem an, trinkt ihm zu. Er bemerkt unwillig Vogel. »Stellen Sie die Flaschen hin. Hauen Sie ab!« sagt er. Vogel, der fühlt, daß Rabe ihm forschend nachsieht, trottet erneut ab. Was sich auf der Terrasse zusammenbraut, erregt ihn nicht unerheblich. Es wäre ihm ein Fest gewesen, das Palaver weiter verfolgen zu können.

Jetzt bleibt ihm nichts anderes übrig, als die niedliche und verfressene Irene erneut auf Touren zu bringen.

In der Küche trifft er auf seinen Freund und Stubenkameraden Hoepfner. Der Gefreite Hoepfner verhandelt mit Irene. »Was willst du hier?« fragt ihn Vogel. »Das geht dich einen Dreck an.« Vogel, sofort ganz stellvertretender Kasinounteroffizier, übermittelt: »Irene, der Unteroffizier läßt dir sagen, du sollst bei ihm das Zimmer aufräumen kommen. Aber sofort. Er braucht dich, dringend.« Irene watschelt eifrig ab.

»Na?« fragt Vogel. Hoepfner sagt: »Ich komme, das Essen für Hauptmann Wolf holen.« »Nichts zu machen!« antwortet ihm Vogel. »Wolf hat bereits gefressen. Ich habe das persönlich gesehen.« »Das spielt gar keine Rolle!« erklärt Hoepfner mit tiefer Überzeugungskraft, als leiste er einen Fahneneid.

»Kein Schwein«, erwidert Vogel mit der Miene eines Richters, der ein unerschütterliches Urteil zu verkünden hat, »kein

Schwein in der Kaserne frißt doppelte Portionen. Dein Hauptmann auch nicht.« Hoepfner versteht seinen Stubenkameraden Vogel nicht. »Jeden Tag«, erklärt er eifrig, »hole ich hier nach dem Essen die Portion für Hauptmann Wolf ab.« »Das glaube ich. Und dann frißt du sie auf.«

Hoepfner, der seine Sonderfressage außerordentlich gefährdet sieht, wird massiv: »Rück damit raus, oder ich schlage dir deine Knochen kaputt.« Vogel sagt, wie beiläufig: »Du kannst sie kriegen.« »Na also!« »Du kannst sie kriegen«, sagt Vogel grinsend, »wenn du nur folgenden Zettel unterschreibst: Hiermit bestätige ich, eine Sonderportion für Herrn Hauptmann Wolf empfangen zu haben, der aber bereits seine Mittagsportion, wie mir glaubhaft versichert wurde, verzehrt hat.«

Da zitiert Hoepfner ordinären Goethe und überlegt krampfhaft, wie er zu der ihm zustehenden Extraportion kommen könnte. Von der Terrasse her ertönt Vogels Name. Der eilt sofort dorthin. Hoepfner sieht ihn, sichtlich zufrieden, entschwinden. Er langt geschickt in die Bratenschüssel und birgt stattliche Teile ihres Inhalts in seinem Kochgeschirr. »Blöder Hund!« sagt er und meint damit Vogel.

Vogel erhält auf der Terrasse den Auftrag, eine zweite Flasche Kognak, im Eiltempo, herbeizuschaffen. »Mein lieber Oberleutnant Strick«, sagt der Oberst, »wir müssen doch unbedingt auf gute Zusammenarbeit anstoßen!« Und dann sagt er: »Worauf warten Sie denn noch, Vogel? Machen Sie den Mund zu und hauen Sie ab!«

Die erste Tätigkeit des neuernannten Nationalsozialistischen Führungsoffiziers — des NSFO — besteht darin, daß er einen ausgedehnten Nachmittagsschlaf hält. Strick ist hundemüde, nicht zuletzt der sieben Kognaks wegen, die er im Kasino getrunken hat.

Um 14.30 Uhr geht Leutnant Rabe zum Sport; Strick schläft. Um 16.30 Uhr kommt Rabe vom Sportplatz zurück; Strick schläft noch. Um 18.00 Uhr hat Rabe seinen Wachdienst beendet; Strick schläft noch immer. Gegen 19.00 Uhr erscheint der Obergefreite Vogel, und das ist das Ende von

Stricks ergiebigem Nachmittagsschlaf. Vogel weckt mit einem nassen Handtuch. Das faltet er zweimal und läßt es Strick auf das Gesicht fallen. Strick zerrt seine Gliedmaßen fluchend hoch.

»Es ist 19.00 Uhr, Herr Oberleutnant! Sämtlicher Dienst innerhalb der Kaserne ist beendet! Herr Oberleutnant können also ungefährdet aufstehen. Um 20.00 Uhr Abmarsch zur Stadtvorbesichtigung und anschließendem Abendessen im Mannschaftskreise.« Vogel geht.

Strick hat das bedrückende Gefühl, es sitze jemand Ungreifbarer auf seinem Kopf. Und dort, wo dieser Jemand nicht sitzt, dort zerrt er an den Haaren. Donnerwetter, ja — diese verdammte Serie Kognaks nach dem Mittagessen! Er ist kein Säufer, er verträgt das nicht. Er wird, wenn das so weiter gehen soll, gehörig trainieren müssen. Blöde Einrichtungen, diese Saufereien.

Aus dem zerknitterten Gesicht blinzeln die grauen Augen ungetrübt in die peinliche Ordnung der einfachen Offiziersunterkunft. Niemand ist anwesend. Strick erspäht eine Schüssel mit kaltem Wasser und taucht seinen Kopf hinein. Das tut gut! Das tut verdammt gut.

Er zieht sich die Hosenträger über die Schultern und wirft einen flüchtigen Blick in den Spiegel: ein unscheinbares Gesicht. Knochen, Fetzen Fleisch mit Haut überzogen, ein Mund wie ein Strich, Augen, die weit im Kopf liegen, Falten, wie mit einem Messer für grobe Holzschnitzarbeiten ausgehoben. Ein Dutzendgesicht, in den Großgießereien des Krieges geformt. Ohne Uniform würde man ihn für einen Straßenkehrer halten, oder für einen Beamten der gehobenen Laufbahn. Kein sympathisches Gesicht, das ihn da angrinst; gewiß nicht. Ginge es nach ihm, dann könnte diese nichtssagende Fratze ausradiert werden. Samt einigen anderen.

Er knöpft sich den Hosenbund zu und angelt sitzend nach seinen Socken. Er richtet sich auf und stößt mit seinem Hinterkopf gegen ein Bücherbrett. Ah — Rabes Privat-Auslese. Was liest der Mann eigentlich außer Grimms Märchen? Natürlich: Hitlers Kampf, Rosenbergs Mythus, Chamberlains XIX. Jahrhundert. Fehlt noch etwas von dem guten Blut und Boden-Darré und Robert Leys Gelegenheitsreden. Was?

Nichts davon? Auch nichts Artverwandtes mehr? Aber, aber — Rabe wird doch nicht etwa!

Und sonst? Knut Hamsun, der nordische Barde. Und? Thomas von Aquin! Nicht doch, das ist doch ein glatter Irrtum. Und dort? Thomas von Kempen, André Gide, Dante, Bernard Shaw und Charles Dickens, dann zwei ihm unbekannte Namen und — sieht er richtig? — Thomas Mann, Hermann Hesse und Ernst Wiechert. Was ist das eigentlich? Liest dieser Rabe das alles? Oder tarnt er eins durch das andere? Und, wenn ja, was tarnt er durch wen? Oder frißt er sich nur voll?

Rabe betritt den Raum. Er kommt aus dem Kasino. Er hat soeben sein Abendessen beendet. »Bis 20.00 Uhr haben Sie noch Zeit, Herr Strick, bis dahin müssen Sie gespeist haben. Zwischen 18.00 Uhr und 20.00 Uhr ist Tischzeit. Jeder kann kommen und gehen wann er will.« »Und wer nicht kommt, braucht nicht zu gehen.« »Wer nicht im Kasino zu Abend essen will oder dienstlich daran verhindert ist, kann sich seine Portion durch den Putzer holen lassen.«

Strick versucht sich in seine Stiefel zu zwängen. Das geht weitaus schwerer als sonst. Ganz kurz hat er Vogel im Verdacht, die Stiefel heimtückisch ins Wasser gestellt zu haben, um sie so künstlich, ihm zum Ärger, zu verengen. Rabe reicht ihm schweigend ein Paar Stiefelanzieher herüber.

»Erwarten Sie etwa von mir, Herr Strick«, sagt Rabe, »daß ich Ihnen zu Ihrer neuen Dienststellung gratuliere?« »Es wäre eine schöne Geste«, meint Strick, ächzend mit seinen widerspenstigen Stiefeln beschäftigt, »aber auch nichts anderes. Außerdem würde ich dann annehmen müssen, Sie machten gelinde Anstalten, mir irgendwo hineinzukrauchen.« »Eben.« »Aber vielleicht wollen Sie mir wenigstens Ihr aufrichtiges Beileid aussprechen, Rabe.«

Rabe blättert in einem dickleibigen Buch: Aus drei Jahrhunderten Deutscher Lyrik. Beiläufig sagt er: »Beileid? Ihnen? Höchstens doch der Sache, die Sie angeblich vertreten sollen.« Strick ist glücklich in seine Stiefel hineingekommen. Dieses Schwein von Vogel, denkt er, hat sie doch ins Wasser getaucht. Durch seine zerrissenen Socken hindurch fühlt er, daß die Stiefel feucht und kalt sind, naßkalt.

Er geht auf Rabe zu. »Sie meinen«, sagt er herausfordernd, »ich bin kein Nationalsozialist?« Rabe sieht von seinem Buch auf. »Vielleicht wissen Sie gar nicht einmal, was das ist.« »Aber Sie wissen das genau, Rabe?« »Ich bemühe mich darum.« »Und? Das Ergebnis?« »Meine Bemühungen.« »Mehr nicht?« »Jede Idee«, sagt Rabe versonnen über seinen Lyrikband hinweg, »lebt durch ihre Träger. Vorbild sein ist alles.«

Strick prüft mit kurzem Griff seinen Bartwuchs. Es haben sich da schon wieder kräftige Stoppeln angesammelt, aber er wird sich nicht extra rasieren. Für wen denn? Er ist ja schließlich kein Vorbild, hat auch nie den Ehrgeiz gehabt, eins zu sein. »Apropos: Vorbild, lieber Rabe. Dieser Bahnhofskommandant war wohl eins, was?« »Er war eine Ausnahme.« »Ach nein! Alles was Schwein ist, ist eine Ausnahme. Jeder der anständig ist, ist ein Nationalsozialist. Das ist eine Milchmädchenrechnung.«

»Das Schlimme an Ihnen ist, Strick, daß Sie keinen Glauben mehr haben. Ich vermag mir einfach nicht vorzustellen, daß Sie noch einen großen, erhabenen, beglückenden Gedankengang verfolgen können.« »Ach was! Ich fantasiere nicht, ich sehe das, was ist. Und Sie werden mir erlauben, daß ich ganz bestimmte Vorstellungen vom Nationalsozialismus habe. Und von diversen anderen Dingen, die auch noch in der Welt existieren.«

Rabe schlägt seinen Lyrikband behutsam zu. »Ich werde Ihre Arbeit aufmerksam verfolgen«, sagt er; und das klingt wie eine sanfte Drohung. Strick kriecht mit weiten Bewegungen in seinen Rock hinein. »Und ich«, verspricht er, »werde Ihnen genau die Vorbilder vorführen, nach denen Sie sich sehnen.« »Sie machen mich neugierig«, versichert Rabe. Er klemmt den Lyrikband sacht unter den Arm, setzt seine Mütze auf und will sich entfernen.

»Wo wollen Sie hin?« fragt Strick. »Gedenken Sie sich in Gottes freier Natur an lyrischen Gedichten zu erbauen? Keine Angst. Ich verschwinde sofort und mindestens für vier Stunden.«

»Ich bin unten in der Stadt verabredet«, erklärt Rabe freundlich. »Ich habe dort Bekannte. Einmal in der Woche veranstalten wir einen literarischen Abend. Kommen Sie doch beim nächsten Mal mit, wenn Sie Freude daran finden sollten. Es sind nette, kultivierte Menschen. Hauptmann Geiger ist auch immer dort. Er rezitiert übrigens ausgezeichnet. Heute lesen wir Mörike.«

»Der Herr bewahre mich davor!« ruft Strick abwehrend aus. »Ehe ich Geiger Mörike deklamieren höre, lasse ich mir lieber vom Kreisleiter einen Zahn ziehen. Gehen Sie mit Gott zu Ihrem literarischen Abend-Kaffeekränzchen. Ich ziehe es vor, mich anständig zu besaufen. Es lebe der Führer, Rabe! Und — soweit das möglich ist — die deutsche Literatur!«

»Sie haben die Manieren einer Bulldogge, Strick. Aber einer, der ein Maulkorb umgebunden wurde.« Rabe tippt freundlich an seine Mütze und zieht mit der ihm eigenen Rücksichtnahme die Tür hinter sich ins Schloß.

»Maulkorb!« knurrt Strick nach. »Der wird erst merken, daß ich gar keinen trage, wenn ich ihn kräftig in den Hintern beiße. Maulkorb! Und wenn schon? Immer noch besser als Scheuklappen.«

Der Oberleutnant Strick und der Obergefreite Vogel schlendern gemeinsam den Berg hinunter, der von der Kasernenanlage nach Rehhausen hinführt. Es ist Abend geworden; ein ruhiger, etwas fahler, leicht verwaschener Sommerabend. Ausgebleichte Natur, an das Gerippe der Welt wie zum Trocknen aufgehängt.

Vogel führt seinen Jugendfreund durch dicht bewachsene Anlagen ins Tal. Es ist ein schmaler, sehr gewundener Fußweg durch den Frieden. Auf den Bänken sitzen Soldaten mit ihren Mädchen. Die beginnende Dämmerung legt barmherzig ein mattes Licht über die sich suchenden Gesichter. Sie sehen sanfter, flächiger und ruhiger aus als mitten im grellen Tag. Es wird ihnen leicht gemacht, sich anziehend zu finden.

Niemand scheint Notiz von den beiden einträchtig Schlenderern zu nehmen. Und so irgend jemand Anstalten zu einer Ehrenbezeugung macht, winkt Vogel, was ihm offensichtlich viel Freude bereitet, großmütig ab. »Das Glück ist hier ein wenig zusammengepreßt«, erklärt er. »Zu viel Liebesbedürfnisse, zu geringer Raum. Als wir so jung waren, hatten wir einen ganzen Park für uns alleine. Hier liegen auf jeder Bank vier und hinter jeder Bank noch zusätzlich ein halbes Dutzend. Wie sagte doch der Führer immer? Deutschland ist größer und schöner geworden!«

Strick lugt angeregt nach rechts, da sich links intensiv ein Liebespaar miteinander zu beschäftigen scheint. »Früher«, sagt er versonnen, »hast du wesentlich andere Redensarten geführt.« »Früher! Früher habe ich auch für Adolf und Großgermanien Krieg geführt. Aber die haben mich beide nicht mehr nötig. Für die kämpft jetzt — nach eigener Aussage — der Segen der Vorsehung. Und noch etwas früher war ich ein Garant der Zukunft. Und jetzt? Ein Wrack!«

Strick schreitet sehr nachdenklich weiter. Er sieht in die Dämmerung, als sei sie eine aufgespannte Leinwand, die nebelhafte, seltsam verzerrte Bilder zeigt. Er sieht Vogel vor sich, wie er damals war, vor zehn Jahren: ein fröhlicher Junge in kurzen Hosen. Nie allein, immer war ein Tier bei ihm, der Dackel Hermann, Elvira, das Kaninchen, die Katze Lohengrin, oder doch wenigstens Abraham, seine Spitzmaus. Die trug er immer in der Hosentasche bei sich und pflegte sie regelmäßig auszusetzen, wo ein besonderer Effekt zu erwarten war: in der Klasse, in der Eisenbahn und einmal sogar — war das eine Aufregung! — in der Kirche. In der Kirche seines eigenen Vaters übrigens. Denn der alte Vogel war der Pfarrer der Gemeinde.

Es ist, als habe Vogel diese Reminiszenzen deutlich vernommen, als habe es sich nicht um Fetzen von Gedanken gehandelt, sondern um ein lautes, klar vernehmbares Selbstgespräch. Vogel sagt mit unterdrücktem Ärger: »Du meinst, wenn mein Vater ein Prachtexemplar von Pfarrer war, muß auch ich ein frommer Mann sein.«

Dieser Pfarrer Vogel, denkt Strick, war ein recht streitbarer Kanzelredner. Ohne Vaterlandsliebe konnte er nicht auskommen, ohne Feinde auch nicht; denn die Liebe zum Vaterland stieg bei ihm mächtig mit dem Grad einer möglichen Bedrohung derselben. Für ehrenwerte Vaterlandsverteidiger wurde in unserer Dorfkirche regelmäßig und laut gebetet. Im Frieden wenigstens einmal im Monat, im Krieg jeden Sonntag vormittag. Und sie beide, mit der Begeisterung der Fünfzehnjährigen, traten Orgelbälge und zogen am Glockenstrang. »Wir waren sehr stolz auf deinen Vater«, sagt Strick.

Vogel verdeckt eine geringe Anwandlung von kindlicher Erinnerung hinter massiv aufgetakeltem Groll. »Stolz! Stolz auf einen, der den Segen der Vorsehung auf Heldensöhne herabfleht! Das ist wesentlich leichter, als einer zu sein. Was ist denn Stolz. Mit vierzehn Jahren war ich stolz auf meine ersten langen Hosen. Mit achtzehn auf meine erste Braut. Mit neunzehn ließen sie mich auf der Zwölferscheibe fünfunddreißig Ringe schießen. Und behaupteten, ich habe stolz zu sein. Alles Scheiße! Ich habe niemand und nichts gefunden, für die sich das Krepieren lohnt. Das ist alles.«

Die Anlagen liegen hinter ihnen. Eine breite Straße nimmt sie auf. Die ersten Fachwerkhäuser drängen sich aneinander. Weiße Häuser, durch deren zersprungene Haut die dicken, braunen Balkengefüge treten. Ein schwerer Granatwerfer, denkt Strick flüchtig, und sie knicken zusammen, wie Streichholzschachteln. Er wendet sich wieder Vogel zu. »Du fühlst dich also betrogen! Und jetzt heißt deine ganze Weisheit: Schädigen! Fressen! Unbeteiligt sein!«

»Was denn sonst!« ruft Vogel aus. Er tut das verächtlich, als rede er mit jemanden, von dessen Dummheit er leider überzeugt sein muß. »Was denn wohl sonst? Soll ich etwa — wie ihr — mit geschlossenen Augen strammen Lesebuchheroismus betreiben? Eifrig Witwen und Waisen auf beiden Seiten produzieren?«

Die Produktion von Hinterbliebenen! Jawohl, er war maßgeblich daran beteiligt. Jeder kann es ihm ansehen. Seine Brust ist voll von Orden. In seinem Wehrpaß sind sechsundzwanzig Eintragungen vorzufinden: Schlachten, Gefechte, vorbereitende Operationen, Stellungskriege. So steht dort: 12. März 1942 — Abwehr eines Durchbruchversuches bei Bolchow. Nur das. Und das bedeutet: 116 Schuß Geschützmunition, 830 Schuß Infanteriemunition, 74 Handgranaten, 27 Leuchtkugeln. Oder, anders ausgedrückt: 4 brennende Häuser hinter ihm, dazu 2 schmorende, angeschossene Frauen mit 3 Kindern; vor ihm 5 ausgebrannte Panzer, ein verendetes Rudel sogenannter feindlicher Infanterie, ein halbes Dutzend Menschen, die wie Tiere durch die Nacht schrien; neben ihm 2 Tote, 4 Schwerverwundete, die mühsam röchelten, sich stöhnend in ihre Kleider verbissen und ihn mit gelbwerdenden Gesichtern anstarrten; und auf seinem Gesicht wässeriges Blut und dicke Spritzer eines Gehirns, das einem aus dem Schädel geschossen wurde, dem er gerade vorher »Nicht nachlassen, Kamerad!« zugerufen hatte. Das also ist eine Eintragung; eine von sechsundzwanzig.

Strick sieht die sauber gekehrte Straße vor sich, die gepflegten Gärten, mit abgezirkelten Wegen und kupiertem Rasen, weißgepinselte Häuser, blanke Fensterscheiben. Wie würde das aussehen, denkt er, wenn sich auch nur eine einzige Division knappe drei Stunden über dieses Rehhausen hermachen würde. Einsatzbefehl: Division stößt nach eingehender Artillerievorbereitung in den Morgenstunden durch Rehhausen vor und besetzt das diesseitige Mainufer in 3 km Breite! Das Ergebnis: eine befehlsgemäß bezogene Stellung am Mainufer, einige Dutzend Grabkreuze mehr und ein Kehrichthaufen von der Größe einer Stadt.

Er sagt: »Ich bin sehr müde gworden, Vogel. Ich war fast fünf Jahre draußen. Polen, Frankreich, Rußland. Endlos Rußland. Ich habe die Schnauze restlos voll. Ich will meine Ruhe haben, weiter nichts.« Vogel blickt ihn an, als komme in ihm die Hoffnung auf, nach langer Irrfahrt dennoch Land zu entdecken. »Ruhe? Hat man bekanntlich nur als NSFO. Mensch, wem erzählst du das? Abgekämpfter Krieger, wie? Müde und ruhebedürftig. Denkmalsreif. Beginnt neue segenbringende Tätigkeit mit Umlegung dickster Heimatsau. Auf Anhieb!«

Vogel bleibt ostentativ mitten auf der Straße stehen. Sieht ihn prüfend an. Strick weicht diesem Blick nicht aus. Er kneift ein Auge ganz leicht zu, ganz leicht, nur andeutend. »Tut mir leid«, sagt er. »Tut mir aufrichtig leid. Ich konnte nicht anders.« »Du wolltest nicht! Ich kenne dich ein wenig. Wir haben viel Gemeinsames, abgesehen von deinem schlechten Geschmack bei Frauen. Mensch, du hast doch den Bahnhofskommandanten mit voller Absicht fertig gemacht. Ich bin doch kein Idiot!«

Strick lacht verhalten. Es ist wie damals, als sie dem schnippischen, arroganten Klärchen die Schaukelseile angeschnitten hatten und in erregender Vorfreude auf den Augenblick lauerten, da diese zerrissen. »Wir leben in einer großen Zeit!« erklärt Strick. »Das Vaterland verlangt Opfer.«

»Mensch«, ruft Vogel überzeugt aus, »das muß begossen werden. Leben wir zeitgemäß! Denken wir dabei in Leichen!«

Wenn der Obergefreite Vogel privat unten in Rehhausen weilt, ist er Gast bei Mutter Tikkes. Mutter Tikkes liebt Vogel wie einen Sohn. Und irgend jemand wie einen Sohn zu lieben, das ist Mutter Tikkes ein Bedürfnis. Mutter Tikkes hat einmal zwei Söhne gehabt. Und jetzt hat sie eben zwei Söhne verloren.

Das ist eine Tatsache, auf die Herr Tikkes, Oskar mit Vornamen, mächtig stolz ist. Gewiß, schwere Schicksalsschläge haben ihn heimgesucht, große Opfer sind von ihm gefordert worden. Aber es war nötig! Herr Tikkes weiß, was sich gehört. Er ist ein Heldenvater. Und außerdem ist er Blockwart. Und jetzt ist er fast jeden Abend besoffen.

Mutter Tikkes denkt da wesentlich anders. Aber sie weiß, daß das Gedankengänge sind, die man nicht laut denken darf. Nur einem einzigen darf sie alles sagen, was sie denkt: dem Vogel. Dieser Vogel hat eines Abends, übermäßig stark betrunken, laut brüllend greuliche Verwünschungen ausgestoßen, die noch weit deutlicher waren als das, was Mutter Tikkes jemals zu denken wagte. Doch nicht genug damit: dann sang dieser Vogel auch noch! Und dieser Gesang war etwas, was sie oft im Rundfunk gehört hat, allerdings nicht von deutschen Stationen.

Seit diesem Abend liebt Mutter Tikkes den Vogel, wie einen Sohn. Und wenn sie beide allein im Lokal sind, tragen sie ihr Herz auf der Zunge. Wenn auch diese Zungen gelegentlich schwer von Wein sind: sie lügen nicht. Und die Deutlichkeiten dieser Stunden ersetzen Geburtswehen, Kinderkrankheiten und die gemeinsam von Mutter und Sohn erlebten Torheiten einer reifenden Jugend. Ein Herz und eine Seele sind sie, der junge Vogel mit dem alten Gesicht und die alte Mutter Tikkes mit dem jungen Herzen.

Vogel betritt mit Strick das fast leere Gastzimmer. Eine

schwere, geschnitzte Balkendecke hängt tief in den Raum: sie sehen, heißt das Bedürfnis fühlen, sich darunter zu setzen, mit der festen Absicht, sich nicht so leicht wieder zu erheben. Die kleinen Tische sind sauber gescheuert, werden von grobgeschnitzten Holzstühlen oder Wandbänken umstanden. Primitive Lampen baumeln von der Decke herab.

Mutter Tikkes, mit einem Gesicht wie ein Feld, über das in sinnlos anmutenden Richtungen Pflüge gefahren sind, kommt auf Vogel zu. Sie reicht ihm die Hand. Vogel nimmt sie, legt seine andere Hand dazu, zieht so Mutter Tikkes an sich, umarmt sie. »Na, na!« sagt Mutter Tikkes abwehrend, »du kriegst deinen Wein auch so!« »Nicht nur meinen Wein, Mutter Tikkes, Wein auch für meinen Freund!«

Strick faßt die faltige Hand. Drückt sie. Vogel erklärt: »Das, Mutter Tikkes, ist Oberleutnant Strick. Ein Sauhund, aber brav. Er ist, halt dich fest, Mutter Tikkes, der Nationalsozialistische Führungsoffizier der Kommandantur. Frisch importiert.« »So!« sagt Mutter Tikkes und wickelt ihre Hand in die Schürze, als sei es nötig, sie nach diesem Händedruck abzutrocknen. »Und das ist also dein Freund!«

Vogel knufft Mutter Tikkes in die Seite. »Siehst du«, sagt er, »solche Freunde habe ich.« Und Mutter Tikkes meint resolut: »Das wird meinen Mann aber freuen!« Die kleine zerarbeitete Frau mit dem zerfurchten Gesicht unter dem spärlichen Haar ruft: »Oskar! Oskar!« Und Oskar Tikkes kommt. Oskar ist ein Nilpferd von Mann. Ein Klumpen Fleisch, oben kugelartig abgerundet, unten zwei Beine. Und er ist, wie gesagt, Blockwart. Auf seiner Oberlippe strafft sich ein bürstiges Bärtchen; sein Gang ist behäbig, aber keinesfalls ohne Haltung. Wenn er Uniform anzieht, hat er sogar von weitem eine gewisse Ähnlichkeit mit Göring.

Oskar Tikkes ist erfreut, nicht nur einen Offizier in seinem bescheidenen Weinlokal begrüßen zu dürfen, sondern darüber hinaus sogar den Nationalsozialistischen Führungsoffizier der Kommandantur. Sie tragen die gleiche Fahne vor sich her, der gleiche Name läßt sie Haltung annehmen, sie wissen, was sie von den anderen wollen. Dort ein Held, hier ein Heldenvater, im gleichen Geiste vereint. »Herr Oberleutnant«, versichert er, »Sie werden sich stets bei mir wohlfühlen. Mutter! Rödelseer

Schwan. 1933er. Er wird Ihnen gefallen. Einstweilen: Heil Hitler!«

Herr Tikkes hat es sich nicht nehmen lassen, sie an seinen Stammtisch — nur für Freunde des Hauses! — zu plazieren. Erhöht, durch künstliches Weingerank leicht verdeckt, steht dieser Tisch in einer entfernten Nische. An den beiden Wänden, die ihn einwinkeln, hängen Hakenkreuzfahnen und zwischen ihnen: Adolf Hitler in SA-Uniform, mit frischem Grün bekränzt. Anscheinend weiß Herr Tikkes, was er in seiner Eigenschaft als Blockwart seinem Unternehmen schuldig ist.

Da sitzen sie sich gegenüber und hängen ihre Nasen in den Dunstkreis des Weinglases. Sie atmen langsam. Strick saugt den Duft des Rödelseer Schwans tief in sich ein, als gelte es, sich mit neuem, anderem Lebensmut vollzupumpen. Sie sehen sich liebevoll an. Vogel erhebt sein Glas, sagt bedächtig: »Das Lebensziel der Schweine ist immer das Schlachtfest!« Strick neigt den Kopf und lächelt versonnen seinen Wein an. Er spricht kein Wort.

Durch einen leichten Rauchschleier ist die arbeitsame Mutter Tikkes zu sichten. Sie spült Gläser und poliert sie sodann, bis man sich in ihnen zu spiegeln vermag. Wenn sie die Gläser in einer bestimmten, genau abgewinkelten Richtung in den Schein der Lampe über sich hält, sieht sie, entfernt, auseinandergezerrt und klein wie Spielzeug, am Stammtisch unter den Hitlerfahnen, ihren Vogel und diesen Mann sitzen, den er seinen Freund nennt. Die sitzen da und schweigen. Was ist das für ein Mensch? fragt sich Mutter Tikkes. Wenn er der Freund von Vogel ist — und das ist ein Gebiet, auf dem dieser sonst so alberne Vogel bisher noch keine Scherze gemacht hat —, dann wird dieser Strick auch in ihr Leben treten. Und was wird er mitbringen? Was wird er fordern?

Mutter Tikkes weiß, daß Menschenschicksale ineinander verflochten sind wie Rohrmatten. Jetzt erst, da ihre Söhne tot sind, beginnen sie ihr Leben unausweichbar zu bestimmen. Sie lebte für sie und mit ihnen; jetzt gibt es sie nicht mehr, aber Mutter Tikkes fühlt sich enger an sie gekettet wie je zuvor. Doch es genügt nicht, fühlt Mutter Tikkes immer mehr, nur an die Söhne zu denken. Man muß etwas für sie tun. Taten. Nicht Gedanken.

Die dritte Flasche steht bereits vor ihnen und sie sprechen immer noch nicht. Sie sehen ihre Gesichter, aber sie vermögen nicht, sich wieder zu finden. Wäre es möglich, die Welt um zehn Jahre zurückzudrehen ... Um fünf Jahre ... Ja, fünf Jahre würden genügen. Aber den Verstand von heute müßten sie dann haben. Bepackt mit einer Last Erfahrung, gespickt mit einer Legion Wissen — und dann die jungen Körper mit den glatten Gesichtern. Dann ihre Welt: das einsame Dorf, die Kirche, ein verwachsener Waldweg, das scheue Mädchen Irmgard, der arrogante Balg Klärchen, die gemeinsam gerauchte Zigarre aus der Feiertagskiste, ein verträumter Abend, der sie einwickelte, als sei er aus Seide. Aus! Gewesen! Kommt nicht wieder!

Und jetzt? Ein Seiltanz über aufgestellten Bajonettspitzen, über einem Abgrund, der mit Blut angefüllt ist. Ein Leben, das ihnen übergestülpt wurde wie eine Zwangsjacke. Wehren sollte man sich, sich irgendwo festklammern, toben, um freizukommen. Strick sagt, ganz langsam: »Du solltest dich irgendwo anders hinversetzen lassen. Ich bin bisher immer dort gewesen, wo serienweise gestorben wurde. Sehr oft in einer grauenhaft anständigen Art, und fast immer sinnlos. Ich habe mich langsam an diese Lebensweise gewöhnt. Ich werde kaum davon lassen können.«

Vogel leert sein Glas. »Die Hauptbeschäftigung dieser Epoche ist das Schaufeln von Gräbern. Es wird hohe Zeit, daß die richtigen Leute reingelegt werden.«

Senkt sich die Decke auf sie herab? Verengt sich der Gastraum zu einer schmalen Kammer? Verwandeln sich die Flaschen in Handgranaten? Umgibt sie Undurchdringlichkeit? Kommt das Gefühl auf, sinnlos in das Dunkel um sie hinein einige Magazine der Pistole leerzuknallen?

»Morgen früh«, sagt Strick, »erst morgen früh werde ich mit meiner Arbeit beginnen.« Er kreist mit dem Zeigefinger der rechten Hand über den Rand des gefüllten Glases. »Wenn man das richtig kann, dann singen die Gläser. Ich habe es einmal erlebt. Jedes Glas hat seinen Ton. Je nachdem, wieviel man in es hineinfüllt. Mehrere verschieden angefüllte Gläser ergeben eine Reihe von Tönen. Der, den ich hörte, der spielte darauf: Morgenrot. Du kennst das, Vogel! Morgenrot — früher Tod.«

»Du bist ein Quatschkopf!« stellt Vogel grob und schon leicht lallend fest. »Du hast zuviel gesoffen.« »Mag sein. Mag durchaus sein. Ich habe das auch nötig.« »Man soll«, stellt Vogel verärgert fest, »nie mit kleinen Kindern saufen gehen. Der Verstand fällt ihnen zu leicht in die Hosen.«

»Morgen früh!« sagt Strick. Seine Zunge ist schwer. Trotzdem drängen sich ihr die Gedanken heftig entgegen. Strick befiehlt ihnen, zu bremsen. Er gibt sich den Befehl, die Schnauze zu halten. Ohne Widerspruch, Strick! Nur eins noch: »Ich werde für meine Dienststelle verläßliches Personal brauchen, Vogel. Du wirst mich beraten. Ich verlasse mich auf dich. Morgen früh!«

»Mutter Tikkes«, ruft Vogel. »Noch eine Flasche. Damit dieses Wickelkind endlich genug kriegt.« Mutter Tikkes stellt sie auf den Tisch. Es ist die fünfte. »Viel verträgt er ja nicht«, stellt Mutter Tikkes kopfschüttelnd fest. »Laß ihn nur«, meint Vogel. »Der hat noch viel zu lernen.«

Strick schnaubt tief durch die Nase. Ihm ist, als füllten sich seine Augenhöhlen mit Blei. Was er auch erblickt, es sieht heiter verschwommen aus, alles weiche, dehnbare Gegenstände, die er sieht. Nichts Hartes, nichts Eckiges um ihn. Alles zerfließt, verschwindet. Oder es taumelt sanft auf ihn zu. An seiner Zunge scheinen Gewichte zu hängen. Es ist eine Zunge, die sich nicht mehr bewegen will, eine brave Zunge, eine gute Zunge. Eine Zunge, die weiß, was sich gehört. Die harte Bank, auf der er sitzt, wird zum Polster. Nein, er sitzt gewiß nicht darauf, er sinkt in sie hinein. Die Bank umarmt ihn, legt sich von hinten sanft um seine Schultern, wie eine Geliebte.

Weg ist die Welt, abgefahren, fortgereist. Nichts ist übrig geblieben, nur er. Und Vogel. Der gute, alte, verdammte, verkommene, geliebte Vogel. Der junge Knabe zwischen Tieren, der alte Säufer zwischen den Weinflaschen. Hundert Jahre kennen sie sich jetzt. Tausend Jahre. Eine Million Jahre. Zahnlose Greise sind sie geworden. Ihr Rückenmark liegt auf dem Mist, mit ihrem Blut wird Suppe angerührt. Außerdem sind sie Mörder. »Wer aber Blut vergießt, dessen Blut soll auch vergossen werden.«

Die Decke des Raumes kippt sich auf Strick, knallt auf seinen Hinterkopf. Er schlägt mit der Stirn auf den blankgescheuerten Tisch. Knallt dort auf und bleibt liegen. Und weint. Ihm ist, als fließe Alkohol aus seinen Augen.

»Es ist ein Sauleben!« ruft Vogel lallend, als ekele er sich vor dem Dasein. »Das Elend heult aus dir. Spüle es hinweg, Strick. Wisch es mit den Händen aus. Spucke es auf den Erdboden und trampele darauf mit den Füßen herum. Gut, die Welt ist ein Saustall. Unsere Welt wenigstens. Wer aber sagt, daß das so bleiben muß? Die Welt ist aus dem Gleichgewicht, na schön. Treten wir ihr kräftig hinten hinein, vielleicht richtet sie sich wieder auf. Und wenn nicht, Strick ... Wenn nicht ... Wenn ...«

Vogel starrt in den Dunst der Weinkneipe, als dehne sich vor ihm ein nebeldurchtränktes Schlachtfeld. Er preßt seinen Kopf, der vornüberfallen will, zwischen die Handflächen. Und starrt. »Ein Sauleben«, sagt er, kaum hörbar. Dann brüllend laut, so daß Strick erschreckt auffährt: »Eine Sauerei ist das!«

Mutter Tikkes nähert sich ihnen. Sie sagt: »Arme Jungen. Ihr habt zuviel getrunken. Ihr vertragt viel weniger als ihr glaubt. Nehmt euch doch zusammen! Wenn alles gleich heulen würde, was nicht glücklich ist, könnten wir in Deutschland auf den Straßen Kahn fahren. Spart euch auf. Spart alles in euch auf. Wer weiß, wozu ihr es brauchen werdet. Wir sind noch lange nicht am Ende.«

Strick erhebt sich schwer. Sein Gesicht ist tränenüberströmt. Es glänzt naß von Schweiß, Tränen und Weinresten. »Ich will schlafen. Nichts als schlafen. Schlafen.« »Na, na!« sagt Mutter Tikkes. »Heute wenigstens«, lallt Strick. »Heute wenigstens noch.«

Und sie schleppen sich beide den Weg zur Kaserne hinauf. Eng aneinander geklammert tasten sich ihre schweren Füße vorwärts. Sie bemerken nichts als das Elend, das sich in ihren Hirnen malt. Die Nacht erscheint ihnen dick, verquollen, greifbar; wie angefüllt mit stummem Leid. Ihr einziges Ziel ist Schlaf. Sie taumeln an Menschen vorbei, die in Sträuchern liegen. Sie sehen sie nicht, sie hören sie nicht. Sie wanken durch das Tor. Strick brüllt auf: »Sauhunde! Elende Sauhunde!« Niemand weiß, wen er damit meint.

Dann erbricht er sich, steif gegen eine Mauer gelehnt. Er kotzt den ganzen Jammer aus sich heraus. Es sprüht aus ihm, wie aus einer Fontäne. Ein säuerlicher Geruch steigt zu ihm auf. Heranschwebend wie ein Luftballon. Ekel, widerwärtiger Ekel erfaßt ihn. Nie in seinem Leben hat er sich so gehaßt, nie sich so verachtet.

Er taumelt in sein Zimmer, wirft sich über sein Bett, und schläft. Und Rabe, wach geworden, hört, wie er im Schlaf weint. Er weint wie ein Kind, denkt Rabe. Das ist bedrückend. Bedrückend, weil nicht erwartet. Würde er lärmen, fluchen, randalieren — gut. Aber weinen? Dieser Mann — weint.

Das eiskalte Wasser aus der voll aufgedrehten Brause überfällt ihn mit hartnäckiger Kraft, als wolle es ihn trommelnd in die Knie zwingen. Strick steht darunter, breitbeinig, aufgereckt. Zuerst dröhnt sein Kopf, wie eine anschwellend gerührte große Trommel. Das Wasser strahlt mit monotonem Gedröhn auf seinen Schädel. Dann spürt er Frische, Klarheit aufkommen.

Der spukhafte Alpdruck dieser Nacht ist überwunden, der durch Alkohol inspirierte Jammer vorbei, gewesen. Nicht vergessen, aber unwichtig geworden. Kalte Entschlossenheit ist jetzt in ihm. Er reibt sich den ganzen Körper kräftig ab, umhüllt sich dann mit dem Bademantel, den Rabe ihm geliehen hat, begibt sich in sein Zimmer zurück.

Rabe steht abmarschbereit im Raum. Er überprüft noch einmal den Sitz seiner Uniform. Scheint in Ordnung zu sein. »So früh schon zum Dienst, Rabe?« »Ich habe von 7 Uhr bis 8 Uhr Unterricht mit der Wachkompanie.« »Worüber?« »Über politische Tagesfragen.«

»Haben Sie etwas dagegen«, will Strick wissen, der mit weiten Schwimmbewegungen in sein Hemd steigt, »wenn ich an diesem Unterricht teilnehme?« »Doch nicht etwa in Ihrer Eigenschaft als NSFO?« erkundigt sich Rabe spöttisch. »Als bescheidener Zuhörer im Hintergrund.« »Ich kann es Ihnen nicht verbieten.«

Rabe läßt, bei aller Verbindlichkeit, durchblicken, daß er an ein tieferes Interesse von Strick gar nicht zu glauben vermag.

Er vermutet, daß Strick seine freie Zeit totschlagen will, oder aber, was noch eher möglich ist, daß er entschlossen sein könnte, sich über ihn und seine Anschauungen lustig zu machen. Dennoch — er wird ihm nicht ausweichen.

»Ich hole Sie also«, sagt Rabe, das breite Koppel zuschnallend, »kurz vor 7 Uhr hier ab. Bis dahin werde ich noch schnell das Wachlokal kontrollieren und Sie können sich fertig machen.« Er geht mit elastischen Schritten.

Strick entnimmt der Brusttasche seiner Feldbluse, die achtlos über einen Stuhl gehängt ist, einige Bogen Papier. Darauf sind, wie Keßler gestern ausführte, Richtlinien, Kernpunkte, Fernziele für die Arbeit eines NSFO aufgezeichnet. Diese Unterlagen legt er, fast automatisch, auf einen in der Nähe stehenden Tisch.

Er betrachtet nachdenklich seine Feldbluse. Das längere Zeit. Mit bohrender Intensität. Dann plötzlich beginnt er die dort angehefteten Orden und Ehrenzeichen zu entfernen. Er klammert die große, breite Ordensspange auf. Das EK I. Legt sie auf sein Bett. Er löst den Schraubverschluß des Deutschen Kreuzes in Gold; wirft es zu den übrigen. Er trennt, mit kurzem heftigen Ruck, das rotleuchtende Band des EK II ab. Alles das häuft er zusammen und wirft es dann in ein Fach seines Schrankes. Leer hängt die abgewetzte Feldbluse über der Lehne eines Stuhles.

Strick setzt sich an den Tisch und durchblättert die ihm gegebenen Richtlinien. Was hier gefordert wird, ist unerhört viel. Es ist die totale Beschattung der Schlüsselpositionen. Es ist, schlicht gesagt, die Kontrolle über alles, was innerhalb der Kommandantur Rehhausen vor sich geht. Und doch nichts und alles, je nachdem; wichtig ist, welche Ausgangsstellungen er sich zu sichern versteht. Wenn er diese Forderungen durchdrückt — und er ist entschlossen, das zu tun —, hat er Rehhausen in der Tasche. Ohne Ausnahme. »Sie werden Wochen dazu brauchen«, hat ihm Keßler gesagt. Aber er wird nicht solange warten. Er darf das wohl gar nicht. Ihm ist, als werde die Zeit, die ihm noch bleibt, kurz sein.

Jetzt, da er genau weiß, was er will, da er ahnt, wo sein Ziel sicher liegen wird, da er entschlossen ist, nicht mehr auszuweichen, jetzt will er das, was getan werden muß, schnell hinter sich bringen. Schnell und gründlich. Hindernisse wird er nicht anerkennen. Er wird sie überfahren, als sei er ein Panzer.

Er sitzt, über seine Richtlinien gebeugt, an einem Tisch, der in eine Ecke gestellt ist und der offenbar Rabe als Schreibtisch dient. Er ist, bis auf den Band: »Deutsche Lyrik aus drei Jahrhunderten«, leer. Daran also, denkt Strick mit knappem Lächeln, haben sie sich gestern abend erbaut! Sie lasen Gedichte, ich betrank mich. Und stattliche Kilometer weiter wurde, wie täglich üblich, serienweise gestorben. Sie berauschten sich an zarten Reimen, ich berauschte mich an schwerem Wein. So flohen wir aus der Gegenwart. Und andere stiegen, zur gleichen Zeit, voller Treu und Glauben ins Massengrab.

Strick greift nach dem Lyrikband. Er schlägt ihn auf: Mörike. Mit Maschinenschrift beschriebene Blätter liegen darin. Auch Gedichte, vermutlich. Und ein Foto. Es zeigt zwei Mädchen in einem Garten. Bitte-recht-freundlich-Pose unter einem Baum. Ein Schafsköpfchen mit Mona-Lisa-Scheitel; eindeutiges Lächeln eines netten Mädchens, das da vieldeutig zu lächeln versucht. Das andere Gesicht ist herb, fast streng, glatte Haare, kluge Augen, straffe Figur. Vermutlich eine Art Intelligenzbestie.

Strick lächelt. Ob dieser Rabe ausschließlich mit ihnen Gedichte liest? Zuzutrauen wäre es ihm schon. Und mit welcher von beiden wohl besonders innig? Und welche Art von Gedichten? Liebe? Wohl einschließlich der zum Vaterland, die sich so herrlich mißbrauchen läßt.

Strick schüttelt verwundert den Kopf und schiebt den Gedichtband wie einen Fremdkörper zur Seite. Er vertieft sich in seine Richtlinien.

Rabe, jung, elastisch und frisch, steht am Pult. Vor ihm liegt ein Zettel mit Stichworten.

Seitwärts sitzt Strick aufmerksam auf einem Stuhl. Er betrachtet Rabe. Der redet. Er gebraucht gewählte Worte, überlegte Argumente; sie werden nicht ohne innere Anteilnahme vorgetragen. Aber Rabe bleibt dabei fast völlig bewegungslos. Kaum eine Geste begleitet seine Rede. Mit aufgesetzter Mütze, umgeschnalltem Koppel, in tadelloser Haltung, so steht er da und redet. Ein Standbild, aus dem es tönt.

Vor ihm sitzen, in Reihen zu je zehn Mann, tief nach hinten gestaffelt, die Angehörigen der Wachkompanie, so an die hundert. Junge und alte Gesichter, glatte und faltige, runde und ausgemergelte, behagliche und zerquälte, traurige und blitzgescheite. Hundert Menschen — hundert Gesichter. Einige, zumeist in vorderen Reihen sitzend, scheinen interessiert; viele, unter ihnen der Obergefreite Vogel, heucheln lebhafte Anteilnahme; zahlreiche müde und gleichgültige Gesichter hängen wie Masken im Raum. Hinten kämpfen zwei taumelnd mit der hartnäckigen Morgenmüdigkeit. Einer schläft bereits fest.

Der Raum ist fahlgrün ausgetüncht, völlig schmucklos: zerscheuerte Wände, abgegriffene Tür, ein zerwetzter Fußboden. Durch diesen Raum schallt die helle Stimme des Leutnants Rabe, mühelos die dicke, stickige Luft, die hundert Menschenkörper ausdünsten, durchschneidend.

Dieser Unterricht über politische Tagesfragen findet einmal wöchentlich statt. Er ist, wenigstens den Ankündigungen nach, Pflichtunterricht für alle. Er sollte normalerweise durch den Batteriechef persönlich abgehalten werden, mithin durch Hauptmann Wolf. Aber der meint, der jüngste Offizier, also Rabe, sei gerade gut genug dafür. Und Rabe erledigt das mit viel aufrichtiger Begeisterung.

Stattliche Teile, das merkt Strick sofort, pflegen sich zu drücken. Das mag nicht so sehr gegen den politischen Unterricht an sich gerichtet sein; sondern schon allein die Tatsache, daß man es sich leisten kann, hier fernzubleiben, läßt brauchbare Ausreden finden. Auch das ist Landserbrauch, seit je eingebürgert, auch so etwas wie Tradition. Die einen haben Wachdienst, die anderen haben gerade Wachdienst gehabt, wieder andere bereiten sich soeben auf den Wachdienst vor. Putzer putzen, Schreiber besetzen die Schreibstuben, Köche kochen und der Fernsprechunteroffizier kontrolliert, schon wieder einmal, die Vermittlung mit den weiblichen Zivilangestellten.

Daß Vogel hier ist, wird seinen Grund lediglich darin haben, daß der grundsätzlich nichts ausläßt, was ihn amüsiert. Daß neben ihm der Gefreite Hoepfner sitzt, wird bestimmt auch das Verdienst von Vogel sein, da es diesem helle Freude bereiten mag, seinem begriffsstutzigen Stubenkameraden falsche Erläuterungen einzutrichtern.

Und Rabe redet. Er entwirft ein Bild der allgemeinen Lage; ein Bild übrigens, das als durchaus ehrlich bezeichnet werden muß. Er beschönigt nichts, vermittelt aber trotzdem solide Zuversicht. Er spricht von vorsichtigen, gut durchkalkulierten Rückzugsgefechten. Strick sieht, wie Vogel leise und intensiv auf Hoepfner einredet. Offensichtlich leiht ihm Hoepfner willig ein Ohr, während der andere aufmerksam den Ausführungen von Leutnant Rabe lauscht.

»Wer die Karte genau besieht«, sagt Rabe, »der wird finden, daß es sich immer nur um kleinere Strecken handelt.« Hoepfner meldet sich mit hochgereckter Hand. Rabe, sichtlich froh, eine Anregung aus der dumpf schweigenden Masse zu empfangen, erteilt ihm die Erlaubnis zu sprechen. »Ist es wahr«, fragt Hoepfner mit naiver Wichtigkeit, »daß unsere Truppen an der Ostfront in den letzten sieben Tagen 180 Kilometer zurückgegangen sind?«

Rabe, und das merkt Strick sofort, ist ein wenig betroffen. Entweder ist er nicht hinreichend informiert oder fühlt sich durch diese konkrete Zahl leicht erschreckt. Er überlegt kurz. Da hebt Vogel seine Hand und sich selbst sofort hinterher. »Das ist doch gar nicht soviel«, erklärt er, biedere Beruhigung verströmend. Rabe scheint noch nicht so ganz zu wissen, wie darauf zu reagieren ist. Und sogleich fährt Vogel fort: »Was sind denn schon 180 Kilometer! In der vorletzten Woche haben unsere Truppen 210 geschafft.«

Der ganze Saal scheint plötzlich lebhaft zu werden. Aus einer Ecke dringt Gemurmel hervor. Der Schläfer fährt erschreckt auf. Vogel setzt sich breit und erwartungsvoll hin. Hoepfner, sich Mittelpunkt fühlend, steht noch immer zufrieden da. Rabe wirft einen kurzen, leicht nervösen Seitenblick auf Strick, der ihm freundlich zulächelt.

»Ich habe im Augenblick«, erklärt Rabe mit einem winzigen matten Hauch in der hellen Stimme, »die notwendigen Unterlagen nicht zur Hand.«

Einer aus der Menge ruft gedämpft: »Schade!« Und ein anderer, als wolle er den Zwischenrufer damit treffen, sagt: »Das ist bezeichnend!«

»Aber ich werde«, so versucht sich Rabe durchzusetzen, »beim nächsten Mal genaue Zahlen geben. 180, oder, wie auch gesagt, 210 Kilometer pro Woche halte ich für übertrieben.« Ein blonder, hoch aufgeschossener junger Mensch erhebt sich. »Und wenn diese Zahlen dennoch stimmen«, sagt er überzeugt, »so beweisen sie doch nur, daß wir uns stabilisieren. Vorige Woche 210, diese Woche 180. Das ist doch ein Fortschritt.« »Und wie!« ruft jemand. Es klingt nach Vogel.

Rabe bändigt den leichten Tumult. »Ich freue mich«, erklärt er, »über eure Anteilnahme. So muß es auch sein. Und was sind denn schon 200 Kilometer in einer Woche! Ich besinne mich darauf, daß wir es seinerzeit bequem geschafft hatten, den Gegner in einer Woche über 300 Kilometer zurückzudrängen. Das ist doch eine ganz andere Zahl!«

Jetzt geht Rabe auf die innenpolitische Lage über. Er spricht, mit hohem Ernst, von der Gerechtigkeit, der Freiheit, der Gleichberechtigung. Sein Lieblingswort, Strick merkt das sofort, heißt: Sozialismus. »Sozialismus«, sagt Rabe, »ist der letzte Sinn der Weltordnung. Das muß erreicht werden. Und es ist alles in Kauf zu nehmen, alles auszuwerten, alles zu fördern, was uns hilft, unser Ziel zu erreichen.« Worte, die in die Menge hinein gesprochen werden, die aber deutlich an Strick gerichtet sind.

Langsam beginnt sich wieder wohlige Morgenmüdigkeit im Unterrichtssaal auszubreiten. Alle reißen die Augen weit auf; kaum einer, der da noch richtig hinhört. Phrasen, denken sie alle, Phrasen, nichts als Phrasen! Immer wieder gehört, immer wieder dasselbe. Seit Jahren! Phrasen! Das brodelt um ihre Köpfe und behindert die Sicht. Immer die gleichen Quatschereien. Kennt man doch. Wird laufend angeliefert. Vom Rundfunk in der Kantine bis zur Tageszeitung auf der Latrine. Nimmt kein Schwanz mehr ernst. Ist staatlich fabriziertes Schlafpulver. Ruhe sanft.

Nur Strick ist hellwach. Er spürt den forschenden Blick von Vogel auf sich ruhen, erwidert ihn aber nicht. Er sieht gebannt auf Rabe. Spürt denn niemand hier im Saal, so fragt er sich beklommen, daß dieser Rabe es unerhört ehrlich meint? Daß er genau das sagt, was er denkt? Daß er jederzeit so handeln wird, genau so und nicht anders, wenn man ihn handeln läßt? Dieser Rabe ist ein Phänomen der Aufrichtigkeit. Oder er ist der verlogenste Bursche dieser Erde.

»Dieses erstrebenswerte Ziel«, sagt Rabe in die echolose dumpf dahinbrütende Menge hinein, »ist groß und sauber. Daran gemessen will mir alles Unvollkommene — selbst der blutige Irrtum! — klein und wesenlos erscheinen. Dieses Zieles wegen sind wertvolle Menschen gefallen. Das muß doch einen Sinn haben?«

Kaum einer im Raum, der das versteht. Er ist endlich am Ende, spüren sie erleichtert. Jetzt noch einen Schlußsermon über Liebe zu Führer, Reich und Volk. Mit Händchenheben. Dann wird er seinen Zettel zusammenfalten und sie können abziehen. Eine Stunde wäre wieder glücklich geschafft.

Ach, denkt Strick, was ist, ist gründlich verdorben. Sie haben die großen Werte in schleimiger Verlogenheit ertränkt. Es gibt keine großen Worte mehr. Sie sind besudelt worden, ihres ursprünglichen Sinnes beraubt, entwertet. Das edle Pathos, in den Dreck gezerrt, wird jetzt Lüge genannt. Und wer das nicht begriffen hat, der ist ein Narr. Dieser Rabe ist also ein Narr. Genau wie Parzifal ein Narr war. Oder doch jetzt, in diesem totalen Niederbruch aller Größe und Erhabenheit, dazu wurde.

Der Raum leert sich. Zähflüssig trottet die Menge dem Ausgang zu und versickert lärmend auf den Korridoren. Rabe unterschreibt sorgfältig das Unterrichtsbuch. Er wendet sich dann, ein wenig verlegen, Strick zu.

Der ergreift leicht, fast behutsam, seinen Arm und schlendert mit ihm auf den Korridor hinaus. Ihre gemächlichen Schritte hallen durch die Leere um sie. »Warum träumen wir eigentlich so gerne, Rabe? Das wird eine deutsche Nationaleigentümlichkeit sein, wie?«

Darauf scheint Rabe keine Antwort zu wissen, sie gar nicht suchen zu wollen. Er sagt nur: »Es ist gut, daß Sie mich nicht loben, Strick. Möglich, daß mich das unsicher gemacht hätte — es paßt auch nicht zu Ihnen.«

Sie bleiben vor einem geöffneten Fensterflügel stehen und betrachten das Kasernengelände. Die Soldaten, die am Unterricht teilgenommen haben, formieren sich zu einer Marschkolonne und entfernen sich in Richtung ihrer Unterkunft. Der Ia-Schreiber, der dicke Oberwachtmeister Demuth, wälzt seine Fülle gemächlich über den Platz auf die Kommandantur zu. Es ist genau acht Uhr. Hauptmann Wolf begibt sich mürrisch, aber dennoch nicht ohne selbstbewußte Haltung, in das Kasino zum Frühstück. Aus einem Fenster im Kommandanturgebäude lugt Hauptmann Geiger interessiert einer kleineren Gruppe weiblicher Zivilkräfte entgegen, die sich der Wache nähert.

»Sozialismus«, sagt Strick versonnen, »ist ein schönes Wort. Vielleicht das anständigste auf dieser zerfetzten Erde. Aber wo wollen Sie es finden? Hier? Betrachten Sie doch einmal unsere Kampfgenossen für den Sozialismus — wie Sie es nennen — ganz nüchtern und sachlich. Ohne Dienstgradabzeichen, kameradschaftlichen Händedruck und Einheitsgruß. Ganz kalt, Rabe. Wie man eine Kuh kauft. Sie werden erstaunliche Unterschiede bemerken.«

Rabe stützt sich wortlos auf das Fensterbrett. Er scheint über die Fahrbahn, die Kasernenanlage, die Menschen hinweg zu sehen — dorthin, wo über dem Posten am Eingangstor die Reichskriegsflagge weht: Kreuz und Hakenkreuz. Schwarz — weiß — rot. Ist das seine Welt?, fragt sich Strick. Ist das überhaupt eine Welt? Jetzt noch, nach allem, was sich dahinter verkrochen hat?

Hinter ihnen ertönt eine weiche Stimme. Fröhlicher Spott funkelt ihnen entgegen. »Guten Morgen! Die Herren schlafen wohl noch?« Strick fühlt sich unmittelbar angesprochen, wie sanft, fast zärtlich in die Seite gestoßen. Das ist doch dieses kleine, niedliche Luder aus dem Vorzimmer des Obersten! Richtig, vor ihm steht Erika Blaustrom, dieselbe, die von ihren Freunden einfach Eri genannt wird.

Ein dezenter Duft weht ihm entgegen. Alle Farben liegen frisch und leuchtend auf der dekorativen Erika. Das schwarze Haar glänzt gedämpft und fließt in sorgfältig arrangierten Wellen um das gebräunte Gesicht. Ihr Kleid ist hell und duftig; und leicht, sehr leicht, wie ein Schleier.

Strick holt alles an Herzlichkeit hervor, was davon in ihm steckt. Das ist wahrlich nicht viel, aber es reicht gut für eine freundliche Begrüßung aus. Erika reckt ihm die zierliche Hand entgegen, als sei eine wohlgepflegte Katze dabei, niedlich Pfötchen zu geben. Es ist schade, gesteht sich Strick, und das ist das erste Mal, daß er sich derartige Geständnisse macht, daß ich kein vornehmer Mann bin. Das hier ist eine Hand, bei der es, wenigstens aber doch gewiß im Anfang, Freude machen muß, wenn man sie küssen darf? Oder küßt man nur verheirateten Damen die Hand? Wie war das doch? Egal! Er macht diese Verrenkungen sowieso nicht mit, aus Prinzip nicht. Wenn man erst einmal damit anfängt, sagt er sich, muß man jede Flosse ablecken, die einem unter die Nase gehalten wird.

Rabe hat die Gegenwart von Erika merklich versteift. Er ist betont korrekt, bewußt zurückhaltend, fast unhöflich. Er berührt ihre Hand nur flüchtig, tritt dann, wie ausweichend, zurück. Das amüsiert Erika sichtlich. Das belustigt sie offenbar sehr. »Fürchten Sie etwa, Unglücksrabe, daß ich Sie beißen könnte?« Rabe ist peinlich berührt. Er vergrößert noch die Distanz zwischen sich und dieser Person, die so sehr seinen Prinzipien widerspricht.

Strick ist über diese krasse Reaktion aufrichtig erstaunt. Er versteht die betont versteifte Haltung von Rabe einfach nicht. Für ihn ist diese Erika ein prachtvolles Stück Leben. Sicherlich ein wenig mit den Urinstinkten eines gefährlichen Raubtieres ausgestattet, aber doch durchaus sehenswert, betrachtenswert, anerkennenswert! »Nein!« ruft er mit gutgelauntem Erstaunen aus. »Das ist doch einfach nicht vorstellbar! Unser Rabe entzieht sich Ihren Reizen?«

Erika entblößt ihr kräftiges Gebiß leicht. Die roten, vollen Lippen lächeln vertrauliche Zustimmung. Was sie da soeben hörte, sind Gedanken, die ihr wohltun. Sie spürt, fast körperlich, daß Strick sie anziehend findet. Nun, das wäre an sich noch nichts Besonderes. Kaum einer, außer Rabe, kreuzt ihren Weg, dem sie nicht den Pulsschlag beschleunigt. Aber wer spricht das schon mit dieser erfreulichen Offenheit, mit dieser wohltuenden Deutlichkeit aus? Dieser Strick ist zwar ein unwahrscheinlich frecher Hund, aber gerade das gefällt ihr. Außerdem ist er hier NSFO, hat somit eine wichtige Position, wird also viel zu sagen haben. Sie wird ihm deutlich machen, daß sie nicht abgeneigt ist, ihn bevorzugt zu behandeln.

Mit einer fast kindlich neugierigen Geste, als wolle sie durch das Fenster sehen, nähert sie sich Strick. Sie schiebt sich ihm, findet Rabe, bewußt aufreizend entgegen. Strick und Erika stehen jetzt einander dicht gegenüber; Strick mit dem Rücken zum offenen Fenster, Erika, als wolle sie nichts als hinaussehen, vor ihm.

Volles Licht flutet gegen ihr glattes, wohlgeformtes Gesicht, das sich noch bedenkenlos jeder Helligkeit aussetzen kann. Das Mädchen ist bestimmt erst neunzehn oder zwanzig Jahre alt, denkt Strick, und hat doch schon die vollerblühte Reife einer verführerischen, erfahrenen siebenundzwanzigjährigen Frau. Dieser Widerspruch reizt ihn. Er dringt durch die Haut und sickert in das Blut, verdünnt es, pulst es durch die Adern, bis das Herz wie ein Kolben dröhnt. Der Teufel hole alle diese kleinen Mädchen von Zwanzig, denkt Strick verwirrt.

»Sie sind wirklich ungewöhnlich offen!« bemerkt Erika anerkennend. »Das gefällt mir. Andere wagen das kaum zu denken, was Sie mir auf Anhieb ins Gesicht sagen.« »Es ist ein sehr schönes Gesicht«, sagt Strick. Erika nimmt diese Erklärung mit selbstverständlicher Zufriedenheit in sich auf. »Nehmen Sie sich daran ein Beispiel, Rabe.«

Rabe findet diese frech aufgemachte Person unangenehm, das grundsätzlich schon immer. Jetzt aber, bei dieser schamlos dargebotenen Selbstgefälligkeit, wirkt sie auf ihn widerlich, wie auf einen Zeitungsrand geschmierte Lyrik. »Seien Sie vorsichtig, Strick«, sagt er reserviert. »Hoffentlich ist Ihnen völlig klar, was diese — Dame hier darstellt.«

In den schönen dunklen Augen von Erika flackert helle Empörung auf. Ihr Gesicht bleibt zwar unverändert glatt, ihre Stimme freundlich und spöttisch zugleich, nur ihre Hände verlieren an lockerer Haltung und schließen sich fest. Sie scheint genau zu wissen, wo Rabe zu treffen ist. »Wohl sehr böse, daß ich nicht in der Partei mitstrampele, wie? Wenn Sie genau den Grund wissen wollen: Die Uniform steht mir nicht.« Und mit übermäßig freundlichem Gesicht weiter: »Oder zweifeln Sie etwa meine Gesinnung an?« Noch freundlicher: »Meine Hingabebereitschaft?«

Rabe, der die hierin liegende Anspielung genau versteht, spricht jetzt mit leicht angedeuteter Verbeugung, sehr förmlich, als sei es nötig, eine Erklärung abzugeben: »Ich bin weit davon entfernt, auch nur im geringsten daran zu glauben, daß etwa zwischen dem Obersten und Ihnen ein ... ein ...« Erika hilft mit gefährlicher Freundlichkeit aus: »Ein Verhältnis.« Rabe betrachtet das Wort als ausgesprochen: »... bestehen könnte. Ich halte das für völlig ausgeschlossen. Ebenso unvereinbar mit der Person des Obersten, wie mit den Forderungen der Zeit.«

Strick ist betroffen. Einmal über die Deutlichkeit, mit der Rabe seine Ausführungen macht, dann über die fast ungerührte Selbstverständlichkeit, mit der Erika diese weit mehr als unhöflichen Bemerkungen entgegennimmt. Er steht zwischen völlig verschiedengearteten Welten. Was hier imponiert, ist weniger die fast verbohrt zu nennende Hartnäckigkeit von Rabe, sondern weit mehr die überlegene Erkenntnis, mit der Erika die Existenz dieser unversöhnlichen Gegnerschaft registriert und abtut. »Er kann mich aus Prinzip nicht leiden!« erklärt Erika leichthin. »Ich bin ihm zu wenig Gretchen.«

Rabe, völlig unversöhnlich, stößt noch einmal hartnäckig vor. »Sie nutzen jedes Gerede um Ihre Person und die des Obersten schamlos aus und verschaffen sich dadurch Vorteile.«

Strick findet, daß hier der Bogen überspannt wird. Jetzt vermag er die Situation nur noch leicht komisch zu finden. »Ich bewundere Ihre Kühnheit, Rabe«, sagt er, als finde er dieses Gespräch ungemein amüsant, »aber Sie unterschätzen den Einfluß der Frauen. Ich bin mehr denn je überzeugt: Sie sind eine Ausnahme. Eine Art Heiliger, ohne Anfechtungen. So etwas wie ein Kalb, das das Stiftungsfest der Metzgerinnung besucht. Ein erstaunlicher Mensch. Daß Sie in dieses Deutschland hineingeboren worden sind, ist ein Witz der Natur.«

Das empörte Funkeln in Erikas Augen erlöscht langsam, als sei ein Heizofen abgeschaltet worden. Sie erspürt in Strick artverwandte Gefühle, eine der ihren ähnliche Bedenkenlosigkeit wohl. Seine unverhohlene Bewunderung gefällt ihr, macht die plumpen Ausfälle von Rabe vergessen. Sie lächelt Strick verständnisvoll zu. Es ist ihre bisher echteste Regung an diesem

Morgen. Ihre schöne Gefährlichkeit verwandelt sich gefällig in gefährliche Schönheit. Sie lächelt jetzt sogar Rabe großzügig verzeihend zu.

»Unser Rabe«, sagt sie spöttisch, wohl dosiert, als tippe sie mit einem ihrer gepflegten Finger diesem vor die Brust, »ist ein hoffnungsloser Fall. Alles Feminine heißt bei ihm Magda. Das ist die Stelle, wo selbst dieses großdeutsche Konversationslexikon sterblich ist. Der Arme! Wer immer nur ein Gesicht sieht, verblödet leicht.« Das ist bewußt boshaft. Rabe nimmt es unbeweglich zur Kenntnis. Aber selbst diese Bosheit, stellt Strick fest, bringt diese Person nicht ohne niedliche Geste an.

Sie hält ihm die Hand hin. »Es sind«, sagt Strick, »immer noch die gleichen Hände wie gestern.« Hätte Erika die Fähigkeit behalten, zu erröten, jetzt würde sie sichtbar werden. Sie denkt: damit hat er also gesagt, daß sie, immer noch, die schönsten Hände besitze, die er in letzter Zeit gesehen habe. Und auf ihre Hände ist Erika auch sehr stolz.

Sie entfernt sich mit kleinen wiegenden Schritten. Strick sieht ihr nach, sieht die gut gewachsenen Beine über die Fliesen des Korridors schreiten. Über diese eintönigen, schmutzigbraunen, langweilig gerillten und gelegten Fliesen, über die sonst nur schwere Kommißstiefel poltern. Diese straff geformten Beine bleiben, fast am Ende des Korridors, stehen. Erika wendet sich noch einmal um. Sie sagt: »Rufen Sie mich doch mal an, Herr Strick, wenn Ihnen Ihr schweres Amt als NSFO dazu noch Zeit lassen sollte. Ihre Art Bewegungsvertreter ist mir nicht unsympathisch.«

Dann entschwindet sie um die Biegung des Korridors, der zur Kommandantur hinführt. Strick hört den hingetupften Klang, den ihre kleinen Schuhe verursachen. Ihm ist, als sehe er die Beine deutlich vor sich, die in diesen Schuhen stecken und mehr, viel mehr, alles andere noch, was sich über diesen Beinen befindet, bis zu den Haaren hinauf. Weit hinten im Korridor, dort wo die Kommandantur ist, schlägt eine Tür zu.

Strick ist überzeugt: wenn er sich jetzt umdreht, kann er sehen, daß Rabe ihn betrachtet. Das wird ohne jede Neugierde geschehen, mehr ernsthaft prüfend, abwägend, nicht ohne Vorwurf, vielleicht sogar ein wenig verächtlich. Oder, was schlimmer wäre: mitleidig wird er ihn mustern. Er kann sich vorstellen, was Rabe denken wird: daß er ein Idiot ist, der prompt auf dieses raffinierte Frauenzimmer hereinfällt, und daß es schade ist um ihn. Bedauert wird er werden: armer Kerl, kommt direkt von der Front, hat monatelang kein Mädchen gesehen, fällt hemmungslos auf das erste, beste Treibhausexemplar herein.

Rabe sagt: »Warum geben Sie dieser Person Oberwasser, Strick? Sie müssen doch gemerkt haben, in welch hohem Grade das ein Luder ist.« Strick wendet sich ihm zu. Dieser Rabe ist ein idealistischer Stelzenläufer; er muß ihn ein wenig auf die Erde herunterzerren. Möglich, daß er dann besser verstanden wird. »Also ist nach Ihrer Ansicht«, so sagt er langsam und sehr deutlich, »der Oberst ein korrupter Bursche, der uns zusätzlich noch allesamt für saublöde Kerle hält.«

Rabe ist über diese ungezügelten Deutlichkeiten aufrichtig entsetzt. Er sieht vor sich ein hartes, verschlossenes Gesicht; ein Gesicht, dem niemand ansehen würde, daß es soeben einem grazilen Mädchen nachgeblickt hat. Rabe wehrt entschieden ab. »Der Oberst ist ein verdienstvoller Soldat. Vielleicht ein wenig der Typus eines adligen Landsknechtes, aber im Grunde untadelig.«

Strick findet das zwar durchaus wohlmeinend ausgedrückt, aber doch sehr wenig überzeugend. Außerdem hat er das dringende Bedürfnis, Rabes Unerschütterlichkeit zu Fall zu bringen. »Also ist das ein, nach Ihrer Ansicht, verdienstvoller und untadeliger Mann! Und ausgerechnet der umgibt sich mit einer Person, die ich — entsprechend Ihrer Forderung — nach fünf Minuten als Luder erkennen soll?« Strick, jetzt ganz nah, suggestiv, als stelle er eine Gewissensfrage: »Hat er nun ein Verhältnis mit ihr oder nicht?« »Natürlich nicht.«

Strick fühlt sich durch dieses prompte »natürlich nicht« herausgefordert. Er fragt sich, warum eigentlich dieses »nicht« so »natürlich« sein soll. Fast möchte er, um seinetwillen, dieses »natürlich nicht« möge wahr sein. Er muß aber wollen, und das nicht nur um Rabes willen, daß es unwahr ist. Er kann gar nicht anders. Oder er muß das, wozu es ihn treibt, in der allerersten Stunde aufgeben. Angenehm versumpfen. Sich, mit einer Flasche um den Hals, in weichen Betten wälzen. Sich den Wanst vollstopfen, bis der Verstand vor lauter Fett zusammengedrängt wird. Nein — er nicht. Seine große Ruhe beginnt erst in einem Sarg. Also: durch! Ran an Rabe. Wenn es auch, weiß Gott, wenig Freude macht, aber es muß sein.

»Woher wissen Sie das alles so genau? Sie erklären den Oberst für einen Ehrenmann und damit fertig! Macht ihn die Uniform dazu? Der Dienstgrad? Die Stellung? Ihre Autoritätsgläubigkeit? Die Freundschaft des Kreisleiters? Menschenskind! Bleiben Sie doch ein wenig mehr auf der Erde!«

Er wendet sich ab. Geht. Mit unwilligen Schritten. Rabe sieht ihm verwirrt nach. Was ist das nur für ein Mensch! Es ist erschreckend, wie sich die Unruhe um ihn verbreitert. Was mag er wollen?

Seitdem es Krieg gibt, hält sich Vogel für einen universellen Geist. Es existiert nichts, worin er sich nicht schon betätigt hätte. Er war, unter vielem anderen, Koch, Entfernungsmesser, Sanitäter, Beobachtungsposten, Fourier, Putzer, Schreiber, Lagerverwalter, Gerichtsdiener, Tankwart, Zahnarzt, Frontbuchhändler, Architekt für Heldengräber, Kanalisationsarbeiter und Kasinoordonnanz. Wie gesagt: unter vielem anderen.

Aber seine stattlichste, vermutlich dreiundachtzigste Verwendung in der großdeutschen Wehrmacht hat er sich jetzt geschaffen. Er hält sie für genial ausgeklügelt. Er ist Fotograf. Fotograf für Offiziere, Spieße, Ia-Schreiber und deren diverse Damen. Außerdem fertigt er laufend Paßbilder für das Ausbildungsbataillon an, für die Wachkompanie, die weiblichen und männlichen Zivilangestellten der Kommandantur. Eine besondere Spezialität von ihm sind die Fotos — einmal en face, einmal Profil, immer mit Nummer und Namen — der Insassen des Wehrmachtsgefängnisses in Rehhausen.

Neuerdings fotografiert er kriegsgefangene britische Offiziere. Zwecks Registrierung; vom OKW befohlen. Das sind Gesichter mit Augen, die sich betätigen. Keine abgeschlossenen Fassaden, keine zugeklappten Fensterladen. Sondern Menschen, die beobachten. Die fragen. Die eine Antwort haben wollen. Das beredteste Schweigen, das ihn je erreichte. Wenn er die Fotos vor sich liegen sieht, packt ihn das Verlangen, sich mit diesen Menschen zu unterhalten.

Die von Vogel »Atelier« genannte Kammer liegt auf dem Boden der Kommandantur. Dort arbeitet Vogel ununterbrochen. Das heißt: er hängt ein Schild an die Tür, auf dem zu lesen ist: »Ich entwickele! Bitte nicht stören!«, schließt von innen ab und beginnt, wenn zufällig nichts anderes vorliegt, zu pennen. Zu diesem Zweck steht ein Feldbett hinter einer spanischen Wand in der Ecke. Das ist Vogels Lieblingsaufenthalt.

Heute wird er, kaum daß Schlafstellung bezogen ist, gestört. Es poltert heftig an seiner Tür. Vogel ist ungehalten. »Keiner darf rein!« ruft er empört. »Ich entwickele gerade. Bitte Schild an der Tür beachten!« »Mach sofort auf!« tönt es ihm entgegen, »oder ich verwandele diese Tür und dich in Kleinholz.«

Das ist Strick. Vogel öffnet geruhsam die Tür. »Was willst du eigentlich?« fragt er; es klingt aber auch gar nicht entgegenkommend. »Dich sehen!« sagt Strick. Vogel mault. »Es ist nicht zu glauben! Kaum läßt man sich herab, mit einem Offizier zu saufen, schon wird er aufdringlich.«

Strick betrachtet eine Serie Negative von Paßbildern, die Vogel wie winzige Wäschestücke an eine Leine geklammert hat. Vogel zieht die Leine hoch, so Strick das günstige Sichtfeld nehmend. »Du willst dich doch nicht etwa hier häuslich niederlassen? Oder soll ich deine Stiefel putzen? Ich empfehle dir, dich nach Leutnant Rabe zu richten. Das ist ein Mann! Der putzt seine Stiefel ganz alleine.«

Vogel blättert lässig in seiner Negativkartei und entnimmt ihr zwei Zelluloidblätter. Die legt er neben sich auf den Tisch. »Ich brauche«, sagt Strick, »ein Dienstzimmer und zwei Hilfskräfte.« Vogel hält die Negative gegen das Licht.

»Unterhalb der Zimmer des Kommandanten«, erklärt er, völlig nebensächlich, als rede er vom Wehrmachtsbericht, »liegen drei Räume. Dort hat sich die Frau des Stabsintendanten mit der Bibliothek und dem Archiv breitgemacht. Zwänge diesen ganzen Laden in einen Raum, nimm den mittleren als Vorzimmer für dich und die Bibliothek, und beziehe den dritten Raum selbst.«

»Die Räume sind günstig gelegen?« »Sehr günstig. Mindestens drei Ausgänge; zwei durch Türen, einer durch die

Fenster. Du kannst ungesehen gehen und kommen, wann du willst. Durch die Fenster können Mädchen zu dir einsteigen, oder auch bequem Handgranaten geworfen werden. Alles in allem: ideal.«

Vogel schaltet die Deckenbeleuchtung ein. Er zieht den Vorhang vor das Fenster. Schließt die Tür ab. Er schaltet die rote Lampe über seinem Arbeitsplatz an und löscht die Deckenbeleuchtung. Das rote Licht liegt geheimnisvoll auf seinem verschmitzten Gesicht. Er sieht aus wie ein Magier, denkt Strick, wie einer, der aus Lehm Gold machen will. Die sicheren Hände von Vogel spannen Papier in einen Rahmen. Darüber klemmt er die Negative. Das belichtet er kurz.

Dieser Vogel, weiß Strick, der da das Papier in den Entwickler gleiten läßt, ist nie ein Fotograf gewesen. Er hat in seiner Jugend lediglich mit Kamera und Privatlabor herumgespielt, das war alles. Strick vermag sich lebhaft vorzustellen, welch ein unwahrscheinliches Durcheinander es hier gegeben haben muß, als Vogel begann, die Kommandantur als Fotograf zu beglücken. Aber jetzt sind seine Hantierungen sicher. Er schaukelt die Entwicklerflüssigkeit über die beiden Papierscheiben hin und her.

Strick beugt sich über die jetzt langsam entstehenden Bilder. Die Konturen drängen sich aus dem Papier heraus. Sie nehmen, wie anschwellend, zu an Umriß und Deutlichkeit, füllen sich aus, werden zu Paßbildern. Offensichtlich ein alter Mann und eine junge Frau.

Vogel erfaßt sie, nacheinander, mit einer Pinzette und läßt sie in das nebenstehende Fixierbad gleiten. Er reißt mit raschen Griffen den Verdunkelungsvorhang zur Seite, öffnet das Fenster, schaltet das rote Licht aus. Strick sieht in die Schale mit den beiden Bildern. »Wer ist das?« fragt er. »Das«, erklärt Vogel ruhig, »sind die Angehörigen deiner Dienststelle. Die Hilfskräfte des NSFO.«

»Was sind das für Menschen?« Paßbilder sind vage Andeutungen von Lebewesen. Sie sind das Oberflächlichste an Menschenaussage. Der Mann dort scheint bieder, gutmütig, fast einfältig zu sein. Das Mädchen sieht streng und abweisend aus, wie auf Draht gezogen, voll puppenhafter Starre. Und doch kommt ihm das Bild bekannt vor. »Ich muß dieses Mädchen schon einmal irgendwo gesehen haben«, sagt er. Aber wo das gewesen sein kann, weiß er nicht.

»Der Mann«, sagt Vogel, »ist der alte Tannert. Sieh ihn dir einmal an. Er arbeitet auf der Bekleidungskammer. Kriegsdienstverpflichtet. Ist aber Konstruktionszeichner. An dem wirst du«, versichert Vogel grinsend, »viel Freude haben.« »Woher kennst du ihn?« »Von Mutter Tikkes«, sagt Vogel kurz.

»Und das Mädchen?« »Ist seine Tochter. So bleibt alles schön in der Familie.« »Du glaubst wohl, ich suche hier gut eingefahrenen Familienanschluß?« »Ich glaube folgendes: Du brauchst eine Schreibkraft. Unnötig, daß sie viel kann. Sie muß aber anständig und verläßlich sein. Darf gut aussehen. Wenn die Kommandantur von deiner Sittenlosigkeit überzeugt ist, kann dir das doch nur recht sein. Sie werden dich für ein ausgekochtes Schwein halten und daher deine Gesinnung nicht anzweifeln. Das hier ist nämlich ein Freudenhaus. Ein Kraft-durch-Freudenhaus.«

»Was macht das Mädchen jetzt?« »Sie soll versetzt werden.« »Wohin?« »Besetztes Gebiet, oder so. Großzügig eröffnete Laufbahn für mittlere Huren in Wehrmachtsuniform.« »Und warum die Chance?« »Liegt nicht genügend freiwillig auf dem Rücken.« Strick, mit deutlichem Vorwurf: »Müssen diese Schweinereien sein?« »Das frage ich mich auch.«

Strick angelt sich das Foto dieses Mädchens aus dem Fixierbad. Woher kennt er nur dieses kluge Gesicht? Das Wasser läuft über seine Finger, tropft zur Erde. Das Gesicht des Mädchens ist naß, als hätte es geweint. Armes Kerlchen. Wurde eingezogen, dienstverpflichtet. Mußte sich abtaxieren lassen wie ein Stück Fleisch. Wird irgendwo eingereiht. Jetzt abgeschoben, weil sie nicht alles das tat, was man von ihr verlangte. »Wer?« »Wolf«, sagt Vogel.

»Und dieses Mädchen interessiert dich?« Vogel ist hell verwundert. »Mensch!« sagt er empört, »glaubst du denn etwa, ich bringe meine Weiber bei dir in Sicherheit! Ausgerechnet bei dir? Ich bin doch kein Trottel!« Er nimmt Strick das nasse Foto aus der Hand und legt es, neben dem des alten Tannert, zwischen Löschblätter. Er preßt sie heftig, als habe er das Bedürfnis, irgendwo starken Druck auszuüben. »Übrigens«, sagt er lauernd, »heißt dieses Mädchen mit Vornamen Magda.«

Natürlich! Es ist das gleiche Mädchen, das Strick auf dem Foto gesichtet hat, welches Rabe in seinem Lyrikband, bei Mörike, aufbewahrt. Und es ist der gleiche Name, den die niedliche, boshafte Erika gebrauchte: Magda! Die Stelle, wo Rabe sterblich ist.

»Und dieser Wolf kriegt es glatt fertig, das Mädchen ... Weiß denn Rabe nichts davon?« Vogel lockert seine Schlafdecken. »Was willst du denn noch?« fragt er unwillig. »Siehst du denn nicht, daß ich meine wohlverdiente Ruhe anzutreten beabsichtige? Ich bin müde. Ich habe heute nacht ein total besoffenes Wrack von Oberleutnant in die Kaserne transportieren müssen. Das reicht mir.« Er klopft sein Kopfkissen auf.

Dann öffnet er ausladend die Tür, drückt Strick die beiden noch feuchten Paßbilder in die Hand. »Du bist ein perfekter Massenmörder und Kriegsheld«, sagt er, »aber von Frauen verstehst du einen glatten Dreck. Glaubst du, die Kleine wird ihm aufbinden, daß jemand seine schmutzigen Pfoten nach ihr ausgestreckt hat? Und glaubst du weiter, Rabe kommt von alleine darauf? O holde Einfalt! Nur raus hier, du Pinsel.«

Und Vogel knallt die Tür hinter ihm zu, dreht den Schlüssel heftig zweimal im Schloß herum, als habe er das dringende Bedürfnis, sich vor soviel bodenloser Dummheit in punkto: weibliche Psyche, abzuschließen. Strick hört noch, wie sich Vogel krachend auf sein Feldbett wirft. Das Schild an der Tür schaukelt heftig in seiner Aufhängevorrichtung. Und darauf steht: Ich entwickele! Bitte nicht stören!

Hauptmann Geiger, der Adjutant, ist heute freundlich und entgegenkommend. Selbst seine sonst so wohleinstudierte Reserviertheit ist kameradschaftlicher Verbindlichkeit gewichen. Eigenhändig zieht er einen Stuhl herbei, tupft Strick jovial auf die Schultern. Es ist, als stäube er ihn ab.

»Also, was kann ich für Sie tun?« Strick angelt sein Notizbuch aus der Brusttasche. »Vorerst einige Kleinigkeiten. Notieren Sie sich das, bitte.« »Bitte.« »Ich brauche ein Dienstzimmer und ein Vorzimmer. Ich werde die Räume der Bibliothek nehmen. Veranlassen Sie, bitte, daß dort umgeräumt wird. Sagen wir im Laufe des heutigen Tages. Dann benötige ich zwei Hilfskräfte. Zivilangestellte, vermutlich. Ich werde sie mir heraussuchen. Sorgen Sie, bitte, dafür, daß mir hierbei keine Schwierigkeiten gemacht werden.«

Der Adjutant läßt seinen Bleistift sinken, wie einen Degen. »Ja, aber ...« »Oder muß ich mich an eine andere Stelle wenden?« »Nein. Das nicht, aber ...« »Verehrter Herr Hauptmann Geiger«, sagt Strick mit liebenswürdiger Frechheit, »die nationalsozialistische Führungsarbeit soll doch nicht etwa sabotiert werden?« »Aber nein.« »Nun also! Dann fördern Sie sie, bitte. Machen Sie sich verdient.« »Ich stehe diesen Dingen wahrlich sehr aufgeschlossen gegenüber, aber ...« »Kein ›aber‹, Herr Hauptmann. Das ist alles, was ich — im Augenblick — benötige.«

Geiger windet sich sanft in seinem geräumigen Schreibtischstuhl. »Das wird nicht leicht sein!« erklärt er schließlich, sich mit dem Mittelfinger der rechten Hand in den Kragen fahrend, der ihm offensichtlich zu eng geworden ist. »Herr Hauptmann«, sagt Strick, als überwältige ihn die grenzenlose Bescheidenheit des Adjutanten, »das durchzudrücken ist doch für Sie eine Kleinigkeit.« »Gewiß«, sagt der Hauptmann mühsam. »Na also! Dann ist ja alles in Ordnung!«

Hauptmann Geiger, wie im hohen Tempo überfahren, sieht sich in die Lage eines Gönners gedrängt. Eine Art förderndes Mitglied. Na schön. Gut. Er wird das erledigen. Er ist ja schließlich keiner, der Schwierigkeiten macht. Immer hilfsbereit. Stets Kamerad dem Kameraden. Zusammenhalten muß man, sich helfen, gegenseitig, dem anderen das Leben leicht und angenehm machen. Wie gesagt: gegenseitig.

Strick nickt anerkennend. »Also was, Herr Hauptmann, kann ich für Sie tun? Was haben Sie denn für einen Wunsch?« Geiger sieht jetzt aus, als sei es ihm peinlich, inmitten dieser wesentlichen Anregungen einen profanen Gedankengang zu verfolgen. Mit vorsichtiger Liebenswürdigkeit will er wissen: »Gedenken Sie alles, was irgendwie in den Bereich Ihrer Dienststelle fallen könnte, auch dort zu vereinigen?«

Ah, denkt Strick, der will mich anbohren. Konzessionen absplittern, Sonderwünsche anbringen, Privatschafe scheren. Was mag er nur wollen? »Ich bin kein Sammler«, erklärt Strick entgegenkommend. »Wenn ich Ihnen irgendeinen Gefallen tun kann, bitte!«

Geiger rafft sich auf. Die Gelegenheit ist günstig, denkt er. Und Strick scheint ein vernünftiger Mann zu sein. So spricht er gedrängt, kurze Sätze formulierend. Er verkleidet seinen weichen Kern mit eckigen Wortgebilden. »Ich habe eine besondere Leidenschaft, müssen Sie wissen. Sie heißt: Kultur. Erledigte bisher alles, was mit Truppenbetreuung zusammenhängt. Kino, Varieté, Kraft durch Freude. Natürlich auch Konzerte und ernstere Sachen. Kümmere mich unerhört gerne um Künstler, und so weiter. Wollen Sie das jetzt übernehmen?«

Strick ist ernsthaft bemüht, nicht laut loszulachen. Das ist allerbester Kuhhandel. Tausche Vollblutwallach gegen Stekkenpferd. Oder: liefere Blankounterschrift im Scheckheft, erbitte dafür Füllhaltertinte. Strick kneift würdige, verbindliche Falten in sein Gesicht. »Keinesfalls«, sagt er. »Wenn Sie Ihre Freude daran haben — ich bin kein Spielverderber.«

Er ist jetzt freudig erregt, dieser Geiger. Er sieht seine Lieblingsbeschäftigung gesichert. Er reibt sich in heller Freude geschäftig die Hände. »Ich schreibe wirklich Kultur ganz groß!« gesteht er lebhaft. »Das ist eine kolossal unterhaltsame Angelegenheit. Fördere dabei nicht zuletzt und mit besonderer Vorliebe ewige Werte. Bis zu Körner und Anacker, auch Edda, wenn es sein muß.« Schau, denkt Strick, der wirft mir NS-Köder zu, der Gute, hält mich für einen Bären, der freundlich tanzt, wenn gut Fleisch angeliefert wird. Ein recht entgegenkommender Herr. Nun, er wird das schon noch auswerten, bei nächster günstiger Gelegenheit.

»Und Goethe?« will Strick heimtückisch wissen. Geiger schnappt, wie erwartet, prompt ein. »Natürlich auch Goethe! Kennen Sie die Kanonade von Valmy? Was, nur unvollkommen? Muß ich Ihnen mal erzählen.« »Bei Gelegenheit.« »Selbstverständlich. War gar nicht einmal so unsoldatisch, dieser Goethe. Besitze neuen Artikel aus VB. ›Goethe und die Generale‹. Sehr aufschlußreich. Soll Ihnen — bei Gelegenheit — gerne vorgelesen werden.«

Strick hat sich inzwischen erhoben und schraubt sich auf die Tür zu. Geiger, als sei er zu einem Mühlrad geworden, zu dem ein mächtiger Strom hingeleitet worden ist, sprudelt unentwegt weiter: »Bereite gerade jetzt ein außerordentlich exquisites Programm vor, für nächsten Kasinoabend mit Damen. Denke da an reine Liebeslyrik. Grundthema etwa: Herz im Harnisch. Oder so etwas Ähnliches, Artverwandtes.« Strick murmelt: »Das beeindruckt mich sehr!« und tastet nach dem Türdrücker.

Geigers echte Begeisterung fließt ungehemmt weiter auf ihn zu. »Bin Ihnen wirklich freundschaftlich verbunden, Herr Strick. Diese Wehrbetreuung ist mir ein glattes Herzensbedürfnis. Sie werden sehen, wie unser nächstes Programm begeistern wird. Haben Sie Sonderwünsche? Einzelheiten stehen noch völlig offen. Sie können davon überzeugt sein: es wird erstklassig rezitiert!«

Das kann ich mir lebhaft vorstellen, denkt Strick, wie du deine Reime gefühlvoll runterschnurrst. Sonderbare Erscheinung. Sonst ist dieser Mann reserviert und abgeschlossen wie ein Eisschrank; trifft man aber seine verwundbare Stelle, taut er auf und schmilzt dahin, wie die Pomade auf dem Kopf von Hauptmann Wolf unter dieser prachtvollen Julisonne.

Eigenartige Leute. Die leben gar nicht in ihrer Uniform. Die haben sie nur angezogen wie zu einem Maskenball. Sie haben sich als Offiziere verkleidet. Das ist alles. Ansonsten durchaus normale, liebenswerte Menschen, wenn sie vor ihrer Klasse stehen oder Briefmarken verkaufen. Aber in Uniform? Marionetten und Scharlatane.

»Ich kann mich also darauf verlassen, Herr Hauptmann, daß meine Wünsche erfüllt werden?« Geiger gibt Strick durch die gesamten Geschäftsräume der Kommandantur hindurch das Ehrengeleit. »Selbstverständlich. Überhaupt: wenn Sie jemals besondere Wünsche haben sollten, Strick — ich bin hier nicht umsonst Adjutant.« Strick, sich verabschiedend, sagt: »Ich werde gerne gelegentlich darauf zurückkommen.«

Der alte Tannert ist, wenn man genauer hinsieht, gar nicht einmal alt. Etwa 45 Jahre trägt dieser Mann mit sich herum. Müde haben sie ihn nicht gemacht, krumm auch nicht. Nur mißtrauisch.

Einmal war er Schlosser bei der Eisenbahn. Was er tat, war Millimeterarbeit. Mit der Feile konnte er umgehen, daß sich dagegen die feinsten Präzisionsmaschinen wie Chausseewalzen vorkamen.

Jetzt arbeitet Tannert, allgemein der alte Tannert genannt, auf der Bekleidungskammer für den Gesamtbereich der Kommandantur Rehhausen. Er ist kriegsdienstverpflichtet. Sein spezielles Arbeitsgebiet ist Bekleidung für Kriegsgefangene und für Insassen der Strafanstalt Rehhausen. Diese Bekleidung verausgabt er, wenn neue Kriegsgefangene eintrudeln; er vereinnahmt sie wieder, wenn diese, wie Hauptmann Wolf sagt, abgekratzt sind; er läßt sie entlausen, reinigen, flicken, auswerten.

Ein ganzer Dachboden ist hier als Bekleidungskammer eingerichtet worden. Ein großer Raum davon ist angefüllt mit prima Wehrmachtsbekleidung für die kämpfende Truppe, auch als Nachschubbekleidung registriert. Nach hier verfrachtet, da Auslagerung der Zentralstellen befohlen wurde. Wie gesagt: Nachschub für die kämpfende Truppe. Daß davon die Angehörigen der Kommandantur tadellos eingekleidet worden sind, fällt bei dieser aufgestapelten Menge gar nicht ins Gewicht. Der Obergefreite Vogel hat das bereits sehr richtig erklärt; er sagte: wenn sie haben, brauchen sie nicht erst zu klauen!

Ein kleiner Raum ist vollgepreßt mit Lumpen, die einmal Hosen, Röcke, Unterwäsche und Socken waren. Sie verbreiten einen penetranten Gestank, als seien sie durch pure Jauche gezogen und dann in der prallen Mittagssonne knochentrocken gekocht worden.

Jeden Morgen kleidet sich Tannert, bevor er seinen Dienst antritt, im Vorraum völlig um. Er verwandelt sich dann in eine Art Sträfling in internationalen Uniformteilen. Sein Rock ist französischen Ursprungs, seine Hose vermutlich russischer Qualität und im Innenleder seiner Schuhe ist noch der Stempel »Polski« zu lesen.

Die Hauptbeschäftigung von Tannert besteht im Umstapeln von Bekleidungsstücken. Würde er sie nicht umstapeln, ist anzunehmen, daß sie sich ineinander verfilzen würden. An frischer Luft trocknen, wie mehrmals beantragt, darf er die zu verwaltenden Lumpen nicht. Ausgeben will er diese stinkenden Fetzen auch nicht, damit die armen Schweine von Kriegsgefangenen nicht auch noch von außen her verfaulen. Eine mehrfache Reinigung und gründliche Aussonderung der übelsten Lappen ist ihm, wegen drohender Etatüberschreitung, vom Stabsintendanten streng verboten worden. Also stapelt er um, so wenigstens eine Entlüftung erstrebend.

Der einzige Vorteil für Tannert ist, daß er solo und völlig ungestört arbeiten kann. Er kommt um 8 Uhr, macht um 12 Uhr eine Stunde Mittagspause, geht um 17 Uhr. Während seiner Arbeitszeit hat er sich, laut Dienstanweisung, in der Bekleidungskammer aufzuhalten. Er führt dort auch Buch und ist für jeden Fetzen voll verantwortlich. Jede Woche einmal unterrichtet sich der Stabsintendant, im Vorraum, kurz über Ab- und Zugänge.

Tannert, der alte Tannert, trant vertretene Ledergebilde, die er in seinen Listen als Stiefel führt. Er salbt sie dick ein und reiht Paar neben Paar. In diese Stiefel werden sich Füße hineinstecken, und an diesen Füßen werden Menschen angewachsen sein, und diesen Menschen werden Befehle erteilt werden: schleppen, laufen, ziehen, tragen, durch Sand gehen, durch Pfützen waten. Dann werden die Füße in diesen Stiefeln aufquellen, das aufgeweichte, durchschwitzte Leder wird sich ihnen anpassen, dann wieder wird es steinhart zusammentrocknen und das ausgemergelte Fleisch um morsche Knochen blutig scheuern. Und die armen Schweine werden keinen Tran haben, um das brüchige Leder geschmeidig zu machen.

Die Stiefel und Schuhe stehen nebeneinander wie vertrocknete Backpflaumen, die durch ranziges Öl gezogen worden sind. Daneben tauchen jetzt ein Paar blankgewichste Offiziersstiefel auf, wie ein röhrenartiger Zylinderhut, der irrtümlich auf einen Abfallhaufen gelegt wurde. Der alte Tannert blickt an diesen Stiefeln hoch, über eine abgescheuerte Uniform hinauf, sieht Offiziersspiegel, Schulterstücke und dazwischen das Gesicht eines melancholischen Viehtreibers. Nur die Augen sind aufmerksam und beweglich, blinzeln hell, als seien sie eifrig geschwenkte Taschenlampen.

»Ich bin Oberleutnant Strick«, sagt der Mann vor ihm. Tannert richtet sich langsam auf. Na und? Was will der Schnüffler hier? Doch nicht etwa sich einkleiden lassen?

Tannert sagt nichts. Er wartet. Er hat Zeit. Der andere wird schon sein Maul aufklappen wie ein Nußknacker. Diesen konzentrierten Kleider-Kirchhofsgeruch hält der bestimmt nicht lange aus.

»Sie sind Herr Tannert?« »Ja«, sagt der; leicht darüber verwundert, daß ihn einer mit »Herr« anspricht. Er ist Tannert, der alte Tannert, der Zivilangestellte Tannert, nichts anderes; es sei denn im Radio, dort ist er, wenn er zufällig deutsche Stationen einstellt, der Volksgenosse. Volksgenosse Tannert. Früher war er nur Genosse, das war ihm lieber.

»Ich habe schon einiges von Ihnen gehört«, sagt der Offizier vor ihm. »Ich brauche ständig eine verläßliche Hilfskraft. Wollen Sie diese Arbeit übernehmen?« »Was ist das für eine Arbeit?« »Ich bin der Nationalsozialistische Führungsoffizier der Kommandantur.«

Tannert setzt sich langsam nieder, wie mit einem Flaschenzug auf seinen Hintern gewunden. Das ist genau das, was geeignet ist, den Gestank der Bekleidungskammer mühelos zu überbieten. Er war, wie gesagt, Genosse. Ein kleiner, unbedeutender Funktionär. Er hat, vor 1933, in den Versammlungen des Dr. med. dent. Friedrich schallend gelacht und nachher zur Diskussion gesprochen. Sie haben ihn dafür, 1933, verprügelt wie einen Sack Mehl, der ohne Öffnung ist und dem der Inhalt durch die Nähte gewalkt werden soll. Und er hat nicht geredet, wie ja auch Mehl nicht reden kann und ein Sack auch nicht.

Der Leiter dieser Aktion war der damalige Sturmführer der SA, eben jener Bahnhofskommandant, den sie — wer weiß durch welchen Zufall — eingelocht haben; wie wenn man eine leere Flasche in einen Abfallkübel wirft. Der Erfolg damals waren sieben Monate Krankenhaus und ein dick unterstrichener Vermerk in den Arbeitspapieren. Windiges Subjekt, als solches NS-amtlich eingetragen. Staatsfeind in Miniaturausgabe. Damit war es dann aus mit dem Konstruktionszeichnen, das er in langen Nächten geübt hat, bis sein Kopf müde auf das Reißbrett plumpste. Lebenslänglich ein Krüppel und während der tausend Jahre des 3. Reiches einfacher Schlosser. Klarer Fall.

»Sehen Sie meine Personalpapiere durch«, sagte Tannert.

»Ich war revolutionärer Sozialist.« Strick scheint völlig ungerührt. Er kneift lediglich die Augen leicht zusammen, als knalle ihm, aber das nicht ganz unerwartet, ein Scheinwerfer voll ins Gesicht. »Sie waren also ein sozialistischer Barrikadenstürmer?« »Ja.« »Sind Sie es noch?« »Zur Zeit gibt es das in Deutschland nicht.«

»Schön.« Strick sieht aus, als interessierten ihn auf dieser Welt lediglich verlaufene Schuhe, die vor Tran glänzen wie hungrige Kinder, deren Schädel in ein Butterfaß getaucht worden sind. »Schön. Sie sollen also ein radikaler Sozialist gewesen sein. Warum auch nicht. Seit 1933 sind Sie eben gar nichts mehr. Das ist keinesfalls etwas Besonderes. Aber Sie sind ein guter Schriftzeichner und Plakatmaler. Das alleine interessiert mich.«

»Ich soll doch nicht etwa nationalsozialistische Plakate malen?« »Es bleibt Ihnen gar nichts anderes übrig. Vergessen Sie nicht: Sie sind kriegsdienstverpflichtet. Was darunter zu verstehen ist, bestimmt immer der, den sie gerade befehlen lassen. Diesmal ich – bis auf Abruf.«

Tannert steht auf und klappt wieder zusammen, wie ein verrostetes Taschenmesser mit lahmer Federspannung. Ein Hauklotz ist der Mann dort vor ihm, ein Rammbock. Er scheint genau zu wissen, was er will. »Sie werden Schwierigkeiten haben«, sagt Tannert, »da ich doch Sozialist war. Dadurch bin ich unzuverlässig.«

Strick prüft die brüchige Zähigkeit von Stiefelleder, drückt daran herum, als knete er einen morschen Gummiball, mit dem zu spielen wenig Vergnügen macht. »Ich bin davon überzeugt, daß Sie die Aufgaben meiner Dienststelle nicht vernachlässigen werden. Das ergibt sich, vorerst, ganz automatisch. Wo andere vielleicht nur ihre Dienststellung verlieren würden, Herr Tannert, kann es bei Ihnen der Kopf sein.« Er wirft den Stiefel zu den übrigen; der poltert dumpf auf, bleibt abgekippt liegen.

Tannert kommt sich vor, als stünde er plötzlich auf dem Oberdeck eines schwankenden Schiffes, das, unerwartet und gegen jede Annahme, Anker gelichtet hat und nun auf die hohe See hinaustreibt. Das Ruderrad wirbelt wie ein gepeitschter Kreisel um seine Achse. Und über allem liegt dichter, brodelnder Kleidergestank, als sei angebrannte Milch in dicken Schwaden verdampft worden.

»Schließen Sie Ihre Tätigkeit hier ab. Übergeben Sie diese Abdeckerei einem würdigeren Nachfolger.« Strick stelzt über Berge von Lederzeug und Lumpen zur Tür. »Morgen früh fangen Sie bei mir an. Morgen mittag will ich Ihre ersten Plakatentwürfe sehen.« Und jetzt grinst er wie ein kleiner Junge, der seiner lieben Schwester ein Honigkuchenpferd schenkt. »Heil Hitler, Herr Tannert.«

Am frühen Nachmittag streckt Hauptmann Wolf sein fülliges Gesicht durch die Türspalte, dasselbe Gesicht, von dem Vogel behauptet, daß es in eine Hose hineingehöre. »Wenn es Ihnen recht ist«, sagt er mit der bereitwilligen Freundlichkeit einer Puffmutter, »zeige ich Ihnen jetzt mein Marketenderwarenlager.«

Strick fordert Rabe auf, mitzukommen. Rabe will nicht. »Kommen Sie doch mit, Rabe. Schnapsflaschen sind oft inhaltsreicher als Gedichte.« Wolf meckert durch den Türspalt Zustimmung. »Ich habe Sie morgens in den Unterricht begleitet, Sie kommen jetzt mit, wenn Hauptmann Wolf seinen Keller aufschließt. Und nicht nur seinen Keller, Rabe — er wird auch sein Herz öffnen.« Wolf strahlt aufgeschlossene Bereitwilligkeit in die primitive Unterkunft.

Rabe erklärt sich schließlich bereit, an der Besichtigung teilzunehmen, zumal er, was Strick durchaus erwartet hat, das Marketenderwarenlager der Kommandantur noch gar nicht kennt. »Sie brauchen Ihre Großzügigkeit«, meint Strick zu Wolf, »durch die Anwesenheit von Leutnant Rabe gar nicht einzudämmen. Er ist mein Freund.«

Hauptmann Wolf kann das nur recht sein. Im tiefsten Grunde, denkt er, ist dieser Rabe doch wohl nichts anderes als ein Einfaltspinsel. Aber für den täglichen Dienst prima zu gebrauchen. Immer da, stets verläßlich, niemals maulend. Ein Befehl genügt, und Rabe macht Dienst nach allen Regeln der Kunst, obendrein einwandfrei nach Vorschrift, und er, Wolf, kann in aller Seelenruhe pennen, wie ein vollgefressener Hamster in der Höhle beim Winterschlaf. Dabei ist dieser Rabe bescheiden, oder auch leicht bekloppt, wie man es nimmt. Er hat bisher noch nichts gefordert, keine Zigarre, keine Flasche, keine Seife oder Parfum für das Fräulein Braut. Oder interessiert sich dieser Rabe für rein gar nichts? Weder für Alkohol, noch für Tabak, und selbst nicht für Weiber?

Da ist doch dieser Strick eine ganz andere Nummer. Der geht ran, wie eine Sau an den Trog. Kaum ist der 24 Stunden hier, knapp 12 Stunden NSFO — und was macht er? Er will in das Marketenderwarenlager hineinsteigen. Heuchelt dienstliches Interesse, gibt vor, sich informieren zu wollen. Informieren? Hat sich was. Saufen will der Kerl.

Wolf schließt das Schloß auf, dann das Sicherheitsschloß, entriegelt die Sperrvorrichtungen, öffnet einladend die Kellertür. Der Raum ist groß wie ein Tanzsaal. Regale und Kisten darin, prallgefüllt. In einer Ecke Holzwolle, Bretter und Packpapier. »Dieser Keller«, erklärt Wolf wie ein bereitwilliger Fremdenführer, »ist bombensicher.«

Pakete voller Zigarettenpackungen, Kisten mit Zigarren — und Flaschen: dickbauchige, röhrenschlanke, vierkantige. Seifen, Kämme, Parfums, Ledertaschen, Cremedosen, Tuben. Und Fressalien: Konserven, Rauchfleisch, Schachteln, Büchsen, Stangen Hartwurst. »Stattlich, ganz stattlich«, sagt Strick. »Sie sind eine ganz beachtliche Erscheinung, Herr Hauptmann Wolf. Wohl so eine Art Wehrmachts-Sauf-Freß- und Rauchlieferant.«

Wolf wehrt geschmeichelt ab. »Sie überschätzen mich. Ich habe nur die Verteilung für den Bereich der Kommandantur. Wir könnten weit mehr gebrauchen, als erreichbar ist.« Strick mustert die Paradeaufstellung der Schnapsflaschen. Ausgerichtet wie nach der Schnur, tadelloser Vordermann. Fehlen nur noch Blechmusik und wehende Fahnen.

»Sie verteilen also von hier aus Marketenderwaren. An Soldaten, Kantinen, Offizierskasinos.« Wolf vervollständigt bereitwillig die Aufstellung. »Und auch an Lazarette, Wachkommandos und Kriegsgefangenenlager.« »Nanu? Saufen die Kriegsgefangenen denn auch?« »Die Gefangenen nicht, aber das Bewachungspersonal.« »Und die Verwaltung.« »Die Verwaltung natürlich auch.« »Natürlich.«

Rabe fährt mit den Fingern der linken Hand mechanisch über eine Gruppe Flaschen, die in seiner Nähe stehen. Er sieht aus, denkt Strick, wie ein verirrter Frosch im Storchenteich, wie ein erstaunter Säugling, der sich in einen Löwenkäfig verlaufen hat.

»Na, mein lieber Strick«, sagt Wolf gönnerhaft, »was wollen Sie denn nun haben?« So offeriert ein Metzger, der vor vollen Fleischbänken steht. Ich bin also schon sein »lieber Strick« denkt der und sagt: »Lieber Hauptmann Wolf, was können Sie mir bieten?« Wolf blickt die Reihen seiner Flaschen entlang, das nicht ohne Besitzerstolz, blickt dann, leicht mißtrauisch, auf Rabe. Rabe sagt: »Ich werde mich entfernen!«

Strick wehrt ab. Das sei unnötig. Im Gegenteil, Rabe könne dabei nur lernen und gerade das habe er besonders nötig. Das findet Wolf auch. »Also, mein lieber Hauptmann Wolf, schießen Sie los. Was können Sie entbehren?« »Woran ist denn bei Ihnen Mangel? Haben Sie genügend Rauchwaren?« »Genügend schon, aber keine guten Sachen. Wie ist es mit einer leichten Havanna?«

Wolf schnauft Anerkennung. Er hat vor sich einen Kenner. »Mann!« ruft er aus, »Sie sind verwöhnt!« »Klar. Fünf Jahre lang verwöhnt. Oder meinen Sie, wir führen draußen Krieg mit Seegras?« »Kistchen Brasil können Sie haben. Jederzeit.« »Kognak haben Sie keinen?« »Im Augenblick nur Bisquit Dubouchet. Und einen mittelmäßigen Hennessy.« »Nur Dubouchet und Hennessy! Sie sind ein Wundertier.«

Ja, seinen Laden hat er schon in Schwung, der Wolf. Er weiß das auch; aber Anerkennung, zumal solche von Kennern — und dieser Strick scheint einer zu sein — überbraust ihn jedesmal wohlig; wie ein lauwarmer Regen, der über ein durstiges Reisfeld rieselt. »Also was?«

Strick sieht, nicht ohne innere Befriedigung, daß Rabe das Format einer schlanken Plakatsäule angenommen hat. »Außerordentlich, was Sie hier anbieten können, lieber Hauptmann Wolf. Ganz außerordentlich. Ich suche Sie bei nächster Gelegenheit in Ihrem Lager auf. Spätestens morgen. Sie verstehen?«

Und ob Wolf das versteht! »Jederzeit willkommen«, sagt er und blickt Rabe an, wie es Hunde tun, zwischen denen sich ein Schaf verirrt hat. »Wir arbeiten hier genau nach Verteilerschlüssel. Sagen Sie vorher Bescheid. Ich sorge dann für Gemütlichkeit.« »Verlassen Sie sich darauf, es wird gemütlich werden.« »Und bringen Sie eine Aktentasche mit, eine große.«

»Wird gemacht!« versichert Strick. »Und halten Sie ihre Unterlagen bereit. Ich sehe Sie mir an. Ganz intensiv.« Wolfs Gesicht ist ein lustig aufgeplatzter Pfannkuchen, der vom Teller grinst. »Wir verstehen uns schon«, sagt er und öffnet die Tür.

Strick wandert, von dem schweigenden Rabe gefolgt, durch den Kellergang. Sie steigen die Treppen empor, überschreiten den kurzen Flur und stehen im Freien. Die Sonne liegt wie dreckiges, mattes, breitgewalztes Silber auf dem Kasernenhof. »Die kameradschaftliche Hilfsbereitschaft«, sagt Strick sichtlich zufrieden, »ist doch etwas Herrliches. Finden Sie nicht auch, lieber Rabe?«

Der ist unzugänglich; ganz steile Felswand. »Sie scheinen ein ausgemachter Gauner zu sein, Strick.« »Sollten Sie sich da nicht ein wenig in der Adresse irren?« »Ich werde aus Ihnen nicht klug, Strick. Wenn Sie schieben wollten, hätten Sie es doch auch gemeinsam mit dem Bahnhofskommandanten tun können.« »Vielleicht wollte der nicht mit mir.«

»Und warum verhandeln Sie mit Wolf ausgerechnet in meiner Gegenwart?« Strick lacht auf, als sei ihm soeben ein guter Witz eingefallen. Dieser Rabe ist wie ein Primaner, der in Schillers »Don Carlos« im rotgefärbten Nachthemd den Großinquisitor darstellen will. »Augen und Ohren auf, Rabe! Sie haben die Fährte. Ich will einen Schieber aus Ihnen machen. Das ist der springende Punkt!«

Rabe sieht sich den Mann, der da gelassen vor ihm steht, nachdenklich an. Ihm ist, als begegne er ihm immer wieder zum ersten Mal, und jedesmal ist er ein anderer. Schwer, aus ihm klug zu werden. Sehr schwer. Er hätte mich ja nicht mitzunehmen brauchen, wenn er nicht wollte. Aber weshalb tat er es? »Sie sind ein seltsames Exemplar«, sagt er. »Ich wundere mich über Sie.«

»Sie werden sich noch viel mehr wundern. Wissen Sie, was ich nunmehr zu veranstalten gedenke? Ich habe jetzt ein Rendezvous, Rabe. Und wissen Sie mit wem? Dreimal dürfen Sie raten.« »Das interessiert mich nicht.«

»Ich bin gegenteiliger Meinung. Wissen Sie, mit wem ich

mich jetzt treffe, lieber Freund? Mit Magda! Mit Magda Tannert. Machen Sie doch nicht ein Gesicht wie ein Aufwischlappen. Soll ich herzliche Grüße ausrichten? Sie gehen schon, Rabe? Ich dachte, Sie würden mich wieder einmal begleiten. Nicht? Auch gut. Dann bin ich wenigstens ungestört. Wiedersehen, Rabe. Oder auch Heil Hitler! Suchen Sie sich das Passende aus.«

Das Kasernentor, findet Strick, ist der idealste Ort im ganzen Gelände, um Wehrmachtsangehörige ausnahmslos und erfolgreich zu belästigen. Jeder, der die Kaserne verläßt, geht durch dieses Tor, fast jeder, der in die Kaserne zurückkommt, pflegt es zu passieren.

Schwere, schmiedeeiserne Arbeit; gewundene Stangen, mehrfach ineinander verflochten. Dazwischen eine Art Adler, den sie kräftig durch eine Rolle gedreht zu haben scheinen. In dessen breitgewalzten Klauen ein bronziertes, mithin also vergoldetes Hakenkreuz. Eine stattliche Absperrvorrichtung, verbrämt mit den Symbolen der Zeit.

Unmittelbar daneben das kleine Tor, für Fußgänger jeglicher Dienstgrade gedacht. Eine Pforte in bequemer Göringbreite. Links und rechts davon aufgeplusterte Beleuchtungskörper in Form von überdimensionalen Stallaternen. Breit und behäbig stehen sie auf den Mauerpfeilern, wie Marktweiber von Emil Nolde, nach erstem Entwurf.

Diese bauchigen Mauerpfeiler haben es Strick angetan. Die stehen herausfordernd da, wie Litfaßsäulen. Sie sind aufreizend nackt. Man muß sie bekleben, von allen Seiten, damit jeder, der hier vorbeikommt, auf ihren fetten Bäuchen NS-Plakate lesen kann und sodann erbaut, gestärkt oder erheitert entschreitet. Kunstvoll arrangierte Kernsprüche müssen da angebracht werden, mit schlagwortartigen Parolen. Feuer und Rauch in die gleichgültigen Gesichter!

Ach, er wird hier einen NS-Zauber einführen, daß allen die Augen übergehen werden. Er sieht jetzt schon, wohin er auch blickt, Plakate, Bilder, Spruchbänder, Handzettel, Schaukästen, Anschlagtafeln, ausgelegte Lektüre. NS-Lieder wird er einüben lassen, NS-Parolen wird er sich ausdenken – und jedes Exemplar wird immer noch schöner und treffender sein als das Vorhergehende.

Eine Art Aufwartefrau in Wehrmachtshelferinnenuniform nähert sich ihm. Die Kleider schlottern um die Gestalt, als hätte man ein Kaninchen in einen Sack gesteckt, aber den Kopf rausschauen lassen. Helles Haar wie ein gebleichtes, aufgezwirbeltes Tauende, Gesicht aus feuchtem Sand geformt, forscher Gang: Vogelscheuche mit Haltung.

»Sie haben mich hierher bestellt?« sagt diese weibliche Vogelscheuche und mustert ihn, als sei er ein ausgeleierter Parkettfußboden, der wieder auf Hochglanz gebracht werden soll. Strick fühl, daß sein Magen gedehnte Klimmzüge übt. »Wieso?« sagt er. »Sie sind doch Oberleutnant Strick.« »Der bin ich.« »Na also, Sie haben mich hierher bestellt.«

Strick hält das, was er vor sich sieht, einfach nicht für möglich. Der Rock ist weit und faltig, schlenkert um irgend etwas nicht Erkennbares, wie ein nasses Fahnentuch bei flauem Wind. Die Jacke scheint die eines dicken, couragierten Weibsbildes gewesen zu sein, mit Speckschultern und Rückenwulst. Ein vollgefressener Dragonertyp hat sich ausgezogen, irgendwo in ein Bett gelegt und ihr Kind spielt jetzt Wehrmachtshelferin. Kein Schwein kann ahnen, was sich unter dieser Montur verbirgt. Das ist eine Katze im Sack; und er will sie kaufen.

»Tragen Sie immer diese Drapierungen um sich herum?« will Strick wissen. »Sie wollen sich doch nicht mit mir über Modefragen unterhalten?« »Ich meine, das könnte Ihnen gar nichts schaden.« Das Mädchen lächelt leicht. Sie ist nicht ohne Reiz, denkt Strick. Und sie hat verdammt kluge Augen. Wenn sie lächelt, ist das wie Sonnenschein über einem Kinderplantschbecken. Überhaupt scheint einiges in ihr zu stecken! Sie müßte es nur aus sich herausholen. Aber in diesem Sackgebilde! Da kann einem kalt werden, selbst im Hochsommer bei 30 Grad Celsius.

Das Mädchen vor ihm lächelt erneut, ganz sanft, ganz verhalten, so als amüsiere sie sich, sei aber bemüht, das zu verbergen. Sie erklärt: »Ich bin soeben eingekleidet worden. Wir nehmen immer gerne Sachen, die zu groß sind. Wir schneidern sie uns dann zurecht. Morgen schon ...«, sie schlenkert ihren

Ärmel, der wie ein über eine Stange gezogenes Hosenbein anmutet, »... wird das anders aussehen.«

»Sie sind also Magda Tannert?« »Stimmt. Und Sie sollen hier Nationalsozialistischer Führungsoffizier werden?« »Stimmt auch.« »Müssen Sie das?« »Ich will es sogar.« »Und was wollen Sie von mir?«

Strick versucht zu erraten, was das für ein Mädchen ist. Die schlotternde Kleidung irritiert ihn ein wenig, der prüfende Blick noch etwas mehr. Er fühlt sich geschätzt, als sei er ein Kalb, das zur Mustermesse ausgeschrieben ist. Was ist das bloß für eine Sorte von Frau! Die zieht einem wie mit stumpfer Harke das Fell über die Ohren. Er wird geprüft, taxiert, in eine Kategorie eingereiht. Sie hat ihn registriert.

Ihr kühler Blick verliert sich. Ihre Augen werden zugänglicher, lassen in sich hineinsehen, wie man in einen Weiher sieht, den ein Wald bisher versteckt hat. Das glitzert freundlich und einladend. Ihre Gesichtszüge verlieren an Schärfe. »Also«, sagt sie; und zum ersten Mal klingt ihre Stimme nicht mehr brüchig und spröde, nicht wie Butterpapier im dunklen Kinosaal, sondern so, als wickle man aus Seidenpapier Orangen. »Was wollen Sie von mir?«

»Sie sind also soeben eingekleidet worden«, sagt Strick. »Und bis dahin waren Sie Zivilangestellte?« »Man hat jetzt hier keine Verwendung mehr für mich. Ich bin ausgebildet, jetzt werde ich eingezogen. Ein selbstverständlicher Vorgang.«

So? Ein selbstverständlicher Vorgang? Keine Verwendung mehr für sie? Strick muß an die Erläuterungen von Vogel denken: hat nicht genügend auf dem Rücken gelegen. Keine Verwendung mehr? Ließ sich wohl überhaupt für eine bestimmte Sorte Betrieb nie verwenden. Schwer vorstellbar, daß jemand auf die absurde Idee kommen könnte ... Aber kann man das so genau wissen? Kann man wissen, was sich unter diesen Kitteln verbirgt? Ein scheußlicher Fetzen Uniform.

Dieses Gesicht ist gar nicht einmal so reizlos. Oval, madonnenhaft, nicht ohne Energie. Volle, aber zusammengekniffene Lippen, wie eingezogen und verwahrt. Keine Falten in diesem Gesicht, aber empfangsbereit dafür, so, als sollten dort mit Gewalt welche hineingepreßt werden. Und jetzt werden die Augen schon wieder kühl, fast kalt, schließen sich ab, wie ein See, der zufriert. »Also?« Kurz, schroff, ablehnend, durch ein zugeklapptes Visier gesprochen.

»Wollen Sie auf meiner Dienststelle arbeiten?« »Das wird nicht möglich sein. Ich sagte es Ihnen doch bereits: ich werde versetzt.« »Ich kann Ihre Versetzung rückgängig machen.« »Warum sollten Sie das tun?« »Weil es im Interesse meiner Dienststelle liegt.«

Sie gleitet mit gespreizten Fingern sicher, als sei eine Bändigung nicht nur geplant sondern auch möglich, durch die kurzen blonden Haare. Sie sind wie ein Fell, denkt Strick. Als Kind bin ich einmal auf so einem Bettvorleger fotografiert worden, ich sah entsetzlich albern aus, wie aufgepumpt, aber das Fell war prächtig. Ihre Bewegungen gleiten graziös ineinander über, die Brust strafft sich. Man müßte sie im Badeanzug sehen.

Sie läßt den Arm brüsk sinken, als erinnere sie sich plötzlich an ein Verbot jeglicher persönlichster Aussage. Unbeweglich wie ein Torpfosten steht sie da. »Ich verstehe nichts von Nationalsozialismus.«

»Das ist auch nicht notwendig. Ihre Arbeit auf meiner Dienststelle wird jeder anderen Arbeit in diesem Völkerringen gleichen. Nur daß Sie statt Unterhosen und Kommißbrote — Weltanschauung und Endsieg schreiben.«

»Sagen Sie: sind Sie der Offizier, der vorgestern abend den Bahnhofskommandanten verhaftet hat?« »Allerdings.« »Gut. Wann soll ich bei Ihnen anfangen?« »Morgen früh.« »Und meine Versetzung?« »Wird rückgängig gemacht.« »Dann werde ich mich morgen früh bei Ihnen melden.«

Strick sieht ihr nach. Unbestreitbar, dieses Mädchen hat Grazie! Ihre Bewegungen sind leicht und locker, dennoch in elastischer Manier straff; kraftvoll, aber nicht kräftig. Ein graziös einherwandelnder Sack. Mal sehen, was in ihm steckt.

Also: die beiden Eingangspfosten wird er mit Kernsprüchen bekleben lassen. Wie wäre es, wenn er die großflächigen Stalllaternen beschriften ließe? NS-Lampions, bunt und lustig, erbaulich bemalt. Etwa: Alles für den Endsieg! Oder: Nicht weich werden. Oder, noch besser: Der Tag wird kommen! Er wird Vogel die Auswahl überlassen; der ist wie ein Barometer, der weiß genau, was des Landsers Zwerchfell kitzelt. Was

Vogel am meisten amüsiert, das wird er verwenden. Stimme des Volkes.

Außerdem könnte, genau gegenüber der Kaserne, dort wo die Straße sofort talwärts scharf nach links abbiegt, ein großes Transparent angebracht werden. Markanter Führerausspruch, mit großen Buchstaben knallig draufgemalt. Er wird da schon was Brauchbares finden. Oder erfinden. Wer weiß denn schon, was der Führer alles gesagt hat? Nun, er wird ihnen schon einiges davon beibringen.

Oberst Müller sieht Strick mit gemischten Gefühlen entgegen. Wer weiß, was das für ein Kerl sein mag, der jetzt durch den Kasinogarten auf ihn zukommt. Kleiner Schreck in der Abendstunde, was? Der will ihn wohl leicht ansägen? Sieht aus wie ein Holzfäller.

Der Oberst liebt es nach getaner Arbeit, einschließlich Abendessen, bei einer guten Zigarre im Kasinogarten zu sitzen. Dort steht, am Rosenbeet, eine angenehm geschweifte Bank. Und auf dieser ruht der Oberst aus, saugt an seiner Zigarre, sinniert in den blauen Rauch hinein — Wolken wie durch Tintenblau gezerrt und dann ausgewaschen — überlegt, ob er Erika anrufen soll oder ob ihm eine Runde Schafskopf angenehmer wäre. Und wenn Schafskopf, dann mit wem, wo und wie lange.

Ihn bei solchen Abend- und Nachtgedanken nicht zu stören, ist ungeschriebenes Gesetz des Kasinos. Die Unterhaltungen auf der Terrasse pflegen dann, was ihm nicht entgeht, in gedämpften Tönen geführt zu werden. Der Garten verwandelt sich automatisch in ein abgesperrtes Gelände; er wird gemieden wie ein Minenfeld.

Nur dieser Strick, vermutlich in Unkenntnis der Gepflogenheiten, oder gar mangels Gefühl für taktvolle Disziplin, knirscht sich auf dem Kiesweg ihm entgegen. Wer weiß, was das für ein Bursche ist! Bisher hat er, der Oberst, sich seine eigenen Mitarbeiter persönlich aussuchen dürfen, und seine Auswahl war stets vorzüglich; dieser aber ist ihm, und das nicht einmal förmlich, aufgedrängt worden. »Na, mein Lieber«, ruft er Strick entgegen, »wie fühlen Sie sich in Ihrer neuen Stellung?«

Strick entnimmt seiner Mappe — eine Mappe hat der Kerl auch schon! — einige Blatt Papier. »Ich habe hier, Herr Oberst, verschiedene Vorschläge für Vollmachten.« Der Oberst sieht durch Strick hindurch auf das Abendrot; es ist als wenn der Himmel die Absicht habe, die Erde anzubraten. Schau mal an, Vollmachten will der Bursche. Jetzt schon!

Strick reicht ihm ein Blatt herüber. »Hier: meine Vorschläge für besondere Kontrollen im Bereich der Kommandantur.« Ein zweites Blatt. »Hier: der Entwurf für einen entsprechenden Kommandanturbefehl.« Ein drittes und viertes Blatt. »Hier: die ersten Aufklärungs- und Propagandamaßnahmen für den Endsieg.«

Müller wiegt die vier eng beschriebenen Blätter schwer in der Hand, als seien es roh behauene Marmorsteine. »Ihr Tempo ist außerordentlich überraschend«, sagt er schließlich. »Nicht ich — Keßler drängt auf Beschleunigung.« Vier eng beschriebene Seiten und das gleich am ersten Tag. Bißchen sehr viel für den Anfang. Rennwagentempo. Na, wird sich schon noch heißlaufen, der Kerl.

»Ehe ich das Zeug hier lese, lieber Strick — streichen Sie 50 % ab. Mindestens. Sie mögen ein guter Mann sein, womöglich sogar noch eine grundehrliche Haut, aber das ist noch lange kein Grund, daß ich mir mein eigenes Grab schaufele.« »Überprüfen Sie die Einzelheiten, Herr Oberst. Alle Vorschläge halten sich streng im Rahmen meiner Vollmacht.« Der Oberst sieht rot. »Was? Sie kriegen auch eine Vollmacht?«

»Sie kommt. Keßler hat sie mir versprochen.« Hinter Strick verfließt das Blau der Berge in sanftes Schwarz, als ziehe sich der Horizont einen dunklen Mantel über die Ohren. »Aber ich sehe nicht ein, Herr Oberst, warum ich meine Tätigkeit hier mit einer Vollmacht beginnen soll. Ist es nicht zweckmäßiger, Sie weisen mir meinen Aufgabenbereich zu? Ist es nicht besser, die NS-Führung wird von Ihnen befohlen, und nicht von mir erzwungen? Was ich mir an Einzelheiten vorläufig darunter vorstelle, steht hier.«

Das ist eine glatte Erpressung, denkt der Oberst. Der Mann ist kein Offizier, das ist ein verkleideter Wegelagerer; er müßte neben seiner Pistole zusätzlich ein Messer tragen, oder mehrere, und vermutlich noch ein rotes Halstuch.

»Setzen Sie sich doch!« sagt der Oberst. Strick nimmt neben ihm Platz, streckt ungeniert die Beine aus, als wolle er, daß jemand darüber stolpere. Der Oberst liest widerstrebend die Unterlagen, als handele es sich um die Lektüre eines unsoldatischen Romans.

»Kontrollen! Kontrolle der Küchen. Welcher?« »Aller, Herr Oberst.« »Auch der des Kasinos?« »Formal schon, Herr Oberst. Aber da diese Küche sowieso unter Ihrer direkten Kontrolle steht ...« Der Oberst glaubt zu spüren, woher der Wind weht. Der Kerl will drei- und vierfach fressen. Das hier scheint weniger eine Überzeugungsfrage, mehr eine Magenangelegenheit zu sein. Der ist vielleicht gar nicht unbequem, der will sich nur amüsieren. »Na schön. Von mir aus!« sagt der Oberst. Und weiter?

»Wachkontrollen wollen Sie auch machen? Dazu haben wir doch einen Offizier vom Dienst.« »Sämtliche Wachen der Kommandantur, Herr Oberst, sollen jederzeit das Gefühl haben, daß ihr Kommandant, oder ein Offizier seiner nächsten Umgebung, auf sie zurückgreifen kann.« »Wenn Sie in Ihren Nächten nichts anderes vorhaben — bitte.« Aber weiter.

»Überprüfung des Einsatzes der Zivilangestellten? Dafür ist doch Hauptmann Wolf da!« Ein unverschämter Bursche ist der Kerl, findet der Oberst, will in alles seine Nase hineinstecken. Eine Art Schnüffler, ein Schlammtaucher, ein Mistgrubenwühler. Er, der Oberst, würde am liebsten den vorliegenden Wisch zerfetzen, wenn die ganze Angelegenheit nicht so verdammt gefährlich wäre. Ein Gegner des Nationalsozialismus genannt zu werden, kann er sich nicht leisten. Das bringt seine Verwendung im Heimatfrontgebiet in Gefahr.

Strick deutet auf den Nachsatz seiner Entwürfe. »Bitte beachten Sie das, Herr Oberst. Diese Schlußausführungen besagen, daß ich meine Tätigkeit in Ihrem direkten Auftrag ausführe. Und nur Ihnen allein Rechenschaft schuldig bin.« »Das ist aber auch das wenigste, was ich erwarte.« »Ich werde in Ihrem Sinne arbeiten, Herr Oberst.«

Dieser Nachsatz, findet der Oberst, ist so übel gar nicht. Er gibt ihm weiten persönlichen Spielraum. Da kann er bequem lavieren, kann für alles verantwortlich sein und für nichts. Je nachdem. Wie es ihm gerade gefällt. Und das ganze Theater, das dieser Strick hier aufführen will, oder der doch wenigstens so tut als ob, diesem ganzen Rummel kann er seinen Segen geben oder nicht. Fallweise. Wann er will. Nun gut, in jeder Hinsicht besser, dieser Befehl kommt gleich und in dieser Ausgabe, als daß sich Keßler einschaltet und ohne Einschränkungen Kleinholz macht. Und in meinem Sinne will dieser Strick handeln? »Ich bin aufrichtig gespannt, wieweit das gelingen wird.«

Die Zeilen vor ihm verwischen sich, als fahre die beginnende Nacht leicht mit einem nassen Lappen darüber, wie über eine weiße Tafel, auf der mit schwarzer Kreide geschrieben wurde. Blöder Kerl, denkt der Oberst, sich ausgerechnet diese Zeit und diese Umgebung für seine spintisierenden Ideen auszusuchen! Er saugt heftig an seiner Zigarre, die jäh aufglüht, als werde sie von einem elektrischen Strom gespeist. Und was ist denn das? »Aufklärungsmaßnahmen? Haben wir doch schon genug. Hängt den Leuten zum Halse heraus.«

»Wir wollen«, sagt Strick und schiebt seine ausgestreckten Beine noch einige Zentimeter weiter vor sich in den Kies, »die Soldaten nicht direkt an den Krieg erinnern. Die Größe der Zeit soll ihnen sichtbar gemacht werden.« »Durch Plakate?« »Ja. Durch Kernworte. Durch Parolen.«

»Aber doch nicht durch sowas, Strick! Hier steht: Man kann alles, wenn man will! Das ist doch reiner Blödsinn. Niemand kann, was er will. Kann ich einen Veuve Cliquot Ponsardin trinken? Kann ich General werden?« »Warum nicht? Es fragt sich nur: wann?« »Man kann alles, was man will! Quatsch!«

Der Gartenweg ist schmutziges Grau. Zu Stein gewordenes Spülwasser der Natur. Von Felsen ausgekotzt. »Solche Aussprüche sind Bockmist«, sagt der Oberst überzeugt. Strick, sanft, behutsam, als rede er zu einem Kranken. »Es ist ein Ausspruch des Führers, Herr Oberst.«

Den Oberst überfällt gelindes Entsetzen, als schwebe ein bauschiges Zirkuszelt herunter und lege sich über ihn. Das ist verdammt peinlich! Was war das eben? Hat er etwa gegen den Führer rebelliert? Hat er ihn lächerlich oder verächtlich gemacht? Der Kerl mag ein Hanswurst sein, ein hochgekommener Gefreiter, oder was weiß ich, was für eine Landstreichertype sonst. Aber das spricht man nicht aus. Das denkt man höchstens, wenn man ganz allein ist. Er ist ärgerlich. »Warum sagen Sie das nicht gleich? Warum steht das nicht da unten? Keine zweideutigen Sachen in meinem Bereich, bitte!«

Strick hält seinem Oberst einen Kopierstift hin, freundlich, entschieden, wie man einen Degen reicht. Der Oberst nimmt ihn. Überlegt kurz. Dann macht er eilig und unwillig seine Handzeichen unter jedes Blatt. Groß und wuchtig steht sein »M« da. M gleich Müller, Oberst und Kommandant von Rehhausen. Gesehen, einverstanden, unterschrieben. Und damit: befohlen.

Strick birgt die unterschriebenen Papiere sorgfältig in seiner Mappe. So behandelt ein Sammler wertvolle Kunstschätze. »Ein schöner Abend«, sagt Strick und sieht zufrieden in die beginnende Dunkelheit. Die Berge um Rehhausen versinken, als seien sie mit dunklen Tüchern bedeckt worden. Der Main fließt dahin wie geschmolzene Kohle, stellenweise mit breitem, unruhigen Pinsel versilbert. Der Himmel wie eine graublaue, über sie gestülpte Schüssel. Ferne Taschenlampen, die Sterne sind, durch Seide gedämpft.

»Ich will Ihnen mal was sagen, Strick. Sie sind mir ein sehr sympathischer Bursche. Gleich von Beginn an gewesen. Tummeln Sie sich wo und wie Sie wollen. Ich werde Sie nicht hindern.« Zwei kräftige Züge aus der Zigarre, die warnend aufglüht, als wäre sie das Stoplicht an einer Straßenkreuzung. »Aber kommen Sie nie auf die absurde Idee, in mein Privatleben hineinfingern zu wollen. Dann raucht es im Hochwald. Na schön, Sie sind ja schließlich kein Idiot.« Noch einmal das jähe Aufglühen eines Stoplichtes. »Haben Sie sich schon mit Eri bekanntgemacht?« »Flüchtig, Herr Oberst.«

Müller dehnt sich breit auf seiner Bank, wie in einem Bett. »Was war denn schon unser Leben, lieber Strick? Immer Dienst für Großdeutschland. Familie gründen? Haustradition fortpflanzen? Kohl anbauen? Lieber Freund — Kampf war unser Element. Wir haben jahrzehntelang an jenen Betten gebaut, in denen einst die neue Generation liegen soll. Und wir? Schwamm drüber. Ich habe, müssen Sie wissen, Kinder sehr gerne. Besonders eine Tochter habe ich mir schon immer gewünscht. Sehen Sie, und da habe ich mir eben eine angenommen.«

Strick sieht schwarz. Wenn auch jetzt aus den offenen Flügeltüren des Kasinos breites Licht fällt und sich sacht bis in den Garten vortastet. Seine Tochter Eri? Sieh mal einer an. »Ich verstehe vollkommen«, murmelt Strick. »Wäre mir auch verdammt peinlich, in meinem Bereich einen saublöden NSFO zu wissen.«

Und dann, nach einer gedehnten Pause, so als werde ein schwerer Vorhang langsam, ganz langsam aufgezogen, meint der Oberst spürbar zufrieden: »Daß Sie beim Kreisleiter, und damit bei der Partei, verspielt haben, das ist Ihnen doch wohl klar?« »Ich halte es für unwesentlich. Zuerst Ihre Kommandantur, Herr Oberst. Die anderen nach und nach.«

Der Oberst neigt sich ihm entgegen, als sei er ein Säugling, der ermahnt werden soll, nicht die Kissen zu durchnässen. »Ich warne Sie, Strick. Ganz freundschaftlich. Wenn Sie irgendwie gegen mich anzustinken versuchen, sind Sie ...«, er scheint dabei wie ein adliger Bravo zu lächeln, »... ein toter Mann.«

Dann, unvermittelt, als habe er mit einem Turmsprung tiefes Wasser erreicht: »Spielen Sie eine Partie Schafskopf mit?« »Danke verbindlichst, Herr Oberst. Ich habe noch zu arbeiten.« »Überarbeiten Sie sich nicht.«

Strick hat nicht die Absicht. Er wird Eri anrufen. Wenn der Oberst Schafskopf spielt, kann sein, daß sie Zeit hat mit ihm spazieren zu gehen. So kommt eben eins zum anderen. Und seine Gefühle darf der Mensch nicht vernachlässigen.

Sieben Tage haben genügt und das Innenleben der Kaserne ist umgestülpt wie ein Paar Socken, das gewaschen wurde und jetzt triefend auf der Leine hängt.

Oberleutnant Strick verbreitet nationalsozialistische Ideen. Es ist als streue er reichlich Stalldünger über ein Feld, das er nunmehr zu pflügen gedenkt. Vogel sagt: wir feiern ein Karnevalsfest der Gesinnung.

Die Kernsprüche an den aufgeplusterten Stallaternen am Kaserneneingang sind angebracht. Die Pfeiler haben sich bunte Schilder mit geschwollenen Redensarten über die runzlige Haut ziehen lassen. Zementrüben in gesinnungstreuen Papiergewändern. Und gegenüber dem Kasernentor steht dick und breit auf einer Leinwand, 1½ zu 4½ Meter, gepinselt: »Man kann alles, was man will.« Das ist Stricks Lieblingsausspruch. Das ist, wie er freudig bewegt zu Vogel sagte, sein Spezial-Fliegenfänger. Und er sei maßlos gespannt, wer ihm da alles auf den Leim krauchen werde.

Die von Oberst Müller abgezeichnete und von Oberleutnant Strick unterschriebene »NSFO-Sonderanordnung Nr. 1« war wie ein gutgezielter Schlag auf vorgestreckte Schnauzen. Danach war einfach alles möglich. Der NSFO hat die Berechtigung Küchen, Kammern und Verwaltungsdienststellen zu kontrollieren. Der NSFO hat Verfügungsrecht über Wachen und Sonderkommandos. Der NSFO darf jedem Dienst beiwohnen. Der NSFO hat Einsichtsrecht in sämtliche Geheimschreiben und Geheimen Kommandosachen. Der NSFO ist direkt dem Kommandanten unterstellt und nur diesem gegenüber verantwortlich. Und dieser NSFO ist Oberleutnant Strick.

Die Situation des allgemeinen politischen Unterrichts hat sich in völlig unerwarteter Weise wesentlich gebessert. Er hat wöchentlich nicht nur einmal, sondern zweimal stattzufinden. Besuch ist Pflicht. Entschuldigungen gibt es nicht. Wer fernbleibt, ist dem NSFO namentlich und mit genauer Begründung zu melden. Die Ferngebliebenen versammeln sich am Tage darauf, eine halbe Stunde nach Dienstschluß, vor dem Geschäftszimmer des NSFO, um dort nachträgliche Aufklärung über Unterrichtsthema und daraus zu ziehende Lehren zu erhalten.

Auch ist angeordnet, daß eine dieser wöchentlichen Unterrichtsstunden durch den Batteriechef persönlich, also durch Hauptmann Wolf, im Beisein sämtlicher Offiziere der Einheit, also auch von Rabe, abzuhalten ist. Selbst der NSFO läßt es sich nicht nehmen, diese Unterrichtsstunden zu besuchen und sich dabei eifrig Notizen zu machen, was Wolf mächtig irritiert.

Die zweite dieser Erbauungsstunden aber hält der NSFO persönlich. Fast kann man hier von Andrang sprechen, denn es gibt kaum einen, der fehlt; und die Anzahl derjenigen, die fehlen wollen, ist noch weit geringer. Es geht, wenn Strick unterrichtet, stets außerordentlich lustig zu. Nationalsozialismus — heiter betrachtet.

Neu eingeführt ist auch ein Pflichtunterricht für sämtliche Offiziere im Kommandanturbereich. Einmal wöchentlich. Jeden Montag abend um 18.00 Uhr. Strick hat Herrn Oberst großzügig die Entscheidung darüber überlassen, ob Herr Oberst etwa selber Unterricht abhalten wolle, oder ob es Herrn Oberst genüge, wenn Strick das macht. Und der Oberst meinte: es genügt, wenn Strick das macht.

Spruchbänder hängen in den Speisesälen, Kantinen, Unterrichtsräumen, Wachlokalen, Korridoren. Keine Unterkunft ohne Hitlerbild. Vogels Vorschlag, in den Lokussen Kurzauszüge aus Hitlers »Mein Kampf« anzubringen, wurde nach längerer Überlegung abgelehnt, obwohl die Versicherung Vogels, er lese dort bestimmte Sachen besonders gerne, sehr glaubhaft klang.

Das unbestreitbare Glanzstück dieser »NSFO-Sonderanordnung Nr. 1« aber bestand darin, daß die Anrede in der dritten Person ab sofort im Bereich der Kommandantur Rehhausen nicht nur als unerwünscht bezeichnet, sondern einfach glatt verboten wurde. Am meisten überrascht davon war derjenige, der diese Anordnung abgezeichnet hatte: Oberst Müller. Solches allerdings hatte er, der stets hohen Wert auf Disziplin und Formen legte, nicht erwartet. Stricks lahme Entschuldigung, er habe das nicht ahnen können, ließ er nicht gelten und entzog dem NSFO drei Tage die Vergünstigung, bei der täglichen Mittagstafel an seinem Tisch Platz zu nehmen.

Keßler aber, dem »NSFO-Sonderbefehl Nr. 1« und »Vorläufiger Anlaufbericht« überreicht worden waren, veranlaßte den Kommandierenden General, ein anerkennendes Fernschreiben nach Rehhausen loszulassen: Besondere Anerkennung — Hoffnung auf weitere erfreuliche Ergebnisse — Harte Zeiten — Vorbilder notwendig — gez. Generalleutnant.

Leutnant Rabe spielt Klavier. Er klimpert gefühlvolle, doch wohltemperierte Sehnsucht. Deutsche Romantik auf Klaviersaiten, zitternd herausgezirpt aus einer lackierten Holzkiste.

Man ist bei Familie Bär; angesehene alteingesessene Bürger,

drunten in Rehhausen. »Man« sind Hauptmann Geiger, Oberleutnant Strick und Leutnant Rabe. Dazu für würdig befundene Herren jüngerer Ausgabe aus restlichen Zivilbeständen. In einer Ecke lehnt ein Schellfisch mittleren Alters, wasserblauer Blick aus Siebenschläferaugen, Haare wie verschnittene Pelzreste unbestimmbarer Qualität; ein Arzt des hiesigen Krankenhauses. Der dort auf dem Stuhl neben dem Notenständer, ein Hering mit einer Feigennase, ist Student der Rechte.

Sogenannte holde Weiblichkeit im aufgelockerten Kreis. Irmgard Bär, die Tochter des Hauses, unbezahlte Bürokraft im väterlichen Großkaufhaus, den Musen gegenüber weit aufgeschlossen und nicht minder weit deren männlichem Gefolge. Zwei weitere ausgewachsene Gänse mit Rehaugen, Kuhbusen und Rühr-mich-nicht-an-Haltung. Und Magda Tannert; ein Körper wie von Kolbe geformt; anscheinend auch aus einem ähnlichen Material. Standbild ihrer selbst.

Ein Raum, wie ein gutgepolstertes Museumsstück, auch Salon genannt. Überall Plüsch, schon leicht abgeschabt, aber gut ausgebürstet. Kein Streifen Wand sichtbar, kein Brett des Fußbodens. Nur Plüsch. Die Welt ist wie mit Teppichen verhängt. Stuck an der Decke, kunstvoll gekrümmter Gips; bleiches Material, das sich windet, schraubt, verdreht, ineinanderkriecht. Organisierte Verrenkungen, in deren Falten der Staub schläft.

Rabe übersetzt seine Gefühle in Fingergymnastik. Er schwankt mit dem Oberkörper wie ein balinesischer Traumtänzer. Er atmet Musik. Nach vorheriger Ankündigung ist das Schubert. Rabe drückt Tasten, die hämmern auf Saiten, die zittern wohlig, Luft fühlt sich in die Rippen gestoßen, Trommelfelle werden in Schwingungen versetzt, Gehirne empfinden den Rhythmus der Schallwellen als Musik. Gefühl ist alles. Der Staub in der Stuckdecke schläft ungerührt weiter.

Strick ruht auf einem Sofa in der Ecke des Raumes. Spiralfedern drängen Holzwolle, Leinenbespannung und Plüsch gegen ihn. Neben ihm liegt Rabes Buch: Aus drei Jahrhunderten Deutscher Lyrik. Das Foto ist nicht mehr darin. Aber die mit Schreibmaschine geschriebenen Gedichte liegen zwischen den Seiten. Heute nicht bei Mörike, sondern bei Hölderlin. Hölderlin scheint also an diesem Abend fällig zu sein.

Er faltet die Blätter aus Schreibmaschinenpapier — Farbe wie gebleichter Käse — auseinander. Liebeslieder. Verfasser nicht genannt. Verse, die wie mit Zucker bestreute Zitronen munden. Sie kommen ihm seltsam bekannt vor. Irgendwann einmal hat er sie gelesen. Muß längere Zeit her sein. So um Oberprima herum, als noch das höhere Ziel eines Nachtschlafes darin bestand, die unter die Matratze gelegten Hosen glattzubügeln. Acht Stunden steif wie ein Brett und dafür am nächsten Morgen ein wohlwollender Blick von 2½ Sekunden Dauer aus einer Pensionatsfassade. Liebesleben.

»Sie liebten sich beide, doch keiner
Wollt es dem andern gestehn;
Sie sahen sich an so feindlich,
Und wollten vor Liebe vergehn!«

Merkwürdige Verse. Bemerkenswerte Verse. Sind die nicht von ... Aber ja! Natürlich. Das ist Heine. Heinrich Heine. Unverkennbar.

Wer mag sie abgeschrieben haben? Rabe selbst? Das wäre, immerhin, eigenartig. Rabe und Heinrich Heine. Sieh mal einer an! Oder hat sie irgend jemand für Rabe abgeschrieben und Rabe, da der Verfasser ungenannt blieb, weiß nicht, wen er da mit sich herumträgt? Hm. Auch möglich. Und was sollen diese Gedichte darstellen? Einen Hinweis? Eine Andeutung? Und von wem aus? Von Magda? Möglich.

Strick faltet die Zettel sorgfältig zusammen und läßt sie in seine Brusttasche gleiten. Birgt sie dort sorgfältig, fast liebevoll. Sie knistern sanft. Er dehnt sich zufrieden, so daß die Spiralfedern ungehalten ächzen und mithin kundtun, derartige Belagerungen nicht gewohnt zu sein.

Rabe drückt seine letzten Gefühle den Stahlsaiten auf. Der Schlußton schwebt, wie an einen sanftblauen Luftballon gehängt, durch den Raum und verkriecht sich im Deckenstuck. Der Schellfisch schlägt die Flossen heftig zusammen. Der Hering wackelt in ungeteilter Länge Zustimmung. Die Gänse schnattern gedämpft. Irmgards Busen ist sichtlich bewegt. Magda hat Augen wie zärtliche Seidenkissen für Rubensengel. Geiger ist nichts als rezitierbereit.

In der nächsten halben Stunde erledigt er Hölderlin. Gründlich. Mit edler Klage durchwandert er Hellas wie die Straßen von Rehhausen. Die Wandteppiche aber weichen nicht von seinen Worten, und die Urgroßeltern Bär, die Begründer des Großkaufhauses Bär für Rehhausen und Umgebung, strahlen behäbige Zufriedenheit aus ihren Glaswänden, hinter denen sie eingerahmt an repräsentativer Stelle aufgehängt worden sind.

Magda hat Madonnenhaltung angenommen. Sie wirkt in selbstverständlicher Weise sehr hoheitsvoll. Mildes Lampenlicht malt auf ihrem Gesicht zarteste Aquarelle. Rabe, der jetzt neben Strick sitzt, scheint zu ihr hinüberzufließen. Ihre Augen tasten zaghaft zueinander und spielen auf dem Teppichmuster miteinander Schach. Wenn sich ihre Blicke direkt begegnen, überfällt eine leichte Röte Magdas Gesicht, als sei eine lichte Wolke rosaroten Puders auf sie gestäubt.

Wenn er sie einst küssen sollte, denkt Strick, flammt sie jäh auf und brennt aus. Wie ein Feuer muß das sein, das sich über einen Strohhaufen wirft. Erika, die auch er jetzt Eri nennt, ist da ganz anders. Eri ist immer Glut. Sie ist heiß, gleichgültig wo man sie anpackt, heiß bis in die Ohrläppchen hinein. Und was Eri anfaßt, schmilzt dahin, wird zu Brennmaterial, mit dem sie ihre Glut erneuert. Magda ist zärtlicher Lufthauch, der sich, fast übergangslos, zum Orkan steigern kann; Eri ist ein ewiger Föhn, er verursacht leichte Kopfschmerzen und macht todmüde, aber er ist ein wohliger, ununterbrochener Rauch. Lebendiges Kokain, greifbarer Alkohol. Magda ist lieblich und schön, Eri ist berauschend und herrlich; Magda gibt sich auf, Eri gibt sich hin.

Und Geiger zitiert Hölderlin. Es orgelt aus ihm heraus, als seien alle Register gezogen. Seine Stimme füllt den Raum bis zur letzten Vorhangspalte, drängt sich zwischen Magda und Rabe, mit breiten Schultern, schiebt sich hemmungslos gegen die Busen der Gänse, steigt in die geräumigen Köpfe der Fische, zerrt am Staub der Stuckdecke, ohne ihn lockern zu können. Wohltönender Hölderlin.

Und in der Brusttasche von Strick knistern, wenn er sich hoffnungslos den quietschenden, von Plüsch, Leinwand und Holzwolle umhüllten Federn überläßt, Gedichte eines Mannes namens Heinrich Heine. Er sieht auf Rabe, sieht auf Geiger. Es sind hochwillkommene Verse.

Der Weg, den jetzt diese Verse eines Mannes namens Heinrich Heine nehmen, ist bezeichnend für alles, was in diesen Julitagen in der Kommandantur Rehhausen geschieht.

Rabe liest im »Reich«. Er unterstreicht, schneidet aus, versieht einige Sätze mit zusätzlichen Ausrufungszeichen. Diese Ausschnitte reiht Rabe in seine Unterrichtsmappe ein. Hier werden sie den verschiedenartigen Fachgebieten zugeteilt: Ideenlehre — Theoretische Kriegführung — Praktische Kriegführung — Innenpolitik — Kunst.

»Sie sollten sich«, meint Strick, von de Costers »Ulenspiegel« aufsehend, »eine Tabelle anlegen. Zahlen, die Menschen bedeuten. Versenkungsziffern. Wieviel Ertrunkene? Bombenangriffe. Wieviel Geschmorte? Frontbegradigungen. Wieviel Zerfetzte? Kriegsgefangene. Wieviel davon werden krepieren? Und dann die Deportierten, die Verhungerten, die durch Justiz Gemordeten! Hierauf Zahlengruppen von Amputierten, Blinden, Angesengten, Halblungigen, Schädelgespaltenen. Jetzt die Legion der seelischen Krüppel. Mütter, die keine Kinder mehr haben, Mädchen ohne Mann und solche ohne Schamgefühl, ängstliche Mädchen und gierige Weiber. Und dann setzen Sie ein großes Fragezeichen darunter. Und das heißt: warum das alles?«

»Deutschland, Strick. Die Menschheit.« »Die Reste der Menschheit. Und Deutschland? Was verstehen Sie darunter? Ich habe mir von Ihnen einige Zettel ausgeliehen. Gedichte stehen darauf. Bemerkenswerte Gedichte. Gehören die auch zu Ihrem Deutschland?« Alles was einmal Rabe war, ist jetzt gewundene Verlegenheit; eine Fledermaus im Scheinwerferlicht. »Sie haben den Dichter erkannt?« »Warum sprechen Sie den Namen Heinrich Heine nicht aus?«

Rabe klappt die Mappe mit seinen Zeitungsausschnitten zu, als verschließe er eine Truhe. »Ich möchte Sie darum bitten«, sagt Strick, »mir diese Gedichte für einige Tage zu überlassen.« »Von mir aus können Sie damit machen, was Sie wollen.« »Sehr gerne. Aber etwas wesentlich anderes, als Sie denken.«

Diese Gedichte wandern nun in die Hände von Vogel.

»Was soll denn ich damit? Etwa mich daran erbauen? Kein lyrischer Bedarf.« »Kannst du diese Zettel im Kasino Hauptmann Geiger unauffällig in die Hände spielen?« »Kann ich, wenn ich will.« »Und du willst natürlich.«

Der Obergefreite Vogel liest Lyrik. Sein Gesicht ist Mißtrauen. Ein Hinterwäldler, dem Austern vorgesetzt worden sind; der kleine Peter, der Dampfeisenbahn fährt. »Von wem sind diese Reimereien eigentlich? Hast du etwa selbst erotische Mitternachtsmuse gemolken?« »Der Verfasser heißt Heinrich Heine.« Vogel stößt einen Eckensteherpfiff aus; ein Leithirsch, der eine Störung wittert. »Dann soll dieser Geiger sie kriegen.«

»Morgen hat Rabe Wachdienst. Er wird deshalb beim gemeinsamen Mittagessen im Kasino fehlen. Das wäre die günstige Gelegenheit.« »Gemacht.«

Und am Nachmittag des nächsten Tages berichtet Vogel folgendes:

»Ich lege also, in meiner Eigenschaft als Kasinoaushilfsordonnanz, die Zettel mit den Gedichten in die Garderobe. Warte geduldig und führerergeben. Diensteifrige Ordonnanz kreuzt auf. Erspäht Papiere. Liest heftig. Arisches Gehirnschmalz fließt sichtbar, aber vergeblich. Ich schlendere wie von ungefähr herbei. ›Gedichte gefunden? Müssen Hauptmann Geiger gehören. Ist Musensohn.‹ Ordonnanz eilt anerkennungheischend, wohlwollenentgegentriefend zum Speisesaal. Strahlt bei Rückkehr beglückendes Vorgesetztenerlebnis aus: Hauptmann Geiger hat anerkennend nickend Gedichte entgegengenommen.«

»Nicht auf Anhieb«, erklärte ihm Strick, der sich im Speisesaal aufgehalten hat. »Geiger nahm verwundert die Gedichte entgegen. Las sie. Rief dann aus: ›Gehören jemand von Ihnen, meine Herren, diese Gedichte?‹ Rabe war nicht da und daher konnte sich niemand melden. So vereinnahmte er sie eben.« »Und was wird daraus?« »Er wird sie, wenn wir Glück haben, vor dem gesamten Offizierskorps mit Damen rezitieren lassen.« »Mensch! Und dann ziehen wir ihm die Hosen aus.« »Ihm nicht. Aber Wolf.« »Wie denn das?« »Kettenreaktion.«

Am späten Nachmittag des gleichen Tages erlebt Haupt-

mann Geiger die Genugtuung, daß der NSFO lebhaftes Interesse für die künstlerische Ausgestaltung des kommenden Kasinoabends mit Damen zeigt.

»Es muß jetzt immer feierlich bei uns zugehen«, sagt Strick. »Wir dürfen nie die Größe der Zeit aus den Augen verlieren. Über das Vortragspult sollte eine Hakenkreuzfahne gedeckt sein. Darauf Kerzen, Symbol der Helligkeit. Daneben Lorbeerbäume, vier bis sechs Stück, pyramidenförmig nach rückwärts gruppiert. Und was steht dort, lieber Hauptmann Geiger? Na? Führerbild oder Führerbüste.« »Natürlich.«

»Und weiter. Lassen Sie Programme drucken. Großer Hoheitsadler in lichten Farben, das ganze Blatt beherrschend. Darauf dann, dick und dunkel, in gotischen Schriftzeichen natürlich, die Programmfolge. Etwa: Führerhymne, von Baumann; Ode in Feldgrau, von Anacker; Streichquartett nach volkstümlichen Weisen von Herms Niel. Und so weiter. Keine Angst um die Kosten. Stellen Sie eine Rechnung auf. Meine Dienststelle bezahlt das. Ich habe, wie Sie wissen, einen stattlichen Etat. Und Rückgriffsrecht auf gewisse Sonderfonds.« »Das ist ausgezeichnet.«

»Geistige Erbauung, Herr Hauptmann Geiger, muß sein. Und Sie machen das vorzüglich. Sie haben Ideen, oft ganz neuartige, die jeder Förderung wert sind. Rechnen Sie stets auf mich. Bin sehr dafür aufgeschlossen. Nur, wissen Sie, was uns fehlt, ist eine neue Nuance, neue Begabungen. Liebeslyrik mit Herz und Geist. Auch die innersten Gefühle wollen mobil gemacht werden, verstehen Sie mich?«

Geiger versteift sich zu hohem Entschluß, ein Wild, das über einen Fluß setzt, ohne zu ahnen, daß dort scharf geschossen wird. »Habe Ihre Anregung bereits öfters durchdacht. Teile Ihre Ansicht durchaus. Sie haben da vollkommen recht. Musen stärken kämpferische Haltung der Heimatfront. Ich habe da einen neuen, bisher unbekannten Lyriker entdeckt. Nicht unbegabt. Aber anonym. Verschämter Autor möglicherweise unter unserem Offizierskorps. Pegasus im großdeutschen Waffenrock.«

»Ich finde das ausgezeichnet, lieber Herr Hauptmann. Ich werde mich gerne überraschen lassen. Würde mich aufrichtig freuen, wenn ich das für meinen nächsten Bericht nach ›oben‹

verwenden könnte.« »Verlassen Sie sich auf mich.« »Das tue ich mit großer Zuversicht.«

Und Heinrich Heine wird rezitiert.

Die Beleuchtungskörper, in Form von Kerzen gepreßt, hängen an den Wänden. Der blaue Salon des Offizierskasinos strahlt gedämpft wie ein Schlafzimmer. Strick sitzt gelassen, völlig allein, in einem tiefen Sessel — ein gewinkeltes Bett — und betrachtet sein Weinglas. Flüssiges Grün und Gelb, aufgeweichter Tüll mit dem Aroma herber Äpfel.

Lebhafter Beifall im Großen Saal. Jetzt, denkt Strick, strahlt Geiger wie eine Tomate und fabriziert eifrige Kippbewegungen, die stolze Genugtuung und bescheidene Dankbarkeit zugleich ausdrücken. Jetzt ist, laut Programm, große Pause. Heinrich Heine ist bereits zitiert worden.

Die Tür zum blauen Salon knallt auf, wie auseinandergesprengt. Rabe, in empörter Erzengelhaltung, steht auf der Schwelle. »Na, Rabe, war die lyrische Stunde sehr erbaulich?« Strick ergreift sein Glas, schwenkt versonnen ein wenig den schweren Wein, der sich in ölige Bewegungen versetzen läßt. Könnte dieser Wein reden, denkt Strick, er würde vor Wonne stöhnen, da er sich riechen darf.

Rabe stößt auf ihn zu, als wolle er ihn durchrennen. »Wie kommen meine Heine-Gedichte in die Hände von Hauptmann Geiger?« »Das habe ich mich auch gefragt.« Rabe scheint vor Erregung zu beben, als habe ihm jemand Alkohol ins Gesicht gekippt und einen Handschuh hinterher geworfen. Strick betrachtet ihn wie eine Jahrmarktschaunummer, deren Leistungen gut sind, aber durchaus nicht ungewöhnlich.

»Er hatte die Geschmacklosigkeit«, sagt Rabe ehrlich empört, »ihn einen unbekannten Dichter zu nennen.« »Diesen Einfall haben schon andere vor ihm gehabt. Ist Ihnen die Begeisterung des Kreisleiters aufgefallen? Entweder ist der Mann ein Strohkopf oder kein Nationalsozialist.« »Man wird sich Ihre Methoden nicht länger gefallen lassen, Strick!« »Wer ist das, man?«

Der Oberst schiebt sich breit in den Raum. »Na, ich muß schon sagen! Grandioser Mist, den die da zusammenschreiben. Kommt einem langsam das Endsiegmittagessen hoch. Haben Sie einen Kognak da, Strick?« »Nur einen schweren Würzburger.« »Genügt zur Not. Gießen Sie ein Glas voll.« Er läßt sich schwer in einen Sessel gleiten, greift nach dem Glas, leert es in einem Zuge.

»Sie haben es gut, Strick. Sie schützen Arbeit vor. Leisten sich sonstige Ausreden. Und dabei lassen Sie sich hier stillschweigend vollaufen. Ich aber muß repräsentieren. Nicke nach jedem Erguß einmal beifällig, nach jeder Serie gebe ich das Zeichen zum Applaus. Kein Schwanz kann nachfühlen, wie so ein Leben langsam aufreibt. Warum haben Sie noch nicht nachgegossen?«

Rabe wendet sich brüsk ab. Schreitet eilig durch den Raum, als verfolge ihn eine stattliche Bulldogge mit triefenden Lefzen. Er knallt die Tür hinter sich zu.

Der Oberst blickt unwillig auf. »Was hat dieser Grashüpfer denn? Wer benimmt sich denn so im Kasino! Keine Manieren mehr unter dem jungen Volk.« »Vielleicht haben ihn die Gedichte hochgebracht.« »Glaube ich nicht. Soviel Verstand traue ich dem gar nicht zu. Der Wein ist gar nicht einmal zu übel, Strick.« »Aus Wolfens Spezialecke.« »Dieser Wolf ist ein Zauberer.« »Hoffentlich zaubert er uns nicht mal hinter Schloß und Riegel, Herr Oberst.«

»Reden Sie keinen Blödsinn, Mann. Gießen Sie lieber ein. Ich muß mich gleich den Damen im gelben Zimmer widmen. Alles verkorkste Schrauben. Komplexe wie Haare auf dem Kopf. Man sollte ihnen Glatzen scheren. Wenn ich die sehe, werde ich immer froh darüber, daß mich das Schicksal vor so etwas verschont hat. Das ist, in meinen Augen, die einzige Daseinsberechtigung, die diese Schrauben haben. Kommen Sie mit? Aber wie ich Sie kenne, werden Sie sich drücken. Prost, Sie Feigling.«

Der Kreisleiter Dr. med. dent. Friedrich trottet mit Hauptmann Geiger herein. Geiger umwindet ihn wie eine Liane und treibt dabei seltsame Blüten. »Musische Erziehung, Herr Kreisleiter, ein völlig vernachlässigtes Gebiet.« Der Kreisleiter zitiert, nicht ohne pathetische Automatik, Überschriften aus den letzten Schulungsbriefen. »Mobilisierung der deutschen Seele. Urdeutsche Gedichte, Eddasprüche und Führerzitate.«

»Und Goethe, Herr Kreisleiter!« Geiger zieht einen Stuhl für den verehrten Hoheitsträger herbei. Der Oberst sagt: »So ist das. Weimarer Glanz und Braunauer Substanz. Das macht uns keiner nach. Das ist nicht auszubomben. Prost.«

Peinliches Schweigen setzt ein. Es ist, als sei plötzlich auf dem Fußboden eine geringe Wasserlache entstanden und jeder Umsitzende fühle sich irgendwie an ihr beteiligt.

Wolf schiebt sich durch die Tür. Er grinst liebenswürdig, devot, wie ein Botenmeister, der sich aufrichtig um das Wohlwollen seines Brotgebers müht. Gleich einem Herold verkündet er: »Herr Oberst? Kündige Eiscremesoda an!« Allgemeines »ah«. »Weitere Überraschungen«, sagt Wolf, ganz Weihnachtsmann im Hochsommer, der sich seinen lieben Großen und Kleinen naht, »weitere Überraschungen folgen später.«

»Und die Zigarren, Wolf?« Hat der gute Wolf, selbstverständlich. Alles vorgesorgt. Er stelzt zum Fenster, zieht die Vorhänge beiseite und transportiert die dort lagernden Kistchen herbei. Eins davon, ein kleines, schreiend buntbeklebtes, präsentiert er seinem Kommandanten. »Für Herrn Oberst und Herrn Kreisleiter: echt Cuba!« Er jongliert ein weiteres, größeres Kistchen zu Hauptmann Geiger herüber. »Die anderen Herren rauchen gewiß Brasil; lang, dünn, handgewalzt, würzig, ohne schwer zu sein. Mit Bauchbinde, selbstverständlich.«

»Meine Anerkennung, Wolf«, sagt der Oberst knurrend und beschnuppert seine stattliche Cuba; als wäre das ein umfangreicher, fleischbehangener Knochen, der immerhin ein brauchbares Mahl zu versprechen scheint. »Wer viel arbeitet, soll auch gut essen, trinken und rauchen. Und natürlich das mit den Frauen. Sauber gestaffelt nach Dienstgraden.« Der Oberst belutscht seine Zigarre, damit sie beim Beschneiden nicht abblättere. Er belauert seine Umgebung mit nicht gerade sehr freundlicher Miene. Ungehalten ist der Herr Oberst. Diese Sorte von Kasinoveranstaltung scheint ihm wenig zu behagen.

Geiger gibt sich aufrichtig Mühe, die flaue Stimmung ein wenig anzuwärmen. Er funktioniert instinktiv, wie ein Heizofen, der automatisch auf die angenehmste Zimmertemperatur geht. »Wie sagte doch schon der alte Goethe? Saure

Wochen, frohe Feste! Wenn der das Parteiprogramm gekannt hätte ...« Strick fällt ein, ganz scharf und kurz, wie ein Peitschenhieb. »Sie wollen damit doch nicht sagen, daß auch die Jungfrau von Orleans BDM-Mitglied geworden wäre?«

Die peinliche imaginäre Lache am Fußboden scheint sich vergrößert zu haben. Mehrere müssen daran beteiligt sein. Der Kreis der Verdächtigen wird größer. Stinkt es schon? Der Oberst räuspert sich stark. »Haben Sie schon meinen letzten Kommandanturbefehl gelesen, Herr Kreisleiter? Fortfall der dritten Person. Verbreiterung der NS-Schulung. Vergrößerung des Endsiegglaubens. Hat der Ihnen vorgelegen, Herr Kreisleiter?« »Ich bedaure außerordentlich, Herr Oberst. Sie wissen, wie wertvoll der Partei derartige Zeugnisse sind. Um so verwunderlicher ...«

Strick bricht aus. Er stößt das Thema um, wie ein Glas, das mit einer schnellen Bewegung vom Tisch gefegt wird. Es ist, als habe er die feste Absicht, eine Latte loszumontieren, um irgend jemand damit auf den Schädel zu knallen. »Ist das denn schon alles, Herr Hauptmann Wolf, was Sie zu bieten haben? Kein echter französischer Kognak? Kein Original-schottischer Whisky? Kein Gläschen importierten Wodka?«

Wolf fühlt sich sofort in seiner sorgsam gewahrten Besorgerehre schwer gekränkt. Er ist ein Pfahl, den der Vorwurf traf, lediglich morsches Brennholz zu sein. »Warten Sie doch ab! Alles zu seiner Zeit.« Er entschreitet mit der tiefen Verachtung des Schlafes für einen Tiger, der am Grasfressen keine Befriedigung findet.

Der Oberst mustert Strick: ein Löwe, der vor einem Feuerring steht und überlegt, ob er springen soll oder nicht. »Stimmt es, Strick«, sagt er schließlich langsam, »daß Sie ein Plakat aufhängen ließen mit der Aufschrift: Auch das Wochenbett gehört zur Heimatfront!« »Stimmt genau, Herr Oberst. Das hängt neben dem Eingang vom Frauenwohnblock.«

Geiger findet das ausgesprochen lustig. »Ungewöhnlich sinngemäß! Ist wohl Aufforderung zum Tanz?« »Ich habe bindende Richtlinien, meine Herren. Oberkommando der Wehrmacht. Hat jemand etwas dagegen?«

Der Oberst greift sein Glas auf, schnuppert daran, wie ein

Hund, der eine Auswahl zu treffen gedenkt. Schließlich spricht er murmelnd in sein Glas hinein, als erlaube er sich dem Wein gegenüber eine intime Bemerkung: »Blöde Ideen! Die Leute lachen sich ja einsatzunfähig.«

Der Kreisleiter wendet sich in dem aufrichtigen Bemühen, angenehm abzulenken, an seinen lieben Geiger, der betreuungsbereit neben ihm sitzt. »Haben Sie den letzten Schulungsbrief erhalten? Artikel von Dr. Ley: ›Die Welt wird sich wundern!‹ Der größte Idealist der Bewegung kommt Ihren persönlichen kulturellen Bestrebungen entgegen.« Geiger bedauert aufrichtig. »Hat mir leider nicht vorgelegen.«

Der Kreisleiter Dr. med. dent. Friedrich macht ein besorgtes Gesicht, als müsse er einen Patienten vor einer drohenden Kiefervereiterung warnen. »Sie sollten das Schulungsmaterial immer gleich weitergeben, Herr Oberleutnant Strick. Das ist oftmals wichtiger als Riesenplakate mit unklaren Aussprüchen.« »Alles Führerzitate, Herr Doktor.«

Dr. med. dent. Friedrich, als sei er geneigt, zu einer Operation zu schreiten: »Ich habe Sie bei der Feierstunde vermißt. Sie halten wohl nicht viel von der deutschen Kunst?« »Vielleicht hinderte mich das genaue Gegenteil.« Der Oberst prustet verärgert und belustigt zugleich in sein Glas hinein. »Dieser Strick scheint ein ewiger Spaßvogel zu sein!«

Geiger beginnt sofort mächtig die zweite Geige zu streichen. »Der gute Strick tarnt eben Wohlwollen durch Unerschütterlichkeit. Einmal schimpfte Goethe heftig, um Rührung zu verbergen. War ein gewaltiger Mann.« »Ich muß auf die Toilette«, sagt der Oberst. Auch der Kreisleiter hat das dringende Bedürfnis. Geiger will sich anschließen.

»Ich muß Sie dringend sprechen, Herr Hauptmann«, sagt Strick. Er sagt das kurz und entschieden, als nagele er ihn fest. Geiger bleibt.

Hauptmann Geiger hält Strick, gelinde ausgedrückt, für einen Flegel. Der hat ihn hierbehalten, wie man einem Laufburschen Anweisungen gibt. Ohne Formen, ohne Haltung, bindungslos. Fern jeder Tradition.

Er steht steif da, wie ein Plättbrett, das vergessen worden ist und nun einsam an einer Kellerwand lehnt. Gewinkelte Arme wie die Henkel eines Transportkorbes. Ein Korb, der es gewohnt ist, daß ihn jede dreckige Pfote anfaßt. Er ist nun mal, leider, hier Adjutant. Der Eichbaum der Kommandantur, der es sich gefallen lassen muß, wenn sich die Säue an ihm scheuern.

Strick hält sein Weinglas mit den Fingerspitzen der beiden Hände. Er sieht ehrlich und betrübt darauf hinunter, als sei er gezwungen es zu zerbrechen. Der gepflegte Raum strahlt wohliges blaues Licht wider. Das erinnert an Steppdecken, Morgenmäntel und Nachthemden. »Es tut mir sehr leid für Sie, Herr Hauptmann«, sagt Strick. »Aber nach allem, was vorgefallen ist, bin ich leider zu einem Bericht gezwungen.«

Das Plättbrett Geiger, bisher lediglich auch Fichtenholz, nimmt die Qualitäten von Eiche an. Es ist knorrig, hart und glatt. »Verstehe keine Silbe.« Strick sieht ganz langsam hoch, wie ein Geschützrohr, das sich auf sein Ziel richtet. »Dann muß ich wohl deutlich werden. Sie haben semitische Propaganda betrieben.«

Geiger fühlt sich wie mit einer Motorsäge angegangen. Er holt tief Luft, als sei dadurch sichere Erhöhung seiner Materialdichte möglich. Die Worte sprühen von ihm wie Sägespäne. »Ich verbitte mir das ganz energisch.« Strick gleitet ihm sanft ins tiefe Fleisch. »Sie verkennen den Ernst der Situation. Semitismus ist Sabotage. Sabotage aber bedeutet Kriegsgericht.«

»Herr! Ich bin ein humorvoller Krieger, verstehen Sie. Aber was zu weit geht, geht zu weit. Mein Antisemitismus ist blutiger Ernst. Mein alter Herr war Afrikaner. Mit Leib und Seele. In Windhuk haben ihn die Juden im Jahre 07 um einen Schilling zwanzig pro Zentner Rindfleisch beschissen. Das wirkt nach, das ist nicht so leicht zu vergessen. Unsere Familie paktiert nicht mit Gaunern.« »Um so erstaunlicher Ihr Verhalten.« »Ich ersuche um Aufklärung.«

Strick setzt das Glas auf den Tisch, ohne davon getrunken zu haben. Es ist ein Schleiflacktisch, glatt wie eine frischgefrorene Eisdecke auf einem Waldsee. Das Glas gleitet darüber wie ein Segelschlitten. »Sie haben einige Gedichte rezitieren lassen und deren Verfasser als ›unbekannt‹ ausgegeben. Wollen Sie das selbst mir aufbinden?« Das Glas, jäh gebremst, steht. Strick zieht seine Hand zurück, lehnt sich tief in seinen Sessel, sieht auf Geiger, als betrachte er ein Gemälde, das wenig Wohlgefallen in ihm erregt. »Sie wissen doch ganz genau, daß der Verfasser Heinrich Heine heißt.«

Geiger ist, als träfe ihn ein Axthieb. Er fühlt sich aufgespalten. »Wie?« »Heinrich Heine.« Das erschüttert ihn. Er ist tief und völlig unschuldig getroffen worden. Er geriet auf einen Hauklotz und war doch für die Wohnungseinrichtung bestimmt. Jetzt zersplittert er bis in die letzten Fasern. Soll er hier durch einen Fleischwolf gedreht und zu Linoleum ausgewalzt werden? Er, der Sohn eines antisemitischen Vaters! Er, ein stets aufrichtig bemühter Nationalsozialist! Er, der eine erfolgreiche militärische Karriere hinter sich hat und dem man auch fernerhin eine gute Laufbahn voraussagt. Ausgerechnet er sollte dieses unkorrigierbare Versehen begangen haben? Und dazu dann noch das Pech, ausgerechnet diesem skrupellosen Strick, diesem Galgenstrick, in die Hände zu fallen! Das kann doch nicht sein. »Sie machen einen schlechten Witz.«

Der Raum vor Geiger verliert an leuchtendem Blau, als werde er ausgespült und die Farbe flute davon wie Rinderblut in die Abflußkanäle eines Schlachthofes. Staub und Dreck vor ihm, zu Pulver zermahlene Natur, wie Saat ausgestreut. Zerfall an der Oberfläche, von greller Sonne ausgeleuchtet. Vorhänge werden zu Gittern. In den Teppichen klaffen Risse, wie sie der Fußboden einer verwohnten Baracke aufweist. Der Schleiflacktisch wächst zu einer Barriere; und dahinter, gelassen, wie ausgekocht unter tropischer Hitze, einem Sklavenaufseher gleichend, Strick. Und Strick sagt: »Ich möchte Ihnen wirklich gerne eine Kriegsgerichtsverhandlung ersparen. Aber woher nehme ich das innere Recht dazu?«

Wie ein bedrohter Hund, der Prügel fürchtet, windet sich Geiger vor. »War doch nur ein Versehen. Ein unangenehmer Zufall.« »Daß ich zuhörte?« »Aber nein, überhaupt. Ich bin doch schließlich führertreu, glauben Sie mir!«

Kriegsgericht heißt auslöschen. Geiger kennt das. Vernehmungen, Untersuchungshaft, Verhandlung. Eine Mühle; oben werden Menschen hineingeworfen, unten sickert blutiger Brei heraus. Das heißt auch: beseitigt sein wie ein stinkendes Stück Fleisch, über das Säure gegossen worden ist. Das heißt ferner: kein Adjutant mehr sein, keine Beförderungsmöglichkeiten haben, ausgestrichen in der Rangliste. Womöglich sogar Degradation. Wenigstens aber die Versetzung zu einem anderen Truppenteil; sicherlich Fronteinheit, wenn nicht Strafbataillon oder Wehrmachtsgefängnis. Von Kameraden gemieden, von der Partei verfemt. Keine Rezitationsabende in Privatkreisen mehr, keine künstlerisch aufgelockerte Abendgesellschaft unter seiner Leitung im Kasino. Gegenstand ordinärer Kasernengespräche sein, schockierendes Hauptthema beim Tee der Offiziersdamen. Spott, Schande und Demütigungen! Das ist, was ihn erwartet.

»Ich möchte Ihnen wirklich gern eine Kriegsgerichtsverhandlung ersparen, Geiger. Das müssen Sie mir glauben. Aber ich müßte einen überzeugenden Beweis für ihre aufrichtige Gesinnung der Nationalsozialistischen Idee gegenüber erhalten.« Geiger schnappt sofort zu wie ein ausgehungerter Köter. »Welchen?«

»Ich habe bisher vergeblich nach den Personalpapieren von Hauptmann Wolf gesucht. Sämtliche Unterlagen, Akten, Briefwechsel — alles fehlt. Müssen aber doch da sein. Dieser Hauptmann Wolf ist bestimmt kein unbeschriebenes Blatt. Wo sind die Vorgänge, die sich mit ihm befassen oder befaßt haben?« »Im Panzerschrank des Kommandanten.«

»Diese Unterlagen brauche ich, Geiger. Sagen wir morgen früh um 8.30 Uhr auf meinem Dienstzimmer.« »Und der Herr Oberst?« »Der Herr Oberst, mein lieber Geiger, gibt heute einen Kasinoabend. Morgen früh wird er sich ausschlafen wollen. Nehmen Sie doch Rücksicht auf seine anstrengenden Repräsentationspflichten. Und außerdem ist Ihnen doch bekannt, daß ich über eine Vollmacht verfüge, die bis zur Geheimen Reichssache geht. Warum wollen Sie da komplizieren. Ich benötige Unterlagen, Sie geben sie mir heraus. Ein einfacher Vorgang.« »Und die Verantwortung?« »Übernehme ich. Ich schätze Sie sehr, Geiger. Ich möchte Sie wirklich nicht gerne auf irgendeiner Anklagebank sehen.«

»Und ich kann mich dann darauf verlassen, daß ...« »Mein lieber Geiger«, unterbricht ihn Strick mit dem Erstaunen eines Kuckucks, dem verwehrt werden soll, seine Eier in anderer Nester zur Brut abzulegen, »wenn hier einer mißtrauisch zu sein hat, dann bin allein ich das. Kriege ich nun die Akten morgen früh oder nicht?« »Sie kriegen sie.« »Ihr Wort?« »Mein Ehrenwort.« »Dann ist alles in bester Ordnung.«

Leutnant Rabe knallt durch die Tür. Stößt herein, als veranstalte er mit sich Eisschießen. Fährt geradewegs auf Hauptmann Geiger zu. »Herr Hauptmann Geiger, wollen Sie mir bitte erklären, wie diese Gedichte von Heinrich Heine in Ihren Besitz gekommen sind?«

Geiger, der bereits wieder Land gesehen hat, braust in ein tiefes Wellental hinunter und erwartet dort ergeben, jetzt bis zum elenden Ersaufen zugedeckt zu werden. Rabe auf hohem Roß! Parforceritt der Parteiidealisten. Der fühlt sicherlich, denkt Geiger verzagt, blütenreines NS-Gewissen besudelt; wie ausgehängte Wäsche, die mit Teer bespritzt wird. Das hat sich doch nicht etwa schon herumgesprochen, das mit Heinrich Heine? »Ich bitte um eine Erklärung, Herr Hauptmann.«

Strick erhebt sich. »Es war ein Irrtum meinerseits. Hauptmann Geiger hat mir, in meiner Eigenschaft als NSFO, die Programmfolge zur Begutachtung vorgelegt. Jene Gedichte Heinrich Heines lagen auf meinem Schreibtisch. Durch ein Versehen gerieten sie in den Aktendeckel für Hauptmann Geiger. So wurde der das Opfer einer Täuschung.«

Das Hinterhofgrau um Geiger flieht mit der Geschwindigkeit von Rennwagen. Leuchtendes Schlafzimmerblau drängt sich ihm wieder lebhaft auf, wie ein junges Tier, das gestreichelt werden will. Geigers Bewegungen werden zum Zeremoniell. »Danke Ihnen verbindlichst, lieber Herr Strick, für die prachtvolle Rehabilitierung. Sie sind ein Ehrenmann. Außerordentlich kameradschaftlich.« Er beugt verbindlichen Dank aus gutgehaltenem Oberkörper hervor; ein mechanisches Schaufenstermännchen, das die Güte der durch ihn symbolisierten Teesorte nickend anpreist. »Zählen Sie auf mich, Herr Strick. Jederzeit.«

Geiger enteilt wie auf Rollschuhen. Es zieht ihn machtvoll zu seinen musischen Gefilden. Er muß den bereits begonnenen zweiten Teil des Abends sorgsam überwachen und rechtzeitig auffindbar sein, wenn Dank und Anerkennung ihn erreichen wollen. In ihm ist die tiefe Freude eines Menschen, der dem Ertrinken in wunderbarer Weise entronnen ist.

»Nun, Rabe«, sagt Strick einladend, mit der Zufriedenheit

eines Liegestuhls, der sich auf einer sonnenüberfluteten Terrasse aalt, »wie wäre es jetzt mit einem guten Kognak?« »Sie scheinen ein ganz ausgekochtes Schwein zu sein, Strick.« »Warten Sie doch erst ab. Ihre Schmeicheleien kommen ein wenig zu früh.«

Oskar Tikkes hat heute Schulungsabend für Hoheitsträger. Das ist Dienst, da geht Oskar Tikkes hin. Erscheinen ist Pflicht; bis zum Blockwart abwärts, einschließlich. Oskar läßt sich von der Pflicht nicht zweimal rufen. Er steigt in seine braune Kluft als wäre er ein Hase, der zu jeder beliebigen Zeit das Winterfell mit dem Sommerfell zu vertauschen in der Lage ist.

Der monatliche Schulungsabend ersetzt das Zeitungslesen für genau dreißig Tage. Dr. med. dent. Friedrich verliest allgemeinen Lagebericht nebst Kommentar. Sodann behandelt er interne Fragen aus unmittelbarem Bereich. Diese werden als Schwierigkeiten entlarvt. Nunmehr folgen Spezialausführungen über das Erkennen und Beseitigen von Schwierigkeiten jeglicher Art und Abart, einschließlich der indirekten Schwierigkeiten. Der Führergruß, stehend dargebracht, endet den Schulungsabend. Dauer vier Stunden, offiziell.

An solchen Abenden hat Mutter Tikkes freies Verfügungsrecht über ihre Weinstube. Nicht etwa, daß ansonsten Oskar Tikkes viel bei seiner Frau zu sagen hätte, das nicht, obwohl er ein Herrenmensch ist. Aber er würde stören; und gerade das liebt Vogel nicht. Schulungsabend für Hoheitsträger ist gleichbedeutend mit Tafelrunde für Vogel.

Vogel trudelt ein, geht an die Theke, umarmt Mutter Tikkes, die mit beiden Händen in der Spülwanne steckt, als sei dieses ausgemergelte, von faltiger Haut überzogene Knochengestell ein junges Mädchen. Mutter Tikkes verspritzt Wasser wie ein eingetrockneter Walfisch, nennt Vogel einen »Lausebengel« und schwingt die Gläserbürste wie eine Streitaxt. »Keine Kraftvergeudungen, du altes Roß«, sagt Vogel liebevoll. »Immer aufsparen. Es gibt noch genug andere, die einen kräftigen Schlag hinter die Ohren nötig haben.«

Er wählt sorgfältig prüfend, als taste sich ein pedantischer

Apotheker durch sein Giftfach, unter den Flaschen im Kühlschrank eine aus. Hält sie gegen das Licht, entkorkt sie, riecht daran. »Viel zu schade für den alten Proleten«, sagt er. »Kommt Tannert heute?« »Er kommt. Mach den Privatsalon fertig, Mutter Tikkes. Wir wollen ungestört sein.« »Ungestört saufen wollt ihr.« »Und dann lästern, Mutter Tikkes. Bis sich die Balken biegen. Feststellen, daß die anderen elende Schweine sind, erkennen, wie ehrenwert wir unser Dasein meistern, was für unerhört prächtige Burschen wir doch abgeben. Wir sind Deutschlands Zukunft, Mutter Tikkes. Das kostet dich für heute vier Gänge Abendessen und sechs Flaschen.«

»Trag mal erst diesen Korb mit Flaschen auf den Hof, mein Sohn. Dort stapelst du sie auf. Aber anständig. Keine Pfuschereien wie oben im Kasino. Und wenn du zurückkommst, erzähle ich dir, wer gestern abend hier war.« »Wer?« »Mit Dame. Als Ehrengast von Oskar.« »Mit Dame? Auch Händchengeben und so? Am Stammtisch? Unter der Fahne des Sieges?« »Geh schon und red hier nicht so viel rum. Ich erzähle dir alles, wenn du zurückkommst.«

Vogel tigert los. Die Flaschen scheppern bei jedem Schritt, als trage er die Gewehre einer ganzen Kompanie auf dem Buckel. Das ist doch eine Arbeit für Oskar! Richtige Blockwartsarbeit. Aber vielleicht ist der bereits zu hoheitsvoll für niedere Tätigkeiten und spart seine Kräfte haushälterisch für den Endsieg auf. Und ehe sich Mutter Tikkes ihr altes Kreuz verhebt, will lieber er ins Geschirr steigen. Da war also gestern einer hier, der ihn interessiert? Zu allem Überfluß noch mit Dame? Und diese beiden waren zärtlich wie junge Hunde? Doch nicht etwa Strick?

Er erhöht seine Arbeitsgeschwindigkeit; stapelt die Flaschen, eilfertig, als seien sie dringend für den Einsatz benötigte Munition. Kaum zu fassen! Dieser Kerl verzettelt sich in Poussagen. Läßt sich aushöhlen wie ein Baumstamm, der zu einem Kahn verarbeitet werden soll. Man soll das nicht für möglich halten: läßt sich zu Kleinholz verarbeiten, damit irgendein Luder seine niedlichen Pfoten daran wärmen kann.

Vogel eilt, den Korb hinter sich herschleifend, zurück an die Theke. »War etwa gestern abend mein Freund hier? Der Oberleutnant?« Mutter Tikkes nickt. »Mit Fräulein Oberst?« Mutter Tikkes nickt wieder. »Und beide krochen mit den Augen in sich hinein.« »Er mehr als sie.« »O Mutter Tikkes, der Bengel gerät auf Abwege. Dieses kleine, raffinierte Biest verspeist ihn glatt zum zweiten Frühstück. Und was bleibt für uns? Du hättest ihm Milch geben sollen und nach einer Viertelstunde einen Tritt in den Hintern.« »Sie haben zwei Flaschen getrunken.« »Und dann?« »Nichts: und dann. In meinem Lokal nicht.«

Der alte Tannert steckt seinen Kopf aus Mutter Tikkes Privatstube in das Lokal. »Kommen Sie nun, Vogel, oder nicht? Glauben Sie, ich habe meine Zeit gestohlen?« Er verschwindet und schließt die Tür wieder.

»Sieh dir doch nur diesen Karl an, Mutter Tikkes! Der spielt mit mir Partei. Da hast du mir aber ein nettes Früchtchen zugeschanzt. Der behandelt mich wie einen Schraubenzieher.« »Du solltest nicht soviel quatschen, du solltest was tun, Vogel.« Vogel karikiert Strammstehen: kurz einherredende Salzsäule: »Werde Flaschen aussaufen. Damit erneut leere Flaschen aufgestapelt werden können.« Er macht kehrt, rast, wie in den Hintern gestochen, in die Privatwohnung von Mutter Tikkes.

Der alte Tannert sitzt wartend am Tisch, gleich einem ungeduldigen Gläubiger. »Na?«, sagt er. »Was gibt es denn Neues, Vogel? Warum haben Sie mich rufen lassen?« »Um in Ihr liebliches Angesicht zu schauen, vermutlich.« Dieses »liebliche Angesicht« vor ihm ist zerknittert, wie eine aufgeblasene, getrocknete, jetzt zusammengeschrumpfte Schweinsblase. Vogel setzt sich ihm gegenüber. »Ehe ich es vergesse: Heil Hitler, Herr Tannert.« Er streckt die Hand aus als wolle er sagen: bis hierher kommt es mir hoch.

»Haben Sie schon viel getrunken, Vogel?« will Tannert wissen. »Wenn ich besoffen bin, dann deshalb, weil ich einige von Ihren Plakaten gelesen habe, Tannert. Zeigen Sie mal Ihre Flossen. Sie müssen sie ja blutig geschrieben haben. Sie legen sich mächtig ins Zeug, Tannert. Sehen Sie nur zu, daß Ihnen nicht mal vor lauter Bücken die Hose über dem Arsch wegplatzt.« Tannert blinzelt zufrieden. »Feine Arbeit, was? Die Texte sind unbezahlbar. Die ganze Kaserne ist ein einziges Witzblatt.«

»Aber dieser NSFO ist doch ein glatter Trottel!« »Das will ich gar nicht einmal sagen. Mir gefällt er.« »Zwei Wochen weiter so, Tannert, und Sie bewerben sich als SA-Anwärter.« »Oder Oberleutnant Strick macht allgemeinen politischen Unterricht über ›Das Kapital‹ von Marx.«

Vogel gleicht einem aufgeblasenen Frosch. Er droht zu zerspringen. »Der Kerl ist ein Trottel, sage ich. Weiter so und in drei Tagen jagt ihn der Oberst aus der Kaserne hinaus oder ihm drei Kugeln in den Bauch. Wissen Sie, was der macht? Der treibt sich mit diesem Luder Blaustrom herum.« »Ich weiß. Er telefoniert täglich mehrmals mit ihr.« »Und dann nennt er sie Schnucki und Mäuschen.« »Unsinn! Er sagt einfach: Eri.« »Einfach Eri! O heilige Einfalt! Wissen Sie, Tannert, was das bedeutet? Die kleine Bestie saugt ihn aus wie eine Auster und wirft dann den schäbigen Rest weg.«

Der alte Tannert ist gelassen wie ein gähnender Bernhardiner. »Vielleicht kennen Sie diesen Strick zu wenig, Vogel.« »Ich kenne ihn wie meine Westentasche!« »Sie haben doch gar keine.« »Werden Sie nicht albern, Tannert. Ich dachte, Sie würden mir helfen, dieses faule Stück Malheur von NSFO auf Schwung zu bringen. Aber Sie scheinen reine Vatergefühle für diesen unartigen Säugling entdeckt zu haben.«

Der alte Tannert drückt den Tisch unter seine breite, verkrüppelte Brust und zieht sich näher an Vogel heran. »Jetzt ganz ernsthaft. Glauben Sie, daß dieser Strick mitmachen würde?« Sie sehen sich prüfend an, als seien ihre Stirnen mit wichtigen Nachrichten beschriftet. Und Vogels Gesicht wird ernst, todernst. Es scheint eine Maske zu sein. »Mitmachen?« Und dann sagt er; wie ein Richter, der ein entscheidendes wohlüberlegtes Urteil verkündet: »Er muß.«

»Dann fragen wir ihn doch ganz offen.« »Das nutzt nichts. Er wird Ihnen eine völlig verdeckte Antwort geben. Ich weiß nicht genau, was er spielt. Fest steht nur, daß er allein spielen will.« »Dann bleibt nur noch übrig, Vogel, ihn vor vollendete Tatsachen zu stellen.«

Vogels Gesicht verliert an Starre, zieht jetzt krause Falten, wie die sahnige Oberfläche von frischgekochter Milch. »Und wenn er ganz anders reagiert als wir uns das vorstellen? Dieser Mann, Tannert, ist entweder eine ganz schwere Bombe oder ein gewaltiger Luftballon. Wenn er aber eine Bombe sein sollte, was dann, wenn er uns in die Luft jagt?«

Vogel geht unruhig im Raum umher. Gesenkter Kopf, gewölbte Schultern, hängende Arme: eine Trauerweide mit Beinen. Er wandert an den gekalkten Wänden vorbei, als schreite er verbittert vor Segeltüchern hin und her, in denen sich kein Wind fangen will. Mit schwarzem Papier verdunkelte Fenster. Jene Löcher, durch die er und seinesgleichen in die Welt blicken dürfen. Ein Fußboden wie gebohnertes Gebirge, von vier Füßen in vierzig Jahren glattgeschliffen. Menschenleben in Brettern eingetreten; man kann auf ihnen essen, man kann auf sie spucken, alles möglich, alles denkbar.

»Beantworten Sie mir eine Frage, Tannert. Ganz offen, ganz ehrlich. Ist, Ihrer Meinung nach, Strick ein Nationalsozialist?« Tannert bewegt den Kopf, als sei er eine Sonnenblume, die ein Wind sanft schaukelt. »Ja und nein.« »Ist er ein Gegner des Nationalsozialismus?« »Ja und nein.« »Dann ist dieser Kerl nichts!« »Er ist etwas, Vogel. Bestimmt sogar. Ich habe, solange dieser Krieg dauert, noch niemanden soviel arbeiten sehen wie ihn. Der Mann ist ein Motor, läuft pausenlos, ohne Brennstoff nachzufüllen. Aber wo er hin will, das wird nicht klar. Trotzdem bin ich fest davon überzeugt: er hat ein ganz bestimmtes Ziel.«

Vogel setzt sich wieder. »Jedenfalls werden wir nicht geduldig darauf warten, bis er gnädig geruht uns mitzuteilen, was er überhaupt beabsichtigt.« »Wir dürfen nicht unvorsichtig sein.« »Wir werden unsere Schnauzen zunähen, Wachs in die Ohren stopfen, dunkle Brillen tragen, uns irgendwo eingraben, einen großdeutschen Winterschlaf halten und nach dem Endsieg gestärkt erwachen.« Und ganz laut: »Mutter Tikkes! Wir wollen fressen!«

Mutter Tikkes schlurft herein. »Habt Ihr alles andere erledigt?« »Einen Dreck haben wir!« sagt Vogel. »Wir haben festgestellt, daß wir Idioten sind.« »Und dazu habt Ihr solange Zeit gebraucht? Ehe Ihr nicht fertig seid, kriegt Ihr nichts zu essen.«

Sie will gehen. Unwillig. Die Kerle reden, reden und reden. Nichts kommt dabei raus. Schleimen sich aus und kommen sich vor, als hätten sie wunder was geleistet. Ohne sie! »Frau

Tikkes«, ruft der alte Tannert. Mutter Tikkes schlurft ihm mißtrauisch entgegen. Tannert entnimmt seiner Hosentasche einen in Papier gewickelten Gegenstand, der nicht größer ist als eine normale Streichholzschachtel. »Legen Sie das zu dem übrigen«, sagt Tannert.

Mutter Tikkes ist unwillig; als fordere man von einem Kaninchen, daß es Gänse überwachen soll. »Ihr stapelt immer nur auf. Aber praktischen Wert hat das Zeug keinen.« »Was ist das, Tannert?« »Ein neues Dienstsiegel. Diesmal eine Nachbildung von dem des Generalkommandos. Sieben Nächte Arbeit.«

Vogel wundert sich weidlich. »Na und? Was ist das schon: sieben Nächte Arbeit? Erwarten Sie einen Orden, Tannert? Kann ebenso gut sein, daß Sie an Klaviersaiten baumeln werden, nachdem man Ihnen zuvor die Knochen eingeschlagen und die Eingeweide gelockert hat.« Tannert ist verärgert. Sein Gesicht ist graugelb, wie eine Zitronenschale, die lange im Wasser gelegen hat. »Sie reden zuviel Unsinn, Vogel.«

Mutter Tikkes möchte diesem frechen Lümmel von Vogel am liebsten eine langen; nicht allzu kräftig, aber deutlich hörbar. Es existiert nichts, das nicht von diesem respektlosen Bengel eilfertig zerredet wird. Der verarbeitet jedes Gefühl zu Häcksel. Selbst wenn er betet, wird er noch seine Gottlosigkeit preisen. »Und was ist das, was du mir vorige Woche abgegeben hast, Vogel?« »Bedrucktes Papier.«

Tannert schiebt sich zu Vogel hinüber. »Formulare?« »Einige leere Soldbücher, Dienstreiseausweise, Marschbefehle. Aber Mutter Tikkes hat recht. Wir stapeln hier nur auf. Und wozu? Eines Tages könnte Oskar auf die Idee kommen zu schnüffeln — und dann?« »Das macht Oskar nicht«, meint Mutter Tikkes überzeugt. »Dazu ist er zu bequem.« Tannert winkt ab. »Und selbst wenn er es tut. Glaubt jemand von euch, der wird damit zur Gestapo rennen? Im eigenen Haus gefunden! Die behalten ihn gleich da, das kann sich selbst Herr Tikkes vorher an den Fingern einer Hand abzählen.«

Vogel: »Aber wozu der ganze Kram!« »Wir müssen bereit sein. Es kann doch plötzlich eintreten, daß wir irgend jemand helfen müssen.« »Seit sieben Monaten lauern wir darauf.« »Und ist das eine Zeit, Vogel? Ich warte jetzt schon elf Jahre.«

Vogel klopft mit einem Bleistift gegen sein Weinglas. »Frau Wirtin! Für Herrn Tannert einen Orden. Für mich eine Flasche Wein.« Dann aber wird er ganz kalt und scharf, wie eine frische Rasierklinge. »Hört mal zu«, sagt er. »Wir sollten eine Generalprobe riskieren. Mit viel Alkohol und etwas Gottvertrauen läßt sich manches erreichen.« Er schlurft ein wenig Wein.

»Ich mache morgen vormittag noch einmal Steckbriefaufnahmen von den britischen Offizieren im Gefangenenlager. Ich habe erklärt, daß die vorigen nichts geworden sind. Ich habe den Zoowärtern gesagt: Eure Gefangenen haben zu blöde Schnauzen, das reißt einem den ganzen Film in Fetzen. Ich habe nun während dieser Aufnahmen einem englischen Captain einen Zettel in die Hand gedrückt. Heute nachmittag war ich im Kriegsgefangenenlager, um einen neuen Aufnahmetermin festzusetzen. Der Captain stand am Zaun und bohrte sich im linken Ohr. Das war das Zeichen, daß er mit meinem Vorschlag einverstanden ist. Wir werden alle Vorbereitungen treffen, daß er in drei Tagen, also am Montag, türmen kann.«

Mutter Tikkes füllt schweigend nach. Der Wein fällt glucksend in das Glas, als ertrinke jemand im Moorwasser, ohne Röcheln; nur wenige Luftblasen an der Oberfläche, wie ein samtweiches Zerplatzen, aus. »Halten Sie sich für Montag abend hier bereit, Tannert. Wir wollen mal sehen, ob die von Ihnen fabrizierten Dienstsiegel brauchbar sind. Die Visage dieses Captains habe ich ja bereits. Ich werde sie zwischen die Schultern einer großdeutschen Oberleutnantsuniform montieren. Richten auch Sie sich darauf ein, Mutter Tikkes. Sie bekommen am Montag abend Besuch. Ein Oberleutnant. Passen Sie auf, wenn das so weiter geht, wird Ihre Schenke noch Verkehrslokal für das Offizierkorps.«

Der alte Tannert zieht langsam ein Glas zu sich herüber, im Wolgaschleppertempo, mit ähnlichen schweren Bewegungen. Arme wie mit Blei gefüllt. Zentnerlast auf dem Rücken. Krumm und schleppbereit. »Ein Oberleutnant also«, sagt er ruhig, fast ergeben.

»Sie haben es genau erfaßt, Tannert. Den einen bringen wir in Sicherheit, den anderen sichern wir uns im gleichen Arbeitsgang. Dieser Strick muß Farbe bekennen.« »Und wenn er das tut?« »Dann haben wir durch ihn die ganze Kommandantur in der Tasche.« »Und wenn er das nicht tut, gehen wir hoch.«

»Wir haben sowieso einige Zentner Pulver unter dem Arsch. Es gibt viele Arten, in diesem Schlachthaus zu krepieren. Wir haben wenigstens alles getan, um zu wissen, wofür wir in die Grube fahren. Was schaust du mich so blöd an, Mutter Tikkes. Noch modere ich nicht. Oder stinke ich etwa schon? Wenn du nicht bald was zu essen bringst, werde ich hier in deinen mütterlichen Armen vor Hunger verrecken.«

Der Krieg versinkt, die Welt ist voller Freuden, es ist eine Lust zu leben. Denkt Strick.

Der Main liegt ruhig da; eine reife Frau, von Rubens gemalt. Sein Wasser gleitet träge wie schwerflüssiges Blut in einem von Sonne durchpulsten Körper. Geschmolzenes Gestein, fließend wie Lava, aber kühl, fast schon erstarrt.

Das Gras, auf dem sie ihre Decken ausgebreitet haben, ist ausgetrocknet und brüchig, als sei die Wiese eine aufgerissene Matratze. Der Himmel wie ein weitgespanntes Fahnensegel der Gelassenheit, blaßblau wie ein seidener Bettbezug in praller Sonne. Strick atmet schwere, herbe Süße eines sich der Hitze entgegendrängenden Bodens. Und er atmet Erika: Fleisch und Parfum, von der Tagesglut zusammengekocht.

Der Krieg ist fern wie ein Eskimozelt. Der Main verliert sich in Fetzen einer monotonen Melodie. Erika, im Badeanzug auf der Decke neben ihm, atmet mit tiefen, gedehnten Zügen. Ein Flugzeug durchfährt mit lästigem Geräusch den Himmel. Wie ein randalierendes, stinkendes Kinderdampfschiff, das sich durch einen Goldfischteich drängt. Wie an unsichtbaren Drähten mit mechanischer Gleichmäßigkeit dahingezogen.

Sofort ist es Strick, als sehe er technische Einzelheiten: Führerkanzel, MG-Stand, Bombenschächte. Eine Flakbatterie würde jetzt durch den Schrei: »Fliegeralarm« an die Geschütze gerissen werden. Der Entfernungsmesser tastet sich mit der Meßmarke an das Objekt. Ein Kommandogerät beginnt zu schnurren. Kurven überspielen sich und lösen elektrische Stromstöße aus. An den Geschützen blitzen Lampen auf und umeilen mit nervöser Hast die Empfängerkränze. Rohre kurbeln hoch. Die Krallen der Zünderstellmaschine schnappen nach dem Geschoßkopf. Der Verschluß bleckt sein Maul auf und will Munition fressen.

Aus. Strick schließt die Augen, um das dahingleitende Flugzeug nicht mehr zu sehen. Das Geräusch aber drängt sich tiefer in seine Ohren, als sei ihm das Flugzeug durch ein Luftloch um Kilometer nähergestürzt. Motorenlärm bohrt an ihm wie mit Korkenziehern. Er preßt die Hände an die Ohren, als müsse er sie davor bewahren abzufallen. Im Kopf rauscht ein Wasserfall. Kein Main mehr vor ihm. Keine Erika neben ihm. Krieg ist. Nichts als Krieg.

Er öffnet die Augen weit wie Scheunentore. Die Hände greifen unter seinen Kopf und richten ihn auf, damit er das Ziel besser erkenne. Er schätzt Flugrichtung und Geschwindigkeit. Er macht den Flugzeugtyp aus. He 111. Elende Mühle. Benzinfressender Schrott.

Erikas Hand schiebt sich zu seinem Arm vor, umspannt ihn sanft, feinnervig, tastend, als wolle sie die Qualität seiner Muskeln prüfen. »Schläfst du?« »Kann man in deiner Gegenwart schlafen?« »Und nachher?« »Immer gut.«

Eri legt sich auf den Bauch, stemmt die Ellbogen auf die Decke und zieht sich näher zu ihm heran. »Geht auf deiner Dienststelle alles gut?« will sie wissen. Strick sieht in das Gesicht, das sich zu ihm beugt. Schön wie Bilder schön sind, lebendig obendrein. Am lebendigsten die glitzernden Augen, Waldseen mit auswechselbarer Tiefe; Abgründe unter glatter Oberfläche ebenso wie die Knöchelhöhe einer aufgeschwemmten Regenpfütze. Und kalt, fast immer eiskalt. Und in den Minuten letzten Vergessens abgeschlossen wie ein Panzerschrank.

»Das interessiert dich, Eri?« Er spielt mit ihren Haaren, die ihm wie ein ausgefranster Seidenvorhang ins Gesicht hängen. »Ich möchte dich nicht so leicht verlieren«, sagt Erika, prüfend wie ein Experte, der eine Radierung betrachtet. Und sie sagt weiter: »Du hast hier nicht sehr viel Freunde.«

Strick tastet sich versonnen zu ihrem Ohr und gleitet mit den Fingerspitzen zart über den samtenen Rand. »Ich weiß. Aber es stört mich nicht. Ich habe es nicht anders gewollt.« Und, mit Augen in denen ein Vorhang gefallen ist, sagt sie jetzt: »Du könntest, wenn du wolltest, selbst den Oberst um seine Stellung bringen.«

Strick fährt in den weichen Nacken, der sich ihm entgegenschmiegt. »Du bist eine Frau, um derentwillen man einen Mord begehen oder eine Stadt einäschern kann. Du bist selbst so stark, daß der Krieg dahinter verschwindet wie ein Maulwurfshügel, der zu Füßen des Mont Blanc aufgerichtet wird. Du kriegst es sogar fertig, mich einen ganzen Nachmittag von meiner Dienststelle abzuhalten.«

Er steht auf und beginnt sich anzukleiden. »Du kommst später nach?« Erika visiert über ihre Zehen einen Punkt am gegenüberliegenden Mainufer an. »Anders geht es nicht«, sagt sie, dabei die niedlichen Zehenspitzen bewegend, als wolle sie ihren Namen in die flirrende Luft schreiben.

»Kann ich dir eigentlich irgendwie helfen?« Der Fuß beschreibt ein großes Fragezeichen, krumm und höckerig wie der Rücken der Kamele. »Es ist schon viel für mich, daß es dich gibt.« »Und sonst?« Sie setzt mit gespreizten Zehen einen Punkt in die zitternde Hitze, als werde ein Geleepudding angestippt.

Strick stößt seine Beine in die Stiefel. »Mach ruhig weiter, was du immer machst: deine kleinen Ohren und deine großen Augen weit auf. Und wenn du glaubst, daß mich irgend etwas besonders interessiert, kannst du es mir sagen. Oder, noch besser, zur Einsichtnahme vorlegen.« »Vielleicht tu ich das mal.«

Strick, angezogen, läßt sich neben ihr nieder. »Und warum?« Eri gleitet auf den Rücken wie eine Katze, die mit einem Knäuel Wolle spielen will. Sie streckt ihre Arme weit aus und sieht, wie ihre gepflegten Hände nach dem glatten Seidentuch tasten, das Himmel genannt wird. »Warum eigentlich? Vielleicht verspreche ich mir etwas davon. Vielleicht bin ich der Meinung, daß es sich lohnen könnte. Vielleicht liebe ich dich auch nur. Alles möglich.«

»Und der Oberst?« Eri läßt ihre Hände sinken, legt sie sich auf die Schultern, zieht die Beine ein. Ein Igel, der sich zusammenrollt. »Wir wollten dieses Thema vermeiden.« »Es wird auf die Dauer nicht möglich sein.« »Du solltest es für unwichtig halten.« »Ist es das, Eri?« »Du wirst zu spät zu deinem Dienst kommen«, sagt sie nur.

Die durch Geiger herbeigeschleppten Personalpapiere von Hauptmann Wolf sind eine gelinde Enttäuschung. Keine Besonderheiten. Auch die darin enthaltenen Lobeshymnen sind nichts Ungewöhnliches. Partei und Wehrmacht bezeugen Diensteifer, Pflichtgefühl, Nationalbewußtsein, Treue und Verläßlichkeit. Keine Schweinerei, die aktenmäßig festgelegt worden ist.

Dabei sind diese Papiere offensichtlich frisiert. Einige Unterlagen scheinen zu fehlen. Auch das Inhaltsverzeichnis auf der Innenseite des Deckels ist einfach herausgerissen. Scheinbar schon vor einiger Zeit. Kaum anzunehmen, denkt Strick, daß das Geiger zurechtgestutzt hat, bevor er es ihm anlieferte. Das möchte er ihm auch nicht geraten haben; er würde ihn an dem langen Hals packen und, wie es mit zischenden Gantern zu geschehen hat, mehrmals im Kreise herumwirbeln.

Er könnte den dicken Oberwachtmeister Demuth auflokkern und dann kneten wie einen Klumpen feuchten Lehm. Aber Demuth ist nur Ia-Schreiber. Der verändert keine Personalpapiere. Der stellt sie nur zusammen. Betätigt sich als Handlanger. Und der macht gewiß nur das, was in den Vorschriften steht. Zwar ist das viel, aber nicht alles. Und selbst wenn die aufgequollene Runkelrübe Demuth um herausgerissene Papiere weiß, herbeischaffen kann er sie doch nicht mehr. Lassen wir also den Dicken ruhen.

Aber dann reicht das, was er bisher an Unterlagen besitzt, nicht aus, um Wolf wie über einem Gaskocher zu schmoren. Er hat vier Vernehmungen vorliegen. Eine davon sagt über eine Bestechung aus. Eine andere behauptet eine Unterschlagung. Eine dritte spricht von Bedrohung. Die vierte beweist die Schädigung des Ansehens der Wehrmacht. Alles Lappalien. Kommen hinzu seine Nachforschungen über Unterschleifen bei der Marketenderwarenverteilung. Die Zahlen sind einwandfrei, sind sogar sehr hoch, aber sie reichen auch nicht aus, um Wolf in ein stattliches Spanferkel zu verwandeln. Außerdem geht es Strick gar nicht um Wolf. Er will Wolf abservieren, aber zunächst Rabe damit treffen. Später andere.

Sein Dienstzimmer, also das des NSFO, ist ein großer, heller, stattlicher Raum. Das NS-Aquarium. Regale, angefüllt mit gesinnungstreuer Literatur. Alles was die Standortbibliothek an nationalsozialistischem Gedankengut besaß, hat er, Strick, ausgezogen und in seinem Dienstzimmer als Arbeitslektüre abgestellt. Wer nicht lesen kann, erkennt dieses Geistesgut daran, daß auf ihm eine dünne Staubschicht lagert; gereinigt darf das nicht werden, es könnte sonst zu Beschädigungen kommen und die seien zu vermeiden. Zwei Reihen Bücher im Regal sind verbotene Literatur. Durch das Schild, in lateinischer Schrift, gekennzeichnet: Schmäh- und Schundliteratur. Diese Bücher erfreuen sich weiter Beliebtheit. Aus ihnen zitiert Strick in seinen Unterrichtsstunden, liest ganze Kapitel daraus vor, bespricht sie, um so, durch das Objekt selbst, Abscheu zu erwecken. Diese Bücher verleiht Strick persönlich an Interessierte und spricht immer sehr gerne und sehr lange mit den Entleihern.

Ein mächtiger Schreibtisch fast mitten im Raum; ein Herd, auf dem ausgekochte Gedanken zu Papier gebracht werden. Vor dem Schreibtisch ein karger Stuhl, kantig, wie aus Stein gehauen; kein Besucher fühlt sich auf ihm länger als drei Minuten wohl. In einer Ecke zwei bequeme Sessel, dazwischen ein Tischchen, auf dem verbotene Bildbände vorzufinden sind, zur flüchtigen Lektüre geeignet. Aufrichtung der Gesinnung durch die Demonstration des Scham- und Kulturlosen. Das beliebteste Buch, immer wieder von internen Kreisen verlangt, ist: Deutschland, Deutschland über alles, von Kurt Tucholsky.

Der alte Tannert hat eine Art Kelleratelier eingeräumt bekommen und fertigt dort serienweise Plakatentwürfe an. Magda Tannert arbeitet im Nebenraum. Anders wäre es Strick nicht möglich. Er kann diese Magda nicht um sich haben. Man hängt keine weiße Wäsche in einer Kneipe auf. Wo Magda hintritt, wachsen zarte Blumen; er trampelt da nicht gerne herum. Magda wandelt wie in einem Glasturm. Sie ist zuverlässig wie ein Diktaphon, pünktlich wie eine elektrische Uhr, verschwiegen wie ein Pyramidengrab. Alles ausgezeichnete Eigenschaften. Aber nicht zugänglich, nicht aufgeschlossen; ein totes Tal, ohne Echo.

Aber jetzt braucht er Magda. Mit ihrer Hilfe wird er die Mauer nehmen, die Rabe um sich aufrichtet, wird er den Gesinnungswall des Unerschütterlichen durchstoßen. Wolf ist dabei so etwas wie ein Sturmelefant; er wird ihn umlegen, seinen Kadaver als Mauerleiter benutzen, als herangetragenen Klumpen, den man gegen den Wall klebt, die ihn umgebende Erde also erhöht und somit der Mauerkrone näher kommt.

Magda Tannert betritt, auf sein Klingelzeichen, den Raum mit einem Stenogrammblock. Steht da wie ein Fliederbusch im schönsten Frühling. Lieblich und blaß. Haltung wie ein Windhund. »Setzen Sie sich, bitte«, sagt Strick. Magda nimmt auf der vorderen Kante eines Sessels Platz und legt ihren Schreibblock auf den kleinen Tisch. Der schlanke Windhundkopf sieht zu ihm auf. Sprungbereit. Er kann diktieren. Ihre Finger werden über das Papier jagen. »Lassen Sie das«, sagt Strick. »Ich möchte mich mit Ihnen unterhalten.«

Zwischen ihm und Magda befindet sich der große Schreibtisch, zwei Meter Leere, die achtzig Zentimeter breite Tischplatte. Diese Entfernung läßt Magda gelten. Sie schaut ihm aufmerksam entgegen, wortlos. Eine junge Dame auf eigenem Gelände, hohe Drahtzäune um sich. Hinschauen kann man, sich nähern nicht. Ihre Augen sind wie Verbotstafeln.

Dieser Balg vor mir ist eine Schneegans, denkt Strick. Eiswasser in den Adern und Gefrierfleisch um die Knochen. Spart sich auf, konserviert sich ein. Glashaus. Ich werde da mal mit Steinen hineinwerfen oder sie, wenn das noch nichts hilft, mit einem Schneidbrenner auftauen.

»Was haben Sie früher auf der Kommandantur getan?« »Ich war Hilfskraft beim Rechnungsführer der Wachkompanie.« »Ihr Batteriechef war also Hauptmann Wolf?« »Ja.« Jetzt schleudert Strick einen faustgroßen Brocken zu Magda hinüber. »Wollte Wolf irgend etwas von Ihnen?« Magda reckt sich. Ein makelloser Schwan, der beleidigt, da mit Kanten und nicht mit Weißbrot gefüttert, durch den Weiher zieht. »Wie soll ich das verstehen?«

Strick wird massiver. Es muß jetzt klirren und splittern. Eishackerei. »Ich meine damit nichts anderes als mehr oder weniger deutliche Annäherungsversuche. Hat er Sie jemals unter das Kinn gefaßt oder irgendwo anders hin? Hat er Ihnen nachgestellt, im Keller oder in der Kanzlei? Hat er Sie zu sich geladen oder bedrängte er Sie im freien Gelände? Sind solche Sachen passiert?«

Magda platzt nicht. Sie bröckelt auch nicht ab. Sie scheint aus Hartgummi zu sein. Es ist, als habe er vom Wetter gefaselt. Freundliche Aufmerksamkeit strahlt ihm gedämpft entgegen. Lächelnde Lilie, verbindliche Unschuld. »Warum wollen Sie das alles wissen?« »Vermutlich um mich daran zu erbauen. Schweinische Geschichten sind eine Leidenschaft von mir. Ich werde sie in gedämpften Tönen den Damen des Offizierskorps weitererzählen, und die werden darüber wollüstig empört sein.« »Und was ist der wirkliche Grund?«

»Sehen Sie hierher!« Er hält die Vernehmungen und Berechnungen hoch wie ein Bündel Kohlblätter. »Daran soll Wolf ersticken. Aber ich bin nicht voll überzeugt, ob das ausreicht. Ich brauche noch einen zusätzlichen Brocken, damit ihm die Luft wegbleibt.« Magda ist sanft und zart wie die Haut eines Pfirsichs: »Die eidesstattliche Erklärung über den Versuch einer Vergewaltigung.« Strick ist wie mit einem Holzhammer vor den Kopf geknallt. »Genau das«, sagt er mühsam.

Magda erhebt sich; wie ein Reh, das graziös an die Tränke steigt. »Ersparen Sie mir, von Ihnen in dieser Sache vernommen zu werden. Ich kann mir denken, was Sie interessiert. Ich werde für Sie eine eingehende Vernehmung aufsetzen und unterschreiben. Sie brauchen dann nur noch gegenzuzeichnen und es ist ein amtliches Dokument. In einer halben Stunde, glaube ich, bin ich fertig.«

Die Windhündin verläßt auf Samtpfoten den Raum und zieht die Tür ins Schloß. Strick sitzt an seinem Schreibtisch als habe er eine Fata Morgana gesehen.

Nach fünfundzwanzig Minuten ist Magda wieder da. Eine Vernehmung, vier Durchschläge. »Mit dem Gegenstand der Vernehmung vertraut gemacht und zur Wahrheit ermahnt, sage ich hiermit folgendes aus.« Folgt ein sachlicher Sittenroman: Unter dem Vorwand Belege prüfen zu wollen auf das private Zimmer befohlen. — Likör angeboten, abgelehnt. — Bei Unterschriften dicht über die Schultern gebeugt. — Versuch sie zu berühren. — Scharfe Zurückweisung. — Brutaler Zugriff, ohne Übergang, in gefährlichste Zentren weiblicher Besonderheiten. — Kurzes Ringen. — Flucht.

Strick glüht wie eine reife Tomate. Magda ist blaß wie Löschpapier. Strick, der längst den Inhalt in sich aufgenommen hat, starrt auf die Vernehmung, als wolle er Löcher darin bohren. Genau so hat er sie sich vorgestellt. Ganz anders aber hat er die Reaktionen von Magda erwartet. Ganz anders. Er hat sie nie gekannt. Nichts wußte er von ihr. In dieser Eishöhle schlummert eine Bärenmutter. Sie ist imstande, jeden wortlos zu zerfetzen, der unerlaubt in ihre Bereiche eindringt. Sie ist bedrohlich still, aber sie ist nicht stumm. Sie ist verschwiegen, aber im entscheidenden Augenblick alles andere als schweigsam. Und — sie vergißt nichts. Sie ist sofort da, wenn sie eine Bereinigung der ihr angetanen Beschmutzung wittert. Er ist ein Narr; er hat einen Adler für eine Gans gehalten.

Seine grobkörnige Überlegenheit schwindet vor diesem kühlen Schneegesicht wie die Luft aus einem angestochenen Schlauchboot. Er ist sehr ernst. »Glauben Sie mir, ich schäme mich für dieses Schwein.« »Warum? Sie können doch nichts dafür.« Strick müht sich um Härte. Sagt nach einigem Zögern: »Wir tragen die gleiche Uniform.«

Magda sieht ihn weich an, wie eine Schwester ihren Bruder ansieht, von dem sie sich, wider jedes Erwarten, verstanden fühlt. »Es ist nicht nötig, daß Sie in meiner Gegenwart nach Ausreden suchen. Ich verstehe Sie. Sie brauchen vor mir nicht auszuweichen.« Strick brüchig, als halte jemand seine Kehle umklammert. »Was glauben Sie zu wissen?« »Alles.«

Das helle Nachmittagslicht flirrt in zitternden Streifen. Grelle Sonne flutet herein wie Wasserwogen. Magda sagt, wie zu sich selbst: »Ich kann auch nicht ausweichen. Sie kennen doch mein Leben, wie man ein Dasein aus Akten lesen kann, wenn man Fantasie besitzt. Sie haben meinen Vater seiner Gesinnung wegen blutig geschlagen, vor den Augen eines zehnjährigen Kindes. Mit diesem Bild bin ich aufgewachsen. Ich will eine Zeit erleben, die es auslöscht.«

Strick springt auf. Der Stuhl hinter ihm poltert zu Boden. Er weicht, wie gezogen, einen Schritt zurück. Dann steht er unbeweglich, wie eingerammt. Aber seine Hände flattern, als preßten sie eine Bohrmaschine in störrischen Asphalt. Er krampft sie versteckt zu Fäusten zusammen, so eine Bändigung versuchend. Er sieht Magda wie in einem weiten Tal, unerreichbar, getrennt, nicht zu verstehen. Dann sprudelt es aus ihm wie aus einem Quell.

»Sie scheinen mich maßlos zu überschätzen. Ich bin kein Planender, Magda. Ich bin ein ziellos Gehetzter, ein Getriebener mit dem Instinkt eines Tieres, ein Amokläufer aus zertretenem Gerechtigkeitsgefühl. Hängen Sie Ihre Gedanken nicht an mich. Machen Sie mich nicht unsicher. Sehen Sie mich nicht an. Ich bin nichts anderes als ein Hassender. Ein Fanatiker aus Ehrgeiz oder Demütigung. Ich bin in meinen Entschluß hineingefallen wie ein Blinder in einen tiefen Brunnen. Ich bin hilflos. Magda. Ausgeliefert.«

Er fühlt sich von Magda entkleidet. Ein weiter Mantel ist fortgerissen worden. Es ist als sei er dazu gedrängt worden, den Abgrund vor sich zu erkennen. Und das heißt: er muß springen! Man will ihn zu einem Schritt zwingen, bei dem er abstürzen kann, haltlos, endlos, in das Nichts. Er sucht der sanften Gewalt dieser Mädchenaugen zu entkommen. Er sollte sie hinauswerfen, sie stoßen, in eine völlig falsche Richtung hinein, um so einem Wege ausweichen zu können, der ihn anzieht wie ein riesiger Magnet. Er überschreit das Gespräch seiner Gedanken.

»Kommen Sie mir nicht mit Ethos, Gerechtigkeitsfanatismus, Widerstandsbewegung und diesem Quatsch. Wir sind im Kreuz zerbrochen und kriechen nur noch durch den Dreck. Was unsere eigene Führerschicht nicht schafft, das liefern die anderen, freundlich dazu aufgefordert, gratis hinterher. Jeder hat nur noch Mut bis zum Ableben seiner nächsten Angehörigen.«

Magda, ganz leise, als berühre sie ihn mit zärtlicher Nachsicht: »Warum fürchten Sie sich vor Ihrer Sehnsucht nach einem anderen Deutschland?«

Strick schreit auf, als sei seine verborgenste Stelle schonungslos freigelegt worden. »Raus! Gehen Sie hier raus! Ich kann Ihr albernes Geschwätz nicht mehr hören. Sie verwirren mich. Ihre Ansichten sind die eines Säuglings. Warum gehen Sie denn nicht? Was wollen Sie denn noch?«

Magda lächelt ganz still, ganz verhalten, kaum sichtbar. Ein Lächeln wie beim Erkennen einer verborgenen Schönheit. Verwunderung, die kaum geahnte Dankbarkeit ist. Sie schreitet zur Tür, verharrt dort, als fühle sie sich angerufen. Wendet sich um, sagt: »Ich würde mich sehr freuen, wenn Sie mich Magda nennen.«

»Es ist gut«, sagt Strick matt. Er ist wie ein Tal, das ein heftiger Regen voller Geröll gespült hat. Er fühlt sich leer wie ein Schlauch, der gierig ausgetrunken wurde. Schlaff und zerfallen. Nicht mehr wert als fortgeworfen zu werden. »Vergessen Sie, was wir gesprochen haben.« »Ich werde es für mich behalten.« »Ich danke Ihnen, Magda.«

Strick führt ein Telefongespräch mit Kriminalinspektor Gareis.

Natürlich könne Strick, so bestätigt ihm Gareis freundlich, verhaften wann, wo und wen er wolle. Dazu sei er in seiner Dienststellung berechtigt. Besser aber noch, der Oberst selbst spricht die Verhaftung aus. Aber nichts ohne Beweise! Zur Not genügen auch dringende Verdachtsmomente.

Der weitere Ablauf sei einfach. Die erfolgte Verhaftung müsse den zuständigen Justizbehörden, also hier wohl dem Kriegsgericht, gemeldet werden. Tatbericht anbei. Nun seien aber, darauf weise er, Gareis, in Besonderheit hin, zur Zeit die Zuständigkeitsverhältnisse nicht ganz einfach zu überblicken. Sollte er, Strick, hier irgendeine kräftige Unterstützung brauchen, so werde er, Gareis, sie ihm gerne geben.

»Sie sind doch aber, Herr Inspektor, nur für politische Fälle zuständig.« »Lieber Herr Strick, heute ist alles politisch, wenn man es nur genau betrachtet. Und ist dieser Mann, den Sie verhaften wollen, nicht etwa auch Parteigenosse? Na, also! Das habe ich mir denken können. Sagen Sie mir einfach, was Sie von dem Kerl gerne herauskriegen möchten. Sobald er bei mir ist, haben Sie knappe 24 Stunden später alle Unterlagen, die sie brauchen.«

Strick spürt wie Gareis genußvoll grinst; er ist dabei nicht einmal ohne, soweit das bei ihm überhaupt möglich ist, knorrige Herzlichkeit. Strick verdankt er den amüsanten Tanz mit dem Bahnhofskommandanten, die einzig wirklich unterhaltsamen Angelegenheit der letzten Wochen. Das verpflichtet.

»Und dann, mein lieber Herr Strick, noch einen guten Rat: rufen Sie vorher Keßler an.« »Sie glauben, das ist nicht zu vermeiden?« »Es ist besser so. Keßler, wie ich ihn kenne, macht da gewiß keine Schwierigkeiten. Aber es ist nicht ratsam, ihn zu umgehen. Außerdem wird durch seine Beteiligung, was nicht unwichtig ist, Ihre Stoßkraft größer. Und noch eins: es ist dabei nicht unbedingt nötig, daß Sie Keßler aufbinden, daß Ihr neuestes Opfer auch Parteigenosse ist. Der könnte das ...«, und hier räuspert sich Gareis mit freundlichem Hohn, »... falsch verstehen.«

Das zweite Telefongespräch ist kurz und nicht minder aufschlußreich.

»Selbstverständlich«, ruft Keßler, daß die Drähte klirren, »lochen Sie diesen Kerl ein. Ohne Rücksicht auf Verluste. Nur so weiter. Diese Burschen kriegen wir schon klein.«

Strick begibt sich auf den Sportplatz, der in einer Ecke des umfangreichen Exerziergeländes angelegt ist. Dort findet, jeden Mittwoch von 18 bis 19 Uhr, allgemeiner Offizierssport statt. Das ist eine Einrichtung des Obersten, dem vom Arzt Bewegung befohlen worden ist und der es nun vorzieht, solche Anordnung nicht ohne Begleitung zu absolvieren.

Dieser Offizierssport ist großzügig organisiert. Jeder übt, was ihm Spaß macht. Ein Geräteunteroffizier, von zwei Soldaten tatkräftig unterstützt, hat mit einem Handwagen alles herbeifahren lassen, was unter Umständen benötigt werden kann. Handbälle, Fußbälle, Faustbälle, Medizinbälle, Schleuderbälle, Punchingbälle, Schlagbälle, Tennisbälle. Und dann die Schlaggeräte, Meßbänder, Schnüre, Ständer und Latten. Alles zur gefälligen Verfügung.

Leutnant Rabe umkreist, die Stoppuhr in der Hand, mit beschleunigtem Dauerlauf den Sportplatz. Er will die letzte durch ihn erreichte Zeit für 5 km noch um mindestens drei Minuten unterbieten. Hauptmann Wolf wirft einen Medizinball in die Luft und versucht ihn wieder aufzufangen. Der Stabsintendant bemüht sich seit 30 Minuten vergeblich um einen Partner für das Tauziehen.

Oberst Müller spielt mit Hauptmann Geiger Faustball. Hinter Oberst Müller bewegt sich in respektvoller Entfernung der Gefreite Hoepfner und fängt alle Bälle ab, die zu weit gehen oder durch Unachtsamkeit dem Bereich des Obersten entrollen. Aber das geschieht selten; Geiger spielt jeden Ball sorgfältig zu, langsam, mit ausladenden Bewegungen, wie im Zeitlupentempo.

Auf diese beiden bewegt sich Strick zu, eine Aktenmappe unter den Arm geklemmt. Der Oberst sieht ihm, in seiner Eigenschaft als Sportler, mit jener gemischten Empfindung entgegen, die ein edles Roß beim Anblick eines Traktors packen muß. »Wichtige Dinge? Mitten im Sport? Hat es bisher nicht gegeben, Strick.« Müller faustet den Ball zurück. Strick sagt freundlich: »Die Unterlagen für eine Verhaftung, Herr Oberst.«

Geiger schlägt den Ball sanft hinüber. Er prallt in der Nähe des Obersten leicht auf, wird nicht angenommen, federt in immer kürzeren Sprüngen weiter rückwärts, wo der Gefreite Hoepfner sich eilfertig über ihn stürzt. Der Oberst geht auf Strick zu. »Sie wollen schon wieder jemand verhaften? Ja, Mann! Glauben Sie denn, das ist so eine Art Sonntagssport? Wer soll denn diesmal daran glauben?« »Hauptmann Wolf.«

Der Oberst atmet tief ein. Die mächtige Brust weitet sich unter dem dünnen Trikot, der Bauch verliert dadurch erheblich an Wölbung. »Ausgeschlossen«, sagt der Oberst fest. »Daraus wird nichts.« Er läßt sich von Hoepfner den Ball zuwerfen, doch ehe er ihn faustet, meint er: »Sie wollen wohl langsam die ganze Kommandantur hinter Schloß und Riegel setzen? Schlagen Sie sich gefälligst derartige Holzhackerideen aus dem Kopf.« Strick schwingt die Aktenmappe lässig in der herabhängenden Hand, wie ein Torero, der ein rotes Tuch in Bereitschaft hält.

»Herr Oberst, wir können nicht mehr zurück.« Der Oberst läßt den erhobenen Ball langsam wieder sinken, sagt dann: »Wir? Warum wir? Ich habe mit Ihren ausgefallenen Ideen herzlich wenig zu tun.« »Hätten wir nur auf uns und unsere Überzeugungen Rücksicht zu nehmen, Herr Oberst, es gäbe keine Probleme.« »Reden Sie doch nicht herum! Ihr Vorgehen gegen Wolf werde ich niemals unterstützen. Hier geht es um meine Offiziersehre. Da lasse ich nicht locker.«

Müller versetzt dem Faustball einen kräftigen Schlag. Der prescht zitternd in die Luft, jagt über die Schnur, weit in das Feld von Geiger hinein. Der springt danach, erreicht ihn nicht mehr und der Ball fällt ins Aus. »Wie Sie befehlen, Herr Oberst«, sagt Strick gelassen. Es ist als klappe er den Aktendeckel lässig zu. »Ich bedaure das sehr. Ich gönne, aufrichtig gesagt, Keßler diesen Triumph nicht.« Der Oberst wendet sich schroff vom Faustballfeld ab. »Wieso? Diesen Keßler geht das hier einen Dreck an.«

Der Oberst verläßt das Spielfeld, packt Strick unwillig an den rechten Arm und beginnt mit ihm einherzuwandeln. »Also? Was hat Keßler damit zu tun?« Strick mischt aufrichtige Bemühung, ehrliche Warnung und tiefes Bedauern miteinander. »Womit hat Keßler nichts zu tun, Herr Oberst? Sie wissen selbst am besten, wie stark er an allem hier interessiert ist. Ändern können wir das leider nicht. Aber wir können ihn zu täuschen versuchen.« »Weiter«, sagt der Oberst ungeduldig in Stricks Kunstpause hinein, als dränge es ihn, zu seinem Spiel zurückzukehren.

»Sie kennen das Mißtrauen dieses Keßler, Herr Oberst. Es wird Ihnen nicht entgangen sein, daß er kein Freund der Wehrmacht ist. Und kein Freund — um ganz offen zu sprechen — von Ihnen, Herr Oberst.« Müller reckt sich, als suche er kampfbereit einen neuen Gegner für eine Partie Faustball. »Das erregt mich nicht im geringsten.«

Sie ziehen einen großen Bogen um Hauptmann Wolf, der die vorhandenen Medizinbälle auf ihre Schwere hin prüft und offenbar nach dem leichtesten trachtet. Der Stabsintendant hat das Tau ausgelegt und abgemessen. Leutnant Rabe läuft keuchend und schweißglänzend an ihnen vorüber. Major Wittkopf, der Kommandeur des Ausbildungsbataillons, überprüft zwei Stoppuhren und vergleicht, ob sie auch noch nach sieben Minuten Laufzeit auf eine Zehntelsekunde genau übereinstimmen.

»Leider«, sagt Strick, »müssen wir mit diesen Keßlertypen rechnen, Herr Oberst. Aber wir sollten ihnen zuvorkommen. Was wir hier auf unsere Art bereinigen, kann er nicht mehr für seinen persönlichen Triumph ausnutzen. Er verliert dadurch an Wert.« »Mag sein«, sagt der Oberst nachdenklich.

»Keßler verdächtigt Sie, Herr Oberst. In jedem Telefongespräch erwähnt er Ihren oder Wolfs Namen. Ich habe ihm, gerade vor einer Stunde etwa, in aller Deutlichkeit erklärt, daß ich seine Sorgen für unbegründet halte. Ich habe behauptet, daß *Sie*, Herr Oberst, während *er* immer noch debattiert, bereits die Initiative ergriffen hätten.« Der Blick des Obersten ist der eines Wolfes, der sprungbereit auf der Lauer liegt. »In welcher Form habe ich das?«

Strick mit der ganzen überzeugenden Ehrlichkeit eines Viehhändlers: »Opfern Sie Wolf. Gewiß, er mag nützlich gewesen sein, aber er wird sich ersetzen lassen. Der Mann schädigt im Grunde mehr, als sich durch ihn einbringen läßt. Er hat in seiner blöden Gier derartig dumm gehandelt, daß jeder Gerichtsdiener ihn anklagen kann. Wolf ist nicht zu halten. Er ist ein ewiger Stein des Anstoßes, schon bei der geringsten und oberflächlichsten Untersuchung. Erledigen Sie ihn. Sie persönlich! Nutzen Sie diese Chance! Man wird die Sauberkeit Ihres Bereiches zum Sprichwort machen. Daß ich sinngemäß nach oben berichte, darauf können Sie sich verlassen.«

Der Oberst weicht der Weitsprunggrube aus und begibt sich auf den kurzgeschorenen Rasen im Zentrum des Sportplatzes. »Das ist nicht ungefährlich«, sagt er, als schätze er Entfernungen ab. »Wolf hat viel gesehen, bedenklich viel. Er hat sich ...«, und jetzt sieht der Oberst weit über den Sportplatz hinaus, »... in unser Vertrauen hineingeschlichen.« »Schon allein deshalb, Herr Oberst, sollten Sie persönlich gegen ihn vorgehen. Das wird von vornherein jeden Verdacht gegen Sie entkräften.«

»Es müßte doch einzurichten sein«, sagt der Oberst, als stelle er fest, daß der benutzte Faustball zu wenig aufgeblasen sei, »daß es gar nicht zu einer Aussage kommt.« »Ich würde vorschlagen, Leutnant Rabe in seiner Eigenschaft als Gerichtsoffizier einzuschalten und ihm die Unterlagen zu übergeben. Er gilt als unbestechlich und einwandfrei. Das wird den Eindruck völliger Sauberkeit erwecken.« »Und was steht in diesen Unterlagen drin, Strick?«

»In keiner dieser Unterlagen, Herr Oberst, ist Ihr Name, Ihre Person oder Ihre Dienststellung erwähnt. Ich versichere das ausdrücklich.« »Es ist gut, Strick«, sagt der Oberst. »Es fällt mir nicht leicht. Aber es ist wohl nicht zu vermeiden. Veranlassen Sie das Weitere.«

Rabe frottiert seinen schweißnassen Oberkörper ab. »Sie scheinen es sehr eilig zu haben, Strick. Was wollen Sie von mir?« »Ziehen Sie sich Ihren Trainingsanzug über, Sie werden sich sonst erkälten.«

Strick reicht Rabe aus seiner Mappe einige Papiere zu. »Sehen Sie das bitte sofort durch. Überprüfen Sie diese Papiere in Ihrer Eigenschaft als Gerichtsoffizier. Der Oberst will wissen, ob sie für eine Verhaftung ausreichen.«

Rabe greift nach den Papieren und beginnt zu lesen. Nach ganz kurzer Zeit schon unterbricht er seine Tätigkeit und blickt auf. Sein vom 5-km-Lauf müdes und abgespanntes Gesicht ist mit vorwurfsvollem Ernst auf Strick gerichtet. Tiefes Bedauern liegt darin. Er sagt leise: »Ist das nicht zu vermeiden, Strick?« »Nein.«

Eine Gruppe Offiziere beendet lachend ein Handballspiel. Der Stabsintendant hat mit Hauptmann Wolf ein mittelkräftiges Tauziehen begonnen. Sie ziehen in drei Variationen: mit der linken Hand allein, mit der rechten Hand allein, mit beiden Händen. Der Oberst läßt sich vom Gefreiten Hoepfner den Rücken abreiben. Seine Augen wandern von Wolf zu Strick, von Rabe zum Stabsintendanten. Hoepfner scheuert seinen Rücken als wäre der ein Waschbrett.

Rabe liest weiter. Blatt um Blatt, wortlos, ohne aufzusehen. Strick beobachtet ihn aufmerksam. Da er nicht die geringste Veränderung an Rabe bemerkt, schlägt er erneut seine Mappe auf und blättert in der letzten Vernehmung, die er Rabe bisher vorenthalten hat. Es ist das Papier, das Magda Tannert mit klaren, fast schmucklosen lateinischen Buchstaben unterschrieben hat. Soll er Rabe vor dieser Lektüre bewahren? Soll er Rabe diese Vernehmung schonungslos vorsetzen? Er weiß das nicht.

Der Oberst im Trainingsanzug und mit umfangreichem Frottiertuch umkränzt, schlendert herbei. »Nun, Rabe, was sagen Sie dazu?« Leutnant Rabe legt die Papiere sorgfältig zusammen, als berge er Dokumente von einmaligem Wert. Er sagt, gemessen und deutlich: »Ich habe die Unterlagen überprüft. Sie reichen formal völlig aus, um eine Verhaftung zu begründen.«

Sofort erhebt sich Strick. »Das ist ausgezeichnet. Ich glaube, Herr Oberst, wir lassen Leutnant Rabe in seiner Eigenschaft als Gerichtsoffizier den Rest erledigen.« Rabe schießt hoch, als sei er mit einer Startpistole aus seiner Ruhestellung gerissen worden. »Ich bitte, mich davon zu befreien«, sagt er, steif dastehend.

»Ich glaube, der Herr Oberst wird keine Veranlassung dazu sehen, Sie von Ihren Pflichten zu entbinden, Rabe.« Strick fixiert Rabe scharf, als wolle er ihn ansägen. Der Oberst ist voller Ruhe; ein stattlicher, gleichmäßig atmender Berg Fleisch im blauen Trainingsanzug und mit weißem Frottiertuch um den Hals, das malerisch drapiert ist, als sei der Oberst mit einem Lorbeerkranz geschmückt worden. Er stellt sachlich fest: »Sie machen das, Rabe. Das fällt in Ihren Aufgabenbereich.«

Rabe sagt mit leiser Schärfe: »Ich verstehe Sie nicht, Strick. Sie nutzen Ihre Dienststellung aus, verführen einen leicht Verführbaren und konstruieren daraus ein Netz von Unterschlagung, Betrug, Diebstahl. Angenommen, dieser Wolf wäre nie solchen Männern begegnet, wie Sie einer sind. Weiter angenommen, keiner hätte jemals angedeutet, er sei der und der, habe diese und jene Dienststellung und damit mehr oder minder großen Einfluß. Und er möchte gerne eine Flasche Schnaps oder eine Kiste Zigarren, wenn es möglich ist; nur dann, und es muß ja nicht sein. Keinesfalls wird jemals etwas Derartiges befohlen. Nein, es wird darum ersucht, gebeten, unverbindlich nachgefragt. Und dieser Wolf darf entscheiden und verantworten. Was bleibt ihm dann anderes übrig? Wenn er es nicht tut, tut es ein anderer.«

Der Oberst ist erstarrt wie ein kalter Plumpudding. »Was soll denn das?« sagt er mit bedrohlicher Gemütlichkeit. Und Strick meint: »Wir erhalten Unterricht über allgemeine politische Tagesfragen. Thema: Die Sauberkeit im täglichen Dienstbetrieb.«

Aber Rabe sieht nur Strick; als sei der ein Bretterzaun, der die Aussicht versperrt und deshalb angegangen werden muß. »Das ist ganz übler Bauernfang, Strick. Sie prellen die Dummen, hängen die Kleinen und lassen die Großen laufen. Die Gerechtigkeit aber beginnt oben.«

»Was wollen Sie damit sagen, Rabe?« Der Oberst lockert die Schlinge des Frottiertuches, als sei sie ihm zu eng geworden. »Ihre Argumente gehen mir ein wenig auf die Nerven.

Reichen die Unterlagen für eine Verhaftung, ja oder nein?« »Sie reichen aus.« »Na also.« Rabe, beharrlich, als habe er sich verbissen: »Aber die Sache ist doch nicht sauber!«

Oberst Müller entschlingt das Handtuch vollends und legt es sich über den Oberarm. Sein Gesicht ist versteift, wie aus Metall gegossen. Eine tiefe Falte gräbt sich ihm senkrecht in die Stirn. Er holt tief Luft. Da entnimmt Strick seiner Mappe die letzte Unterlage und reicht sie wortlos zu Rabe hinüber.

Rabe greift danach, beugt, bei völlig steifem Oberkörper, den Kopf herunter. Beginnt, offensichtlich in dem festen Bemühen, auch nicht im geringsten wankend zu werden, nachlässig zu lesen. Plötzlich zuckt er kaum merklich zusammen, als habe er einen knappen Schlag mit der Außenkante der Hand gegen das Genick erhalten. Die Muskeln der Hand, die das Papier hält, krampfen sich zusammen. Er läßt die Blätter sinken, steht einen geringen Augenblick fast völlig hilflos da, sieht dann kurz, wie abirrend, auf Strick, auf den Oberst, strafft sich sodann mühsam und liest weiter.

»Was hat er denn?« will der Oberst von Strick wissen. Und Strick sagt, ohne jeden Triumph in der Stimme, fast ein wenig müde, als sei er es gewesen, der sich durch eine Stunde intensiven Sport abgehetzt hat: »Das ist die eidesstattliche Vernehmung eines Mädchens. Wolf hatte sie zu sich in sein Privatzimmer bestellt. Er versuchte eine kleine Erpressung. Als das nicht gelang, besann er sich auf den kämpferischen Geist der Zeit und wollte sie vergewaltigen. Da auch das schief ging, gedachte er sie wenigstens zum Einsatz unmittelbar hinter der Front zu bringen.«

Müller ist offensichtlich von dieser Erzählung angetan. Er zieht seinen Reißverschluß hinunter und lüftet seine breite, kompakte Brust. »Unglaublich!« ruft er aus. »Dieses alte Schwein! Gleich umlegen! Und das noch mit Gewalt! Möchte nur wissen, was der Kerl unter Genuß versteht. Kein normaler Mensch würde eine Havanna im Dauerlauf rauchen. Wer ist denn die Kleine? Muß doch schließlich was dran sein an dem Käfer.«

Strick orientiert seinen Oberst bereitwillig. »Es handelt sich um Fräulein Magda Tannert, Herr Oberst.« »Ach nee! Was Sie nicht sagen! Versteh ich nicht. Das ist doch eine glatte

Geschmacksverirrung. Aber was soll man machen. Wo die Liebe hinfällt, ist der Verstand im Eimer. Was legen Sie sich denn für ein blödes Gesicht zu, Rabe? Haben Sie noch nie davon gehört, daß man manchmal von Mädchen mehr will, als nur Händchen halten? Also, erledigen Sie das. Möglichst ohne Aufsehen. Ist das klar, Rabe?« »Es ist klar, Herr Oberst.«

Müller schlingt sich das Frottiertuch erneut um seinen Hals. Das Gesicht ist in gutgelaunte Falten zerlegt. Kurioses Dasein, das Ganze! Er wandert ab. Wendet sich nach einigen Schritten noch einmal um. »Diese Schiebungen, Rabe, sind nicht entscheidend. Legen Sie kein unnötiges Gewicht darauf. Aber diese erotischen Bocksprünge sind eine glatte Sauerei. Darauf wenden Sie Ihr Hauptaugenmerk.«

Dann geht er, sich in den Hüften wiegend, mit vor Lachen zuckenden Schultern. Kurioses Dasein, hol's der Teufel! Hätte er diesem Wolf nicht zugetraut. Lauter Komplexe kriegen die Leute im Krieg. Keine gesunde Erotik mehr. Wird doch gewiß viele geben, die willig sind; aber nein, dieses alte Schwein von Wolf wendet Gewalt an. Im Bereich seiner Kommandantur. Und womöglich noch in voller Uniform.

Rabe steht wie verloren da, wie von Abgründen umgeben, von Nebelschwaden umwallt. Er fühlt sich nicht fähig auch nur einen Schritt zu machen. Er fühlt, daß Strick ihn anblickt. Er sagt: »Sie haben mir das ersparen wollen, Strick. Das war anständig. Ich danke Ihnen.«

Strick ist hart wie Gestein. Die Worte Rabes prallen an ihm ab. Er macht sich glatt und kalt. Er läßt Rabe, der nach ihm getastet hat, bewußt abgleiten. Er sagt: »Werden Sie nur nicht sentimental, Rabe. Ich habe nicht die geringste Absicht, Sie zu schonen.«

Der Gefreite Hoepfner säbelt apathisch an seinen Sonderportionen herum. Sie sind zäh wie Autoreifengummi, will ihm scheinen. Und schmecken tun sie ihm ähnlich. Er kaut sie in sich hinein wie eine Kuh auf grüner Weide, auch mit ähnlichem Gesichtsausdruck, und fühlt sich verlassen, betrogen, verraten.

Vogel, der auf dem gleichen Tisch schmutzige Unterwäsche

ausbreitet, überprüft, in das Wäschebuch einträgt, dann zusammenrollt, sieht ihn mitleidig an. »Wird wohl die letzte Sonderportion sein, Hoepfner, die du frißt. Heute haben sie deinen Hauptmann Wolf eingelocht, morgen bist du an der Reihe.«

»Wo ich doch völlig unschuldig bin!« sagt Hoepfner, ohne seine Kaubewegungen auch nur im geringsten zu unterbrechen. »Das sagt jeder«, meint Vogel. »Aber vor einem Kriegsgericht werden sie dir schon die Bandwürmer aus der Nase ziehen und darauf Harfe spielen.« Hoepfner verschluckt sich und hustet heftig. Vogel schlägt ihm kameradschaftlich auf den Rücken, als klopfe er Teppiche aus.

Gemächlich zweigt Vogel einige der Sonderportionen für sich ab. »Du, Vogel«, sagt Hoepfner, »ich habe immer nur getan, was mir befohlen wurde. Und niemals etwas Schlechtes.« »Das glaube ich dir auf's Wort«, bestätigt Vogel. »Darauf sollten wir eins trinken. Oder ist dir nicht danach zu Mute?« »Das schon. Aber woher nehmen?« »Mensch«, meint Vogel verwundert, »Wolf hat doch bestimmt irgendwo einen Sondervorrat.«

Hoepfner würgt einen Batzen Fleisch in sich hinein, kaut wie ein Aktenzerreißwolf und meint dann schluckend: »Na, ja, den hat er. Aber wenn er zurückkommt?«

»Das mußt du ganz schlau anfangen«, erklärt Vogel. »Du bist eben um sein Wohl bemüht. An die großen Bestände kommst du jetzt nicht ran, also muß der Sondervorrat herhalten. Du versorgst deinen lieben Hauptmann in der Zelle und gleichzeitig dich mit. Oder willst du deinen edlen Gönner verdursten und verhungern lassen? Bei Wasser und Brot? Der ist doch ganz andere Dinge gewohnt. Du mußt ihn stärken. Und dich auch. Leuchtet dir das ein?«

Gewiß, das leuchtet Hoepfner ein.

Wolf ist es, als befinde er sich in einer leeren, zugeklappten Zigarrenkiste, die obendrein noch fünf Tage im Spülwasser gelegen hat. Die Wände sind rauh und mit einem Weiß getüncht, das wie durch Straßendreck gezerrt erscheint. Der Fußboden aufgequollen, wie ein breiter Rücken, der die Wassersucht mit sich schleppt.

Wolf sitzt auf einer Pritsche. Sie ist steinhart und stinkt nach vergorenen Brotresten, Schweiß und Pferdedecken. Durch das Maschennetz eines Gitters zersägtes Licht fällt in die muffige Kläglichkeit und flutet gegen Wolf wie ein sanfter, unwiderstehlicher Druck, der ihn auf die Schultern zwingt.

Er zieht den Karton, den ihm Hoepfner gebracht hat, unter der Pritsche hervor und entnimmt ihm eine Flasche Bocksbeutel. Er versucht den Korken mit den Fingernägeln zu lockern, da ihm sein Taschenmesser abgenommen wurde. Die Nägel brechen, aber der Korken rührt sich nicht.

Wolf starrt auf die Flasche. Soll er den Hals einfach abschlagen. Aber dann können Glassplitter in den Wein fallen; und er besinnt sich darauf, gelesen oder gehört zu haben, daß man daran sterben kann; die Kehle wird aufgerissen, die Darmwände werden wie mit einem Rasiermesser in Streifen geschlitzt, oder so etwas Ähnliches. Ekelhaft.

Er wickelt eine Decke dick um die Flasche und schlägt mit dem Boden gegen die Wand, so erhoffend, daß der Korken sich durch Gegendruck löse. Es poltert dumpf, als hacke jemand im Wohnzimmer Holz. Sofort rasseln die Vorlegeschlösser zur Gangverbindungstür, ein kräftiger Schritt nähert sich seiner Zelle, eine Klappe wird zurückgestoßen und eine barsche Stimme sagt: »Benehmen Sie sich hier anständig. Lärm ist verboten.« Die Klappe fällt wieder zu, die Schritte entfernen sich, die Ketten der Sperriegel klirren aufreizend.

Wolf riecht am Korken. Der Duft des schweren Weins drängt sich durch die Poren seines Verschlusses und steigt in Wolfs Nase. Der schnuppert wie ein Hund. Sucht den Korken zwischen die Zähne zu bekommen. Das mißlingt. Er atmet gepreßt. Dann legt er die Flasche resigniert in den Karton zurück und schiebt ihn unter die Pritsche. Er starrt auf das schmutzige Weißgrau der Wand und wartet, ob dort nicht eine unsichtbare Hand für ihn eine Gebrauchsanweisung aufzeichnen werde, wie sich Flaschen ohne Korkenzieher öffnen lassen.

Die Tür zu seiner Zelle geht auf. Strick winkt dem begleitenden Posten ab, der verschwindet,und der NSFO nähert sich Wolf. »Es ist eine Schweinerei, Herr Hauptmann«, sagt Strick, »daß man Sie hier eingesperrt hat.« Wolf findet das auch. Eine

Sauerei ist das. Er, immer arbeitsam, immer einsatzbereit, immer verläßlich, wird einfach von so einem jungen Schnösel wie Leutnant Rabe verhaftet und eingeliefert. Und weshalb? Keine nähere Begründung.

Drei Stunden sitzt er schon hier. Alle Wertsachen hat ihm dieser Bengel Rabe, gegen Quittung, wortlos abgenommen. Auch alle schneid- und stechbaren Gegenstände, überhaupt alles, was aus Metall war. Schließlich hat er ihm sogar die Hosenträger abgeknöpft und die Schuhbänder entfernt. Um, wie er erklärte, einem Selbstmordversuch vorzubeugen. Elender Lümmel, dieser Rabe.

Dann, nach zwei Stunden, kam Hoepfner, mit zwei Decken und einem Kissen. Daß zwischen diesen Decken ein Paket war, verschweigt Wolf seinem Besuch. Und diese Posten benehmen sich, als wäre er nie ihr direkter Vorgesetzter gewesen. Papier und Tinte, zwecks Aufstellung einer Beschwerde, wurden ihm verweigert. Nicht einmal seinen Haftbefehl hat er zu sehen bekommen und leider habe er auch vergessen, danach zu fragen. Dieser Rabe aber, zugeknöpft wie ein Zelt im Schneesturm, hatte es nicht für nötig befunden, ihm nähere Erklärungen zu geben.

Abermals stellt Strick fest, daß das eine glatte Schweinerei ist. Er setzt sich neben Wolf auf die ihm bereitwillig freigemachte Pritsche und findet kräftige Worte des Unmuts über eine derartige säuische Behandlung eines immerhin doch verdienstvollen Offiziers. Wolf kann da nur beipflichten. Und Strick erklärt frei heraus: »Ich habe die Aufgabe, diese Zelle zu durchsuchen. Aber ich denke nicht daran. Ich habe Ihr Paket unter der Pritsche zwar bereits gesehen, aber nur privat, verstehen Sie? Offiziell sehe ich solche Dinge grundsätzlich nicht.«

Das hört Wolf mit einem seiner peinlichen Lage gut angepaßten Wohlwollen. Dieser Strick ist doch der Schlechteste noch lange nicht, denkt er. Und dann rückt er mit seinem Spezialwunsch heraus: Korkenzieher. Er kriege sonst die Flaschen nicht auf, und gerade jetzt habe er einen Tröster dringend nötig.

Strick unterdrückt heftig eine krampfig aufsteigende Welle der Heiterkeit! Wolf mit Flaschen, aber ohne Korkenzieher.

Tantalus in Rehhausen. Eine Jungfrau ohne Hemd auf verkehrsreicher Hauptstraße. Strick zieht sein Taschenmesser hervor, klappt zuvorkommend den Korkenzieher aus und überreicht ihn Wolf mit kurzer Beugung des Oberkörpers.

Wolf greift danach, wie ein Ertrinkender nach einem Rettungsring greift. Der Karton scharrt eilig über den sandigen Fußboden, Flaschen klirren, Wolf schnappt sich, wahllos, eine davon am Hals und bohrt, mit sicherem, ein wenig hastigem Griff den Korkenzieher hinein. Dann trinkt er mit langem Zug und bietet auch Strick an, mit ihm aus gleicher Flasche zu trinken. Und der Oberleutnant Strick lehnt nicht ab.

»Wissen Sie eigentlich«, sagt Strick, nachdem die erste Flasche erheblich an Inhalt eingebüßt hat, »wer Ihren Haftbefehl unterzeichnet hat?« Nein, Wolf weiß das nicht; nichts weiß er, er hat überhaupt keine Ahnung. »Der Haftbefehl trägt die Unterschrift von Oberst Müller.« »Nein!« »Wenn ich Ihnen das versichere!«

»Und wissen Sie eigentlich«, sagt Strick, als Wolf die zweite Flasche entkorkt, »warum Sie verhaftet worden sind? Kennen Sie die Gründe?« Nein, Wolf kennt sie nicht. Er ist unwissend; er kommt sich vor wie ein Säugling, der radfahren soll, wie ein Eskimo bei Kammermusik. »Wegen Unterschlagung von Marketenderwaren, Veruntreuung und Unterschleifen.« »So?« meint Wolf nur. »So! Und das trägt die Unterschrift des Obersten. Na dann Prost.«

»Sehen Sie«, sagt Strick, »das ist genau das, was mich auch verwundert. Ich verstehe das nicht.« Er trinkt eine Daumenbreite, angeblich, läßt aber den Daumen hochrutschen und klemmt die Zunge vor die Flaschenöffnung. Jetzt läßt Wolf eine Daumenbreite in sich hineinlaufen; und er hat einen Daumen wie eine Bockwurst. So ist das also! Marketenderwaren soll er um die Ecke gebracht haben. Und das unterschreibt der Oberst. Ausgerechnet. Das ist ja zum Lachen!

Strick meint bei der dritten Flasche: »Und beim letzten Gesellschaftsabend im Kasino hat er noch gesagt: Alle für einen, einer für alle! Treue um Treue! Und jedem das Seine!« Jawohl, hat er gesagt. Wolf besinnt sich noch ganz genau darauf. An jenem Abend haben die Damen echten Chartreuse getrunken und die Herrn Fin Napoleon, aus Steinkrügen, mit Bastverzierung und Lackverschluß. Ganz genau erinnert er sich daran. Und der Oberst hat eine Henry Clay geraucht, aus der Glasröhre.

»Und nun sagt man: Sie haben Marketenderware verschoben. Das ist allerhand!« Und ob das allerhand ist! Wolf leert die dritte Flasche bis zur Neige und tastet nach der vierten. Die Zelle ist für ihn zu einer primitiven Unterkunft geworden. Krieg ist. Pause zwischen den Gefechten. Die Leute ruhen, Posten schieben sich um die Holzhäuser. Die Pistole ist gereinigt, Truppe hat Befehle erhalten und jetzt genehmigt sich Wolf einen Nachttrunk. Schlafpulver für Frontschweine. Wie in Rußland, genau wie in Rußland.

»Marketenderware soll ich verschoben haben! Ich! Und die Kiste für den Oberst im März? Und die Kiste für den Oberst im Mai? Und woher hat der Stabsintendant seine Butter? Und wer hat an das Offizierskorps kartonweise Niveacreme geliefert? Und hat nicht der Kommandeur des Ausbildungsbataillons batterieweise Flaschen im Spind? Und wo sind 16 Mille Zigaretten der Junizuteilung geblieben?«

Und Wolf packt aus. Er sprudelt wie ein Springbrunnen. »Ich muß mal kurz raus«, sagt Strick. Und das muß er in den nächsten Stunden noch öfters. Auf der Latrine füllt er eifrigst die Seiten seines Notizbuches. Als Wolf »Einst kommt der Tag der Rache!« zu singen beginnt, schon mit lallender Zunge und dem Blick eines völlig überfressenen Ferkels, entfernt sich Strick mit dem festen Versprechen, bald wieder zu kommen.

Der politische Unterricht für das Offizierkorps der Kommandantur Rehhausen findet im Kasino statt. Der große Speisesaal ist zum Versammlungslokal erster Klasse geworden. Einige Stuhlreihen, darauf die Offiziere der Kommandantur, soweit sie abkömmlich sind. Davor ein Sessel, darin der Oberst. An der Stirnseite des Saales ein Rednerpult, dahinter Strick.

Aufmerksame Zuhörer. Hasen, die ihre Löffel aus einem Kohlfeld herausstrecken. Fast alles ist da: die Herren der eigentlichen Kommandantur, die vom Ausbildungsbataillon, der neue Bahnhofskommandant, die Chefs der Kriegsgefangenenlager mit ihren Wachoffizieren, der Leiter des Wehrmachtsstrafgefängnisses Rehhausen mit seinen zwei Vernehmungsoffizieren, ein Stabsintendant und drei Verwaltungsbeamte unterer Grade.

Erscheinen ist Pflicht. Fernbleiben von diesem Dienst ist, nach einer Anordnung des Obersten — NSFO-Sonderbefehl Nr. 5 — gleichbedeutend mit politischem Desinteresse und nur mit schriftlicher, wohlbegründeter Entschuldigung statthaft. Der in dieser Zeit in den Einheiten zu absolvierende Dienst ist — soweit irgend möglich — von Stellvertretern der unteren Dienstgrade aufzunehmen. Politischer Unterricht hat Vorrangstellung.

Nun, es existiert auch im ganzen Kommandanturbereich Rehhausen wohl niemand, der sich bewußt vor diesem Dienst drückt. Für jeden, dessen Dienststelle außerhalb liegt, ist die Fahrt nach Rehhausen angenehme Abwechslung. Außerdem pflegt nach jedem Unterricht Oberst Müller nicht kleinlich zu sein und vermittelt stets wohlwollend seinen Offizierskameraden die günstige Gelegenheit, zwei bis drei Glas Wein, gegen Bezahlung, im Kasino zu erwerben.

Das Wichtigste aber ist, daß diese Vorträge des Oberleutnant Strick keinesfalls uninteressant sind. Im Gegenteil. Strick ist freimütig wie ein Hofnarr, offen und deutlich. Es gibt kein Thema, dem er ausweicht. Sein Kernspruch: Wir wollen uns nicht benebeln, meine Herren! In besonders gutgelaunten Stunden redet er sie mit »Offiziere des Führers« an.

Heute zitiert Strick ganze Teile aus Erich Maria Remarque's »Im Westen nichts Neues«. Er gibt eine vollständige Inhaltsübersicht und seine Auszüge triefen vor Verachtung gegen Offizierkorps, Soldatenehre, Vaterlandsliebe und Fahneneid. »Da können Sie sehen, meine Herren Offiziere des Führers, welche Belastungen dem deutschen Soldaten zugemutet worden sind. Ich meine: das hat die Wehrkraft zersetzt. Das ist wie Gift. Das ist heute noch wirksam. Das ist nicht so einfach aus der Welt zu schaffen. Oder ist das etwas anderes, wenn sich, hier in Rehhausen, Soldaten beim Abendspaziergang darüber unterhalten, daß wesentlichste Teile des Offizierkorps bestechlich seien, nur danach trachten, sich den Wanst zu füllen und froh darüber sind, sich hier in der Heimat herumdrücken zu können? Genau dieser Remarque'sche Geist spricht doch aus jenen Leuten, die da erklären, dieses Kasino sei nichts anderes als ein gehobenes Freudenhaus. Meine Herren Offiziere des Führers, Sie wissen doch am besten, daß das hier etwas ganz anderes ist als ein gehobenes Freudenhaus.«

Jetzt will Strick den Himmelstoß-Geist neu aufleben lassen und diverse Beispiele aus engem Bereich zitieren. Da rollt sich der dicke Oberwachtmeister Demuth eilfertig durch die Mitteltür auf den Obersten zu. Beugt sich zu dessen Ohr. Flüstert ihm hastig einiges zu.

Der Oberst erhebt sich, steht da wie ein Standbild. Dann sagt er: »Ich bedaure, die außerordentlich aufschlußreichen Ausführungen unseres NSFO unterbrechen zu müssen. Alarmstufe B für den gesamten Kommandanturbereich Rehhausen. Ausbruch einer ganzen Gruppe Kriegsgefangener aus Lager 709. Geiger, verteilen Sie die lagernden Sonderbefehle. Die Suchkommandos halten sich bereit. Brücken, Straßen und Bahnhöfe werden nach Plan B sofort besetzt. Weitere Befehle folgen.«

Die Versammlung löst sich geschwind und völlig formlos auf. Draußen jaulen einige Motore in die beginnende Abendruhe und schleppen Fahrgestelle und Insassen mit sich. Rabe alarmiert die Wachkompanie der Kommandantur. Geiger telefoniert mit Würzburg und erfährt, daß Inspektor Gareis bereits unterwegs nach Rehhausen ist und die Führer der Fahndungskommandos vollzählig am Kasernentor anzutreffen wünscht. Der Oberst hat sein Dienstzimmer bezogen und erzählt dort Eri laut lachend von Remarque und von »Im Westen nichts Neues«. Er wundert sich weidlich darüber, daß Erika noch niemals etwas davon gehört hat und tut ehrlich das Seine, um sie aufzuklären.

Strick begibt sich zum Kasernentor, um dort auf Gareis zu warten. Er will ihn begrüßen und ihn wieder an der Arbeit sehen. Es treibt ihn zu Gareis, wie ein schwimmender Blechdampfer von einem Magnetberg angezogen wird. Man wird vorsichtig und plant überlegener, wenn man einmal die kalten, blitzschnellen Reaktionen dieses beweglichen kleinen Mannes erlebt hat. Gareis ist wie ein unermüdlicher Fluß, dessen Strömung viele Mühlen treibt.

Die Führer der Fahndungskommandos finden sich tropfenweise ein. Ruhige, gelassene Gesichter, die mit gleichen Mienen Kartoffeln schälen, wie sie jetzt ausgebrochene Kriegsgefangene einkreisen werden. Gesichter, nicht entschlossen, mehr abgeschlossen, die Befehle empfangen und sie ausführen. Ungerührte, unberührbare Gesichter. Wie Masken. Niemand weiß, welche Gedanken hinter diesen Visieren aus faltiger Haut lauern.

Der Wagen von Gareis braust auf das Kasernentor zu, bremst kurz, hält mit jähem Ruck. Gareis entsteigt ihm, sieht sich kurz prüfend um, entdeckt Strick. Sie gehen beide aufeinander zu. »Verhaften ist wohl Ihre Leidenschaft, Strick?« grinst Gareis. »Das macht Ihnen helle Freude, was? Da dürfen Sie einfach nicht fehlen?« Sie schütteln sich die Hände, als sei unter verläßlichen Partnern neuerdings ein Roßtausch zum guten Abschluß gelangt.

Dann springt die Fahndungsmaschinerie in Gareis an; wie angerissen, wie ein plötzlich losratternder Heckmotor. Seine Fragen kommen schnell und wie maschinell gestanzt. »Wieviel Mann haben Sie?« 40. »Sie?« 25. »Sie?« 64. Nach weiteren Fragen weiß Gareis, daß er über 270 Mann sofort verfügen kann, über weitere 200 bis 400 später. Das wird genügen.

Gareis breitet eine Karte der Gegend um Rehhausen über die Motorhaube aus. Hängt sich darüber wie über eine Brüstung. »Aus welchem Lager erfolgte der Ausbruch?« 709. Gareis tippt mit dem Finger auf die eingezeichneten Baracken. »Aus dem Lager direkt?« Vom Arbeitsplatz. »Wo liegt der?« 3 km in nordwestlicher Richtung davon. Die Gefangenen waren zum Wegebau eingesetzt. Gareis hat sofort den fraglichen Punkt im Gelände. »Wann genau?« Die genaue Zeit ist unbekannt. Zwischen 16.00 und 18.00 Uhr. Als um 18.00 Uhr zum Kriegsgefangenenlager abgerückt werden sollte, fehlten drei Mann.

Gareis sieht kaum von seiner Karte auf. »Also haben sich die Posten«, sagt er trocken, »einen kräftigen Nachmittagsschlaf geleistet.« Der Weg dort sei nicht sehr übersichtlich; Gebüsch und Biegung. »Das ist keine Entschuldigung, sondern immer nur ein Grund mehr für erhöhte Aufmerksamkeit oder für die Verstärkung des Wachpersonals. Was waren das für Leute, die Ihnen entwischt sind?« Zwei Russen niederer

Dienstgrade, und ein englischer Captain. »Ich könnte jetzt«, sagt Gareis, indem sein Finger einen großen Kreis um das Gefangenenlager 709 fährt, »dagegen anstänkern, daß Sie einen gefangenen Offizier überhaupt aus dem Lager lassen. Aber Sie werden einwenden, der wollte gerne arbeiten. Ist mir auch völlig egal. Kriegen müssen wir die Kerle.«

Strick beugt sich neben Gareis über die Karte. »Ein Kinderspiel«, meint Gareis. »Nehmen wir, vorbeugend, an, diese Burschen sind um 16.00 Uhr abgehauen. Jetzt ist es 19.30 Uhr. Wie weit können sie in dreieinhalb Stunden gekommen sein?« »Ein normaler Mensch marschiert in einer Stunde sechs Kilometer.« »Ein entfliehender Kriegsgefangener«, erklärt Gareis sachlich, »ist kein normaler Mensch. Er macht keine zwanzig Kilometer in dreieinhalb Stunden. Er bringt sich in Sicherheit. Marschieren wird er nachts, jetzt kraucht er irgendwo unter. Und wo wohl?«

Der Finger von Gareis beschreibt erneut einen Kreis. Er fährt über Straßen, freie Felder, den Main entlang und tippt dann auf ein Waldgelände in der Nähe der Ausbruchstelle. »Sie haben Gefangenenkleidung an. Auf freiem Felde bewegen sie sich nicht. Den Main können sie nicht überschreiten. Straßen und Brücken sind abgesperrt. Bleibt: dieser Wald. Wir werden ihn durchkämmen. Neun Quadratkilometer Wald sind ein gutes Treibgelände. Wir riegeln ihn mit den Leuten, die wir haben, von allen Seiten ab. Die restlichen dreihundert Mann, die mobilisiert werden, treiben wir durch. Wetten, daß wir die Burschen in drei bis vier Stunden haben?«

Gareis weist den Führern der Fahndungskommandos Sperrabschnitte zu. Seine Anweisungen sind präzis, sie fallen kurz und sachlich. Dieser Mann, denkt Strick, hat das Format eines Divisionskommandeurs von hohem Rang. Er würde seinen Frontabschnitt virtuos beherrschen. Ein Artist; ein genial zu nennender Menschenfänger. Gareis schwingt sich in seinen Wagen. »Nachkommende Gruppen warten hier auf weitere Befehle. Ich fahre die Sperrketten ab. Wiedersehen, Strick.«

Er braust los. Die Führer der Fahndungskommandos zerstieben nach allen Seiten, wie ein Häufchen Asche, das von einem Tisch geblasen wird. Der Wagen von Gareis jagt den Berg hinunter. Der Motor würgt durch den beginnenden

Abend. Sein beharrliches Gurgeln entschwindet, wie mit dicken Tüchern aus Staub zugedeckt. In zwei Stunden ist es dunkel; bis dahin soll ein Zaun aus Menschen um das Waldstück herum aufgestellt sein.

Strick steht nachdenklich da und starrt auf die leere Chaussee, die Gareis verschluckt zu haben scheint. »Das ist doch ein selten raffinierter Hund, dieser Gareis«, sagt eine Stimme nicht ohne Anerkennung neben ihm. Es ist Vogel. »Das mit dem Waldstück finde ich genial.«

»Möglich«, sagt Strick. »Aber genau so gut möglich, daß er sich irrt.« »Das ist es ja«, meint Vogel leise und sehr deutlich, »er irrt sich eben nicht.«

Strick erfaßt nicht sofort, was ihm hier gesagt wird. Er glaubt, sich verhört zu haben. Er wendet sich, wie herumgestoßen, Vogel zu, sieht in dessen verkniffenes Gesicht, das den Berg hinunterstarrt. »Was sagst du?« will er wissen.

»Ja«, sagt Vogel etwas schwer. »Ein genialer Bursche. Ohne jeden Zweifel. Hat genau aufgespürt, wo die Hirsche wechseln. Millimeterarbeit. Jeder Anerkennung wert. Ein Genie ist der Kerl, sage ich. Schade, daß er so falsch liegt. Die andere Fakultät könnte einen seiner Sorte viel eher gebrauchen.«

»Du willst doch damit nicht sagen ...« Strick wagt einfach nicht, hier weiterzudenken. »Klar«, sagt Vogel, »genau das will ich damit sagen. Hör mal zu: Ich habe einen Wagen bestellt. Er muß jeden Augenblick hier eintreffen. Er wird dich zu jenem Waldstück hinfahren, das Gareis bezeichnet hat.«

»Und?« »Du machst mir dann die Freude und nimmst mich mit. Was weiter geschehen muß, wird sich schon finden. Ist das klar?« »Das ist eine Riesensauerei, Vogel.« »Noch nicht«, meint der, »kann aber werden.«

Der Wald scheint ihnen, die auf ihn zubrausen, entgegenzukommen. Er wächst vor ihnen auf, dehnt sich der Höhe und Breite nach und liegt schließlich erwartungsvoll vor ihnen.

Der Führer der Absperrkommandos eilt auf Oberleutnant Strick zu und meldet: Absperrkommando — Kommandoführer — so und soviel Leute — der und der Auftrag. »Danke«, sagt Strick und legt die Hand an die Mütze. »Ausgezeichnete Organisation«, brummt Vogel anerkennend hinter ihm.

»Ich werde in den Wald hineingehen«, sagt Strick zum Kommandoführer. Der bietet Begleitpersonal an. »Es ist nicht nötig«, sagt Strick und geht mit Vogel auf den Wald zu, der sich wie eine Wand aus grüner Watte vor ihnen aufrichtet. Die sinkende Sonne pinselt die Spitzen der Tannen goldgelb: wie mit zerlassener Butter übergossen. Die Schatten werden länger, verlieren an Härte und sind von qualliger Griffigkeit.

Der schweigende Wald schluckt Strick und Vogel auf, die über eine seiner Straßen wandern. Strick sagt: »Ich will von dir keine Erklärung hören, Vogel. Kein Wort. Ich werde nichts sehen und hören. Wenn ich dir durch Unbeteiligtsein helfen kann, soll es geschehen. Das aber ist alles. Ich will, soweit es in meiner Macht steht, dich vor dem Henker bewahren. Nichts anderes; und keinesfalls mehr. Aber mit dieser Sache, Vogel, sind wir geschiedene Leute. Du bist für mich, wenn das vorüber ist, erledigt. Ich kenne dich dann nicht mehr.«

»Ich verstehe dich«, sagt Vogel, »ich verstehe dich nur zu gut. Du willst also auf das ganze falsche Ethos scheißen, Krieg gut überleben, Gewissen raushalten. Nachher nichts als die Uniform ausziehen, Kohl anpflanzen, Familie gründen, Kinder zeugen, Moral und Sittsamkeit pflegen, regelmäßig zur Kirche gehen. Und am Abend bei Bier und Zigarre Kriegserlebnisse verbreiten.« »So ungefähr. Und du solltest ähnliches versuchen.«

»Eben, eben. Wofür sollen wir denn sonst mit und ohne Nachruf krepieren? Für Adolf? Für den würde ich nicht einmal den Hintern lüften. Für Deutschland? Ist mir noch nicht begegnet. Für die Freiheit? Wieviel kann man sich dafür zum Essen kaufen?«

Strick schreitet weit aus. Ihn fröstelt leicht. Er will das beenden, so schnell es überhaupt möglich ist. Die sich verbreiternden Schatten greifen über ihn, als wollten sie ihn wie unter Decken ersticken. Viel hat er Vogel zugetraut, das nicht. »Es ist sinnlos«, sagt er. »Alles ist sinnlos. Wir leben im Dreck. Kein Gott kann aus Sumpf Weizen ernten. Wer hier leben muß, kann nicht sauber sein.«

Vogel stößt einen Stein, der auf seinem Weg liegt, mit dem Fuß fort. »Sehr richtig. Entschuldigen wir uns. Ich habe für den Endsieg keinen Finger mit Begeisterung krumm gemacht, und doch: ich habe beigetragen. Und du bist Offizier geworden, hast Panzer abgeknallt, einschließlich der Menschen, die darin saßen. Und gelegentlich hast du sogar einem General freche Antworten gegeben. Allerhand Leistung. Und dann hast du deine Soldaten aufgeklärt, damit sie ruhig und mit geschwellter Brust sterben konnten. Eltern, Frauen und Bräute erhielten von dir erbauungsreiche Trostbriefe.«

»Was willst du eigentlich von mir?« fragt Strick und bleibt auf der Straße stehen. Vogel schiebt ihn ungeduldig weiter vorwärts. »Ich würdige deine Verdienste um Volk, Führer und Reich. Ich bewundere deine Leistungen als Frontkämpfer und Miterzeuger der Witwen- und Waisendurchhaltestimmung. Mensch, du bist ja kaum noch in der Lage, einen Arsch von einem Antlitz zu unterscheiden. Einmal gibt es Verbrecher, die muß man umlegen. Dann gibt es Saudumme und Idioten, denen muß man gelegentlich in den Hintern treten, damit sie von Zeit zu Zeit einmal merken, wo eigentlich vorne ist.«

Sie gehen weiter, waten durch die schweren Schatten wie durch hohes Gras. Vogel weist Strick in einen Seitenweg ein; ein schmaler, zertretener Pfad, der zu einer geringen Lichtung führt, die einen kleinen Waldteich aufnimmt.

»Du wirst hier«, erläutert Vogel, »wenn alles geklappt hat, einen lieben Offizierskameraden begrüßen können. Ich nehme an, du wirst dich gut mit ihm unterhalten. Ich schlage nun weiter vor: du gehst mit ihm wieder auf die Chaussee, aber dann nicht mehr zu unserem Ausgangspunkt zurück, sondern weiter durch den Wald, bis zum gegenüberliegenden Ausgang. Ich selbst werde veranlassen, daß der Wagen dorthin nachkommt. So, mein lieber Freund, vermeiden wird, daß der Leiter des einen Sperrkommandos, der dich allein in den Wald hineingehen sah, dich mit einem anderen Offizier wieder herauskommen sieht.«

»Und der Kraftfahrer?« »Wird erst dann an der anderen Seite des Waldes eintrudeln, wenn du bereits mit Sicherheit dort bist. So wird er annehmen müssen, du hättest den Offizier dort getroffen. Kapiert?« »Und wenn Gareis dort aufkreuzt, während wir anwesend sind?« »Dann können wir an unserem Grab zu schaufeln beginnen.« »Schöne Aussichten. Und wenn bis dahin alles gut geht, Vogel?« »Dann fahren wir gemeinsam in das entzückende Mainstädtchen Rehhausen. Dort setzt du uns irgendwo ab und kannst dich dann, wenn du willst, als entlassen betrachten. Du kannst aber auch mitkommen.«

Vogel schiebt sich in die Lichtung und bleibt dort stehen. Aus einem Gebüsch löst sich die schlanke Gestalt eines Mannes, der die Uniform eines deutschen Oberleutnants trägt. Zahlreiche Auszeichnungen. Strick, der hinter Vogel steht, begreift sofort: Das ist meine zweite Uniform, das sind die von mir abgelegten Auszeichnungen, meine Stiefel, meine Wäsche, meine Mütze. Und sicherlich hat dieser hinterhältige Hund Vogel auch noch mein Rasierzeug abgezweigt, meine vorletzten Socken und mein einziges brauchbares Taschentuch.

Vogel mustert den sich nahenden Oberleutnant. »Na also! Wie nach Maß.« Dann stellt er, grinsend, die beiden Offiziere einander gegenüber. »Darf ich die Herren miteinander bekanntmachen? Herr Oberleutnant Strick, NSFO der Kommandantur Rehhausen. Herr Oberleutnant XYZ, zur Zeit auf Durchreise.«

Der fremde Mann in der Oberleutnantsuniform hat ein schmales, blasses Gesicht, blaß wie abgestandener Quark. Stechende, sehr aufmerksame Augen; bewegliche Stecknadelknöpfe. Eine Haut aus zerknittertem Pergament. Die Hand, die Strick in der seinen hält, ist kalt und scheint zu zittern. Der langsam immer dunkler werdende Wald dahinter wie der drohend weit aufgerissene Rachen eines bemoosten Walfisches.

»Die übrigen Sachen sind beseitigt?« will Vogel wissen. Der Fremde spricht ein leicht gepreßtes Deutsch, wie durch einen verstimmten Lautsprecher hindurchgequetscht. »Die Gefangenenkleidung und das Packpapier, in dem die Sachen waren, habe ich mit Steinen beschwert und in dieses Wasser hier geworfen.«

»Gut«, meint Vogel. »Kommen Sie nicht auf die Idee, Captain, sich später mit Ihrem Grammophondeutsch zu brüsten. Seien Sie, wenn irgendein anderer in Ihrer Nähe ist, schweigsam wie ein Massengrab. Strick wird für Sie mitreden. Der kann das. Das gehört zu seiner Dienststellung. Nur peinlich, Captain, daß zugleich mit Ihnen eine ganze Horde ausgebrochen ist.«

Davon weiß der Fremde nichts. Er ist im günstigen Augenblick abgehauen und hat sich hier zum Wald durchgeschlängelt. Das Paket hat er an der von Vogel bezeichneten Stelle vorgefunden, sich rasiert und umgezogen. Er hat sogar, weil ja genügend Wasser da war, ein wenig gebadet. Wenn noch jemand geflohen ist, dann nach ihm, später.

»Wir müssen machen, daß wir hier herauskommen«, sagt Vogel. »Was noch zu sagen ist, später.«

Strick ist es, als sei dieser Weg durch den Wald das Ende eines ausgedehnten Gepäckmarsches. Die Beine setzen sich automatisch schleppend voreinander. Die Last drückt bis zu den Fußsohlen hinunter. Das Gehirn funktioniert nicht mehr wie eine Rechenmaschine. Es ist still, wie abgeschaltet.

Strick horcht in sich hinein. Keine Antwort. Was er allein hört, sind die Schritte des schlanken, ausgemergelten Mannes neben ihm, der seine gute Uniform trägt. Ein angespanntes Gesicht, das allen möglichen Gefahren entgegenlauert.

Jetzt die ruhig scheinende, gepreßte Stimme, mit letztem Zwang zur gespielten Teilnahmslosigkeit im Sprachklang: »Erwarten Sie, bitte, von mir keine Unterhaltung, keine Erklärung, keine besonderen Anforderungen. Ich gehe. Ich bin in einem fremden Land.«

Das ist keine Frage, denkt Strick, das erfordert also auch keine Antwort. Außerdem ist er nicht der Mann, der hier etwas zu sagen hat. Und selbst wenn er es wollte, er könnte es nicht. Was hier mit ihm geschieht, ist nur noch automatische Reaktion. Es geschieht etwas; aber warum es geschieht, weiß er nicht.

Die Straße durch den Wald scheint endlos. Die Abendschatten hocken wie riesige Tiere zwischen den Bäumen. Lauern schweigend. Warten, wie mit zusammengekniffenen Augen. Worauf sie warten, wird nicht deutlich. Bedrohliches Schweigen wächst aus der trägen Dunkelheit. Nur die Schritte der beiden Männer hallen durch die Stille. Prallen gegen diese schweigende Wand der Schatten, werden zurückgeschleudert und werfen sich ihnen verstärkt — verstärkt! — entgegen.

»Wie kommt es, daß Sie deutsch sprechen«, will Strick

wissen. »Schulkenntnisse. Das Ergebnis von acht Jahren Unterricht.«

Strick beschleunigt seine Schritte. »Es ist wenig, was ich für Sie tue«, sagt er kurz. »Überschätzen Sie nicht meine Mithilfe. Wenn wir diesen Weg durch den Wald zurückgelegt haben, werden wir uns trennen. Andere werden sich um Sie kümmern. Andere, die es besser können.«

Der Engländer neben ihm sieht ihn kurz an, deutlich, groß; wie ein Scheinwerfer, der aufblitzt und sofort verlöscht. »Die entscheidenden Wege im Leben sind meist kurz. Ich habe ein Blockhaus bei Hastings. Drei Minuten von dort bis zum Kanal. Sollte ich wieder dort sein können, dann vielleicht nur, weil Sie jetzt mit mir gehen.«

Der Wald wächst um sie wie eine Wand, die sich zu heben scheint. Strick weiß nicht, was er sagen soll. Was kann er denn schon in diesen wenigen Minuten erklären? Daß seine Begleitung hier lediglich mechanische Funktion ist, das Ergebnis eines Zufalls, eine lächerliche Falle, in die er hineinplumpste wie ein Bär in eine Grube? Nichts davon. »Wir tun vieles, ohne klares Bewußtsein«, sagte er, als müsse er sich entschuldigen. »Mein Beitrag zu Ihrer Befreiung ist unbedeutend.«

»Ihr Deutsche seid ein sonderbares Volk«, erklärt der Engländer nachdenklich. »Wenn Ihr etwas Gutes tut, entschuldigt Ihr Euch. Die Deutschen, glaube ich, sind zu stolz. Tragen alle eine Uniform. Wollen nicht daran glauben, daß es vieles gibt, was wertlos ist, auch wenn es die gleiche Uniform trägt.«

»Sie haben hier Menschen kennengelernt«, sagt Strick kurz, »die fünf Jahre elend lebten. Mindestens fünf Jahre. Das verhärtet. Vergessen Sie das nicht.« Er eilt mit weiten Schritten vorwärts. Der Brite neben ihm ist bemüht, eng an seiner Seite zu bleiben. Die Waldstraße ist zu Ende. Sie schreiten in ein breites, wohltuend gedämpftes Abendrot hinein.

Der Führer des Absperrkommandos geht auf Strick zu und meldet. Strick legt dankend seine Hand an die Mütze. »Mein Wagen ist noch nicht hier?« Der Unteroffizier, mit dem rosigen Gesicht eines prallen Apfels, verneint. »Dann werden wir warten«, erklärt Strick. »Jawohl, Herr Oberleutnant«, ruft der Unteroffizier, als sei er um seine Meinung befragt worden.

Strick geht einige Schritte seitwärts. Der Brite in der deutschen Uniform folgt schweigend. Sie setzen sich auf einen Baumstamm. Sitzen mit vorgebeugtem Oberkörper und warten.

»Daß es Menschen wie Sie gibt«, sagt der Engländer schließlich, »macht zuversichtlich. Seitdem ich Ihresgleichen begegnet bin, weiß ich mehr von Deutschland. Pauschalurteile sind immer Unsinn.«

Strick wird leicht nervös. Er hört einen Wagen anrollen, vermag aber nicht zu unterscheiden, ob das sein Auto oder etwa das von Gareis ist. In einer Staubwolke biegt es um die Ecke. Drin thront Vogel.

»Kommen Sie«, sagt Strick. »Wenn Sie wüßten, aus wieviel Zufällen und Berechnungen solch eine ›ehrenwerte‹ Handlung zusammengesetzt ist, Sie würden erbleichen. Vergessen Sie nie: Sie begegneten Menschen eines Landes, wo man morden muß, um als ehrlicher Mann zu gelten.« Der Brite lächelt, ein etwas verzerrtes, ungewohntes Lächeln.

Sie fahren, nebeneinander hinten im Wagen sitzend. Das hartgefederte Fahrgestell erschüttert sie in unregelmäßigen Stößen. Der Motor jault wie ein geprügelter Hund. Hinter ihnen eine Wolke von Staub. Sie halten in einer Seitenstraße von Rehhausen. Vogel springt heraus. »Darf ich Herrn Oberleutnant den Weg zeigen?« will er wissen.

Der Brite erhebt sich. Steigt zögernd aus. Dann wendet er sich Strick zu, der sitzengeblieben ist. Sieht ihn lange an. Lange. Er streckt seine Hand aus, drückt die von Strick. »Danke, Kamerad«, sagt er leise.

Dann richtet er sich auf. Wölbt seinen Brustkasten in die Uniform eines deutschen Oberleutnants hinein. Entschreitet mit kurzen, abgezirkelten Schritten. Vogel trabt sichtlich vergnügt zu seiner Linken.

Strick sieht ihm nach. Es drängt ihn, mit diesem Mann zu gehen, Fragen stellen, Antworten erhalten. Situationen klären. Bei anderen finden, was man in sich sucht. Er lauscht den Schritten nach, die sich entfernen, immer weiter entfernen. Verklingen. Und noch hört er, ganz deutlich, dieses: Danke — Kamerad.

»Fahren wir in die Kaserne, Herr Oberleutnant«, will der Kraftfahrer wissen. Strick reißt sich los. »Selbstverständlich«, sagt er, »in die Kaserne.«

Noch um Mitternacht ist im Kasino ein Betrieb wie am Taubenschlag bei knalligem Sonnenwetter.

Oberst Müller feiert die blamable Niederlage des Inspektors Gareis in der Stimmung eines Königs, dessen Feldleute deshalb eine gute Schlacht geschlagen haben, weil die gegnerische Seite schmählich versagte. Zum dritten Mal bereits hebt er sein Glas Gareis entgegen.

»Lieber Inspektor«, sagt Oberst Müller, »das kommt davon, wenn Sie Ihre Nase in unsere Angelegenheiten stecken. Wir, die Wehrmacht, wir machen Kriegsgefangene. Und wir bewachen sie auch. Und wenn sie uns abhauen, dann fangen wir sie wieder ein. Wir, Inspektor, die Wehrmacht. Keine zivilen Kriminalstellen. Wenn irgend jemand einen silbernen Löffel klaut, dann ist das was für euch. Ihr solltet eure Flossen aus unserem Bereich nehmen.«

Gareis blickt geduldig auf die zahlreichen Uniformen um ihn, in denen Männer stecken; ausgewachsene, gutgenährte, körperlich sicherlich recht leistungsfähige Männer. Er hat sich vorzukommen wie ein Primaner, auf den eine Rotte Professoren einredet. Der Oberst lacht dröhnende Verwunderung, die Herren um ihn verstärken sie eilfertig.

»Ich verstehe nicht«, sagt der Oberst, »warum Sie das Spiel so einfach aufgeben. Die beiden Russen haben Sie prompt geschnappt. Gut. Immerhin etwas. Aber wo bleibt der englische Captain? Sie blasen um 22 Uhr die Suchaktion ab und erklären schlicht und bieder: Es hat keinen Zweck! Mit treuestem Kuhblick: Meine Milch ist mir ausgegangen.« Wieder lacht der Oberst wie aus einem Faß heraus und die Herren seiner Umgebung stimmen herzhaft ein.

»Wirklich sehr verwunderlich, Gareis!« Der Oberst ist von der Niederlage des berühmten Gareis hocherbaut. Das gönnt er diesem eiskalten und gefühllosen Schnüffler, der Offiziere um die Ecke bringt, wie man Papier in den Lokus gleiten läßt. »Alle Verantwortung auf Ihr Haupt, Gareis. Daß ein gewiegter Kriminalist von Ihrem Ruf nach knappen drei Stunden einfach das Rennen aufgibt, hätte ich nicht gedacht. Ich hätte diese Gegend durchkämmt, bis kein Stein auf dem anderen geblieben wäre.«

Gareis versucht ein freundliches Lächeln. »Und wenn auch

kein Stein auf dem anderen geblieben wäre, Herr Oberst, gekriegt hätten Sie den Mann sowieso nicht.« »Und warum nicht?« »Weil er vermutlich gar nicht mehr in Ihrem Bereich ist.« »Wie wollen Sie das wissen, Gareis?« »Und wenn er hier ist, Herr Oberst, dann vielleicht als Bäckermeister, Zellenleiter, Eisenbahner, Wachposten oder Oberleutnant.«

»Sie spinnen, Gareis. Sie wollen doch damit nicht etwa sagen, daß ...« Der Oberst läßt sein Glas sinken, als wolle er sich davor bewahren, damit zu werfen. »Genau das, Herr Oberst. Der Captain ist nicht nur so einfach ausgebrochen, er wußte genau, daß er es riskieren konnte. Hier, in Ihrem Bereich, existiert ein Sprungbrett für solche Aktionen.«

Der Oberst schwankt, ob er nun werfen soll oder lachen, oder das Gespräch brüsk abbrechen. Er entscheidet sich dafür, Gareis nicht ganz ernst zu nehmen. »Ich hatte mal in meinem Bereich einen Batteriechef«, sagt er, »dem gingen sechs Panzer durch die Lappen. Und was sagte der Kerl? Sechs sind ihm zu wenig. Er wartet, bis sie mit zwei Dutzend kommen.« Die Herren amüsieren sich hörbar. Der Kasinounteroffizier steigt sofort mit einem Korb in den Keller. Er hat das untrügliche Gefühl, daß heute abend noch viel Stoff benötigt werden wird.

Gareis sieht durch die Uniformen hindurch, bis nach hinten in eine Ecke hinein, in der Strick sitzt. »Spielen Sie mit mir eine Partie Billard, Strick?« will Gareis wissen.

Strick erhebt sich bereitwillig. Der Oberst ruft vergnügt: »Sehen Sie sich vor, Gareis. Strick wird Ihnen klarmachen, daß die Kriegsgefangenen nur deshalb ausgebrochen sind, weil sie keinen politischen Unterricht erhalten haben.« Allgemeines Gelächter. »Und weiter«, ruft der Oberst, »wird Strick Sie davon überzeugen, daß auch Sie politischen Unterricht nötig haben, weil Ihnen so schnell die Luft weggeblieben ist.« Wieder Gelächter. »Geiger«, sagt der Oberst, »lassen Sie Inspektor Gareis einen genauen Unterrichtsplan zukommen. Sie sind uns ein lieber Gast, Gareis. Bequemer Stuhl steht stets für Sie bereit. Auf Wunsch: Ohrensessel.«

»Ich werde, ganz ernsthaft, Herr Oberst, Ihr freundliches Angebot in Erwägung ziehen«, sagt Gareis, bevor er Strick einladend die Tür zum leeren Nebenzimmer öffnet.

Gareis legt die ersten beiden Bälle auf die Platte des Lochbillards. »Fangen Sie an«, sagt er. »Sie geben den Anstoß.«

Strick hat das Gefühl, sich einem Minenfeld zu nähern. Sein Frontinstinkt befiehlt ihm Vorsicht. Hohe Vorsicht. Gareis will ihm wie eine Warnungstafel erscheinen.

Strick greift nach einem Stock, setzt ihn an. »Sie sollten die Spitze mit Kreide einreiben«, sagt Gareis verbindlich. »Man kann dadurch sichere Stöße durchführen.« »Ich bin kein guter Spieler.« »Ich weiß«, sagt Gareis, »aber dann lernen Sie es eben.«

Strick stößt heftig zu. Die Bälle prallen aneinander, jagen in die Ecken hinein, springen über die Fallöcher, bleiben nach kurzen Zuckungen auf der grünen Fläche liegen. »Ein leichtes Spiel«, sagt Gareis. »Ein leichtes Spiel, für mich.« Er stößt eine Kugel nach, drei Bälle verschwinden in den Löchern, rollen dumpf in den Gleitbahnen zurück, wie ein Wagen, der über eine ferne Brücke poltert.

»Halten Sie mich eigentlich für einen Idioten, Strick?« Er legt zwei neue Bälle auf, lehnt sich leicht auf den Tisch, visiert kurz, stößt dann sanft zu, wie in Butter hinein. Die Bälle versinken in den Löchern, als werden sie dort hinabgerissen. »Ich werde mich hüten, Gareis, Sie zu unterschätzen.« Strick sieht die kleinen nervigen Hände des Inspektors, die sicher nach den Kugeln greifen.

»Dabei ist die Lösung ein Kinderspiel, Strick.« Gareis sieht auf. »Oder etwa nicht?« Strick lehnt sich vorsichtig gegen die Wand. Es ist ihm, als müsse er sich stützen, fest angelehnt dastehen, wenn ihn ein Stoß erreichen sollte. »Sie wissen also die Lösung, Gareis, und wollen Sie nicht sagen.« »Wollen Sie sie hören?« »Ich möchte mich nicht in Ihre Dienstgeheimnisse mischen.« Gareis lacht kurz auf. »Sie sind ein nobler Mann, Strick.«

Er stößt noch einmal zu. Die Bälle sacken ab, rollen zurück. »Eine Zeit wie ein Karnevalsfest für Mörder«, sagt Gareis. »Es macht manchmal viel Spaß, darin gelegentlich als Idiot herumzuwandeln.« »Wenn es Ihnen Freude macht ...« Strick hat ein Gefühl wie ein Schwimmer, der in eine heftige Strömung hineingerät, im Augenblick aber noch nicht weiß, wie man sich ihr am sichersten entziehen kann. »Es macht mir Freude«, bestätigt ihm Gareis freundlich.

Er setzt sich auf den Billardtisch und fuchtelt mit dem Queue wie mit einem Zeigestock herum. »Wann, meinen Sie wohl, Strick bricht ein Gefangener aus? Wenn er Aussicht hat, durchzukommen. Und wann ist diese Aussicht am größten? Wenn er auf Hilfe rechnen kann.«

»Es hat Leute gegeben«, sagt Strick, »die auch ohne Hilfe aus der Kriegsgefangenschaft entkommen sind.« »Zweifellos. Aber kaum ohne Vorbereitung. Und unser Captain fing erst vor fünf Tagen an mobil zu werden. Ich habe mich eingehend danach erkundigt. Er sitzt bereits acht Monate. Liest Bücher, Zeitungen, spielt Schach, geht melancholisch umher. Alles nichts Besonderes. Vor fünf Tagen fühlt er plötzlich das Bedürfnis, zu arbeiten.«

»Und?« Strick gibt sich skeptisch. »Ist das etwas Besonderes? Er hatte die Trägheit satt, er wollte sich betätigen.« »Um zu fliehen.« »Natürlich.« »Ich möchte eher annehmen, er ist auf eine Fluchtmöglichkeit aufmerksam gemacht worden.« »Von wem wohl?« »Vielleicht können Sie mir diese Frage beantworten?«

Gareis lächelt, fährt aber gleich darauf, keine Antwort abwartend, fort: »Weiter. Er haut also ab. Immer genau nach Handskizze Richtung Wald. Ein Kinderspiel. Dort, an nicht unübersichtlicher Stelle, findet er Kleider vor. Zieht sich um.«

»Und das ist dann, Gareis, genau der Wald, den Sie absperren lassen. Der einzige Wald weit und breit. Sie riegeln ihn also ab. Ihr Fuchs ist in der Falle. Warum durchkämmen Sie dann nicht diesen Wald?«

Gareis balanciert den Billardstock auf der Spitze seines Zeigefingers. »Auch ganz einfach. Zuerst war er drin, nachher war er nicht mehr drin.« »Er ging durch Ihre Absperrketten?« »Genau das. Mitten durch. Wie im Märchen.« »Das müssen Sie mir näher erklären.« »Sehr gerne, Strick. Sollte ich mich wesentlich irren, dann können Sie mich berichtigen.«

Der balancierte Stock verliert an Halt, fällt senkrecht herunter, jäh, haltlos, wird aber von Gareis, kurz vor dem Erdboden, mit sicherem Zugriff gepackt. »Wann kommt man aus einem abgesperrten Wald hinaus? Sehr einfach. Wenn man bekannt ist. Und hinein? Ebenso. Der Oberst Müller, zum Beispiel, ist ein bekannter Mann. Er kann überall in seinem Bereich hinein und hinaus, ohne einen Ausweis vorzuzeigen. Es gibt noch andere, die sich das leisten können. Bei dieser Treibjagd zum Beispiel waren, nicht zuletzt durch die Besprechung am Kasernentor, ganz bestimmt zwei Mann allen Absperrkommandoführern genau bekannt und völlig unverdächtig. Ich — und Sie.«

Strick sieht Gareis ruhig atmend, aus zusammengekniffenen Augen an. Es ist, als visiere er — genau über Kimme und Korn — ein Ziel an. Weiß aber noch nicht, ob das ein lohnendes Ziel ist; eins von jenen Zielen, die ausgelöscht werden müssen, will man nicht selber ausgelöscht werden. »Sie scheinen Ihrer Sache sehr sicher zu sein, Gareis.«

»Daß es der Wald ist«, sagt der Inspektor versonnen, »zu dem der Fliehende seine Zuflucht nehmen würde, war leicht zu errechnen. Noch leichter aber war es, alles andere aufzuspüren. Sehen Sie, Strick, ich habe eine üble Angewohnheit. Ich frage immer sehr viel. Ich kann nicht eine Minute neben einem Menschen stehen, ohne ihm nicht mindestens fünf Fragen vorgelegt zu haben. Als ich nun die Absperrkette abfuhr, begann ich immer mit folgender Frage: Wer ging hier vorbei oder wollte hier vorbeigehen. Peinlich, was?«

»Wenn ich nun«, fährt Gareis wie in einer Vorlesung fort, »an der einen Seite des Waldes höre, daß dort zwei Personen hineingegangen und nur eine zurückgekommen ist, wenn ich dann weiter an der anderen Seite vernehme, daß dort zwei Personen herausgekommen sind, so macht das nach Adam Riese drei. Zwei gingen also hinein, drei kamen heraus. Völlig klarer Fall, nicht.«

Keine Antwort von Strick. »Darf ich Sie bitten«, sagt Gareis, »mir Ihr Soldbuch zu leihen?« Strick reicht es hinüber. Gareis schlägt die letzten Seiten auf und überfliegt sie beiläufig. Er gibt das Soldbuch wieder zurück. Er zieht den Billardstock durch seine Hand, wie einen Degen, dem das Blut abgewischt wird. »Das ist aber sehr ungeschickt«, sagt er, nicht ohne Tadel. »Der Offizier, der Sie begleitete, trug genau dieselben Auszeichnungen, die Sie besitzen. Ganz genau. Das ist ein Regiefehler. Sollte man nie machen.«

Einige Zentner scheinen auf Strick zu lasten. Pure Watte, aber Berge davon. Fast wie sanfter Erstickungstod mit violettem Feuerwerk. Er sagt gedehnt: »Ich nehme nicht an, daß Sie mir das erzählen, um mich angenehm zu unterhalten. Sie wissen, aber Sie wollen Ihr Wissen nicht auswerten. Im Augenblick jedenfalls nicht. Daß Sie das Bedürfnis haben könnten, vor mir zu prahlen, fällt von vornherein weg. Sie verfolgen also eine bestimmte Absicht.«

Gareis spielt mit einer Billardkugel. Er läßt sie im Lampenlicht funkeln, als überprüfe er flüchtig Glanz und Vollkommenheit der Rundung. »Sie denken langsam«, sagt er, »aber verhältnismäßig sicher.«

»Man sagt allgemein, Gareis, Sie sind ein durchtriebener Bursche. Es gibt einige, die behaupten, Sie hätten noch nie einen Fehler gemacht. Ihre Sicherheit wird allgemein gerühmt. Sie erklären mir nun mit aller Deutlichkeit, daß Sie mich in der Hand haben. Ein Wort von Ihnen und ich bin galgenreif. Ich bin überzeugt davon, daß Sie mich kennen. Sie müßten also wissen, daß ich Sie bedenkenlos über den Haufen knallen würde, wenn ich das Gefühl hätte, daß Sie lebensgefährlich für mich sind. Sie rechnen also damit, daß ich in Ihnen keinen Gegner sehe.«

»Spielen wir doch unsere Partie weiter«, sagt Gareis gelassen. »Sie sind dran, Strick.« »Wie hoch ist der Einsatz?« »Das wird sich noch ergeben. Bei Gelegenheit kassiere ich ihn ein.«

Es gibt Augenblicke, in denen Strick meint, er sei haltlos in eine Grube gestürzt und mit dem Hinterkopf gegen eine große Trommel geknallt. Undurchsichtige Nacht scheint ihn zu umgeben. Er tastet sich vor wie ein Blinder, der seine Krücken verloren hat. Und er war doch immer fest davon überzeugt, sich einsam auf freiem Feld zu befinden. Aber um ihn ist mehr, als er jemals vermutete.

Nun gut, mag er abgestürzt sein, wie ein Stück Wild, dem Fallgruben auflauerten. Soll Gedröhn um ihn sein, wie von einem Orchester, das aus lauter Pauken besteht. Aber hier, im Dunkel seines Absturzes, sieht er endlich das, was er auf seinen zögernden Wanderungen nie sah: über sich aufgerissen ein Stück Himmel, wie ein auseinandergefetzter Plunder, der einen nackten Körper freilegt.

Er sieht, ohne noch genau zu wissen, was er sieht. Er ist

wach wie ein Tiger vor dem Sprung. Aber er weiß das Ziel noch nicht, auf das er ansetzen wird. Nur eins weiß er: er ist nicht allein. Auf der Straße, die er beschreitet, wimmelt es von Gesinnungsfreunden. Und von Spitzeln, Zuträgern und Konjunkturrittern. Nacht ist obendrein. Dick schwarz angepinselte Nacht. Es gilt jetzt, den richtigen Nebenmann zu finden. Oder nur die sichere Rückendeckung. Aber wie? Er kann da nicht einfach inserieren, plakatieren oder ausrufen lassen. Er muß schlau sein, wie ein Fuchs. Durchtrieben. Ausgekocht, wenn er nicht selber schmoren will.

Er vernachlässigt den Fall Wolf vollkommen. Wolf, spürt er, ist ein Wassertropfen; von zu geringer Bedeutung, wo es gilt, eine Strömung zu stauen. Alles Material, das Wolf reichlich und gerne geliefert hat, verschwindet in der Akte »K« — K gleich Kommandantur — wie in einem Mülleimer. Gareis zieht den Fall Wolf, gleich einem Angler, der sich einen gefangenen Fisch zuwindet, in seinen Bereich. Dort preßt er ihn aus wie eine Zitrone und läßt ihn in dem Abfallkasten, der auch Wehrmachtgefängnis genannt wird, liegen. Durchschläge der Vernehmung schickt er — »mit freundlichen Grüßen« — an Oberleutnant Strick.

Vogel gibt sich, als sei überhaupt nichts Bemerkenswertes geschehen. Strick versucht ihn anzustechen, wie einen Damm, der durchbrochen werden muß, um Ödland zu bewässern. Vogel ist stur wie Beton. Aufreizende, bewußt herausfordernde Anklagen von Strick, die ihm Leichtsinn, Skrupellosigkeit, verbrecherische Neigungen, Sabotage, Hoch- und Landesverrat und ähnliche Belanglosigkeiten vorwerfen, nimmt Vogel mit der Gelassenheit eines Briefkastens in sich auf.

Selbst der deutliche Hinweis auf Inspektor Gareis und auf dessen richtige, und daher gefährliche Kombinationen, berührt Vogel nicht im mindesten. »Wenn er wollte«, sagt Vogel abwinkend, »dann hätte er auch. Wer sollte ihn wohl daran gehindert haben? Du etwa? Du versuchst mir doch nicht einzureden, daß du genau weißt, was du willst?« »Und wann erhalte ich meine zweite Uniform zurück, meine Stiefel, meine Unterwäsche?« »Wende dich doch an deinen Gareis, vielleicht besorgt er sie dir.«

Was aber Strick wirklich unsicher macht, ist das feste Gefühl, daß ein solides Kesseltreiben gegen ihn anrollt. Er hat einen vertraulichen Brief aus seinem Heimatort erhalten. Der Kreisleiter von Rehhausen, so wird ihm darin von einem Freund mitgeteilt, habe um genaue Auskünfte gebeten, a) über Strick, b) über die Eltern von Strick, c) über sonstiges. »Gestern abend, Vogel, habe ich drei Fernschreiben kontrolliert, die direkt an den Kommandanten gingen oder von diesem aufgesetzt waren. Und alle drei befaßten sich ausschließlich mit meinen Personalpapieren.«

»Sieh mal einer an«, sagt Vogel, »wieviel Undankbarkeit es doch auf dieser Welt gibt! Du willst Ihnen das Hemd lüften und sie mißtrauen dir. Du bist aufrichtig bemüht, sie einzulochen und sie lehnen es glatt ab, dir dafür einen erhebenden Fackelzug mit großem Zapfenstreich darzubringen! Nein, ist denn sowas möglich!«

»Wo ist der englische Offizier, Vogel?« »Welcher englische Offizier? Kennst du einen? Ich nicht.« »Man müßte dich glattweg verhaften.« »Wer denn? Du etwa? Du willst mich wohl zum Lachen bringen. Oder verspürst du das dringende Bedürfnis, dich selber einzulochen. Um den Lieblingswort zu zitieren: Unterlagen reichen aus. Und der gute Rabe wird das mit Wonne tun und sicherlich in dem Bewußtsein, eine ethische, germanische Leistung vollbracht zu haben.«

»So geht das nicht weiter, Vogel.« »Meine Rede. Wem sagst du das? Komm zu Mutter Tikkes und laß dir erzählen, was für nette Leute in deutschen Offiziersuniformen herumlaufen. Oskar Tikkes, in seiner Eigenschaft als Blockwart und Gasthausbesitzer, hat ihn prompt an den Stammtisch gesetzt. Zum Brüllen war das! Der Captain lief rot an vor Freude und war gar nicht mehr von der Hakenkreuzfahne hinter ihm zu unterscheiden. Und wie er gegrüßt hat, Menschenskind! Wie auf dem Parteitag. Das allein war schon den ganzen Rummel wert.«

Strick weiß, daß er nur noch einen einzigen Schritt zu machen braucht, um ein anderes Ufer zu betreten. Ein Schritt, der ein Wort ist. Aber er zögert, wendet sich dann schroff mit einer Vierteldrehung ab und nimmt seine Wanderung auf der Grenze wieder auf. »Hau ab!« sagt er zu Vogel. »Und laß dich mit solchen Schweinereien nicht mehr bei mir blicken.«

»Ich möchte nur wissen«, sagt Vogel, »wie lange du hier noch ›Blinde Kuh‹ zu spielen gedenkst.«

Dr. med. dent. Friedrich, der Kreisleiter von Rehhausen, hat immer noch die gleiche Wohnung wie damals, als er Zahnarzt war. Und auch noch dieselbe Frau.

Ein Haus in einer Nebenstraße. Baukasten mit Stuckfransen. Davor ein Garten; sauber planierter Friedhof für Blumen. Kein Gartenzwerg. Zaun aus meterlangen, grünbekleckssten Zahnstochern. Schild an der Tür: Dr. med. dent. Friedrich. Die untere Hälfte ist sorgfältig überklebt. Vermutlich stand dort: Sprechstunden, Montag mit Freitag von 10 Uhr bis 17 Uhr, durchgehend.

Das untere Stockwerk bewohnt ein pensionierter Major. Jetzt Leiter der Lebensmittelbezugsstelle Rehhausen. Totaler Einsatz. Abgewetzte Treppe zum oberen Stock. Geschrubbt, bis das Weiße durchschimmert. Geruch nach Kernseife.

Oben wird sofort geöffnet. Anscheinend die Aufwartefrau des Kreisleiters: schwer zerarbeitete Schlampe mit Küchenschürze und blauem Geschirrhandtuch als Turban. Aber nicht ohne Haltung. Strick erfährt noch rechtzeitig, daß er mit Frau Friedrich spricht.

»Der Kreisleiter ist noch nicht da«, sagt Frau Friedrich. »Aber vielleicht wollen Sie warten. Der Kreisleiter muß jeden Augenblick kommen.« Strick wartet gerne. Er erkundigt sich bei Frau Friedrich, ob er irgend etwas helfen kann. Eimer ausgießen? Abfälle hinuntertragen? Vielleicht Teppiche klopfen?

Frau Friedrich meint, sie werde damit ganz gut alleine fertig. »Und Ihr Hausmädchen?« »Haben wir doch keins. Wo denken Sie hin. Jetzt mitten im Krieg eine Hausgehilfin! Da macht doch mein Mann, der Kreisleiter, nicht mit.«

Sie führt ihn in Dr. Friedrichs Arbeitszimmer. Kein Raum, eine Unterkunft; ein zugewiesenes Quartier. Verwohnt, für Durchgangsbetrieb eingerichtet. Spuren von Stiefeln auf dem zerlaufenen Teppich und an den Beinen der Stühle. Spuren von Stiefeln an der Seitenplatte des Schreibtisches. Stapel von Schulungsbriefen, Zeitungen, Zeitschriften, Broschüren, Rundschreiben, Schnellheftern und Aktendeckel auf Tisch,

Fensterbank und einigen Stühlen. Peinlich sauberer Papierkorb, wie ausgeleckt.

Frau Friedrich setzt sich Strick gegenüber. Die Frau ist abgearbeitet wie ein Karrengaul, der abdeckerreif ist, denkt Strick. »Als mein Mann seine Praxis noch hatte«, sagt sie, »sah hier alles wesentlich anders aus.«

Strick kann sich das genau vorstellen. Bestimmt: alles sah anders aus. Auch die Frau ihm gegenüber. Etwa vierzig Jahre wird sie alt sein und hat doch schon Falten wie ein Elefant, Lehmklumpen von Händen, die Figur eines Heringsfasses. Vermutlich mit zwanzig Jahren geheiratet, Assistentin gewesen oder so etwas Ähnliches. Dann in der Praxis geholfen, Kinder geboren, die Treppen gescheuert. Das Geschäft blühte auf, da mit Schweiß begossen; ein Hausmädchen kam, womöglich noch eine neue Sprechstundenhilfe. Zwei stramme Söhne wuchsen heran. Und dann begann Dr. med. dent. Friedrich die Politik zu entdecken.

Er nahm die Politik wichtiger als seine Praxis. Die Patienten verminderten sich, die Sprechstundenhilfe hatte nichts anderes zu tun, als im Stehen schlafen, fühlte sich und war auch überflüssig. Friedrichs Leidenschaft stieg und seine Einnahmen verringerten sich. Nach der Sprechstundenhilfe ging auch das Hausmädchen und Frau Friedrich scheuerte wieder Fußböden und den Familienlokus. Aber Pg. Dr. med. dent. Friedrich erklärte: auch das ist ein Opfer für die neue Zeit.

Und die neue Zeit kam. Pg. Dr. med. dent. Friedrich wurde Kreisleiter. Sein Ansehen hob sich und er schloß seine Praxis. War nur Kreisleiter. Seine Söhne wurden zu Pimpfen und seiner Frau wurde erneut ein Dienstmädchen zugeteilt. Aber der Dreck im Hause von Dr. med. dent. Friedrich nahm zu, da ihn nicht mehr die Schuhe der Patienten, sondern die Stiefel der Parteigenossen hineinschleppten. Und so kam der Aufwischlappen nicht aus ihrer Hand und die Söhne trugen HJ-Uniformen, aber keine Müllkübel auf den Hof.

Denn die Partei war eine Männerangelegenheit. Und Friedrich ging in ihr auf. Er war stets Idealist; und wenn er, Frau und Kinder dabei verreckt wären, das hätte nichts daran geändert. Frau Friedrich war Hausfrau; daß sie daneben die Frau eines Kreisleiters war, spielte dabei nicht die geringste

Rolle. Sie besuchte keine Versammlungen, keine Aufmärsche und Volksfeste, war weder jemals im Kasino noch in der Stadthalle anzutreffen. Sie war nur Hausfrau. Und Mutter.

Die Söhne zogen die HJ-Uniform aus und das Ehrenkleid der Nation an. Einer fiel über England; der andere krebst jetzt noch irgendwo in Rußland herum. Und mit der Totalität des Krieges wuchsen auch die totalen Anforderungen, die der Ernst der Zeit an die Hausfrau Friedrich stellte. Das Hausmädchen ging, die herumtrampelnden Stiefel aber vermehrten sich noch. So wurde sie, was sie jetzt ist: ein Lastkahn, der hinter dem keuchenden Schlepper Friedrich schweigend und geduldig einherzieht.

Dr. med. dent. Friedrich erscheint mit vollgepackter Aktentasche. Die Druckschriften quellen daraus hervor, als sei es nötig, den Kreisleiter von Papier zu entbinden. Dr. Friedrich ist müde und abgespannt, wie ein Zugpferd nach pausenlosem Pflügen. Er reicht Strick seine Hand; ein kaltes, fast lebloses Stück Fleisch, ohne Druck, beinahe ohne Regung. Er läßt sich in den Sessel hinter seinem Schreibtisch fallen und liegt eine kurze Zeitspanne darin wie hingemäht. »Soll ich dir die Hausschuhe bringen?« will seine Frau wissen. »Nein«, sagt der Kreisleiter und richtet sich auf.

Was er heute wieder hinter sich gebracht hat: Schwierigkeiten. Was gestern war: Schwierigkeiten. Was kommen wird: Schwierigkeiten. Hinter ihm: Schwierigkeiten; vor ihm: Schwierigkeiten. Und dieser Strick ist der Schwierigste von allen.

»Warum machen Sie mir dauernd Schwierigkeiten, Herr Strick? Warum das? Wir haben doch das gleiche Ziel. Wir sollten zusammenarbeiten.« Er ist müde, taumelnd müde. Wäre Strick nicht da, er würde die Augen schließen und sofort einschlafen. »Muß das denn alles sein, Strick? Sie greifen in meine Bereiche ein. Sie haben eine sofortige Trennung von NSV und Lazarettküchen veranlaßt. Sie haben erklärt, daß die Zivilangestellten der Wehrmacht ab sofort alle Beziehungen zur Deutschen Arbeitsfront zu lösen hätten. Warum das alles?«

»Die Organisationen der Partei, Herr Kreisleiter, arbeiten nicht mehr zuverlässig. Kaum noch Atem drin, kein Schwung mehr spürbar. Ein Kadaver, kaum mehr. Meine Leute werden durch die Partei nur versaut, Herr Kreisleiter. Ich kann das nicht dulden. Ich bin für die nationalsozialistische Ausrichtung in meinem Bereich verantwortlich. Ich bin gegen jede Halbheit.«

Also doch Schwierigkeiten! Der Kreisleiter schließt, als leide er unter Magenkrämpfen, die Augen. Eine Hand hängt matt herunter, wie abgestorben; die andere liegt über der Tischfläche, ein lebloser, weggelegter Gegenstand. »Sie überspannen den Bogen, Herr Strick. Ich sehe das schon seit langem. Sie zerren die Leute mit Gewalt herbei. Das ist nicht gut. Dadurch erreicht man nichts als das genaue Gegenteil. Das genaue Gegenteil. Das ist es. Was Sie machen, das leuchtet nicht ein, das brennt aus.«

»Ich mobilisiere, Herr Kreisleiter. Ich mobilisiere, wie befohlen, alles für den Endsieg.« »Aber doch nicht mit diesen Methoden!« Der Kreisleiter klagt wie ein schüchternes, krankes Kind. Er ist müde, er will schlafen, nur schlafen. Wenn dieser Strick doch erst gehen würde. Sie sollen ihn doch endlich in Ruhe lassen. Einige Stunden wenigstens. Zwei Stunden; eine Stunde ohne Schwierigkeiten. »Sie haben heute vormittag«, sagt er matt, »die Beschlagnahme aller in meinem Bereich befindlichen Lautsprecherwagen für die Kommandantur angeordnet.«

»Dazu bin ich berechtigt. Die Lautsprecherwagen sind nicht Eigentum der Partei, sondern gehören einer Firma. Wenn die Partei sie braucht, werden sie gemietet; wenn die Wehrmacht sie benötigt, verfügen wir eine Beschlagnahme. Das ist im Krieg so üblich.«

»Es ist erschreckend, wie Sie die Situation verkennen, Herr Strick.« Der Kreisleiter fährt sich mit den Fingerspitzen über die Stirn, die Schläfen hinunter. Er atmet tief und erschöpft. »Wir sind müde, Herr Strick. Was wir brauchen, ist Ruhe. Unsere Kräfte sind nahezu ausgeschöpft. Warum wollen Sie sie in wütenden Propagandaaktionen aufreiben? Warum bringen Sie die Unruhe, die Unsicherheit unter die Soldaten? Warum denn diese Verhaftungen? Warum dieser ewige Druck?«

»Ich muß mich sehr wundern, Herr Kreisleiter. Ich bemühe mich aufrichtig, die Schweine auszusondern. Und was sagen

Sie? Keine Schwierigkeiten, Nachsicht, Ruhe! So kommen wir doch nicht weiter. Nein, Herr Kreisleiter! Druck unter die lahmen Hintern, bis die Eiterbeulen aufplatzen.«

Nein, das kann der Kreisleiter nicht verstehen. Dieser Strick ist eine andere Welt. Er findet keinen Weg zu ihr. Eine Wand aus Glas. Aber doch wohl nicht kugelfest.

Nein, Strick versteht den Kreisleiter nicht. Es gibt keinen Weg zu dem, was der seine Welt nennt. Der Repräsentant einer Bewegung? Der Mann ist morsch, müde, verbraucht, zusammengesackt und ausgehöhlt. Der Repräsentant einer Bewegung. Verfaulendes Stroh, nur noch als Dung zu gebrauchen.

Strick wandert von einem Unterricht zum anderen. Von der Wachkompanie zum Ausbildungsbataillon, von dort zur zivilen Gefolgschaft, von dieser in das Standortlazarett, in das Wehrmachtsstrafgefängnis, zu dem Personal der Gefangenenlager. Er redet und redet. Kaum einer in der Kommandantur, der jetzt noch weiß, was man sich unter Nationalsozialismus vorzustellen hat. Das heißt: früher wußte das zwar auch niemand so recht genau, aber mehr als jetzt haben sie denn doch gewußt.

Dabei ist alles, was Strick sagt, präzis und ohne weiteres verständlich. Nur, es klingt neuartig. Wie Dinge, die einem bekannt vorkommen, die man aber noch nie gehört hat. Magda Tannert analysiert das so: Er hat von dem Wort Nationalsozialismus die ganze erste Hälfte weggestrichen und der Rest hat keine Ahnung von Karl Marx. Seine Reden sind wie ein Gewitter; es schwebt in der Luft, kann sich aber jederzeit entladen.

Zu der zivilen Gefolgschaft sagt er: Ihr seid Zivilisten; euch hat die Wehrmacht nicht zu befehlen, sondern: sie ordnet an. Anordnen hat etwas mit Ordnen zu tun. Was nicht in Ordnung ist, kann auch nicht angeordnet werden. Das müssen Sie sich merken.

Zum Bewachungspersonal der Kriegsgefangenenlager sagt er: Kriegsgefangene sind Soldaten wie ihr. Behandelt sie, wie ihr gerne behandelt sein wollt, wenn ihr in Kriegsgefangenschaft geratet. Denn ihr befindet euch hier nicht in unerschütterlicher Sicherheit, ihr seid hier nur vorübergehend anwesend. Kann sein, daß ihr innerhalb von drei Tagen an irgendeinem Frontabschnitt eingesetzt werdet; kann weiter sein, daß ihr knappe zwölf Stunden darauf schon in Gefangenschaft geratet. Kann durchaus sein. Es könnte aber auch sein, daß sie bis hierher kommen und euch an Ort und Stelle einlochen. Wir müssen jeder Möglichkeit ruhig ins Auge sehen, hat der Führer gesagt.

Zu den Offizieren sagt er: Soldaten lieben Vorgesetzte nicht, sie gehorchen ihnen nur. Es sei denn, daß es sich um Clowns oder um üble Schleifer handelt. An die erinnert man sich noch lange, und wohl nie ohne besondere Freude; wenn diese Vorgesetzten Clowns waren, freut man sich über ihre Idiotie, wenn sie Schleifer waren, darüber, daß man ihnen glücklich entkommen ist. Was ist nun Nationalsozialismus? Nationalsozialismus ist Beispiel. Wer gibt das maßgebliche Beispiel? Der Führer, die Generale, die Reichsleiter und die sonstigen Vorgesetzten. Hitler, Guderian, Ley und Oberst Müller. Diesen Beispielen gilt es nachzuahmen. Wer ihnen nicht nachahmt, ist kein Nationalsozialist. Das ist eine einfache Rechnung.

Zu den Verwundeten und Kranken der Lazarette sagt er: Euch, so versichert man, ist der Dank des Vaterlandes gewiß. Diesen Dank habt ihr verdient. Ihr habt keine Arme, keine Beine, keine Augen mehr, dem einen fehlt ein Fetzen seiner Lunge, dem anderen ein Teil des Magens, dem dritten ist ein Stück Hirn im Schützengraben oder im Eimer unter dem Operationstisch liegengeblieben. Ihr habt also den Dank des Vaterlandes verdient. Und nun überlegt einmal genau, wie dieser Dank des Vaterlandes aussieht. Eröffnet ein Konto. Schreibt darüber: »Dank des Vaterlandes.« Und dann tragt ein. Links. Geliefert: 117 Nächte ohne Schlaf, 4 Erkältungen, 38 Scheuerwunden, 15 Furunkel, Schweißfüße, laufende Ohren, Haarausfall, Plattfüße, Blasenstörung, Herzkrämpfe im beginnenden Stadium, jede zweite Woche Verdauungsstörungen, zitternde Hände. Das alles als allgemeine Lieferung. Und nun kommt das Spezielle: linkes Bein bis Mitte Oberschenkel amputiert; oder: Aufriß der vorderen Bauchdecke, Freilegung der Därme, künstliche Ernährung. Und was sonst alles anfallen mag. Und dann tragt auf der Haben-Seite ein; rechts: ein Verwundetenabzeichen; Herstellungskosten 25 Pfennig. Ein Händedruck des Kommandeurs; Preis in dessen Gehalt miteinberechnet. Eine Durchhalterede des NSFO; kostenlos. Und was der guten Dinge noch mehr sind.

So spricht Strick, und man hört ihm mit aufrichtiger Verwunderung zu. Wenn das Nationalsozialismus ist, sagen sich die Soldaten, dann ist das, was sich bisher dafür ausgab, eben kein Nationalsozialismus. Ergo: Sie müssen unterscheiden lernen. Weiter: Sie müssen wählen. Das Gemeinste an diesem Strick ist, daß er zum Nachdenken zwingt. Man hatte fast schon vergessen, wie so etwas gemacht wird.

Eine Welle von krampfhafter Sauberkeit läuft Strick voran. Seit Wolfs Verhaftung magert der Stabsintendant zusehends ab und seine Frau verliert, was allgemein angenehm auffällt, an verleumderischem Schwung. Soldaten beginnen, von Strick auf diese Möglichkeit aufmerksam gemacht, ihre Portionen nachzuwiegen. Der Kasinozoo wird eilends aufgelöst. Und wenn der Nachfolger von Hauptmann Wolf eintrifft — bis dahin verwaltet die Schlüssel Hauptmann Geiger — soll die Marketenderware auch in hinterste Kanalsysteme fließen.

Das politische Unterrichtsthema dieser Woche ist die Sowjetunion. Strick hat sich von seiner unfreiwilligen Rußlandreise eine ganze Mappe voller Bilder mitgebracht. Prachtvolles Material. Auf den Deckel hat er, mit Rotstift geschrieben: Vorsicht! Feindpropaganda! Und darin liegt dann alles, worauf die in der UdSSR stolz sind: Lenin und Stalin Hand in Hand; Arbeiter auf dem Roten Platz; Maifeiern bei den Kirgisen; Stalin auf der Mauer eines Staudammes; die »Prawda« flutet aus den Rotationsmaschinen; Tschaikowsky-Ballett in der Großen Oper; das Zentralgebäude der Partei in Leningrad; Stalin vor Metallarbeitern. Und so weiter, und so weiter.

Diese Fotos legt er in ein Epidiaskop und knallt sie gegen die Wand des von ihm eingerichteten Filmsaals. Zwei mal sechs Meter. Dazu macht er unklare Bemerkungen oder läßt seine Zuhörer in ein großes Wettraten ausbrechen und wundert sich im Stillen weidlich über die erstaunlichen Kenntnisse seiner Kommandanturangehörigen.

Sehr beliebt ist auch das Thema »Britisches Weltreich«, mit ausgedehnten Churchillzitaten und zahlreichen Bildern vom korpulenten Winston: Churchill mit Hund; mit Bild; mit Sekretärin; mit Westminster im Hintergrund; mit König und immer mit Zigarre.

Frankreich sieht, nach Strick, so aus: Große Dichter, die immer gegen etwas waren, zumeist gegen den Nationalismus; so Voltaire, Hugo, Zola. Dreyfuß-Prozeß mit allen Einzelheiten. Große Modenschau für die weibliche Gefolgschaft, mit dem ernsthaft angebrachten Hinweis, ob man da nicht spüre, daß so ein Volk den Krieg verlieren müsse. Und dann Paris! Bauten und Menschen, Plätze und Vergnügungsstätten. Welch ein Kontrast zur zuchtvoll-großdeutschen Lebensweise; Abendkleid contra Wehrmachtshelferinnenuniform.

Nach einer dieser Unterrichtsstunden, Strick packt gerade seine Unterlagen zusammen und will von einer Einheit zur anderen eilen, kommt Rabe auf ihn zu. »Wenn Sie mir erlauben, Strick, begleite ich Sie ein paar Meter.« »Bitte, gerne. Aber wir müssen uns beeilen.«

Sie gehen ins Freie, auf die Fahrbahn zwischen den Kasernenblocks. Brütende Hitze umflirrt sie. »Ich hoffe, Sie verstehen mich nicht falsch, Strick. Aber ich bedauere es, daß ich Ihnen in den letzten Tagen ausgewichen bin.«

Strick hat nicht die geringste Ahnung, worauf Rabe hinaus will. Er ist schon in Gedanken bei seinem nächsten Vortrag. Zivile Gefolgschaft, diesmal die Frauen allein. Er wird mit ihnen über die deutsche Frau sprechen. Und zum Abschluß — oder schon zur Einführung? — das Deutschlandlied singen lassen. 2. Vers. »Deutsche Frauen, deutsche Treue!« Das ist ein gutes Thema. Läßt sich allerhand darüber sagen.

»Ich verstehe es jetzt sehr gut«, sagt Rabe neben ihm, »daß sich Fräulein Tannert zu Ihnen hingezogen fühlt, Strick. Ich habe zwar kein Recht, mir irgendein Urteil darüber zu erlauben, aber vielleicht ist es für Sie nicht unwichtig zu wissen, wie ich darüber denke.«

Strick bleibt stehen. Er sieht vor sich Rabe: um Haltung bemüht, Klarheit erstrebend. Dahinter eckige, knapp beschnittene Rasenflächen, mit roh behauenem Steinrand. Und dahinter wieder: durchlöcherte Würfel, Kasernenblocks genannt; rechtwinkelig ausgerichtet. Brutstätten für vierkantige Gedanken.

»Nur weiter, Rabe. Was Sie da ausführen, interessiert mich mächtig.« »Ich habe mich immer gefragt, warum Sie das alles hier tun und was es wohl im Grunde bedeuten könnte. Nun, ich glaube jetzt, das war so: Die Verhaftung des Bahnhofskommandanten: nichts als ein Zufall. Ihre Sondertouren um Verpflegung, Marketenderwaren und für sonstige Gleichschaltung: nichts anderes als verlagerte Frontsoldatengefühle. Und der Grund für die Verhaftung von Hauptmann Wolf? Eine Frau. Magda.«

Vor Strick schwellen die Mißverständnisse an, als sammelten sie sich wie Preßluft in einem Ballon und füllten ihn zum Bersten. Ein seltsames Schauspiel. Die Hirne um ihn feiern Karneval. Strick zögert nicht, sich daran zu ergötzen.

»Ich mache Ihnen keinen Vorwurf, Strick. Besonders Magdas wegen nicht. Daß Sie ihretwegen Hauptmann Wolf verhaften ließen, das finde ich heute selbstverständlich. Ich selbst hätte die Initiative ergreifen müssen. Daß ich zögerte, brachte mir wohl Ihren Verlust.« »Wieso: Verlust, Rabe? Hat Ihnen Fräulein Tannert das gesagt?« »Ich habe sie seitdem nicht mehr gesprochen.« »Sie sind der deutsche Knabe mit dem Wunderhorn, Rabe. Wie er leibte und lebte, komplette Neuauflage.«

»Ich habe nämlich bisher immer gedacht ...« Rabe lacht gering auf, wie ein Erwachsener lacht, der als Kind heftig daran geglaubt hat, daß es einen Mann im Mond gibt. »Was haben Sie denn gedacht, Rabe?«

Rabe zögert, sieht aus, als sei sein Ausweis abhanden gekommen und nun wisse er nicht mehr, wer er ist. Sagt dann aber schnell: »Ich hatte immer geglaubt, Sie verfolgen ganz bestimmte Ideen, ein besonderes Ziel. Ich glaubte immer zu fühlen, daß Sie ganz anders überlegen und planen, als es bisher üblich und — erwünscht war. Radikaler. Zur Veränderung entschlossen. In dieser unklaren Zeit begann ich zu fürchten. Zuerst um eine ganz bestimmte Welt, um eine Anschauung, die ich für unerschütterlich hielt. Dann kamen Tage, wo ich allein um Sie bangte, Strick. Um Sie persönlich. Sie sind kein Mensch, den man liebt, wenn man Kraft genug hat, nicht sich selbst zu lieben. Man fühlt mit Ihnen; bis man dann eben erkennen muß, daß eine Hoffnung zu kühn war, um sich zu erfüllen. Sie verstehen: man verzweifelt an seinem eigenen Mut, weil man niemand findet, für den er sinnvoll wäre. Ich dachte nämlich eine kurze Zeit lang, Sie wollten nichts anderes als eine Revolution. Aber es wurde nur eine Revolte; lediglich eines geliebten Menschen wegen. Aber, wie gesagt, ich kann Sie durchaus verstehen. Magda ist das wert. Es ist ja auch gewiß nichts Sinnloses geschehen. Nur aus anderen Beweggründen als ich dachte.«

Strick sagt in aller Aufrichtigkeit und mit hoher Überzeugungskraft: »Rabe, Sie sind ein Rindvieh.«

Der alte Tannert bewohnt mit seiner Tochter Magda zwei Zimmer und eine Küche in einem zweistöckigen Baukastenhaus unmittelbar am Mainufer. Diese Wohnung hat er bereits 1923, als er heiratete, bezogen.

Hier saß er die Nächte hindurch am Reißbrett und beschmierte seine Finger mit Zeichentusche. Hier wurde seine Tochter geboren, von einer Mutter, die litt und wie ein verendendes Tier stöhnte. Er selbst half bei der Geburt; Geld für einen Arzt war keins da, für eine Hebamme auch nicht. Seine Frau erhob sich nicht mehr von ihrem Wochenbett und starb, wie verschwelende Glut, nach Monaten. Hier wurde er, 1933, vor den aufgerissenen Augen seines Kindes zusammengeschlagen und die Treppe hinuntergezerrt. Ein prallgefüllter Kartoffelsack, der Beute der Ausgehungerten wird. Dann lag er in dem gleichen Bett, in welchem ihm seine Frau unter den Händen wegstarb, und ein Kind tupfte ihm das Blut aus dem Gesicht und sog seine Fieberfantasien in sich ein. Wie eine Infektion war das.

Sie haben beide, Vater und Tochter, zwanzig lange Jahre zusammengelebt und kennen sich, bis in die letzten Bewegungen ihrer Fingerspitzen hinein. Jeder von ihnen bewohnt ein Zimmer ganz alleine für sich; nur die Küche ist ihnen gemeinsamer Aufenthalt. Hier treffen sie sich am Morgen beim Kaffee, hier sitzen sie am Abend nach der Arbeit; zumeist schweigend, mit kargen, ganz schlichten Gesten, aus denen liebende Zärtlichkeit in letzter, überdeutlicher Vereinfachung erstrahlt. Und niemals sprechen sie von Politik.

Über Politik zu reden, scheint Tannert aussagen zu wollen, ist unter Gleichgesinnten nicht nötig. Sie wird gelebt, erlebt, durchlebt. Und durchlitten. Wenn er an heißen Abenden mit offenem Hemd in der Küche sitzt, seine Brust sichtbar wird, zerhackt, durchfurcht wie ein gequältes Stück Land, dann ist das wie eine heimliche Fahne, die hier ausgebreitet wird. Jedes Wort darüber ist zuviel.

Der alte Tannert beobachtet sein Kind aufmerksam. Es wächst unter seinen forschenden Augen heran, wie neue Welten unter dem Mikroskop entstehen. Seine Lebenshilfen sind zumeist völlig wortlos. Sie bestehen oft lediglich aus angestrichenen Sätzen in Büchern, die er durchgearbeitet hat wie eine zu überprüfende Buchführung, aus Zeitungsartikeln, die er ausschnitt und auf dem Küchentisch liegenließ. Und Magda versteht ihn. Entscheidungen, die sie trifft, kommen Tannert oft so vor, als seien sie zwischen ihnen in ausgedehnten Wechselreden erörtert und durchdacht worden. Sie ist sein Kind. Sein Leben ist nicht sinnlos, da es sie gibt. Und wenn er den Verlauf dieses Krieges überdenkt, seine stummen Folgerungen daraus zieht, dann ist es ihm manchmal, als habe er den Nazis dafür dankbar zu sein, daß sie ihm damals seinen Verstand wachprügelten und seine Ablehnung in ihm festigten, für alle Zeiten.

Wäre das nicht geschehen: dieses Kindes wegen hätte er vielleicht versucht das zu vergessen, was viele um ihn mit verbohrter Überzeugung bezeichnen. Ihr Leben wäre angenehmer geworden, leichter zu überstehen, bequemer zu gestalten. Aber so ist es ehrlich und sauber geblieben. Es wird jetzt eine Zeit kommen, wo unbarmherzig Bilanz gezogen werden muß. Seine Lebensrechnung wird er dann getrost aufstellen können. Wofür er fast krepierte, dafür wird Magda leben können.

Was Magda aber in diesen Wochen der letzten Entscheidungen auf das Höchste überrascht: ihr Vater hat Humor. Es ist ein verkniffener, spukhafter, unheimlich knisternder Humor. Lautlose elektrische Entladungen in stiller Sommernacht. Aufgefallen ist ihr das zum ersten Mal, als Strick und Tannert in ihrer Gegenwart neue Plakatentwürfe durchsprachen. Sie feilschten um Worte und Wortwendungen, mit ernsten, undurchdringlichen, konzentrierten Mienen; aber in ihren Augen funkelte Spott, Verachtung und Schadenfreude. Nie wird sie vergessen, wie diese Augen sich zueinander tasteten, kurz aufglühten, um dann sofort, als sei etwas völlig Unbedeutendes, Nebensächliches geschehen, auf Spruchornamente und Satzgebilde abzugleiten.

Nie hat der Vater zu ihr ein Wort über Strick gesprochen. Und sie fühlt auch deutlich, daß hier jede Frage ihrerseits überflüssig ist, weil der Vater sie nicht beantworten würde. Nicht weil er sie nicht beantworten will, sondern weil er es nicht kann; noch nicht kann. Aber das glaubt sie genau zu wissen: wie sie fühlt sich auch der Vater zu diesem Strick hingezogen. Unbegreiflich, warum das so ist. Aber es ist so.

Der alte Tannert liest den Leitartikel des »Mainfränkischen Beobachters« aufmerksam. Verkrampfte Forschheit stolziert ihm entgegen. Ein Reiter auf einem Holzpferd, das auf einem Karussell aufmontiert ist; diesem Reiter wird es langsam schlecht, speiübel, aber das Karussell hält nicht mehr nach Wunsch, es dreht sich, einmal in Gang gebracht, haltlos weiter. Und zwischen den Zeilen: bibbernde Angst, mit Alkohol in schreiende Entschlossenheit verwandelt. Sehr beachtenswert.

Es klopft. Tannert ruft »Herein« und Strick betritt den Raum. »Darf ich mich nähern?« will er wissen. Der alte Tannert denkt sofort an seine geheimen Metallarbeiten und Linoleumvorlagen. Das aber nur kurz. Sie sind gut verwahrt. Außerdem wohl durch Strick nicht besonders gefährdet.

»Ich wollte mich mit Ihnen gerne einmal privat unterhalten«, sagt Strick. »Aber Sie können mich ruhig hinauswerfen, wie Sie Besseres vorhaben.« »Ich werde mich hüten«, sagt Tannert. Und Magda sieht, wie wieder in den Augen der beiden Männer dieses seltsame, fast boshafte Funkeln aufglüht. »Gehen wir in mein Zimmer«, sagt Tannert. »Oder sind Sie Magdas wegen gekommen?«

»Wenn ich ganz ehrlich sein soll: nein. Aber vielleicht macht Ihre Tochter einen Spaziergang, während wir uns hier ungestört unterhalten.« »Gerne«, sagt Magda freundlich.

»Und ich würde Ihnen raten, Fräulein Tannert, zur unteren Mainbrücke zu gehen. Ein besonders schöner Anblick zu dieser Zeit.« Magda bemüht sich, vor den spöttischen Augen nicht zu erröten. Sie weiß sofort, wen sie an der unteren Mainbrücke antreffen wird und eilt hinaus.

Das Zimmer des alten Tannert ist saubere Holzschnittarbeit. Einfach, mit einprägsamen Linien, nichts Besonderes; und doch voller Besonderheiten. Ein handgeschnitzter Rahmen; die geschickt erweiterten Formen eines Sessels; Bücherstützen aus Schmiedeeisen; ein gehämmerter Aschenbecher. Überall die saubere, klare Handschrift eines werktätigen Menschen.

»Herr Tannert«, sagt Strick ohne Einleitung, ohne weitere Umschweife, ohne nähere Erklärung. »Sie sind doch Mitglied einer sozialistischen Gruppe!« Das ist deutlich. Aufgedeckte Karten am Ende eines Spiels. Ein Vorhang, der von einer Staffelei gerissen wird.

Tannert rollt sich zusammen wie ein Igel, der sich angetastet fühlt. Er ist nicht in ein Gespräch gezogen, er ist überrannt worden. Nun, er wird diesen Angriff parieren; und zwar in einer Weise, daß Strick das Gefühl haben muß, nach seinem eigenen Spiegelbild mit Steinen zu schmeißen. Er sagt gedehnt, wobei er die Augen zukneift, damit ihn das Funkeln darin nicht verrate: »Mitglied nicht.«

»Aber das geht doch aus Ihren Papieren hervor, Herr Tannert.« »Sie wollten immer, daß ich es zugebe. Deshalb haben sie mich geschlagen. Sie hörten nicht auf. Und da habe ich eben ja gesagt. Aber es stimmte gar nicht. Sehen Sie, damals ist — es hört sich blöd an — mein Blut geflossen. Wofür?, habe ich mich gefragt. Für die Nazis? Doch bestimmt nicht. Eher schon für das Gegenteil. Und seitdem fühlte ich mich als ein revolutionärer Sozialist.« Strick, sehr hellhörig, fragt: »Fühlte?«

Tannert kneift die Augen noch ein wenig mehr zusammen. Er legt die Hände übereinander und vermeidet es, Strick anzusehen. »Sie haben genau hingehört. ›Fühlte!‹ jawohl! Es hat sich manches verändert. Jetzt gehöre ich wohl nicht mehr ganz dazu.« »Aber warum denn nicht, zum Teufel!« Tannert, um Schlichtheit bemüht, sagt: »Ihretwegen.« Strick macht ein

Gesicht, als sei er gegen einen Laternenpfahl geprallt und im gleichen Augenblick automatisch in eine Fallgrube gefahren. Er ist völlig verblüfft. »Ich höre wohl nicht recht.«

»Ich wollte es Ihnen schon immer sagen. In unserem Dienstzimmer konnte ich das nicht. Ich bin bisher nur wenig mit Nationalsozialisten zusammengekommen. Vielleicht habe ich nie gewußt, was das eigentlich ist. Sie sind der erste von dieser Sorte, mit dem ich oft rede und gemeinsam arbeite. Und was Sie machen, gefällt mir. Wenn das Nationalsozialismus ist, das mit dem Bahnhofskommandanten, mit diesem Wolf, mit den Revisionen, Ihrem Einsatz für die Mannschaften, Ihre persönliche Bescheidenheit — wenn das alles Nationalsozialismus ist, dann gehöre ich dazu.«

Strick ist, als fülle sich die Fallgrube, in die er hineingeknallt ist, gurgelnd mit Wasser, während ihm gleichzeitig die Knie wegsacken. Diese Situation ist derartig verdreht und übersteigert, daß seine Verblüffung sich in ein krampfhaftes Gelächter auflöst. »Wofür halten Sie mich eigentlich, Tannert?« »Für einen Ehrenmann.« »Ich denke: für einen Nationalsozialisten.« »Meinetwegen für einen nationalsozialistischen Ehrenmann. Und wenn es Ihnen Freude macht, Herr Strick, begrüße ich Sie gerne von heute ab mit ›Heil Hitler!‹.«

»Menschenskind«, kann Strick nur noch sagen, »Sie sind total übergeschnappt.« Er steht auf, geht an das Fenster. Unter ihm zieht der Main vorbei, wie ein Fließband. Montage der Abwässer. Eine Kloake, an deren Randgebieten Wein wächst. Sollte die ganze Welt ein Strom sein, der aus Millionen Nachtgeschirren gespeist wird? Das kann doch nicht sein!

Er wendet sich um und sieht Tannert in das Gesicht. Dessen Augen sind voll auf ihn gerichtet. Sie versprühen freundlichen Spott. Die Falten um die Mundwinkel sind rund; wohlgeschwungene Kreise behaglichen Einverständnisses. Tannert lacht. Strick fühlt sich erleichtert, als habe er Lasten abgeworfen. Er atmet tief.

»Wir sollten«, sagt Tannert, »einmal ganz offen darüber sprechen, was mit der Gruppe zu geschehen hat.«

Die Luftschutzbefehlsstelle liegt im Keller des Kommandanturgebäudes. Ein Verlies. Gekalkte Wände. Verstaubt und abgegriffen. Telefone, Luftlagekarten, Befehlstisch, Empfänger für den Flaksender. Einige Bänke, ohne Lehne, lang ausgezogen an den Wänden. Wenige Stühle. Ein zentraler Holzsessel: gotischer Afterstil. Leuchtfolien. Quer über der Längswand in dicken Druckbuchstaben: Der Feige stirbt schon vor seinem Tode.

In dem großen Holzsessel lümmelt sich Vogel lässig herum. Er hat seine bestiefelten Füße auf den Tisch gelegt, mitten auf die Lagekarte. Luftschutzbereitschaftsdienst hat er. Am hellen Tag im dunklen Keller. Am Telefon pennen heißt das, bis irgendwann Bomber dieses Gebiet anfliegen. Dann verständigt er den diensthabenden Luftschutzoffizier — der auf seiner Bude pennen darf — und dann lockt er die gesamte Belegschaft in den Keller. Alarmsirenen — und die Kerle schnurren herbei wie die Tauben. Diensthabender Luftschutzoffizier ist heute Oberleutnant Strick.

Ein Telefon läutet. Nochmals. Wieder. Anhaltend. Vogel nimmt unwillig den Hörer ab. »Luftschutzbefehlsstelle der Kommandantur. Vogel — Wie es mir geht? Auch nicht schnell genug. — Deutsche Luftherrschaft einwandfrei gesichert. Wenigstens für die nächsten zwanzig Minuten. Keine Gelegenheit zu geringem Sachschaden. — Ich bin hier völlig allein auf weiter Flur. Genau wie der nachgedunkelte Schrumpfgermane mit seinem Endsiegglauben. — Klar, komm doch runter. Hier stört uns kein Schwein, geschweige denn ein Parteigenosse.«

Vogel legt den Hörer ab. Schaltet den Empfänger ein, um den Flaksender zu empfangen. Der Empfänger, da batteriegespeist, brüllt sofort monoton los: »Dora 7 feindfrei. Keine Einflüge zu erwarten. Dora 7 feindfrei. Keine Einflüge zu erwarten. Dora 7 ...« Vogel schaltet ab und brummt mißbilligend: »Man kann sich auch auf niemand mehr verlassen. Wir hätten eben den uns aufgezwungenen Krieg nicht anfangen sollen.«

Er streckt die Beine wieder über der Lagekarte aus. Türen poltern. Hastige Schritte nähern sich. Die letzte Verbindungstür scharrt auf. Vogel ruft, ohne seine Haltung zu verändern, dem eingetretenen Strick zu: »Alles im Ring, Euer Gnaden. Für die nächste halbe Stunde kein Heldentod in Aussicht.«

Strick sieht sich um. »Sind wir allein?« »Das sind wir, mein

Oberleutnant. Immer. Wir verdanken es unserem Führer. Nur der Feind hört ständig mit, aber das braucht uns weiter nicht zu stören.« Strick setzt sich an den Befehlstisch. »Die Türen zu?« »Die Straße frei, die Türen dicht geschlossen! Die Türen und die Luke zum Auswerteraum.«

Der Auswerteraum liegt unmittelbar neben dieser Befehlsstelle. Eine Luke — 80 mal 120 — verbindet beide Räume miteinander. Wer nebenan im Auswerteraum sitzt, kann jedes Wort, das in der Befehlsstelle gesprochen wird, verstehen. Sobald diese Luke nicht geschlossen ist. Ansonsten: Gute Akustik ist für eine schnelle, sichere Nachrichtenübermittelung unbedingte Notwendigkeit. Jetzt jedenfalls ist diese Luke geschlossen. Sie sind allein. Ungestört.

»Ich war gestern abend bei Tannert, Vogel.« »Beim Vater oder bei der Tochter?« »Ferkel. Beim Alten natürlich.« »Aha. Du wolltest ihn für die Partei anwerben.« »Umgekehrt, mein Lieber. Er hat mich.« Vogel stößt einen gellenden Pfiff aus, daß man meint, der Staub müßte von den Wänden rieseln. »Und?« »Die Sache geht klar. Wir haben uns gefunden.«

»Ach nein! Ihr habt euch gefunden! Und das ist alles? Ihr bereitet wohl einen großen Bierabend vor, mit neuen Liedern, einer neuen Fahne, Blasmusik und Gedächtnisreden. Und dann werdet ihr, so nach dem fünften Glas, antreten, einer, vermutlich der Rangälteste, wird das Kommando übernehmen, Fackeln werden entzündet – fürs erste genügen Fackeln immer – und dann marschiert ihr! Für irgendeine Idee. Gegen irgendeinen Feind. Und das Ganze nennt sich: Kochende deutsche Volksseele.«

Strick lacht. »Du bist ein unverschämter Bursche, Vogel. Aber das scheint gelegentlich nötig zu sein. Wir reden immer zuviel. Wir sollten handeln.« »Wenn du handeln willst, dann verkauf mir eine Zigarette.« Strick wirft ihm ein Päckchen hinüber und beugt sich über die Lagekarte. »Was für ein Datum ist heute?«

»Der 19. Juli 1944«, sagt Vogel.

Strick schlägt das Meldebuch auf. »Wie ist die Luftlage?« Vogel schaltet die Sendungen des Flaksenders ein. Der brüllt sofort monoton: »Dora 7 feindfrei. Keine Einflüge zu erwarten. Dora 7 feindfrei. Keine ...« Vogel schaltet mißmutig wieder aus. Meint: »Kaiser-Napoleon-Gedächtnisrennen, ohne Antireichsparteitagsfliegerei. Na schön, über die Pyrenäen kommen die Russen sowieso nur schwer hinüber.«

Strick sieht auf seine Eintragung. »Schade«, sagt er nachdenklich. »Ich hätte gerne einige meiner Freunde hier im Keller gehabt. Mit vollen Hosen sind sie noch schneller fertigzumachen als sonst.« Vogel pafft, voller Gemütlichkeit grinsend, an seiner Zigarette. »Wir könnten ja mal von uns aus Fliegeralarm anordnen. Damit die Kommandantur nicht aus der Übung kommt.« »Von deinen Ideen«, sagt Strick, mit dem Bleistift spielend, »ist eine immer ausgefallener als die andere. Eines Tages werden sie dich einsperren. Aber glaub nicht, daß ich deinetwegen eine Palastrevolution riskiere.«

Die Blechtüren poltern wie herumgezerrte Trommeln. Schritte sind kaum hörbar. Eri betritt den Raum. »Kann ich dich sprechen?« fragt sie Strick. Leichtes Kleid, entsprechender Ausschnitt, glatt und bunt. »Mehr Licht!« ruft Vogel.

»Woher wußtest du, daß ich hier bin?« »Deine Dienststelle ist über deinen Aufenthalt informiert.« Sie mustert Vogel, wie etwas, das keinen geeigneten Rahmen für ihre Erscheinung abgibt. »Kann ich dich allein sprechen?« »Ab in den Auswerteraum«, sagt Strick zu Vogel. Und als dieser noch nicht geht, sondern ihn fragend anblickt, ergänzt er: »Ohne Luke.« Vogel schiebt sofort ab. »Na denn: Heil Hitler! Und Grüß Gott für die andere Garnitur.«

»Was heißt das: ohne Luke?« will Eri wissen, nachdem sich Vogel lärmend entfernt hat. »Der Auswerteraum nebenan ist mit diesem Raum durch eine Luke verbunden. Ohne Luke heißt: keine Verbindung.«

Erika setzt sich vor ihm auf den Tisch. »Ich glaube«, sagt sie, »ich habe alles, was du brauchst.« Sie entnimmt ihrer Mappe ein Dokument. »Hier. Mach dir eine Fotokopie davon.« Sie legt es ihm in die Hände. Strick sieht sie an. Von der Rundung des Knies, das sich dicht vor ihm befindet, über die flächigen und festen Schenkel, bis zu den Schultern hinauf. »Was ist das für ein Dokument?«

»Der Bremsklotz für den Obersten«, sagt Eri leichthin und überprüft behutsam mit der Innenfläche ihrer rechten Hand, ob der Ansatz ihrer Frisur unverrückt ist. »Sollte er irgendwie gegen dich vorgehen wollen, informiere ich dich rechtzeitig. Die geringste Andeutung von dir auf diesen Wisch hin — und er ist klein und häßlich.«

Strick läßt das Papier, das Eri ihm gab, unbeachtet. »Warum tust du das alles?« fragt er in das Gesicht hinein, von dem er weiß, daß es sich ihm zu entziehen trachtet, das unbeweglich bleibt und dessen burschikoser Spott auch nichts anderes ist als eine Ausrede. »Manchmal glaube ich doch daran, Eri, daß du mich liebst.«

Eri fährt sich über die Stirne, als scheuche sie eine lästige Fliege fort. Er weiß: sie haßt große Gedanken und große Versprechungen; sie hat so vieles davon in ihrem kurzen Leben über sich ergehen lassen müssen, daß sie sich jetzt verachten würde, wenn sie noch einmal wie ein Schaf an diese Dinge glaubte. Sie ist belogen worden; sie glaubt jetzt fest daran, daß die Lüge zu den Menschen gehört. Mit Vertrauen sind sie alle nicht zu fassen; mit Instinkt auch nicht, der hat sie mehr als einmal bis in den Ekel hineingeworfen. Bleibt: die Berechnung; das Leben als mathematische Aufgabe.

»Durchaus möglich, daß ich dich liebe. Das vermutlich sogar ganz ehrlich. Wenigstens heute noch. Ein aufsteigender Mann ist immer weitaus reizvoller als einer, der nur mühsam seine Höhe behauptet. Außerdem bist du jünger, hast mehr Kraft. Alles Vorteile, die ich einkalkuliere.« Sie dehnt sich leicht.

»Und wenn ich bereits am Ende bin, Eri? Was dann?« »Das eben will ich vermeiden. Darum lies, was ich dir mitgebracht habe.«

Strick leitet das Licht der Tischlampe auf das Papier. Licht, wie dicke, leuchtende Kreidestriche. Er beginnt zu lesen. Stutzt. Beginnt erneut. Tastet sich über die Zeilen, als seien seine Augen Krückstöcke, die zu fühlen bestimmt sind. Er glaubt sein Blut in sich rauschen zu hören, wie einen heftigen, monotonen Regen. Er ballt seine Hände zu Fäusten, um seine Erregung zu verbergen. Die Knöchel werden weiß, wie geschrubbte Knochen, die aus der Haut treten. Schließlich sagt er, um Festigkeit bemüht: »Die Korrekturen daran sind einwandfrei seine Handschrift, nicht?«

Eri scheint einen winzigen Rußflecken auf ihrem Bein entdeckt zu haben. Sie leckt den Zeigefinger der rechten Hand, streckt ihr Bein aus und reibt sich die Kniescheibe. »Das ist doch einwandfrei seine Handschrift, Eri?« »Was deutlich beweist, daß er den Plan nicht nur gelesen, sondern auch durchgearbeitet hat«, bestätigt Eri, die zufrieden das ausgestreckte Bein betrachtet. »Hast du das hier in die Maschine geschrieben?« »Ja. Aber ohne Durchschlag. Er stand dabei.«

Der Raum um Strick ist wie brutal aufgerissene Dunkelheit. Lampen in ihm, deren Lichtkegel das Unsichtbare wie mit Rasiermessern durchschneiden und abtrennen. Auf einem Tisch eine Frau, die ihre Beine miteinander vergleicht und sie in die Lichttromben hält. Und neben dieser Frau ein Papier; ein Fetzen Papier, der ihn anschreit. Strick erhebt sich schroff, entfernt sich aus den Lichtbahnen, taucht in die Dunkelheit, wird von dem beschriebenen Zettel angesogen wie Luft, die zu einem Feuer strömt.

»Würde mir gegenüber jemand behaupten, er habe mitten im Winter aus tiefstem Schnee Gladiolen wachsen sehen — es wäre glaubhafter als das Vorhandensein dieses Dokuments.« »Es ist doch sehr eindeutig, nicht wahr?« »Es ist einfach nicht zu fassen!« sagt Strick, nimmt das Papier auf und liest eilig, als müsse er sich versichern, daß kein Wort von dem fehle, was er vorhin dort erblickte.

Es stimmt. Nichts ist verlöscht. Nichts geändert. »Es ist einfach nicht zu fassen!« ruft er erneut aus. »Ein Plan für die Widerstandsbewegung. Für die Widerstandsbewegung! Oberst Müller und Widerstandsbewegung! Sprengung von Brücken, Blockierung der Eisenbahn, Besetzung des Nachrichtennetzes, Schutzhaft für NS-Persönlichkeiten, einschließlich meiner Wenigkeit. Das ist absurd! Oberst Müller ein Renegat gegen den Nationalsozialismus! Das ist der letzte Witz dieser völlig versauten Weltgeschichte. Wenn das wirklich so ist, dann bin ich ein saublöder Hund oder ein kompletter Idiot.«

Eri entnimmt gelassen ihrer Mappe ein anderes Schreiben. »Und hiervon«, sagt sie, »kannst du dir auch gleich eine Fotokopie anfertigen.« Strick sieht dem hingehaltenen Schreiben mißtrauisch entgegen. »Dieselbe Sauerei in Grün?« »Genau die gleiche. Nur um 180 Grad verkehrt.«

Er greift hastig danach. Liest rasch. Springt über die Zeilen weg, wie ein nach Wasser lechzender Hund einem Bach entgegenrast. Dann lacht er auf. Er stößt das Lachen aus sich heraus, als werfe er ein bresthaftes Glied weit von sich. Eri betrachtet ihn, wie Kinder trabende Ponies zu betrachten pflegen.

»Führer, Volk und Reich seien bedankt, daß es so etwas noch gibt. Diesmal also ein Plan für die Beseitigung von Widerstandsbewegungen. Oberst Müller verteidigt an der Heimatfront den Nationalsozialismus! Schutz von Brücken, Eisenbahn, Nachrichtennetz, wichtiger Personen, und hier sogar unter Einschluß meiner Wenigkeit. Das ist grotesk! Das ist das allerletzte an großdeutschem Offiziershumor!«

Er schüttelt sich vor Gelächter, wie ein Baum, an dem der Sturm zerrt. Vogel streckt seinen Kopf durch die Luke. »Was ist los? Ist er tot? Das wäre ja nicht zu fassen!« Strick bremst sich sofort. »Mach deinen Apparat für Fotokopien fertig. Aber schnell.« »Ich werde Farbfilm einlegen«, verkündet Vogel. »Braun soll dabei prächtig herauskommen.« Er knallt die Luke mit dumpfem Getöse zu. Strick denkt automatisch: wie ein mittlerer Granatwerfer, Abschuß, 300 Meter Entfernung, stark hügeliges Gelände, daher die verklemmte Geräuschlage.

»Ist dieser Vogel verläßlich?« will Eri wissen. Strick nickt. »Er tarnt immer seine wahre Gesinnung durch blöde Redensarten. Er ist nur für die wertvoll, die ihn genau kennen. Wie lange kann ich die Originale behalten?« »Eine halbe Stunde. Höchstens. Solange hat der Oberst noch beim Kreisleiter zu tun.« »Nun, das wird genügen.«

Strick betrachtet die beiden Pläne, als erfreue er sich nicht ohne Verwunderung an prächtigen Zuchtobjekten. »Unvorstellbar! Der Mann hat zwei total verschiedene Gesinnungen in seiner Schublade liegen. Eine für und eine gegen die Widerstandsbewegung. Und später solltest du jeweiliger Zeuge sein. Du könntest dann bestätigen, daß er rechtzeitig vorgesorgt und die — jeweiligen — Übel erkannt hatte. Und daß er darauf brannte, sie zu beseitigen.

»Wenn du sie fotografiert hast«, sagt Eri und geht zur Tür, »dann bitte die Originale in mein Dienstzimmer. Ich muß sie sofort in den Panzerschrank zurücklegen.« »Es ist gut«, sagt Strick. Und Eri geht.

Die Dokumente grinsen Strick an. Widerstandsbewegung! Eine Geschäftssache für solche, die den günstigen Anschluß nicht verpassen wollen. Ein Handelsobjekt in Gesinnung. Eine Börsenspekulation in auswechselbarer Überzeugungstreue.

Nach geraumer Zeit kommt Vogel wieder. »Nahe mich in meiner Eigenschaft als Waffenträger der Nation. Apparat ist bereit. Befiehl mir weiteres, ich folge dennoch.«

Das Telefon schnarrt. Vogel nimmt den Hörer ab. »Luftschutzbefehlsstelle. — Hier Vogel, Obergefreiter des Führers. Warum so aufgeregt, gnädiges Fräulein?« Er reicht den Hörer Strick hinüber und meint: »Sie hat Sehnsucht nach dir.« »Ja, Eri?« Strick horcht in die Muschel hinein. Sagt: »Es ist gut.« Legt den Hörer, langsam, ab.

»Eine verdammte Schweinerei, Vogel. Der Oberst kann jeden Augenblick hier eintreffen. Die Papiere müssen sofort in den Panzerschrank zurück.« »Schade«, meint Vogel mit aufrichtigem Bedauern. »Die hätten sich in unserer Sammlung ganz gut gemacht.«

Strick hält die Dokumente zögernd in seinen Händen. Er überlegt. Fragt gedehnt: »Wie ist die Luftlage?« Vogel schaltet den Flaksender ein und der krächzt monoton: »Dora 7 feindfrei. Keine Einflüge zu erwarten. Dora 7 feind ...«

Da sagt Strick entschlossen: »Gib Fliegeralarm.«

Vogel traut seinen Ohren nicht. »Was soll ich?« »Fliegeralarm durchgeben.« Vogel sieht auf Strick, sieht auf die Papiere in dessen Händen. Sagt dann: »Mit Wonne!«

Vogel beginnt auf den direkten Luftschutzleitungen zu telefonieren. An die Alarmsirenen: »Hier Luftschutzbefehlstelle. Vollalarm! — Was? — Klar, du Armleuchter: Vollalarm. Keine Zeit mehr für Vorstufen und ähnlichen Zauber.« An die Flakartillerie: »Hier Luftschutzbefehlsstelle. Fliegeralarm! Schnelle Verbände aus 9.«

Draußen beginnen die Luftschutzsirenen zu wimmern. Mit anhaltendem Würgen. Für Vogel aber sind das wirkliche Sirenenklänge. Er lauscht ihnen, als werde gefühlvoll auf einer Zither gespielt. »Dann wird ja wohl«, sagt er mit gedämpfter Freude, »der Herr Oberst mit allen vier zitternden Backen schleunigst hier eintreffen.«

»Du fertigst inzwischen die Fotokopien an. Laß dir Zeit, arbeite ordentlich. Immer doppelt fotografieren. Diese Sachen müssen wir sicher haben. Sobald du fertig bist: runterbringen, an Eri weitergeben.«

Vogel nimmt die Unterlagen, schwenkt sie grüßend, wie einen Marschallstab. »Erwarte demnächst Ritterkreuz zum Kriegsverdienstkreuz. Oder ›Pour le Semite‹. Ehrenausgabe. Der einzige Orden, den Gummihermann nicht tragen kann.«

Polternde Türen. Schritte. Die ersten der Alarmierten betreten den Luftschutzkeller. Vogel drängt sich durch sie hindurch, in Richtung »Atelier«. Strick nimmt am Befehlstisch Platz. Er schaltet den Lautsprecher des Empfängers ab und geht auf Kopfhörerempfang. Er ist jetzt ruhig und kalt. Undurchsichtig wie gefrorene Milch. Automatisch reagierendes Material geworden. So ist es immer bei ihm, wenn eine Kampfhandlung beginnt.

Oberst Müller ist, wie zumeist, der erste des internen Kommandanturstabes, der den Luftschutzkeller betritt. Er gibt so ein Musterbeispiel an Luftschutzdisziplin. Ferner eins seiner ständigen Bereitschaft. Außerdem findet er unten im Luftschutzkeller die Befriedigung einer wirklichen Leidenschaft: über Landkarten gebeugt stehen!

Das ist es: Landkarten! Landkarten mit Fähnchen und farbigen Stecknadelknöpfen übersät, durchpflügt mit Buntstiften, schraffiert, abgegrenzt, ausradiert. Ein Kreuz, das eine Durchbruchsstelle bedeutet; ein Kreis, der ein 8,8-cm-Geschütz ist; ein verschobenes Rechteck, einen Panzer darstellend. Ein Bleistiftstrich, ein Telefonanruf und Kilometer weiter kracht es.

Wenn Müller also in den Luftschutzraum eilt, dann eilt er zu der großen Lagekarte. Elastisch betritt er den Keller. Bei Fliegeralarm verdünnt sich das Blut in seinen Adern. Er schreitet wie auf Sprungfedern. »Na?« sagt er lakonisch, und begibt sich, ohne eine Antwort abzuwarten, sofort an die große Lagekarte, die neben dem Holzsessel aufgespannt ist.

Strick meldet sachlich: »Schnelle Bomberverbände aus 9. Direkter Anflug.« Er fügt hinzu: »Scheint nicht ungefährlich zu sein, Herr Oberst.« Müller winkt kurz ab. Er wünscht keine privaten Anmerkungen zu einer dienstlichen Meldung. Solche mit Panik- und Katastrophentendenzen schon erst gar nicht. Er fährt aufmerksam mit dem Zeigefinger auf der Lagekarte die vermutliche Strecke der vermeintlichen Angreifer ab. »Einzelheiten über genaue Flugrichtung? Geschwindigkeit? Verbandsstärke?«

»Keine«, meldet Strick. Das gefällt dem Oberst nicht sehr. Er benötigt möglichst umfangreiche Angaben. Er will Richtungspfeile in die Karte setzen, errechnen, wann der Gegner hier sein kann, sich innerlich auf ihn vorbereiten. Durchaus möglich, daß er einmal über Rehhausen abladet. Dann wird der Karren hier aber ins Rollen kommen! Dann wird er den Leuten mal zeigen, was eigentlich Organisation ist!

»Ich habe«, berichtet Strick, »den Flaksender auf Kopfhörerempfang umgeschaltet. Das Personal wird bei direkten Meldungen immer nervös.« Der Oberst billigt diese Maßnahme. »Sie haben recht, Strick; einige sind durchaus fähig, sich in meiner Gegenwart die Hosen vollzumachen. Psychologisch ist das verständlich. Der Soldat an der Front kann sich wehren, uns bindet die Pflicht in die Kellerräume. Hier zu sitzen, erfordert oft mehr Mut, als im Schützengraben dem Feind aufzulauern. Das sollten Sie sich merken, Strick. Vier Monate im Keller sind oft genau soviel wie vier Jahre im Krieg. Natürlich nur in leitender Stellung. Die anderen ahnen ja nichts von unseren Sorgen.«

Er setzt sich in seinen Sessel und lauscht den Geräuschen in den Nebenkellern, die sich schnell anfüllen. Hier im Befehlsraum wird nur das unmittelbare Personal des Kommandanturstabes geduldet. Die anderen verkriechen sich, hier aber wird gearbeitet, geplant, dem Gegner mutig entgegengesehen.

Der neue Chef der Stabsbatterie trudelt ein, der Nachfolger von Hauptmann Wolf. Der Oberst persönlich hat ihn mit Kennerblicken ausgesucht und seine Wahl war so gut, daß Vogel den Neuen mit vollem Recht Hauptmann Wolf II. nennt. Wolf II. trägt zwei stattliche Koffer und eine prallgefüllte Aktentasche mit sich. »Wohl sehr gefährliche Situation?« vermutet er. Und Strick meint: »Immer, Herr Hauptmann, immer. Das Leben ist gefährlich, aber es übt kolossal.«

Wolf II. verstaut seine Koffer und setzt sich unmittelbar

daneben. Eine Schlackwurst mit Gliedmaßen. Sitzt breit da, fühlt sich vorläufig in Sicherheit. Wo er hinschaut: Beton. Und um ihn Offizierskameraden, darunter solche, die nicht so leicht weich werden. Das schafft Vertrauen, vorerst wenigstens.

Der Oberst telefoniert. »Hallo, Flakartillerie! Flakartillerie dort? — Hier Kommandant. Oberst Müller. Wie ist die Luftlage? — Keine Feindflugzeuge in Sicht? Noch nicht? — Schön, verbinden Sie mich mit Ihrem Kommandeur. — Hallo, mein lieber Major. — Alles in Ordnung bei euch da draußen? — Freut mich. Hoffentlich wagen sich mal die Tommies hierher, damit wir ihnen anständig einheizen können. — Klar. Immer rausgekotzt aus den Rohren, was das Zeug hält. Kleine Gefechtsaufmunterung können wir gebrauchen. Dann gibt es doch wenigstens mal reichlich Frontzulage, Zitterkaffee, Arschlochzukneifwasser und Sonderfressage. Heil Hitler, Herr Major.«

Der Oberst hängt den Hörer ab und blickt ein wenig unwillig auf seine leere Karte. Dann wendet er sich Wolf II. zu. »Na, Herr Hauptmann, wie fühlen Sie sich? Wohl erster Alarm im neuen Heim?« Wolf II. rutscht mit seinem umfangreichen Hinterteil einige Zentimeter in Richtung Oberst. Sein Karpfenblick streift besorgt die Lagekarte, wo jeder Bombenangriff in 120 km Umkreis mit einem roten Kreuz bezeichnet ist. »Eigentlich doch recht peinliche Lage, Herr Oberst, wenn man sich die Landkarte vornimmt und nachsieht was übrig geblieben ist — dann müssen wir eigentlich auch bald mal rankommen.«

Eri betritt mit Geiger den Raum. Hauptmann Geiger schwenkt eine Aktentasche, in der sich »Geheime Reichssachen« befinden. Er ist munter und erlebnisbereit, wie vor Beginn eines excellenten Rezitationsabends. Er versucht, Eri so angenehm wie nur möglich zu unterhalten und dabei auch belehrend zu wirken, womit er zugleich Anteilnahme und Bemühen um Abstand andeutet. »Sehen Sie«, sagt er, »ich habe das ganz genau ausgerechnet: Werfen die Kerle Bomben aus 4 km Höhe, erreiche ich immer noch rechtzeitig den Luftschutzkeller. Im soliden Laufschritt ab Dienstzimmer.«

»Sie können aber auch niedriger fliegen«, wendet Wolf II.

voller Bedenken ein. »Alles genau berechnet«, sagt Geiger. »Das ist ja auch der Grund, warum ich schon immer vorher hier bin.« Er begibt sich in die Nähe von Herrn Oberst, so sein Interesse für die Lagekarte bekundend. »Sehen Sie sich das an, Geiger. Schnelle Bomberverbände aus dieser Richtung«, erklärt ihm der Oberst. Wolf II. schiebt sich herbei. »Fliegen genau auf uns zu.«

Hauptmann Geiger wendet sich Wolf II. zu. »Und wenn schon? Sterben müssen wir sowieso alle einmal.« Er bemerkt mit leichter Verwunderung, daß Wolf II. noch lange nicht dazu bereit scheint. Im Gegenteil. Na ja, denkt Geiger, ist ja auch kein Wunder! Was soll man denn von dem Mann mehr verlangen? Hat die Hosen voll, gestrichen. Hat bisher wohl noch keine gefährliche Situation erlebt. Ist ein Greenhorn der Heimatfront. Wollen wir ihn doch mal zum allgemeinen Gaudium ein wenig auf die Schippe nehmen. Sowas gefällt dem Obersten. »Sind Sie eigentlich versichert, Herr Hauptmann? Testament gemacht, Grabstein bestellt, letzte Bepflanzung ausgewählt?«

Der Oberst wendet sich intensiv der Lagekarte zu, um sein Grinsen zu verbergen. Eri steht neben Strick und sagt leise: »Ich habe Vogel auf dem Korridor getroffen. Wieviel Zeit wird er brauchen?« »Höchstens zehn Minuten«, antwortet Strick, gleichermaßen gedämpft. »Du kannst dann ungestört die Unterlagen wieder in den Panzerschrank schließen.« Und laut ruft er in den Raum hinein: »Luftlage unverändert. Weitere schnelle Kampfverbände im Anflug aus 9.« »Keine näheren Einzelheiten?« will der Oberst wissen. »Keine.«

Leutnant Rabe erscheint, gefolgt von Magda und dem alten Tannert. Rabe verkündet mit allgemein verständlicher Lautstärke: »Draußen ist weit und breit nichts zu sehen und zu hören. Man hätte noch bequem arbeiten können.«

Das ärgert den Oberst. Das ist doch nichts anderes als ein versteckter Vorwurf von dem jungen Schnösel? Er sagt scharf: »Sie sind gar nicht in der Lage, die Größe einer Gefahr richtig zu beurteilen, Leutnant Rabe. Ich erwarte von den Offizieren meines Stabes vorbildliche Fliegeralarmdisziplin. Vermeidung sinnloser Menschenopfer! Deshalb bin ich auch immer einer der ersten hier unten.« »Das ist mir bekannt, Herr Oberst.«

»Dann ziehen Sie Ihre Folgerungen daraus.« »Jawohl, Herr Oberst«, sagt Rabe und setzt sich in die Nähe von Strick und Magda.

Betretenes Schweigen liegt jetzt im Raum. Der Lärm der Gespräche in den Nebenkellern ist nahezu verstummt. Die Luft wird dick und macht träge. Ein Pudding von Luft, man könnte ihn in wabbelnde Würfel schneiden.

Der massige Wolf II. sagt aus tiefem Nachdenken heraus: »Habe davon gehört, daß man bei einem Bombenvolltreffer gleich tot ist. Bei Luftminen wird das Gehirn plattgedrückt, daß es einer Briefmarke gleicht.« »Ein anderes Thema fällt Ihnen wohl gar nicht ein«, rügt der Oberst warnend aus seinem Holzlehnsessel heraus.

Doch Wolf II. läßt nicht locker. »Es wird immer soviel von Kalkleichen erzählt. Was ist das eigentlich?« Der Oberst wendet verächtlich seinen Korpus der Luftlagekarte zu. Geiger, bestrebt die allgemeine Stimmung zu heben, wird witzig. »Bleiben Sie in den Hosen, Herr Hauptmann«, sagt er. »Pech gehabt mit Tagebucheintragung über Massengrab. Wir sind hier bombensicher. 3 m Beton. Genügt für schwerste Kaliber.«

»Aber«, meint Wolf II. standhaft, »was dann, wenn wir verschüttet werden?« »Dann werden sie uns rausbuddeln! Wie der alte Schliemann die Trojaner. Einzige Möglichkeit für Sie, unsterblich zu werden.«

»Führen Sie positive Gespräche, meine Herren«, empfiehlt der Oberst, der immer noch grollend seine Luftlagekarte betrachtet, die zu seinem aufrichtigen Kummer noch nicht die geringste Einzeichnung aufweist. »Gebrauchen Sie Aufrichteparolen. Betreiben Sie Durchhaltepropaganda.« Geiger schnappt sofort ein. »Empfehle«, ruft er, ehrlich um Witz bemüht, »die Schaffung eines Merkblattes für seelische Kellerakrobatik. Entzitterungssprüche.«

»Ich muß doch sehr bitten, Herr Hauptmann!« Strick ist offensichtlich tief beleidigt. »Das ist doch kein Thema für billige Witzeleien.« Geiger schweigt betroffen. Strick wendet sich an Oberst Müller: »Ich lege Ihnen gerne bei nächster Gelegenheit einen entsprechenden Entwurf vor, Herr Oberst.«

Erneutes Schweigen. Der Oberst räkelt sich im Stuhl und mustert seine Mitarbeiter. »Man sollte lüften«, sagt er überzeugt.

Der Obergefreite Vogel betritt den Raum, vorsichtig gerolltes Papier in der Rechten. Er verkündet: »Motorengeräusche aus 9. Anscheinend starke Verbände.« Der Oberst telefoniert sofort: »Flakartillerie! Flakartillerie dort? — Hören Sie Flugzeuggeräusche? — Nein? Nicht? Warum nicht? — Verbinden Sie mich sofort mit Ihrem Kommandeur.«

Während der Oberst telefoniert, setzt sich der Obergefreite Vogel neben Eri. Er legt die Papiere auf die Bank. Eri greift danach und steckt sie in einen Aktendeckel. Strick nickt, kaum merklich. Eri erhebt sich und geht, mit dem Aktendeckel, hinaus.

Der Oberst am Telefon: »Herr Major! Das ist eine glatte Schweinerei. Ihre Kerle pennen. Einwandfrei erkennbare Motorengeräusche aus ... aus ...« Vogel hilft freundlich nach: »Aus 9, Herr Oberst.« »... aus 9. Ihre Flugmelder scheinen die Ohren am Hintern zu haben und sitzen darauf. Schließlich liegt in Ihren Händen als Flakführer die Verteidigung unserer Stadt.«

Inzwischen löst Vogel Oberleutnant Strick ab. Er setzt sich an den Empfänger, streift die Kopfhörer halbwegs über die Ohren. Er verkündet mit leiernder Sachlichkeit: »Bomberverbände haben soeben abgedreht, Herr Oberst.«

Der Oberst telefoniert immer noch. »Ihr Glück, Herr Major. Bomberverbände haben soeben abgedreht. — Wir sprechen uns noch, später.« Er hängt unwillig ab.

»Die Flak«, meint Wolf II. überzeugt, »war schon immer sehr unzuverlässig. Was die so alles auf dem Gewissen haben ...« Geiger fühlt immer noch das dringende Bedürfnis, sich an Wolf II. zu reiben. »Ach was!« sagt er. »Diese Leute von der Flak haben ein ganz gesundes Empfinden. Die könnten ja genau so gut mit Steinen schmeißen; das Ergebnis bleibt sich gleich. Heroischer Kampf um deutsche Luftherrschaft. Oder: Hund bellt hinter Lastwagen.«

Für Strick kommen solche Äußerungen wie gerufen. Prächtiges Material für Provokationen. Damit kann man die verehrten Freunde festnageln. »Finden Sie nicht auch, Herr

Oberst«, sagt Strick mit guter Entrüstung, »daß derartige Äußerungen etwas zu weit gehen?«

Jawohl, das scheint der Oberst auch zu meinen. Er räuspert sich. Sagt dann: »Bremsen Sie sich mal, Geiger. Aber beschleunigt!« Fügt, nach kurzer Kunstpause, hinzu: »Kleiner Waffenneid ist ja ganz gut. Konkurrenz fördert immer die Leistung. Aber alles hat seine Grenzen. Schließlich haben wir doch alle ein gemeinsames Ziel.«

Einige der Herren nicken. Rabe ist hellwach wie ein Schießhund. Tannert blinzelt aufmerksam durch den beleuchteten Keller. Magda sitzt weit zurückgelehnt. Strick sieht den Oberst mit fordernder Gefolgschaftstreue an und scheint noch einiges mehr an aufmunternden Reden zu erwarten. Und das tut denn der Oberst auch.

»Meine Herren, wir dürfen nie vergessen, daß wir mitten in einer Entscheidung stehen, die wir vermutlich deshalb gewinnen werden, weil wir sie gewinnen müssen. Weil wir die besseren Nerven haben, den größeren Willen und den unvergleichlichsten Führer der Welt.« »Sehr gut«, ruft der alte Tannert. »›Unvergleichlichster Führer‹ ist sehr gut.«

Der Oberst überhört diesen Zwischenruf und fährt, mit schöner, wohlausgeglichener Steigerung, in seinen Ausführungen fort: »Ermessen Sie, meine Herren, das Geschenk der Vorsehung, der wir dankbar zu sein haben. Überlegen Sie einmal genau. Wenn das alles nun nicht existieren würde: das großdeutsche Volk, die unbesiegbare Wehrmacht, die zuverlässige Partei, der herrliche Führer! Was hätten wir dann, ohne sie?«

»Vermutlich Ruhe!« sagt Vogel in die aufmerksame Stille hinein und nimmt seine Kopfhörer ab. Der Oberst ist gedämpftes Entsetzen: »Was sagen Sie da?« Vogel ist unerschütterlich: »Vermutlich: Ruhe. Bomberverbände haben abgedreht, fliegen nach 11 weiter.«

Der alte Tannert hat sich verschluckt und hustet heftig. Strick klopft seinen Rücken. Rabe und Magda sehen sich an, mit ganz anderen Blicken als sonst. Wolf II. überlegt eingehend, was das wohl gewesen ist, das er da gerade gehört hat. Geiger sucht nach einem witzigen Ausspruch, findet aber keinen. Der Oberst sitzt bedrohlich still in seinem Sessel, einer

Bulldogge vergleichbar, die auf der Lauer liegt. In der Tür aber steht Eri, die während der ausgedehnten Argumente des Obersten zurückgekehrt ist und sagt: »Wenn die Bomberverbände abgedreht haben, dann können wir ja wieder nach oben.«

Allgemeine Zustimmung. Hier so schnell wie möglich herauszukommen, ist die beste Lösung. Aber Strick meint: »Ich kann mir nicht vorstellen, daß die Luftgefahr schon vorüber ist.« Und sofort ruft Vogel mit sachlichem Singsang aus: »Weitere Kampfverbände im Anflug. Wiederum genau aus Richtung 9.«

Der Oberst stellt dem verfahrenen Gespräch schleunigst neue Weichen. »Verdammt nochmal«, ruft er aus. »Schon wieder neue Anflüge. Die Rücksichtslosigkeit, mit der die Leute ihr letztes Material strapazieren, ist beispiellos.« Geiger assistiert eifrig, wenn auch überstürzt: »Kein Gefühl für Ritterlichkeit. Nutzen schäbige Materialüberlegenheit skrupellos aus.« »Man merkt, daß Sie kein Pokerspieler sind, Geiger«, wendet der Oberst ein. »Die Leute bluffen doch nur laufend.«

Strick hat bei Tannert die Akte »K« entdeckt. Sie kommt ihm wie gerufen, um einige kräftig hochzukitzeln. »Darf ich«, sagt er verbindlich, »die Gelegenheit benutzen, Herr Oberst, um mit den Herren des Stabes einige Fragen der NS-Truppenführung durchzusprechen?« »Wenn es die Zeit erlaubt«, sagt der Oberst gedehnt. Und Vogel ruft aus: »Weiter laufend starke Einflüge aus 9.«

Strick blättert in seiner Akte. »Nach ungefähren, sehr großzügigen Schätzungen, meine Herren, befinden sich etwa 120 Tausend Parteigenossen in der Wehrmacht. Wenn wir annehmen, daß die Gesamtwehrmacht aus etwa 12 Millionen Mann besteht, so müßte sich logischerweise unter jeweils 100 Wehrmachtsangehörigen ein Parteigenosse befinden. Wie erklären Sie es sich aber, daß im Bereiche unserer Kommandantur bei 450 Soldaten nicht etwa 4½, sondern 52 Parteigenossen vorhanden sind? Also etwa 12mal soviel, wie es normalerweise geben dürfte.«

Der Oberst rutscht auf seinem Holzsessel herum. »Was wollen Sie damit sagen?« Strick: »Ich gebe vorerst nur zu bedenken.« »Zweifellos«, sagt der Oberst unruhig, »eine sehr interessante Statistik.« Geiger geht an den Kern der Ausführungen heran, als habe ihn der Oberst aufgefordert, sich in seinem Namen zu äußern. »Eingespieltes Kommandanturpersonal auswechseln? Läßt sich nur schwer machen.«

Strick erklärt mit viel Freundlichkeit: »Ich möchte diejenigen, die es wirklich verdienen, nicht um das Fronterlebnis bringen.« Leutnant Rabe fällt ein: »Denken Sie da nicht zu einseitig, Strick? Die meisten Parteigenossen sind Frontsoldaten von 14/18.«

Strick entnimmt seiner Akte »K« eine andere Aufstellung. Er doziert verbindlich: »Von den 52 Parteigenossen in unserem Kommandanturbereich sind 7 Weltkriegsteilnehmer. Weitere 16 waren in diesem Krieg an irgendeinem — meist nur an einem — Blitzfeldzug der ersten Monate beteiligt. Bleiben immer noch mindestens 39, die sicherlich darauf brennen werden, für ihre Überzeugung in den Kampf zu ziehen.«

Wolf II. fühlt sich direkt angesprochen. »Ich möchte auch gerne kämpfen, kann aber nicht. Krampfadern.« Strick erklärt mit langsam erkaltender Stimme: »41 verlor einer meiner Leute ein Auge. 43 war er wieder bei meiner Batterie. Kampffähig geschrieben. Er fiel dann einen Monat später — für Führer und Reich.«

»Ich habe mich«, sagt Geiger verärgert, »bereits zweimal freiwillig gemeldet. Mein Gesuch wurde immer blockiert.« »Dann versuchen Sie es doch ein drittes Mal.« Wolf II. grollt aus seinem Fleischklumpen heraus: »Sagen Sie mal, welche Auszeichnungen haben Sie sich eigentlich verdient, da Sie derartige Reden führen?« Strick sieht ihn aufreizend lange an. Sagt dann ganz kalt: »Einige mehr als Sie!«

Voller Unwillen ruft Müller aus seinem Holzsessel: »So geht das auch nicht, Strick. Sie können doch schließlich nicht die ganze Kommandantur umbesetzen.« »Warum nicht, Herr Oberst? Die Lage ist kritisch geworden. Sabotage und Spionage werden vor uns nicht haltmachen. In unserer Nähe kann sich, wie mir Keßler angedeutet hat, das Führerhauptquartier niederlassen. Es wird dann alles darauf ankommen, hier eine reine Atmosphäre zu schaffen. Wenn es sein muß, mit allen Mitteln. Jede Vollmacht dazu ist gegeben. Seit drei Tagen habe ich — das Einverständnis von Herrn Oberst vorausgesetzt — eine Sondergruppe mit MG, Handgranaten und voller Munition zur ständigen Verfügung. Wir müssen mit jeder Möglichkeit rechnen.«

Oberst Müller hat Strick forschend betrachtet, wie den interessantesten Abschnitt einer gut durchgezeichneten Landkarte. Er sagt gedehnt: »Sie haben recht. Ich gebe es zu. Die Lage ist ernst.«

In diesem Augenblick verkündet Vogel: Fliegeralarm beendet. Feindmaschinen drehen ab.« Vogel telefoniert mit lauter Stimme laufend: »Luftschutzbefehlsstelle. Fliegeralarm beendet. Entwarnung. — Flakartillerie dort? Fliegeralarm beendet. Entwarnung.«

Draußen jaulen die Sirenen in hellen Tönen. Die Nebenkeller entleeren sich polternd. Fröhliche Stimmen dringen durch die Eisentüren. Wolf II. packt seine Koffer zusammen. Magda, Eri, der alte Tannert, Geiger und Wolf II. entfernen sich unverzüglich. Offensichtlich sind sie froh, dieser dicken Luft zu entrinnen.

Strick sagt: »Darf ich Sie bitten, Rabe, im Nebenraum auf mich zu warten.« »Gerne«, antwortet Rabe. »Vogel«, sagt Strick, »auch im Nebenraum warten.« »Gerne«, sagt Vogel mit Augenzwinkern. »Mit Luke, Herr Oberleutnant?« »Mit Leutnant Rabe und Luke. Jawohl.« Rabe und Vogel entfernen sich.

Der Oberst sitzt tief in seinem Holzsessel. Bedrohliche Zufriedenheit geht von ihm aus. »Langsam werde ich mir über Sie klar, Strick«, sagt er gedämpft. »Ein Nationalsozialist sind Sie jedenfalls nicht.« Strick unterbricht seine Eintragungen im Luftschutzmeldebuch und sieht den Oberst offen an. »Woraus folgern Sie das, Herr Oberst?«

»Ich bin doch nicht auf den Kopf gefallen, Strick. Ich sehe, was vorgeht. Total verfahrene Gesamtsituation, völlig hoffnungsloser Fall, sozusagen. Der Krieg der Nazis ist ein glattes Fiasko, ein überdimensionales Verlustgeschäft. Das ist doch auch Ihre Meinung.« Strick entblößt die Zähne zu einem starren Lächeln. »Ihre Kombinationsgabe ist überraschend«, sagt er.

Oberst Müller erhebt sich groß. Wuchtig steht er unter der

Pendellampe. Lichtsäulen auf ihm. Mit wissendem Lächeln eines überlegenen Schulmeisters. »Auch mir«, sagt er mit entschlossenem Wohlwollen, »ist ›Widerstandsbewegung‹ kein unbekannter Begriff. Durchaus nicht. Ich habe vor einigen Tagen eine längere Unterredung mit meinem Freund, dem General Hübner, geführt. Und ich habe mich auch eingehend über Ihr Vorleben unterrichtet, Strick. Außerdem ist ja Ihre Methode recht eindeutig, wenn man sie genau nachprüft. Begleiten Sie mich. Wir wollen uns einmal eingehend darüber unterhalten.«

Leutnant Rabe stürzt, wie von einem Katapult geschnellt, in den verlassenen Befehlskeller. Der Obergefreite Vogel steigt gemächlich hinterher und freut sich ehrlich darüber, wie Rabe durch die Gegend sprudelt.

Dieser Rabe hatte seine Löffel wie Scheunentore aufgesperrt und seine Augen hatten den Blick von hundert sprachlosen Katzen, denen man kräftig auf den Schwanz tritt. Er ist aufgebraust wie eine entkorkte Sektflasche. Jetzt stürzt er an den Flaksender und schaltet ihn ein. Der brüllt sofort monoton: »Dora 7 feindfrei. Keine Einflüge zu erwarten. Dora 7 feindfrei. Keine Ein ...«

Vogel greift freundlich zu einem Telefonhörer und reicht ihn Rabe hinüber. »Die direkte Luftschutzleitung«, sagt er. Rabe horcht hinein. »Ist dort die Zentrale? — Hallo, Zentrale. Hier Befehlsstelle 7/4. Wann war der letzte Feindeinflug? — Vor acht Stunden? — Danke.« Er legt den Hörer automatisch ab und setzt sich, als seien ihm die Füße weggeschmolzen. »Das hätten Sie wohl nicht gedacht, Herr Leutnant«, sagt Vogel grinsend. »Wozu die Menschen aber auch alles fähig sind!«

»Ihr seid ja vielleicht Musterexemplare!« Rabe versucht sich zu fassen und macht einen kläglichen Fluchtversuch in gelassene Überlegenheit. »Was wird Ihr verehrter Freund Strick dazu sagen, wenn er erfährt, daß wir beide seinem Gespräch mit dem Oberst zugehört haben?« »Na, was wird er denn schon sagen, Herr Leutnant? ›In Ordnung‹ wird er sagen.« »Das möchte ich noch bezweifeln, Vogel.«

»Ich nicht. Wir beide, Strick und ich, haben uns einwandfrei auf ›mit Leutnant Rabe und Luke‹ geeinigt. Das heißt soviel wie: mit Leutnant Rabe Gespräch mithören.« »Bestimmt?« »Wenn ich das Ihnen sage, Leutnant! Bei den Symbolen der Bewegung!« »Lieber nicht«, sagt Rabe bitter. »Warum nicht?« meint Vogel. »Ich bin der Hakenkreuzfahne schon nachgelaufen, als noch gar kein Hakenkreuz drin war.«

Der Leutnant Rabe sieht auf Vogel, als betrachte er ein Fabeltier. Er hat ihm stets viel zugetraut, alles nicht; das alles nicht. »Was halten Sie eigentlich«, will er wissen, »von der Widerstandsbewegung des Obersten?« Vogel winkt ab. »Wie kommt Kuhscheiße aufs Dach?« »Sie glauben nicht an seine Aufrichtigkeit?«

»Warum glauben?« sagt Vogel. »Wir wissen doch ganz genau, was hier eigentlich los ist. Wir betreiben ja schließlich keinen Rindviehhandel mit blinder Gefolgschaftstreue.« »Der ehrenwerte Herr trägt also seinen Mantel nach zwei Winden?« »Nach zwei? Herr Rabe! Dem ist selbst ein Wirbelwind nicht gewachsen. Wir haben den dokumentarischen Beweis in unserer Kamera. Das ist ein führerergebener Widerstandskämpfer. Der spaßigste Homunkulus des glorreichen Dritten Reiches. Immer siegesgewiß. Und ganz gleich, wer siegt: er will in den Reihen der Sieger mitmarschieren.«

Rabe glaubt klar zu sehen. Einwandfrei kenntliche Fronten. Eine Nebelbank verzieht sich und vor ihm das, was er schon seit geraumer Zeit vermutete. Wie mögen die letzten Gedankengänge dieses Strick aussehen? »Vielleicht«, meint er nachdenklich, »sollte man solche Kerle wie den Oberst nutzen? Ausnutzen! Gleichgültig, auf welcher Seite sie stehen.«

»Quatsch!« sagt Vogel überzeugt. »Auch Sie entscheiden sich nicht; Sie denken nur nach, genau wie Strick. Sie spekulieren. Sie schlagen mit ihren komplizierten Gehirnen Riesenwellen. Wollen denn auch Sie mit diesen Dreckkübeln Fundamente der Sauberkeit aufbauen? Wollen Sie diese Hemmschuhe einer klaren Entscheidung in den Weg werfen? Die Zeit ist reif! Heute oder morgen, oder übermorgen, oder in drei Wochen, in vier Monaten, in einem Jahr, stündlich fast kann sich der große Widerstand Bahn brechen. Niemand weiß etwas Genaues, niemand von uns. Aber jeden Augenblick können wir einen Anruf erwarten, eine Nachricht. Oder wir werden hier völlig selbständig fortsetzen, was irgendwo anders begonnen wurde. Die Zeit ist mehr als reif.«

Die Gedanken von Rabe springen, wie abgeschossen, um Tage voraus. Was kann werden? Wie könnte es vor sich gehen? Wieweit sind Vorbereitungen notwendig? Welche Vorbeugungsmaßnahmen sind zu treffen? Wird Strick letzte Konsequenzen wagen? Wie kann man sich darauf einrichten?

»Und das alles ist heute schon oder morgen möglich? Jede Stunde?« »Jederzeit.« »Dann sollte man sich also darauf einrichten?« »Unter allen Umständen.« »Wie wäre es eigentlich«, sagt Rabe gedehnt, »wenn ich Sie verhaften würde, Vogel?«

»Mich? Sie irren sich in der Hausnummer. Ich bin doch für Sie kein Exerzierplatz.« »Ihre Verhaftung, Vogel, würde allerhand Vorteile mit sich bringen.« »Fragt sich nur, für wen. Überschlagen Sie sich bloß nicht, Leutnant. Augen auf, tief einatmen, langsam bis fünfzig zählen und dann weit über den nächsten Gartenzaun hinaussehen.«

»Hat dieser Galgenstrick nicht immer verlangt, ich soll aktiver werden? Nun gut, jetzt fange ich an. Betrachten Sie sich als verhaftet, mein lieber Vogel. Aber grinsen Sie nur ruhig weiter. Sie haben alle Veranlassung dazu. Wir werden das so lustig wie nur möglich machen.«

Oberst Müller hat an Strick herumgebohrt wie an einem Felsen, den er zu sprengen gedachte. Mittlere Ladung hinterher. Die Detonation blieb ohne jede Wirkung. Sie gingen auseinander wie zwei, die sich zu messen versuchten, deren Maßstäbe aber nicht ausreichten, um das gegenseitige Volumen zu bestimmen. Alles zwischen ihnen blieb offen. Aber das wird nicht mehr lange so bleiben können.

Strick schlendert nachdenklich in sein Dienstzimmer zurück. Dieser Kasten, denkt er, müßte in die Luft gesprengt werden und ich wäre tausend Sorgen in einer Zehntelsekunde los. Im Vorzimmer hört er von Magda Tannert, daß sich ein Besucher für ihn eingefunden hat. »Wer?« »Ein Oberleutnant des Heeres. Hier völlig unbekannt. Er wollte Sie allein sprechen. Er wartet bereits im Dienstzimmer.«

Der Mann, der sich beim Eintritt Stricks erhebt, ist groß, schlank und von gepflegtem Äußeren. Wie geleckt. Er scheint direkt von einer Kasinofestlichkeit hierher gekommen zu sein. Der fremde Oberleutnant verbeugt sich und sagt: »Ich habe eine lange Wagenfahrt hinter mir und muß heute noch zwei andere Städte aufsuchen. Sie erlauben mir daher, daß ich mich kurz fasse.«

Er reicht Strick eine glatte Hand herüber, die mit festem Griff zupackt. »Ich spreche doch mit Oberleutnant Strick?« »Ja. Und wer sind Sie?« »Der Name tut vorerst nichts zur Sache. Nennen Sie mich Oberleutnant von W.« »Sie wollen anonym bleiben?«

Der fremde Oberleutnant setzt sich und schüttelt leicht den Kopf. »Ich will das gar nicht. Aber ich halte es zunächst für das Beste. Wenn Sie Wert darauf legen, zeige ich Ihnen gerne meine Papiere. Sie sind sogar echt. Aber es könnte unter Umständen für Sie besser sein, meinen Namen nicht zu kennen. Wählen Sie bitte.«

Strick sieht ein glattes, langschädeliges Gesicht. Einen rassigen Pferdekopf, der menschliche Züge angenommen hat. Eine lebende Wachsfigur mit viel Ironie in den Mundwinkeln. Und in der kühlen, sachlichen Stimme liegt gestaute Energie. »Was wollen Sie von mir, Herr von W.?«

Der Mann vor ihm referiert wie ein nüchterner Nachrichtensprecher. »Sie sind uns als zuverlässig gemeldet worden. Wir wünschen mit Ihnen in Verbindung zu treten. Wir hoffen aufrichtig, daß Sie unsere Ansichten teilen.« Strick atmet ganz tief. »Wer ist das ›wir‹? Was verstehen Sie unter ›zuverlässig‹? Wer hat Ihnen diese ›Zuverlässigkeit‹ eingeredet? An welche ›Verbindungen‹ denken Sie? Welche ›Ansichten‹ vertreten Sie denn?«

Oberleutnant von W. lehnt sich zurück, greift in die Seitentasche seines Uniformrockes, entnimmt ihr ein schweres Zigarettenetui. »Sie rauchen?« »Danke.« Ein Streichholz flammt auf. »Ihr Mißtrauen ist durchaus verständlich, Herr Strick. Ich habe auch nichts anderes erwartet. Lassen Sie mich kurz das Wesentlichste andeuten. Ihren Namen erhielten wir von jenem britischen Captain, der Ihnen seine Freiheit verdankt. Er läßt Sie grüßen. Er befindet sich in Sicherheit. Wir haben ihn bequem über die Grenze gebracht.«

»Es wird jetzt Zeit, daß Sie mir erzählen, wer unter ›wir‹ zu verstehen ist.« Der fremde Oberleutnant schnippt die Asche mit dem langen, kurz zutippenden Zeigefinger der rechten Hand von sich. »Sie, Herr Strick, sind ein Gegner des Nationalsozialismus. Ihresgleichen gibt es viele. Beste Teile des Offizierkorps gehören dazu. Es ist nun sehr schwer, ja außerordentlich mühselig, die Gesinnungsfreunde aufzuspüren. Wir — das sind einige Generäle und Stabsoffiziere in umliegenden Wehrkreisen — bilden eine Gruppe. Der Leiter dieser Gruppe hat bereits Verbindung zu anderen Gruppen aufgenommen. Und so fort. Wir verbreitern und vergrößern uns von Tag zu Tag. Wir sammeln alle Elemente des Widerstandes in unseren Reihen. Wir wollen Sie darin aufnehmen. Sie und Ihre Gruppe. Denn Sie werden in Ihrem Bereich Verbündete haben.«

»Und der Zweck, Herr von W.?« »Die gemeinsame Tat.« »Und wann soll die erfolgen?« »In Kürze. Das genaue Datum ist uns nicht bekannt. Wir müssen uns in ständiger Bereitschaft halten.«

Die schmalen Lippen in dem Gesicht des Mannes vor Strick ziehen sich zusammen. Ein scharfer horizontaler Strich über einem eckigen Kinn. Entschlossenheit. Ein fester Plan im unbekannten Raum. Er, Strick, soll eine neue, verstärkende Markierung dazu werden. »Wie stellen Sie sich das vor?«

»Sie operieren, auf Stichwort, hier in Ihrem Bereich. Was zu tun ist, dürfte Ihnen klar sein. Blockierung aller nationalsozialistischen Elemente. Freie Bahn den gegnerischen Kräften. Einzelheiten werden sich nach den örtlichen Gegebenheiten richten. Sie haben völlig freie Hand. Uns genügt zu wissen: im Bezirk Rehhausen wird in unserem Sinne gearbeitet.«

»In Ihrem Sinne!« Strick lehnt sich nach links hinüber und stützt den Ellbogen auf die Sessellehne. »Und wenn Ihr Sinn nicht mit meinen Absichten übereinstimmt?« Das Kinn des fremden Oberleutnants stößt vor. »Einzelheiten sind vollkommen unwichtig. Die Motive mögen verschieden sein. Völlig gleichgültig, ob Sie Katholik, Kommunist, Sozialist, Monarchist, Republikaner oder nur überzeugter Offizier sind. Die Hauptsache: Sie sind ein Gegner des Nationalsozialismus. Das ist das einzige, was in dieser Stunde zählt. Ich hoffe, Sie verstehen mich.«

»Ihre Argumente leuchten mir ein.« Oberleutnant von W.

spricht weiter, ohne jede Tonschwankung, ohne die geringste Herausstellung einzelner Begriffe. Ein magnetisiertes Stahlband, das mechanisch abrollt. »Was später an Auseinandersetzungen nötig wird, ist Zukunft. Fast unwichtig gegenüber der einzigen Aufgabe, die uns jetzt bewegt: der Umsturz. Er allein muß vorerst erreicht werden.« »Es ist gut«, sagt Strick.

Der fremde Oberleutnant beugt sich verbindlich vor. »Darf ich jetzt um Papier und Bleistift bitten?« Er nimmt das Gewünschte mit knapper Verbeugung des Oberkörpers in Empfang. »Wir arbeiten nach dem Prinzip der vereinfachten, direkten Fühlungnahme. Ich bin der einzige, den Sie von meiner Gruppe kennen. Sie wiederum müssen der einzige bleiben, den ich von Ihrer Gruppe kenne. Ich werde Ihnen jetzt drei Dinge aufschreiben, die Sie, bitte, auswendig lernen wollen, damit ich den Zettel vor Ihren Augen verbrennen kann. Das erste, das ich hier schreibe, ist das Stichwort für den Beginn des organisierten Umsturzes. Es wird an Sie durch mich persönlich übermittelt. Daher ist das zweite, das ich Ihnen jetzt aufschreibe, mein Name und meine volle Adresse. Der dritte Name, den Sie hier lesen, ist der des Offiziers, der an meine Stelle tritt, wenn ich, gleich wodurch, verhindert sein sollte.«

Strick nimmt den Zettel und geht zum Fenster. Er prägt sich die Namen ein. Er schiebt sie in sein Gehirn wie in eine Schublade. Er rekapituliert. Das noch einmal. Wieder. Die Namen sitzen fest wie Blutegel.

Er reicht den Zettel an Oberleutnant von W. zurück. Ein Streichholz flammt auf. Feuer zerfrißt das Papier, verkohlt es. Die glatten Hände des Oberleutnant von W. zerreiben es zu Pulver. Das rieselt zur Erde. Oberleutnant von W. reinigt seine Hände sorgfältig mit einem Taschentuch. »Ich danke Ihnen verbindlichst«, sagt er.

Es ist der 20. Juli 1944.

Ein Tag wie jeder andere Tag auch. Nichts ist ungewöhnlich. Und selbst das Ungewöhnliche wird nicht dafür gehalten.

Nicht gewöhnlich ist nämlich das Fehlen von Vogel. Strick vermißt ihn nur kurz. Das aber auch erst, als er seine Stiefel ungeputzt und unberührt vorfindet. Sie stehen, wie sie gestern hingestellt worden sind: der verschrumpelte Balg einer Ziehharmonika mit Sohle und Absatz. Verstaubt wie ein auf dem Boden lagerndes Wandgemälde.

Nun, er ist bei Vogel einiges gewöhnt und auf allerlei gefaßt. Selbst fehlende Bereitschaft zum Stiefelputzen kommt ihm nicht besonders überraschend. Er greift, als Rabe bei der morgendlichen Dusche ist, dessen Bettvorleger auf und wischt sich damit flüchtig die Stiefel ab.

An diesem Vormittag sind drei Stunden Unterricht zu absolvieren. Dann wird er, so um die Mittagszeit, die Butterbestände der Küchen aufrechnen, um dem Stabsintendanten kräftig Feuer unter dem Schwanz zu machen. Bei dem soll es letzten Sonntag Buttercremetorte, schon wieder einmal, gegeben haben. Am Nachmittag könnte er sich mit den Ausleihlisten der Bibliothek beschäftigen. Jawohl, das könnte er.

Aber er wird mit Vogel reden müssen. Vielleicht auch mit Tannert. Am besten wohl mit allen beiden. Und mit Rabe. Er muß die Situation für Oberleutnant von W. klären. Es wird hohe Zeit, daß ganz konkrete Abmachungen getätigt werden. Er müßte sie alle vor eine klare Entscheidung stellen. Entweder — oder! Ja oder nein. Entweder du machst mit, gut, dann aber mit allen Konsequenzen. Oder du machst nicht mit und hältst die Schnauze. Oder du hältst deine Schnauze nicht, dann wird man dich dazu zwingen müssen.

So sollte es sein! Aber das hat Zeit. Einen Tag, drei Tage, eine Woche. Langsam reifen lassen. Glut unter die Hintern sammeln und gemächlich anbraten. Nichts überstürzen.

»Wissen Sie eigentlich wo Vogel ist?« fragt Rabe, der seine fünfzig Kniebeugen macht. »Nein«, sagt Strick. »Der wird sich sicherlich irgendwo herumtreiben.« »Sie sollten sich aber für seinen Aufenthalt interessieren, Strick.«

Der überhört das, packt seine Unterlagen zusammen und konzentriert sich auf das Thema des Tages: Die Vorteile der hinhaltenden Verteidigung. Er wird den Leuten klarmachen, wie die augenblickliche Situation zu verstehen ist. 39 und 40 haben die anderen hinhaltend verteidigt, jetzt sind sie im Angriff; heute verteidigen wir hinhaltend, also werden wir auch demnächst im Angriff sein. Unausgesprochen: auch in 4 bis 5 Jahren. Da aber jeder Waisenknabe spürt, daß wir es nicht mehr lange machen, ist die Folgerung daraus klar. Wer das nicht begreift, dem ist nicht zu helfen.

»Grüßen Sie Vogel von mir, Rabe«, sagt Strick im Abgehen, »wenn Sie ihn sehen sollten. Sagen Sie ihm, er ist ein stinkfauler Hund.« »Ich glaube«, sagt Rabe, »das ist genau die gleiche Ansicht, die er von Ihnen hat.« Strick stutzt, wie zurückgezerrt. Er sieht Rabe an, als sei eine Aufklärung nötig. Dann aber sagt er nur: »Na, na!« und geht endgültig ab.

An diesem Tage belagern die Gedanken Strick wie eine Horde junger Ferkel, die sich um die Mutterbrüste drängen. Auch das ist nichts Besonderes. Er muß dem Oberst ausweichen. Er wird Vogel hinhalten. Er wird ein Gespräch mit Tannert zu vermeiden trachten, so wie er es morgens mit Rabe erfolgreich getan hat. Er weiß nicht, wo er weitergehen soll. Es ist einer jener vielen Tage, an denen er es bereut, jemals irgend etwas unternommen zu haben, das ihn in diese Situation gebracht hat. Er schlug ein Loch um zu trinken, eine Wand riß auf und der sich von dort ergießende Strom ist nicht mehr zu dämmen.

Oder gibt es ein Zurück? Irgendein Zurück? Die kurzen Stunden mit Eri waren schön. Sie zu erhalten, wäre einen Umweg wert. Aber es geht wohl nicht. Es geht nicht mehr. Er hat einem Strom Nebenflüsse zugeführt. Nun reißt der ihn mit. Aber er wird, solange es nur irgendwie möglich ist, seine Selbständigkeit zu bewahren trachten. Aber wie kann das geschehen? Indem er ausweicht. Er wird ausweichen: dem Obersten, Rabe, Vogel, Tannert. Allen. Nur Eri nicht.

Der Vormittag verläuft in träger Gelassenheit. Die geplante Buttersuche in den Mittagsstunden verschiebt er auf ein späteres Datum. Er sitzt, kurz nach dem Essen, im Kasinogarten. Er ist vorerst einmal Rabe entronnen, der ihn angeblich dringend, wegen Vogel, zu sprechen wünschte. Jetzt sieht er in den fahlen, ausgebleichten Himmel. Hochsommerwetter. Die Mittagshitze liegt wie unter hydraulischen Pressen dicht über Terrasse und Garten. Der Rauch der Zigarre schwebt kraftlos aufwärts.

Der Kopf ist ihm schwer, wie mit flüssigem Blei gefüllt. Es verrollt sein Schwergewicht bei jeder Neigung, bei jeder Biegung des Kopfes. Er möchte Rock und Stiefel ausziehen und schlafen. Aber auf seine Stube kann er nicht. Dort lauert Rabe auf ihn und wird seine angeblich dringenden Dinge an den Mann bringen wollen. Das Beste wäre, sich eine Decke zu organisieren und am hintersten Ende des Sportplatzes im hohen Gras zu pennen. Aber das wird auch nicht gehen. In knapp einer Stunde treiben sie dort eine Horde Rekruten zum Nachmittagssport auf. Er gähnt, als würden ihm die Kinnladen auseinandergerissen.

Er wird auf sein Dienstzimmer gehen. Dort dringende Geschäfte vortäuschen. Sich jeden Besuch, jede Störung, verbitten. Der Telefonapparat wird auf das Vorzimmer umgeschaltet werden. Die dort müssen wie Cerberusse seine Tür bewachen. Er wird seinen Kragen aufreißen, die Papiere auf dem Schreibtisch mit den Unterarmen zur Seite wischen, sich über die Tischplatte werfen, die Stirn auf die übereinandergelegten Unterarme fallen lassen und pennen.

Müde erhebt er sich. Vermeidet den Weg über die Terrassen und durch das Kasino. Geht mit langen, gedehnten Schritten auf die Kommandantur zu. Steigt die Treppen hinauf. Durchquert sein Vorzimmer. Gibt knappe Anweisung. Fällt in seinen Stuhl. Schläft.

Ein schroffes Klingeln fällt ihn an. Wieder. Springt auf ihn zu wie ein riesiger Hund, der einen Spielgefährten sucht. Er richtet sich auf, fährt mit den Händen über sein verschlafenes Gesicht, durch die Haare. Er greift zum Hörer. »Habe ich nicht gesagt, daß jede Störung fernzuhalten ist.«

Die frische Stimme von Magda Tannert dringt in sein Ohr. »Es ist sehr dringend. Inspektor Gareis läßt fragen, ob Sie wichtige Nachrichten erhalten haben. Wenn nicht, sollen Sie sich sofort danach erkundigen. Er ist bereits hierher unterwegs.« »Was für Nachrichten, Magda?« »Nicht bekannt. Er ließ ausdrücklich sagen: wichtige Nachrichten.« »Es ist gut.«

Was soll das? Was hat das zu bedeuten? Wichtige Nachrichten? Und von Gareis angekündigt? Der ist hierher unterwegs? Der übliche Bluff dieses durchtriebenen Kerls, oder was? Oder weit mehr? Unsinn. Aber Gareis ist gefährlich; er sieht nicht nur in die Kochtöpfe hinein, wo für ihn geschmort wird. Man muß ihn ernst nehmen. Verdammt ernst.

Strick blickt automatisch auf seine Armbanduhr. Es ist kurz nach 15 Uhr. Er hat also über zwei Stunden geschlafen. Sein Gesicht muß aussehen wie ein zerknülltes Laken. Er geht zum Fenster. Dreht einen Flügel gegen die Wand, so daß der wie ein Spiegel wirkt. Das Gesicht, das er dort sieht, ist rissig, rotgedrückt und glänzt. Das Gesicht eines müden Menschen. Ein schlaffes, energieloses, idiotisch dreinblickendes Gesicht. Das Gesicht eines trunkenen Narren.

Er wendet sich angewidert ab. Läßt sich in seinen Stuhl fallen. Sitzt da und sieht ins Leere. Verfolgt das Rechteck der sich begegnenden Wände, bis zur Decke hinauf. Sein Blick verweilt dort kurz, gleitet zur Seite, an der glatten weißen Fläche hinunter, über staubige Bücher, den Fußboden entlang, auf das Telefon vor sich. Er nimmt den Hörer ab.

»Generalkommando.« Er wartet. Das Tintenfaß vor ihm ist verschmiert. Glas, Staub, eingetrocknete Flüsse blauer Tinte, mit metallisch glänzenden Rändern. »Das Generalkommando nimmt keine Gespräche an. Sämtliche Leitungen sind blokkiert.« Strick wird sofort hellwach, als ergieße sich über ihn eine eiskalte Brause. »Das Gespräch ist dringend.« »Auch dann nicht.« Die Vermittlung bedauert. »Sagen Sie, ich habe mich sofort beim Generalkommando telefonisch zu melden. Führungsgespräch.«

Die Vermittlung will ihr möglichstes versuchen. Summergeräusche. In kurzen, hastigen Stößen. Das Generalkommando meldet sich. »Den NSFO, Hauptmann Keßler, bitte.« »Keßler ist nicht im Generalkommando.« »Dann seine Dienststelle.« »Sofort.«

Die Dienststelle des Hauptmanns Keßler meldet sich. Eine aufgeregte Stimme schnarrt sofort in das Telefon. »Ist Keßler bei Ihnen in Rehhausen?« »Keßler ist nicht hier. Was ist los?«

Die Stimme überschlägt sich. »Der Teufel ist los. Hat man Sie noch nicht benachrichtigt? Attentat auf den Führer. Eine Widerstandsbewegung versucht sich durchzusetzen. Haben Sie noch keine Anordnungen bekommen? Nicht? Hier überschlägt sich alles. Und Keßler treibt sich ausgerechnet jetzt wer weiß wo herum. Passen Sie auf. Alle erforderlichen Gegenmaßnahmen sind sofort zu treffen. Jede eventuelle Truppenmeuterei mit allen Mitteln im Keime zu ersticken. Sie haben die volle Verantwortung für Ihren Bezirk. Hören Sie noch? Wenn Keßler dort auftaucht, soll er sofort kommen. Die legen uns sonst hier um.«

Die flatternde Stimme von der Dienststelle Keßler wird schroff unterbrochen. Die Verbindung reißt ab. Wie abgehackt. Sich jagende Summertöne in der Leitung. Ein dumpfes Brummen drängt sich in den Vordergrund. Die Vermittlung Rehhausen trennt. »Die Verbindung besteht nicht mehr, Herr Oberleutnant.«

Strick legt den Hörer langsam auf die Gabel. Was jetzt? Was geschieht? Was hat zu geschehen? Er reißt noch einmal den Hörer von der Gabel. »Keine Verbindung mit Würzburg mehr?« »Keine.« »Mit Nürnberg?« »Auch nicht. Sämtliche Leitungen, außer den gesamten Verbindungen im Kommandanturbereich, sind blockiert und unterbrochen. Sobald irgend etwas frei wird — soll ich rufen?« »Unbedingt.«

Und nun? Was hat jetzt zu geschehen? Er weiß es nicht. Er will es nicht wissen.

Inspektor Gareis, hüpfend wie ein Gummiball, mit Hängeohren und Kaninchengesicht, dringt munter in den Raum. Seine kleinen Augen funkeln Strick entgegen. »Na, mein Bester! Was sagen Sie nun? Was haben Sie veranlaßt?«

Strick weist seinem lebhaften Besucher einen Stuhl an. »Weshalb sind Sie eigentlich hier?« »Um zu sehen, Strick. Um Sie an der Arbeit zu sehen.« »Sie haben es sehr eilig gehabt.« »Nicht wahr? Das Tempo ist beachtlich. 25 Minuten von Würzburg bis hierher. Und den Kreisleiter habe ich auch schon benachrichtigt. Er muß jeden Augenblick hier auf der Kommandantur eintreffen.«

Gareis reibt sich die Hände, als wolle er ein Erfrieren vermeiden. Er blinzelt Strick freundlich an. »Also, was haben Sie bisher veranlaßt?« »Nichts.« »Das ist doch nicht wahr.« Gareis unterbricht wie erschreckt seine Tätigkeit. Die Hände erstarren. »Das können Sie sich doch nicht leisten. Sie wissen doch, was geschehen ist?«

Ein Dröhnen in Stricks Gehirn. Die Gedanken arbeiten wie Dieselmotore. Veranlassen? Was soll ich veranlassen? Was erwartet er von mir, daß ich veranlaßt haben soll? Noch einmal fragt Gareis, fast bestürzt: »Sie wissen doch, was geschehen ist?«

»Ja doch, Gareis. Ein Attentat auf den Führer.« »Und?« »Widerstandsbewegung an der Arbeit.« »Na und? Und Sie?« »Was wollen Sie damit andeuten?« »Andeuten! Stellen Sie sich nicht so unwahrscheinlich blöd an, Strick. Überall kracht es. Die ersten sind eingelocht. Einige baumeln schon. Und Sie brüten hier wie auf Eiern.«

Strick weiß nicht, wohin er steuern soll. »Ich sehe keine Veranlassung, irgendwelche Maßnahmen zu ergreifen. Hier ist es ruhig.« »Noch, Strick! Aber wie lange noch? Warum handeln Sie nicht? Sie riskieren sonst an die Wand gestellt zu werden.« »Von wem?« »Von den einen oder den anderen. Suchen Sie sich das aus.«

»Was wollen Sie eigentlich von mir, Gareis?« Der kleine Gareis zieht sich noch mehr in seinem Stuhl zusammen. Seine Augen funkeln freundlich und forschend zu Strick herüber. »Was ich will, wollen Sie wissen? Das werde ich Ihnen ganz offen sagen: Ich will von Ihnen verhaftet werden. Das ist doch Ihre Lieblingsbeschäftigung. Nun, bitte, bedienen Sie sich.« Strick ist, als umschließe seine Haut einen Hohlraum. »Wie stellen Sie sich das vor«, sagt er mühsam.

»In aller Kürze, Strick, folgendes: Seit Wochen weiß ich, daß sich eine Riesenschweinerei zusammenbraut. Ich habe das, was jetzt geschehen ist, kommen sehen; dazu gehört nicht viel, lediglich notwendige Einblicke — und die habe ich — und etwas gesunder Menschenverstand. Dieses Attentat ist ein starkes und gefährliches Stück. Aber erfolgversprechend. Kaum war es bekannt, begann es in Würzburg zu knallen. Mein Büro hat, wie Sie sich denken können, zwei Eingänge. Durch den einen kamen sie herein, durch den anderen haute ich ab. Seit Tagen parkt mein Wagen fahrbereit im Hof. Ich flüchtete also. Und wohin flüchtet man? Zu seinen Freunden. Unterwegs ließ ich Sie benachrichtigen, damit Sie sich vorbereiten konnten. Und hier bin ich.«

Gareis grinst freundlich und leise vor sich hin. »Und jetzt«, sagt Strick, der nichts begreift, »soll ich Sie verhaften?« »Ich bitte darum«, meint Gareis höflich. »Denn sehen Sie, mein lieber Strick, ich bin fest davon überzeugt, daß Sie hier einen

Widerstand organisieren. Daß Sie noch nicht angefangen haben, enttäuscht mich ein wenig. Sie versäumen recht viel Zeit. Das ist nicht günstig.«

»Aber warum soll ich Sie verhaften?« »Ein kleiner Gegendienst, nichts anderes. Sehen Sie, Strick, ich persönlich kann mir keinen Widerstand leisten. Ganz offen. Auch keinen Widerstand gegen den Widerstand. Die Chancen stehen 50 zu 50. Sie wissen aber, ich gehe immer auf Nummer Sicher. So kassiere ich also mein Guthaben ein. Ich habe damals — bewußt, Strick — die Sache mit dem britischen Captain eingesteckt. Jetzt präsentiere ich Ihnen meine Rechnung. Lochen Sie mich ein, versorgen Sie mich gut.«

»Und wenn ich gar nichts mit dieser Widerstandsbewegung zu tun habe?« »Wem erzählen Sie das?« »Und wenn ich nicht das geringste mit dieser Widerstandsbewegung zu tun haben will!« »Sie wollen kneifen?« »Ich sagte: wenn.«

Gareis schüttelt langsam den Kopf, als wiege sich eine Kornähre im sanften Wind. Er sagt mit leiser, ungemein sanfter Stimme: »Sie können gar nicht mehr anders, Strick. Dieser Tag könnte — so oder so! — der letzte für Sie sein. Lassen Sie mich weiter offen sein. Sie werden hier also den Widerstand organisieren. Sie haben ihn erwartet, voilà — jetzt können Sie handeln. Also los! Was dabei alles passiert, weiß ich nicht, denn Sie werden mich ja einsperren. Glückt der Widerstand, gut, dann habe ich — und das werden Sie mir bezeugen — wesentlichen Anteil. Mißlingt er, ist es so oder so mit Ihnen aus. Denn — Sie verstehen — ich muß mich sichern. In meinem Schreibtisch, mein bester Strick, liegt eine ganze Akte mit Ihrem Namen. Darin ist derartig viel über Ihre antinationalsozialistische Tätigkeit hier in Rehhausen aufgezeichnet, einschließlich der Sache mit dem Captain, daß man Sie glatt vor ein Kriegsgericht stellen wird. Also, mein Freund, wehren Sie sich dagegen. Legen Sie los. Denn im gleichen Augenblick, und darüber gibt es keinen Zweifel, wo der Aufstand mißlingt, werde ich seine Träger ausradieren.«

Das melancholische Gesicht des kleinen Gareis hat tiefe Züge perfekter Albernheit angenommen. Der Mann sieht aus wie ein idiotisches Kind und ist doch einer der gerissensten Burschen auf dieser zerfetzten Erde. In Strick flutet es hoch.

Das Blut steigt ihm zu Kopf, wie Wasser durch einen Schlauch jagt. Der Kopf dröhnt und droht zu zerspringen. Der rhythmische Schlag des Herzens pumpt gegen die Hirnschale. Plötzlich fließt das alles ab. Fällt zurück, als sei ein Schacht geöffnet worden. Große Ruhe ist in ihm. Kälte kommt auf. Das Hirn arbeitet klar, mit der Präzision einer Uhr.

»Sie haben recht, Gareis. Ich nehme Ihre Anregungen an. Wo wollen Sie sitzen? In den Zellen der Kommandanturwache oder im hiesigen Wehrmachtsgefängnis?« Gareis schnauft befriedigt. »Hier in der Kommandantur. In Ihrer persönlichen Obhut. Nur kein Wehrmachtsgefängnis. Wer in diese Maschinerie hineingerät, kommt nur schwer wieder heraus. Ich kenne unsere Einrichtungen.«

»Der Kreisleiter ist auf dem Weg in die Kaserne, sagen Sie?« »Ich habe ihn für Sie herbestellt. Er wird beim Obersten sein. Da haben Sie zwei Fliegen auf einen Schlag. Aber diese Gesellschaft bitte nicht in meine Zelle. Ich gedenke noch zu arbeiten. Ich werde Fluchtmöglichkeiten bei scheiterndem Widerstand berechnen.«

Strick nimmt den Hörer von der Gabel. »Vermittlung? — Hier Oberleutnant Strick. Ich ordne in Vertretung des Kommandanten folgendes an: Alle Telefongespräche sind sofort zu unterbrechen. Ab sofort wird kein Gespräch mehr angenommen. Keins mehr weitergeleitet. Keins mehr. Ausnahmen werden alleine durch mich bestimmt. Durch keinen anderen. Keinen. Wer hat auf der Vermittlung Dienst? — Gut. Ich mache Sie persönlich für die Einhaltung meiner Anordnungen haftbar. — Sofort sollen sich auf meinem Dienstzimmer melden: Leutnant Rabe, Obergefreiter Vogel und Herr Tannert, der irgendwo im Kasernengelände Plakate aushängt. Sofort.« Er hängt ein.

»Na also!« stellt Gareis befriedigt fest. »Sie fangen an. Sehr gut. Die ersten Maßnahmen sitzen. Die Unterbrechung jeder Verbindung schafft Hilflosigkeit. Niemand kann sich mehr gegen Ihren Willen verständigen. Ganz famos.« Er erhebt sich. »Übrigens, Strick, die Namen, die Sie vorher genannt haben, die habe ich nicht gehört. Merken Sie sich noch eins: das Führerprinzip läßt sich herrlich ausnutzen. Verschanzen Sie sich hinter Undurchsichtigkeit. Nehmen Sie die Sache allein in die Hand. Befehlen Sie einfach. Aber fundieren Sie diese Befehle. Machen Sie zuerst, und wenn durch einen plumpen Trick, glaubhaft, daß Sie befehlen dürfen.«

Strick nimmt die Anregungen von Gareis begierig in sich auf. Er schnappt danach, wie ein Raubtier nach Fleisch schnappt. »Vielen Dank, Gareis.« »Wenn die Sache schief geht, Strick, ist es immer besser, wenn nur einer oder zwei türmen müssen, als zwei Dutzend. Nicht?« Auch das ist klar.

Gareis überprüft den Sitz des Kragens und fingert an der dunkelblauen Krawatte. »Noch eins: Es ist ein altes Prinzip, blutiges Handwerk mit schönen Redensarten zu tarnen. Und denken Sie an die Schockwirkung. Nach Ihrem herrlichen Treiben hier hält Sie jeder für einen Musternazi. Wenn Sie jetzt plötzlich etwas anderes sein wollen, wird das langer Erklärungen bedürfen. Aber müssen Sie denn unbedingt als etwas anderes erscheinen? Geben Sie vor, den Nationalsozialismus verteidigen zu wollen und setzen Sie so die Nationalsozialisten hinter Schloß und Riegel.«

»Machen Sie doch mit, Gareis«, sagt Strick spontan. »Sie sind der wunderbarste Menschenfänger, der sich denken läßt.« Gareis wehrt ab. »Ich werde mich hüten, mein lieber Strick. Zeigen Sie mal, was Sie können. Wenn das nicht ausreicht, dann werde ich mal zeigen, was ich kann. Und dann, verlassen Sie sich darauf, wird es lebensgefährlich für jeden werden, der mit einem Widerstandskämpfer auch nur dieselbe Luft eingeatmet hat.«

»Na, schön!« meint Strick. »Wie Sie wollen. Ich bin in Ihrer Schuld.« Gareis verbeugt sich ironisch. »Darf ich Sie jetzt bitten, mir meine Unterkunft anzuweisen? Sie können bei dieser Gelegenheit gleich, was ich empfehlen möchte, die Kaserne abriegeln und die Wache, verstärkt natürlich, unter Ihren persönlichen Befehl stellen.«

»Sonst noch Wünsche, Gareis?« »Nur noch einen: Quasseln Sie nicht soviel. Sie haben volle 15 Minuten mit mir vertrödelt. Mensch, was hätten Sie in dieser Zeit nicht alles anfangen können!«

Die Kaserne ist abgeriegelt, die Wache verstärkt. Ein völlig reibungsloser, fast selbstverständlicher Vorgang. Ein Befehl ist gegeben worden, ihm wurde gehorcht. Das ist alles. Das ist seit einigen Jahrhunderten in Deutschland so üblich.

Sieben Zellen von zehn sind noch leer. Das dürfte für den Anfang genügen. Und in einer dieser zehn Zellen sitzt der Inspektor Gareis mit leichtem Gepäck und zieht Verbindungslinien, Kurven und Kreise auf seiner vorzüglichen Landkarte. Parallel laufende Pfeilspitzen zeigen in Richtung Schweiz. Neben ihm liegen Kursbücher und Spezialstreckenkarten. Er spielt sein beliebtes Spiel: Was würde ich tun, wenn! Seine Fantasie durchdenkt alle Möglichkeiten. Sein Hirn arbeitet wie das derjenigen, die er zu jagen gedenkt. Das ist seine Methode.

Vor dem Dienstzimmer des NSFO wartet die seit Tagen aufgestellte und nunmehr erstmalig in Funktion tretende Sondergruppe. Der diensthabende Wachtmeister döst am Korridorfenster. Zwei Mann machen Handgranaten scharf. Einer überprüft die Gleitvorrichtungen des MG. Die restlichen sieben sitzen auf einer im Korridor stehenden Bank oder lehnen gegen die Wände. Ihre Gesichter sind gleichgültig, sie haben Dienst. Sie sind hierher befohlen worden, sie werden woandershin befohlen werden. Bis das geschieht, warten sie eben. Was dann geschehen wird, ist Ihnen so ziemlich gleich.

Im Dienstzimmer hastet Strick eine Reihe von Notizen auf seinen Schreibblock. Er hebt den Hörer ab. »Zentrale dort? — Haben Sie Leutnant Rabe verständigt? — Unterwegs? Gut. — Und Herr Tannert? — Auch unterwegs? Sehr schön. Wo aber ist Vogel? — Das wissen Sie nicht? Suchen Sie überall nach Vogel.« Er legt den Hörer ab und vervollständigt seine Notizen.

Leutnant Rabe kommt eilig herein. »Was ist denn los, Strick? In der Vermittlung gebärden sie sich, als sei die Revolution ausgebrochen.« »Nicht mehr und nicht weniger als das. Setzen Sie sich, Rabe — oder bleiben Sie stehen. Ich habe vor kurzem ein entscheidendes Telefongespräch erhalten.«

Rabe setzt sich langsam. »Und?« Strick sagt gemessen, deutlich: »Ein Attentat ist auf Hitler verübt worden. Der Ausgang ist unbekannt. Eine Widerstandsbewegung versucht die Macht an sich zu reißen.« Und er sagt, noch gemessener, noch deutlicher: »Das ist eine Stunde, der ich nicht ausweichen will.«

Rabe richtet sich auf. Sein junges Gesicht strahlt feierlichen Ernst aus. Er atmet schwer. Seine klugen Augen blicken in das Gesicht von Strick, anhaltend, forschend. »Das ist also die Entscheidung!« sagt Rabe. »Ja.«

Rabe federt, wie nach plötzlichem Entschluß, hoch. »Was zögern wir da noch!« meint er hart. Er zerrt aus seinem Ärmelaufschlag ein Blatt Papier, entfaltet es mit kurzen, hastigen Bewegungen und legt es vor Strick auf den Schreibtisch. »Unterschreiben Sie das.«

Strick liest: Haftbefehl. Das übliche, allgemein verwendete, vorgedruckte Formular. Rabe, als Gerichtsoffizier, pflegt es auszufüllen; der Oberst ist der einzige im Bereich, der das rechtskräftig unterschreiben kann. Der Oberst und jetzt — er, Strick, laut besonderer Vollmacht, die er sich erteilt hat und die der Oberst widerwillig unterschrieb. Ein an sich normaler Vorgang also. Aber dort, wo der Name des zu Verhaftenden eingetragen wird, steht: Obergefreiter Vogel. Und als Grund ist angegeben: Zersetzung der Wehrkraft.

Das Papier vor Strick wird zum roten Tuch. Er selbst, darüber gebeugt, verwandelt sich in einen Stier. Sein Kopf schiebt den breiten Nacken zusammen und sucht zwischen den Schultern Deckung. Er blinzelt zu Rabe hoch. »Wo ist Vogel?« fragt er bedrohlich. »Seit gestern eingesperrt.«

Strick ist es, als risse jemand seine Schädeldecke auf, und der Verstand verflüchtige sich dort, als sei er purer Alkohol. Er sieht vor sich hin. Ist plötzlich müde geworden. Verzagt. Sagt: »Mein Gott, Rabe! Ich habe immer gedacht, Sie wären hier der einzige, um den es sich wirklich noch lohnte. Menschen wie Sie, dachte ich, müßten unser wirres Suchen durch Klarheit ablösen. Ich habe mir immer vorgestellt, daß ich einmal, nach erledigter Strecke, abtreten könnte, um Menschen wie Ihnen Platz zu machen. Ich, Rabe, gehöre zu denen, die müde geworden sind. Aufgerieben zwischen den Zahnrädern der Zeit. Abfall. Vielleicht gerade noch fähig, eine Rechnung zu begleichen. Aber auf Menschen wie Sie, Rabe, habe ich gehofft. Sie sind so, wie ich vor diesem Krieg war, ehe ich ihm bis zum Erbrechen ausgeliefert wurde. Denn Sie sind sauber geblieben, in den Gedanken und auch in den Taten. Gewiß, Sie haben geirrt; und irren ist menschlich. Der Irrtum eines reinen Menschen aber ist auch immer verzeihlich. Und jede Einsicht, die bei Ihresgleichen zur Abkehr führt, reißt eine neue Zeit ein. Glotzen Sie mich nur nicht mit Ihrem vertrauensseligen Schafsblick an, Rabe. Ich habe doch ehrlich versucht Ihnen aufzuzeigen, was für ein Dreckhaufen diese Welt ist. Wenn Ihnen das alles hier noch nicht die Augen geöffnet hat — was dann?«

Er sieht Rabe offen an, vorwurfsvoll, etwas enttäuscht und nicht ohne Drohung. Rabe jedoch lächelt leicht, fast bescheiden. Als bäte er um Entschuldigung. »Ich glaube«, sagt er, »wir reden zuviel um eine Sache herum, bei der nur die Tat alleine entscheidet. Warum zögerst du? Was soll ich tun?«

Strick atmet ganz tief aus, er stößt den Atem aus sich heraus als werfe er eine Last ab. »Ich bin ein Idiot«, sagt er. Er sieht Rabe an, Rabe sieht ihn an. Beide lächeln. Strick nickt kurz. Dann beugt er sich über seinen Schreibtisch. Sachlich: »Warum der Haftbefehl gegen Vogel?« »Ein plötzlicher Einfall. Im Einvernehmen mit Vogel getroffen. Den ganzen Tag schon versuchte ich, mit dir darüber zu sprechen. Eine Art Rückversicherung. Wissen wir denn, was kommt? Wissen wir, wie es ausgehen wird? Wir haben Vogel künstlich zu deinem Gegner klassifiziert. Geht alles in Ordnung, bereinigen wir das spurlos. Geht irgend etwas schief, wird vielleicht nicht zuletzt er uns helfen können.«

»Einverstanden«, sagt Strick. »Haftbefehl laut Datum vorgestern erlassen. Verhaftung erfolgte gestern. Gut.« Er unterschreibt. »Hoffentlich geht es Vogel nicht schlecht?« Rabe berichtet: »Ich habe ihn ausgezeichnet versorgt. Er fühlt sich, nach seinem eigenen Wort, wie in Pension. Er schimpft verabredungsgemäß serienweise auf den NSFO und hat bereits die Bibel und ›Mein Kampf‹ verlangt. Mit dem einen Band geht er laufend austreten.« »Ausgezeichnet«, sagt Strick.

Rabe brennt der Entscheidung entgegen. »Also los, fangen wir an. Teilen wir die Aufgaben, Strick.« »Teilen? Nein. Du hast mich vorher auf eine Möglichkeit aufmerksam gemacht, die wir keinesfalls übersehen dürfen: es kann schief gehen! Wir können nicht wissen, wie die nächsten Stunden verlaufen. Wir wissen nur, daß wir handeln müssen. Und so ist, wohlgemerkt, die Lage: Ich habe einen Befehl bekommen. Ich allein.

Welchen Inhalt er hat und von wem er gekommen ist, weiß niemand. Du nicht, Vogel nicht, Tannert nicht, keiner. Ich verantworte alles.«

Durch Rabes Blick schimmert die Liebe eines Bruders. In diesem Augenblick steht Strick seinem Herzen nah. Doch er überwindet diese Regung, als sei sie ein niedriger Zaun, den man mit einer Flanke überspringt. »Was also soll ich tun?«

Strick überblickt seine Notizen. »Du wirst an Truppen mobilisieren, was zu mobilisieren ist. Verweise auf eine Vollmacht, die mir vom Kommandierenden General gegeben ist. Der Major vom Ausbildungsbataillon ist ein gehorsamer Krieger, er wird keine Schwierigkeiten machen. Unterstelle ihm die Truppen der Kaserne; ich werde ihn telefonisch vorwärmen. Suche dann einen zuverlässigen Offizier heraus, schicke ihn zu mir, damit er Anordnungen über das Bahnhofsgelände entgegennimmt. Jeder durchkommende Transportzug muß angehalten werden. Diese Truppen ebenfalls hierher. Den Befehl über die Flakartillerie könnte wohl der Major von der ersten Abteilung übernehmen. Vielleicht ist er nicht nur ein eifriger Kirchengänger, sondern wirklich fromm.« Er entnimmt seinen Papieren einen Zettel. »Hier ist eine Aufstellung von Vogel über verläßliche Mannschaften.«

Rabe nimmt die Namensliste und überprüft sie kurz. »Vogel hat mir gestern abend eine Aufstellung gegeben, die umfangreicher ist.« »Um so besser! Die gesamte Munition und alles Material in die Hände dieser Leute.« Das Telefon schrillt heftig. Strick nimmt den Hörer ab. »Ja. — Am Apparat. — Ich komme sofort, Herr Oberst. Wichtige Nachrichten sind eingetroffen. Ich darf Sie bitten, mit dem Kreisleiter auf mich zu warten.«

»Sonst noch was?« will Rabe wissen. »Im Augenblick nicht. Ich bleibe hier oben. Unterrichte mich laufend.« »Gut. Ich werde dich zu finden wissen.«

Strick streicht, kurz nachdem Rabe das Zimmer verlassen hat, vier seiner Notizen durch. Er öffnet die Tür zum Vorzimmer. »Kommen Sie herein, Magda. Bringen Sie Ihre Maschine mit. Setzen Sie sich. Schreiben Sie.«

Magda blickt zu ihm auf. Strick wandert diktierend durch

das Zimmer. »Kopf: Generalkommando, und so weiter. Aktenzeichen, Jahrgang, Geheime Kommandosache. In den Kopf hinein: Der Kommandierende General. Haben Sie das?«

Die Typen schlagen gegen das Farbband und prasseln auf die Walze.

»Jetzt die Überschrift: Sondervollmacht. Text: Der — folgen Name, Dienstgrad und Dienststellung meiner Wenigkeit — erhält hiermit bei eintretendem Notstand jede Befehlsgewalt — ›jede‹ unterstrichen — im Rahmen der Kommandantur 42. Seine Anordnungen gehen bei eintretendem Notstand über die des Kommandanten. Es ist ihnen unbedingt und sofort Folge zu leisten.«

Strick unterbricht seine Wanderung und sieht Magda über die Schulter. »Sehr schön so. Jetzt das Datum, von Anfang des Monats. Freier Raum für markige Unterschrift. Und dann: Generalleutnant. Haben Sie das alles? Gut.«

Er nimmt das Papier. Liest. Greift zu einem Federhalter und unterschreibt schwungvoll. »So.« Er blickt suchend um sich. »Nun noch irgendeinen Stempel, unentzifferbar angebracht.« Er nimmt den Briefstempel von seinem Schreibtisch, knallt ihn schiefkantig auf das Papier. Dort prunkt jetzt ein zerknitterter Hoheitsadler mit unlesbarer Umschriftung. »Sehr schön. Wirkt immer!«

»Noch mehr davon?« will Magda wissen. »Vielleicht später«, sagt Strick. »Jetzt rufen Sie sofort Geiger hierher. Ich muß ihn dringend sprechen. Ganz dringend. Bringen Sie ihm das bei. Ist Ihr Vater schon da?« »Er wartet im Vorzimmer!« »Dann herein mit ihm.«

Der alte Tannert schiebt sich mit breitem Lächeln durch die Tür. »Es wird also Überstunden geben!« sagt er. »Eventuell bis zum Jüngsten Tag. Ich nehme an, Magda hat Sie informiert.« »Das hat sie.«

»Sie machen also mit, Herr Tannert. Ich habe es von Ihnen nicht anders erwartet.« Tannert setzt sich breit. »Da kann man wieder einmal sehen, wie Sie Ihre Umgebung abtaxieren. Wie Schlachtvieh. Das ist Durchhaltejargon, Herr Strick, dieses: ich habe es von Ihnen nicht anders erwartet! Wenn Sie

Glück haben, glauben noch einige Pimpfe an diesen Dreh. Aber mich hätten Sie damit verschonen sollen.«

»Sie reden und reden! Dabei geht es um die Widerstandsbewegung!« »Ach nein!« Tannert lehnt sich zurück. Er ist das verkörperte Mißtrauen. »Eine Widerstandsbewegung also! Etwa eine von den Generälen?« Strick wird heftig, seine Worte rennen gegen Tannert wie Rammbalken gegen Burgtore. »Was kümmern uns Briefanschriften? Wer gehört denn von uns zur Generalität?« »Wenn Sie vielleicht auch nicht zu den Generalen gehören, so arbeiten Sie aber doch für diese Leute. Zuträger an Ruhm, Ehre und Vaterlandsliebe. Der Arbeiter für die Kapitalisten, der Soldat für die Stäbe. Die einen krepieren, die anderen verdienen daran. Herr Strick, ich brauche eine andere Welt, aber keinen anderen Oberbefehlshaber.«

Strick zieht sich zurück. »Sie machen also nicht mit«, stellt er kalt fest. Tannert schüttelt den Kopf. »Das habe ich nicht gesagt. Ich habe nur angedeutet, daß ich ohne Illusionen bin. Nun gut, was Sie vorhaben, mag einen Schritt vorwärts bedeuten. Mein Ziel ist es noch lange nicht. Aber es bringt mich meinen Bestrebungen näher. Warum sollte ich Ihnen da hinderlich sein?« »Aber Sie haben wenig Vertrauen!«

Tannert fährt sich mit gespreizten Fingern durch die Haare. »So gut wie kein Vertrauen! Das sei offen zugegeben. Es ist mir nicht radikal genug. Zuviel Dilettantismus. Zu wenig Vorbereitungen. Improvisierter Ausstoß eines schon lange in Offizierskehlen würgenden Ärgers. Das ist nicht gewachsen. Das ist keine Auseinandersetzung der Überzeugungen. Das ist höchstens eine Bereinigung der Befehlsbefugnisse.«

»Und Sie machen trotzdem mit?« »Selbstverständlich. Unser Offizierskorps ist ein Übel. Hitler aber ist ein noch größeres Übel. Die Wahl zwischen beiden fällt mir nicht schwer. Es ist, wie gesagt, ein Schritt vorwärts. Also?« Strick bleibt vor Tannert stehen. »Ich werde keine Halbheiten machen. Ich werde so handeln, als wenn es jetzt um die ganze Zukunft geht.« »Sagen Sie nur nicht: um die nächsten tausend Jahre! — dann gehe ich wieder.«

Strick geht zum Schreibtisch und beugt sich über seine Notizen. »Sie, Herr Tannert, übernehmen die Vermittlung der

Kommandantur. Sperren Sie alle unwichtigen Gespräche, geben Sie den unseren den Vorrang. Überall mithören und nur das durchlassen, was unserer Sache dient. Ich selbst bin hier vorzufinden oder im Arbeitszimmer des Obersten. Einverstanden?«

Tannert sieht ihn groß an. »Und wen wollen Sie beseitigen?« Strick versteht das nicht. »Ich meine: wen wollen Sie ausschalten? Sie brauchen doch ein freies Operationsfeld. Sobald irgendwelche Leute in Ihrem Bereich existieren, die querschießen könnten, werden statt 4 bis 6 Leuten einige Dutzend daran glauben müssen.«

»Überlassen Sie das mir, Herr Tannert. Nichts geschieht ohne Vorbereitung. Ich werde in den ersten Stunden mit allen Methoden arbeiten. Mit allen. Eine Stunde Zeit! Gewinne ich die und kann ich sie reibungslos nutzen, dann habe ich alles fest in der Hand. Nachher kann kommen wer und was da will: ohne einen kleinen Privatkrieg machen wir es dann nicht mehr. Geht die Sache schief — na schön, dann habe ich eben Pech gehabt. Dann trete ich ab. Und das ganz alleine. Ohne jedes Ehrengeleit. Und ihr macht die Sache dann beim nächsten Mal wieder. Immer wieder. Solange, bis es klappt. Sehen Sie klar, Herr Tannert?« »Ich sehe rot!«

Hauptmann Geiger ist der Nächste. Er rollt herein wie eine Kegelkugel. »Kommen Sie bloß zum Alten, Strick. Der stößt tausend Verwünschungen gegen Sie aus. Sitzt auf seinem Schreibtisch herum und redet wie VB in Sonderausgabe. Der Kreisleiter wackelt unterdessen mit allen vier mittelmäßig genährten Backen. Sein Lieblingswort ist ›Parteiehre‹. Wenn Sie nicht bald kommen, wird man Sie einsargen. Theoretisch sind Sie das bereits schon.«

Strick geht ohne Umschweife auf sein Ziel los. Er präsentiert, ohne jede weitere Erklärung, die von ihm und Magda vor kurzem angefertigte Vollmacht. »Darf ich Sie bitten, Herr Geiger, das zur Kenntnis zu nehmen.«

Geiger hängt seinen Schädel über das Schreiben wie eine Lampe. Er liest es eingehend, sieht dann, etwas verstört, auf. »Palastrevolution? Heroischer Versuch einer Selbstschlachtung? Oder nur Generalprobe?«

Strick faltet seine Generalvollmacht lässig zusammen und

steckt sie in seinen Ärmelaufschlag. »Wir wissen nichts Genaues. Attentat auf den Führer. Alles weitere ist unbekannt. Das einzige Feststehende sind meine Richtlinien.«

Das Telefon schrillt heftig. »Ja, Tannert? — Ein Gespräch für den Kreisleiter? Nehmen Sie es dort auf. Stellen Sie die Weiterleitung in Aussicht. Legen Sie mir den Text vor.« Er wirft den Hörer auf die Gabel.

Geiger saugt das in sich auf wie ein Schwamm. »Starke Personalveränderungen in allen Sektoren, wie?« fragt er ahnungsvoll. »Die allerstärksten.« Strick ist sehr förmlich geworden. Er verbeugt sich andeutungsweise vor Hauptmann Geiger. »Sie werden verstehen, Herr Hauptmann, wenn ich es bedauere, Ihnen als der Rangniedere Anordnungen übermitteln zu müssen. Aber ich darf darauf hinweisen, daß es sich um wohlvorbereitete Befehle des Herrn Kommandierenden Generals handelt.«

Geiger deutet seinerseits eine zustimmende Verbeugung an. Er steht nahezu stramm und erklärt mit verbindlicher Disziplin: »Bitte keine Umstände, Herr Strick.«

»Ich habe die Aufgabe«, sagt Strick im monotonen Singsang einer wohlvorbereiteten Befehlsausgabe, »mit den verläßlichsten Offizieren des Standortes volle Einsatzbereitschaft herzustellen. Ich bin überzeugt, mich auf Sie verlassen zu können.« Die Hacken von Hauptmann Geiger schlagen leicht und sehr kurz zusammen. Geiger ist bereit.

»Ich übergebe Ihnen die Kaserne, Herr Hauptmann. Sie werden sie vom Wachlokal aus mobilisieren. Die übliche Bewaffnung, wie bei feindlichen Fallschirmabsprüngen vorgesehen. Verstärken Sie die Kasernenwachen um das Dreifache. Leutnant Rabe alarmiert bereits alle im Kommandanturbereich liegenden Truppen. Hier in diese Kaserne lassen Sie jeden herein, niemand aber ohne meinen besonderen Befehl hinaus. Außerdem übernehmen Sie die Durchführung und Überwachung der von mir befohlenen Schutzhaft.«

Jawohl, Geiger sieht klar. »In Schutzhaft«, erklärt Strick. »sitzen bereits Kriminalinspektor Gareis und der Obergefreite Vogel. Wir werden diese Sammlung ein wenig vervollständigen. Kommen Sie.«

Strick greift nach seiner Pistolentasche, entnimmt ihr die

Pistole, ladet durch, sichert. Dann steckt er die Waffe in seine Hosentasche. Er öffnet die Korridortür. Der Wachtmeister des Sonderkommandos sieht ihm diensteifrig entgegen. »Ein Unteroffizier und vier Mann, mit Maschinenpistole und Gewehren, begleiten mich. Durchladen und sichern. Der Rest hält sich weiter hier zu meiner Verfügung.«

Der Wachtmeister gibt prompte Anweisungen. Ein Unteroffizier und vier Mann sind in 15 Sekunden abmarschbereit. Gewehrschlösser knacken. Sicherungsflügel werden umgelegt. Sie setzen ihre Stahlhelme auf, drängen ihr Kinn durch den Riemen und stecken die Feldmütze in die Tasche.

Strick geht voran. Geiger neben ihm. Dahinter der Unteroffizier mit der Maschinenpistole. Dann vier Mann mit unter den Arm geklemmten Gewehren. Die Stiefel von Strick und Geiger treten weich auf. Die benagelten Stiefel der Soldaten scharren über die Korridorfliesen. Ein Gewehrlauf schlägt gegen einen Stahlhelm. »Idiot«, sagt eine ärgerliche Stimme. Seitengewehre schlagen im Marschrhythmus gegen Gewehrkolben. Sie gehen mit langen Schritten dem Dienstzimmer des Kommandanten entgegen.

Die Aktion rollt völlig reibungslos ab. Es ist nicht anders als bei einer Kartoffelernte. Leutnant Rabe, gespannt wie eine Armbrust, findet nicht den geringsten Widerstand. Er, der zustoßen will, bemerkt kein Ziel.

Die Wach- und Stammtruppe der Kommandantur steht jetzt unter dem Befehl eines Oberwachtmeisters. Hauptmann Wolf II. ist über Land gefahren, um Einkäufe zu tätigen. Rabe hat Alarm geben lassen und die Leute versammelten sich auf dem Appellplatz. Völlig gleichgültig, wie eine zusammentrottende Herde.

Er hat zu ihnen ein paar Worte gesprochen über Notstand und besondere Maßnahmen. Sie haben ihn angesehen wie ihren Hauptwachtmeister, der statt Butter Schmalz ankündigt. Dann sind sie in ihre Unterkünfte gegangen und zogen den Dienstanzug an. Tuchanzug, Stiefel, Stahlhelm, Koppel mit Patronentaschen und Seitengewehr, Karabiner. Das wurde befohlen, das wurde ausgeführt.

Sie sollten Gewehrmunition empfangen, jeder dreißig Schuß. Sie empfingen sie. Sie sollten Einsatzgruppen bilden, jeweils ein Unteroffizier und sechs Mann. Sie bildeten sie. Dann sollten sie sich wieder auf ihren Stuben in Alarmbereitschaft halten. Sie halten sich in Alarmbereitschaft. Befehl ist ausgeführt. Fertig.

So ist das. Und Befehl ist Befehl. Wenn er sagen wird: Antreten — dann treten sie an. Kommandiert er: Ausschwärmen, den Kasernenzaun nach Süden in zwei Meter Abstand besetzen, eingraben — genau das wird geschehen. Wird es heißen: Jeden ankommenden Personenwagen unter konzentriertes Feuer nehmen — sie werden ihn durchlöchern wie eine alte Konservenbüchse. Stellt er sie vor einige Männer, hinter denen eine Wand steht und befiehlt: Feuer! — dann wird es krachen, die Gestalten vor ihnen werden zurückgerissen werden und in den Dreck knallen, als hätte ihnen eine riesige Faust auf den Schädel geschlagen.

Daß solches möglich ist, brennt in Rabe, als werden in ihm Glühdrähte durch elektrischen Strom erhitzt. Mein Gott, was ist das für ein Mordapparat! Jede Möglichkeit ist gegeben. Durchaus möglich etwa, daß die Widerstandsbewegung in Würzburg keinen Fuß fassen kann. Dann würde Strick nicht zögern, drei Lastkraftwagen mit Soldaten, Maschinengewehren und Munition beladen und den wahllos zum Einsatz kommenden Mannschaften sagen: Nehmt das Generalkommando! Und sie würden es nehmen. Denn Befehl ist Befehl.

Der Major Wittkopf, der Kommandeur des Ausbildungsbataillons, erwartet Leutnant Rabe bereits. Ein Telefongespräch von Oberleutnant Strick hat ihn aufgejagt. »Der Kommandierende General hat befohlen ...« hört er. Und dann goß er sich einige Kognaks zur Stärkung ein. Ein leichter Duft umweht sein rosiges Gesicht. Er ist bereit, Energie zu verstrampeln.

»Was ist geschehen?« will er aufgeregt wissen. Rabe informiert ihn kurz: »Attentat auf den Führer. Sofortige Einsatzbereitschaft herstellen. Weitere Befehle abwarten.«

Major Wittkopf, ein guter, allzeit dienstbereiter Soldat, hält jede weitere Frage für überflüssig. Er wird dem jungen Rabe mal zeigen, wie sein Laden klappt. »Alarm!« ruft er. Der

Adjutant des Majors drückt auf sämtliche Klingelknöpfe. Bewegung kommt in den Bereich des Ausbildungsbataillons. »Ich habe das schon mehrmals geübt«, erklärt der Major stolz. »Probealarme gehören zu meinem Ausbildungspensum. Sie werden sehen: in zwanzig Minuten steht das gesamte Bataillon marschbereit.«

Die Gebäude und Baracken des Ausbildungsbataillons verwandeln sich in Bienenkörbe. Stattfindender Unterricht wird sofort abgebrochen. Rekruten, deren Unterrichtsplan »Sport« anzeigt, traben in beschleunigtem Dauerlauf in ihre Unterkünfte. Selbst Schreiber und das Kammerpersonal geraten in gemäßigten Galopp.

Major Wittkopf steht in seiner Eigenschaft als Kommandeur mitten auf dem großen Platz zwischen seinen Gebäuden. Er wird überprüfen, ob Eifer und Ausdauer seiner Rekruten seinen hohen Anforderungen entsprechen. Er hat die Taschenuhr gezückt und steht, sie aufmerksam betrachtend, erwartungsvoll da. Zehn Minuten sind bereits um. Jetzt müssen die ersten Korporalschaften eintreffen. Er wird den ersten aufmunternd entgegensehen und ihnen die benötigte Zeit zurufen. Er wird auf die letzten lauern und ihnen vor gesamtem Bataillon sein Mißfallen bekunden.

Uniformierte Menschen quellen aus den Türen. Sie schleppen das Gewehr nach, schnallen — alles im Laufen! — an ihrem Koppel oder knöpfen an den Uniformteilen. Sie formieren sich zum offenen Rechteck. Links vom Major die erste Kompanie, vor ihm die zweite und dritte, rechts von ihm die vierte. Unteroffiziere brüllen, Wachtmeister schreien, Offiziere schnarren. Ihr Refrain: Beeilt euch! Beeilt euch! Beeilt euch!

Nach 16 Minuten nimmt der Major wohlwollend die Meldung der 3. Kompanie entgegen, nach einer weiteren Minute mit sichtlicher Befriedigung die der 1. Kompanie. Die vierte Kompanie kommt volle 3 Minuten später und bereits 22 Minuten nach gegebenem Alarm kann der Major stolzgeschwellt sein gesamtes Bataillon kommandieren.

Er stellt sich aufgereckt hin und pumpt seine Brust heraus, wodurch der Bauch sichtlich an Umfang abnimmt. Das rechte Bein, das Standbein, ist straff durchgedrückt, das linke ist mit leichter Beuge vorwärts — seitwärts gestellt. Ludendorff-Haltung. Er lächelt Leutnant Rabe stolz zu und wendet sich an sein Bataillon.

»Soldaten«, verkündet er. »Wir stehen vor einer großen Entscheidung. Daß wir eingreifen werden, ist möglich. Ich erwarte von jedermann, daß er seine Pflicht tut. Und wenn es sein muß, bis zum Äußersten. Getreu dem Fahneneid. Pro Mann sind 40 Schuß scharfe Munition auszugeben. Die Munition ist jeweils in den zwei vorderen Abteilen der Patronentaschen zu je 10 Schuß aufzubewahren. Exerziermunition ist korporalschaftsweise einzusammeln, damit keine Verwechslungen entstehen. Die Korporalschaftsführer bleiben bei ihren Korporalschaften. Die Zugführer halten sich auf den Korridoren auf. Schreibstuben sind Tag und Nacht besetzt zu halten. Die Herren Offiziere sofort zur Befehlsausgabe zu mir. Kompanien einzeln abrücken und mit Munitionsausgabe beginnen.«

Der Platz leert sich. Die Offiziere scharen sich um ihren Kommandeur. Der spricht noch einmal von Entscheidung, Bereitschaft und Pflichterfüllung. Dann sagt er zu Rabe: »Melden Sie also, daß wir einsatzbereit sind.«

Oberleutnant Strick stapft neben Geiger vor seinem Gefolge die Treppen zum Dienstzimmer des Kommandanten hoch. »Unteroffizier«, ruft er über seine Schulter. Der schraubt sich diensteifrig zu ihm hoch.

»Unteroffizier«, sagt der Oberleutnant Strick, »ich verlasse mich völlig auf Sie.« »Jawohl«, sagt der Unteroffizier. »Was sagten Sie?« »Ich sagte: Jawohl, Herr Oberleutnant.« »Dann ist es gut, Unteroffizier. Hier, Herr Hauptmann Geiger wird Ihnen bestätigen, daß das, was jetzt notwendig sein könnte, auf schriftlichen Befehl des Kommandierenden Generals erfolgt.« »Jawohl, Herr Oberleutnant.« »Sie werden also haargenau und ohne mit der Wimper zu zucken, das durchführen, was ich Ihnen befehlen werde.« »Jawohl, Herr Oberleutnant.«

Der Unteroffizier verströmt gelassene Zuversicht. Es ist gut, er wird das Ding schon schaukeln. Was für ein Ding das sein wird, weiß er nicht; aber schaukeln wird er es. »Jawohl, Herr

Oberleutnant.« Immer stramm nach Befehl vom Kommandierenden General.

Strick schreitet mit seinen Begleitern durch das große Geschäftszimmer, durch das Vorzimmer des Oberwachtmeisters Demuth. Der reißt bereitwillig die Tür zum Zimmer des Adjutanten auf. »Schnallen Sie bitte Ihr Koppel um«, sagt Strick zu Geiger. »Und machen Sie die Pistole schußbereit.«

Geiger, der bleiche Farbtöne annimmt und ausschaut, als bestünde sein Gesicht aus Weichkäse, bekommt flatternde Hände. Er bemüht sich, durch tiefen, geräuschlosen Atem seiner Aufgeregtheit Herr zu werden. Die begleitenden Soldaten mustern ihn regungslos. Sie sind starr wie Felsblöcke. Der Unteroffizier ist feinfühlig genug, diese unangebrachten Erregungen zu übersehen.

»Ich hoffe«, sagt Strick leise zu Geiger, »Sie stehen über der Situation. Was geschehen wird, Geiger, muß geschehen. Es tut mir selbst leid, aber es ist nicht zu ändern. Anordnung des Kommandierenden Generals. Doch machen Sie sich keine Sorgen, alle Befehle, die mich erreichten, sind klar; und die Beweise, die ich besitze, überzeugend.«

Geiger pumpt sich mit Luft voll, als sauge er Energie auf. »Sie warten vorläufig hier, Unteroffizier«, sagt Strick. »Bereiten Sie sich auf eine Verhaftung vor. Nachher keine ausgedehnten Freiübungen, sondern ruck-zuck, am Kragen genommen und hinein in die Arrestzelle. Ich will dem Kommandierenden General nur ganze Arbeit melden können.«

Der Unteroffizier salutiert, nicht ohne eine Andeutung zuversichtlichen Grinsens. Die Leute stehen stramm, weil ihr Unteroffizier das auch tut. Strick winkt ab. Er öffnet die Tür zum Vorzimmer des Obersten. Es ist leer. Eri wird beim Alten sein. Dicht gefolgt von Geiger durchschreitet er den Raum und stößt die Tür zum Dienstzimmer des Obersten auf.

Der Oberst sieht ihm mit großen Augen entgegen. Die Lippen sind hart aufeinandergepreßt. Der Charakterschädel hat alle weichen Rundungen verloren und wirkt hart und eckig. Der Kreisleiter lugt wie eine Spitzmaus aus seinem Sessel hervor. Eris Augen funkeln vor lebhaftem Interesse. Sie weicht an die Wand zurück, um besser beobachten zu können.

Leichter Rauch im Raum. Wie schwebende Fetzen von

dünnen Schleiern. Ein schöner Nachmittag blinzelt mit müdem Glanz durch die Fenster. Die Sonne scheint in behaglicher Breite.

Der Oberst erhebt sich langsam, wie hochgewunden. »Was bedeutet das alles, Strick? Die Kaserne hat ungewohntes Leben. Die Vermittlung ist blockiert. Ihre Dienststelle sagt mir, Sie hätten wichtige Meldungen erhalten. Inspektor Gareis hat den Kreisleiter angerufen und ihm empfohlen, mich sofort aufzusuchen, da ungewöhnliche Dinge vorgefallen seien. Seit 20 Minuten fordere ich Sie auf, hier vor mir zu erscheinen. Bisher vergeblich. Wollen Sie mir nicht erklären, was hier eigentlich los ist!«

Der Kreisleiter hackt von seinem Sessel aus auf ihn ein. »Sie planen wohl schon wieder neue Veränderungen im Bereich unserer Kommandantur? Mensch!« stöhnt er in sich hinein, »können Sie denn überhaupt keine Ruhe geben! Müssen Sie denn immer nur Schwierigkeiten machen?« »Leider, Herr Doktor. Diesmal sogar sehr weitgehende.«

Der Oberst läuft schneckenhaft langsam rot an. Er öffnet den Mund. Da sagt Strick: »Es ist ein ein Attentat auf den Führer verübt worden. Ein Aufstand ist zu erwarten. Ich habe eingehende Befehle des Generalkommandos und jede Vollmacht, sie mit allen Mitteln durchzudrücken.« Der Oberst klappt den Mund langsam wieder zu; und pendelt mit seiner linken Hand, um einen Halt zu finden. Der Kreisleiter bekommt die Gesichtszüge und die Munterkeit eines Maulesels. Eris rote Zunge leckt über die roten Lippen; ihre Augen funkeln.

Oberst Müller hat an der Sessellehne einen Halt gefunden. »Was bedeutet das!« stößt er durch die Zähne. Strick zieht die Pistole aus der Tasche als wäre sie ein Hausschlüssel. »Was das zu bedeuten hat, werden Sie sofort merken — Müller.« Der Oberst zuckt bei dem formlosen »Müller« kaum merklich zusammen. Er strafft sich und blickt Verachtung. Sein Hirn arbeitet wie eine Rechenmaschine.

Strick erklärt trocken und fingert dabei an seiner Pistole herum: »Mir liegen Beweise vor, nach welchen Sie nicht nur verbrecherische Pläne unterstützen, Müller, sondern sogar selbst welche ausgearbeitet haben.« Der Oberst hat mit einem kurzen Anflug von Heiterkeit zu kämpfen. Fast tonlos sagt er: »Sie sind wohl total verrückt, Strick. Legen Sie Ihr Schießeisen weg und werden Sie vernünftig. Sie sind ja vollkommen übergeschnappt.«

Kreisleiter Dr. Friedrich springt auf, wie mit einer Ahle in den Hintern gestochen. Er protestiert. Er klopft mit den Knöcheln seiner rechten Hand auf den Schreibtisch des Obersten, als sei der eine Trommel. Er sagt im Versammlungspathos: »In meiner Eigenschaft als Kreisleiter der NSDAP ersuche ich Sie, die Anordnung sofort rückgängig zu machen!«

Strick belehrt ihn mit sanfter Energie: »Sie haben mir gar nichts zu befehlen, Herr Doktor!« Der brüllt, als habe er einen Gegner niederzuschreien: »Ich protestiere! Ich werde mich sofort an die Gauleitung wenden!« »Dazu haben Sie gar keine Zeit mehr«, erklärt ihm Strick. »Sie sind ein intimer Freund dieses Mannes.« Die Mündung der Pistole weist in Richtung auf Oberst Müller. »Ich habe den berechtigten Verdacht, daß Sie mitbeteiligt sind. Ihr augenblickliches Verhalten ist ein weiterer Beweis dafür.«

»Menschenskind!« kollert der Oberst aus sich heraus. »Sie wissen nicht, was Sie tun!« Strick wendet sich an Geiger: »Herr Hauptmann, diese beiden Herren vorläufig in die Arrestzellen der Wache. Jede Vergünstigung ist aufgehoben. Behandlung streng nach Vorschrift. Zutritt nur mit meiner ausdrücklichen Genehmigung.«

Der Oberst ist kalte Wut. Seine Hand krampft sich um die Sessellehne. Die Knöchel treten weiß hervor. Seine Knie zittern vor Erregung. Die Gedanken arbeiten fieberhaft. Sie jagen durch sein Gehirn wie Wasserstrahlen, die mit hohem Druck aus Schläuchen treiben. Strick sagt mit leiser Bedrohlichkeit: »Machen Sie keine Dummheiten, Müller. Sie sollten mich doch langsam kennen. Ich werde nicht einen Augenblick lang zögern und Sie, wenn das nicht zu vermeiden sein sollte, über den Haufen knallen.«

Der Sicherungsflügel springt knackend zurück. Der Oberst spürt Tropfen kalten Schweißes auf seiner Stirn. Es ist zu spät. Er hätte das ahnen müssen. Er hätte nicht warten dürfen. Er hätte ihn abservieren sollen. Völlig. Bedenkenlos. Nur früher, viel früher.

Der Kreisleiter hat noch nicht begriffen, daß die Entscheidung des Obersten bereits gefallen ist, daß der — vorläufig — aufgegeben hat. Der Kreisleiter röhrt: »Das wird Ihnen teuer zu stehen kommen! Das ist ein glatter Verstoß gegen die Gesetze.« Strick lacht kurz auf und gibt Geiger den Weg frei.

Geiger fühlt die Nähe eines großen Augenblicks. Klassische deutsche Tragödie. Sein Lieblingsgebiet. Wie Posa vor Don Carlos. Er spielt seine Rolle mit Vollendung. »Meine Herren«, sagt er mit kurzer, straffer Verbeugung und einer Miene voll entschlossener Unerbittlichkeit. »Ich muß Sie bitten, mir zu folgen.«

Strick öffnet die Tür, ruft: »Wache!« Der Unteroffizier mit der Maschinenpistole erscheint. »Übernehmen Sie diese beiden Schutzhäftlinge zum Transport in die Zellen des Wachlokals. Bei Fluchtversuch sofort von der Waffe Gebrauch machen.« »Jawohl, Herr Oberleutnant«, sagt der Unteroffizier, aufrichtig bemüht, ein genußvolles Grinsen zu verbergen. Die Posten rahmen die Häftlinge ein.

Geiger schreitet voran, elastisch und bereit, jeden Widerstand aus dem Wege zu räumen. Zwei Posten hinter ihm. Dann Müller und Friedrich, mit Gesichtern, wie sie Wurzelzwerge haben. Dahinter der Unteroffizier mit schußbereiter Maschinenpistole. Den Abschluß bilden die letzten beiden Posten.

Die Schritte poltern die Treppe hinunter, hallen an den Wänden wider, verlieren sich in den Korridoren. Sie ersticken, wie gedrosselte, dumpfe Schreie. Strick sichert seine Pistole und läßt sie in die Hosentasche gleiten. Einige hundert seiner Sorte und man könnte die Wehrmacht umkrempeln wie Socken, bevor man sie zum Trocknen auf die Leine hängt.

Eri kommt näher. Ihre Augen tasten sein Gesicht ab. Das ist ausdruckslos. Die Augen sind zusammengekniffen, als sei es nötig, nur einen geringen Ausschnitt dieser Welt zu sehen. »Hast du alles genau überlegt?« will Eri wissen.

»Es gibt jetzt nichts mehr zu überlegen«, sagt Strick.

Wie ein Strom, der sich sicher und mit aller Kraft in sein neues Bett ergießt, das ihm freigesprengt worden ist, läuft die Aktion in Rehhausen ab.

Die Wachtruppen sind alarmiert. Das Ausbildungsbataillon steht zum Einsatz bereit. Die Wachen der Kriegsgefangenenlager haben Bereitschaftsstufe I. Im Wehrmachtsstrafgefängnis finden Umbelegungen statt, um Zellen freizubekommen. Aber niemand wird gefunden, der dort hingehört.

Gareis ist ein Juwel. Sein Hinweis: Auf Nationalsozialismus schalten! war prachtvoll. Der setzt sich hier reibungslos durch. Die Spitzen sind ausgeschaltet. Der Partei in der Stadt wurde telefonisch ein angeblicher Befehl des Kreisleiters übermittelt, nach welchem die NSDAP sich jeder Aktion zu enthalten habe. In einer Stunde etwa werden Wehrmachtsstreifen der Kommandantur die Stadt sichern. Dafür arbeitet Rabe Richtlinien aus.

Tausend Mann, gut mit Waffen und Munition ausgerüstet, warten auf einen Einsatzbefehl. Die Führer dieser Truppe halten direkte Verbindung mit der Kommandantur, also mit Strick. Sie haben klare Anweisung, nur Befehle auszuführen, die unmittelbar von dort kommen.

Strick versucht vergeblich, eine Verbindung mit Nürnberg herzustellen. Dort sitzt der Oberleutnant von W. Aber der ist nicht zu erreichen. Nach Würzburg ist nur mit großer Mühe durchzukommen. Die Leitung dorthin ist wie mit zähflüssigem Pech verklebt. Die Dienststelle Keßler schweigt. An ihrer Stelle meldet sich ein Major und will wissen, was in Rehhausen los ist. Aber Strick kennt diesen Major nicht. Seine Antworten sind daher unbestimmt, die Auskünfte, die er erhält, nichtssagend. Tannert will über Querverbindungen von Schießereien gehört haben. Aber nähere Einzelheiten sind nicht zu erhalten.

Unten auf dem Bahnhofsgelände tobt sich ein blutjunger Hauptmann, der Infanterieoffizier des Ausbildungsbataillons, aus. Geistig offenbar eine Fehlbesetzung, aber in dieser Situation gut zu gebrauchen. Der hat innerhalb einer Stunde drei Transportzüge blockiert; aber erst, nachdem er den neuen Bahnhofskommandanten, der sich angeblich weigerte, seinen Anordnungen nachzukommen, in das Wehrmachtsgefängnis eingeliefert hat. Dabei sollen dem einige Rippen eingeschlagen worden sein. Alles kraft der Vollmacht des Kommandierenden Generals.

Dieser Hauptmann hat auch bereits, zu Stricks gelindem

Entsetzen, so etwas wie einen zivilen Hilfsdienst eingerichtet. Diese zwangsverpflichteten Zivilisten entladen gerade einen Munitionszug in organisierte Fuhrwerke und Lastkraftwagen. Von dem 30 Mann starken Bahnhofskommando, so meldet ihm der Hauptmann nicht ohne Stolz, sind 12 ständig unterwegs, um geeignete Hilfskräfte zwangszuverpflichten. Weitere 12 überwachen das Ausladen. Der Rest stehe zur ständigen Verfügung und sei voll beansprucht. Er bitte um Verstärkung.

Der zweite Transportzug sei auf einem Nebengleis abgestellt. Er enthalte Ersatzteile. Für den Einsatz nicht zu gebrauchen. Der dritte gestoppte Zug aber sei vollgepfercht mit Urlaubern. Er habe sie unter den Befehl des rangältesten Offiziers gestellt und es ist damit zu rechnen, daß sie etwa in 20 Minuten oben in der Kaserne eintreffen werden. Dort müßten sie, nach seiner Meinung, geordnet werden, um für einen eventuellen Einsatz bereitzustehen.

Strick gibt an Major Wittkopf Anweisung, diese Soldaten in der Turnhalle auszusondern, zu bewaffnen und unter dem Kommando eines geeigneten Offiziers in Bereitschaft zu halten. Major Wittkopf ist hocherfreut über dieses ehrende Vertrauen und verspricht, sein Möglichstes zu tun. Daß der Oberst verhaftet werden mußte, nimmt er mit Bedauern zur Kenntnis, behauptet aber, das kommen gesehen zu haben. Diesem Müller, denkt er schadenfroh, ist das durchaus zu gönnen, diesem scheißarroganten Kerl. Seinen Segen hat der.

Kurz: der Laden rollt. Rehhausen ist in fester Hand.

Vogel amüsiert sich königlich. Er liest — übrigens zum ersten Mal — »Mein Kampf«, und den findet er ungemein belustigend. »Mein Kampf« ist offizielle Lektüre für Arresthäftlinge, Strafgefangene und Zuchthausinsassen. Neben der Bibel. Aber die kennt Vogel bereits.

Auch Vogel hat seinen Karton mit Freßwaren unter der Pritsche. Leutnant Rabe hat ihn versorgt. Zuerst versuchte dieser Rabe, ihn mit einer schäbigen Normalportion abzuspeisen, aber er hat ihm klargemacht, daß er hier nicht sitze, um sich einer strammen Abmagerungskur zu unterziehen. Darauf hat Rabe bereitwillig die Portion verdreifacht. Und Vogel geht wohl nicht fehl in der Annahme, daß er nunmehr für Rabe und Strick mitfrißt.

Gerade ist Vogel dabei, noch einmal vom »kleinen Rädelsführer Hitler« zu lesen, denn so nennt sich Adolf dort, bevor er ein großer Rädelsführer wurde. Seine kindliche Spielfreudigkeit jedenfalls hat sich der Bärtchenträger erhalten. Nur sind aus Kieselsteinen Bomben geworden; das ist ein kleiner Unterschied.

Die Tür zu seiner Zelle — es ist das geräumigste Appartement im Bau — geht auf. Vogel blinzelt dem schwerbewaffneten Posten entgegen. Kleine Nachmittagsunterhaltung, was?

Durch diese Tür treten jetzt Oberst Müller und Kreisleiter Dr. Friedrich. Nanu? Hoher Besuch? Soll er etwa inspiziert werden? Aber die Tür knallt hinter den beiden wieder zu. Eine Staubwolke pufft auf. Riegel klirren. Oberst und Kreisleiter stehen noch immer etwas verloren und nicht ohne Verlegenheit an der Zellentür. Wie aufgeschreckte Hasen, die sich in einem Tanzsaal verirrt haben.

»Schweinerei«, stößt der Oberst durch die Zähne. Der Kreisleiter befährt sein Gesicht mit einem seiner blütenweißen Taschentücher. Heftig, als wolle er es behobeln. Vogel hat sich erhoben, seinen Zeigefinger in »Mein Kampf« eingeklemmt und sieht seinen Zellengenossen mit lebhaftem Interesse entgegen.

»Ich muß mich setzen!« sagt der Kreisleiter, müde wie nach einem 10-Kilometer-Lauf. Vogel räumt bereitwillig Platz ein. »Was machen Sie in diesem Loch, Vogel?« will der Oberst wissen. Vogel fühlt heftiges Verlangen hier zu antworten: Na und Sie, Müller!, aber er unterdrückt das, nicht ohne Mühe. »Eingesperrt, Herr Oberst«, sagt er. »Das sehe ich. Und seit wann?« »Seit gestern.« »Und durch wen?« »Durch Oberleutnant Strick.« »Aha«, sagt der Oberst. Und der Kreisleiter sagt: »Aha!«

Der Oberst setzt sich neben dem Kreisleiter auf die Pritsche. Er starrt ein wenig auf den verwaschenen Fußboden, blinzelt an den grauweißen Wänden entlang und schnauft in schöner Regelmäßigkeit. Vogel sieht ihm diensteifrig entgegen. Aber der mustert vorerst den Glanz seiner Reitstiefel, betrachtet die Sauberkeit seiner Fingernägel und sagt: »Ja, ja.«

»Und warum sind Sie eingesperrt worden?« will der Oberst nach einer Pause wissen. »Wegen politisch.« »Aha!« sagt der Kreisleiter. »Geben Sie Einzelheiten, Vogel«, befiehlt Müller, als säße er noch hinter seinem Schreibtisch.

»Einzelheiten, Herr Oberst?« »Ja.« Vogel bohrt in seinem Gehirn, um brauchbare Quellen anzuzapfen. Er berichtet. »Ich bin ein Soldat des Führers, Herr Oberst.« Der Oberst nickt, das weiß er. »Und weiter?« »Das ist eigentlich schon alles, Herr Oberst. Denn der Oberleutnant Strick ist kein Nationalsozialist.« Jetzt nickt der Kreisleiter mehrmals und bedeutsam, das weiß er mit Sicherheit. »Und woraus folgern Sie das?« will der Oberst wissen.

Aus Vogel strömt überzeugende Biederkeit. »Das merkt man doch, Herr Oberst. Bei jedem Unterricht wird das deutlich. Und auch sonst. Und das nicht zu knapp. Der überschlägt sich ja geradezu vor gehässigen Äußerungen; und die Andeutungen, die er vor aller Öffentlichkeit — quasi vor versammelter Mannschaft — macht, sind der reine Hochverrat. Das empört einen guten Nationalsozialisten doch, Herr Oberst. Nicht wahr, Herr Kreisleiter. Dagegen muß man sich doch wehren. Das kann man doch nicht immer mit anhören. Und so habe ich denn ganz deutlich gesagt, was von ihm zu halten ist. Eine ausführliche Meldung wollte ich schreiben, auf Anraten von Leutnant Rabe. Der hat diesen Kerl erkannt, der war schon immer gegen ihn. Aber ehe ich noch dazu kam, diesem Strick an den Kragen zu gehen, wurde ihm das hinterbracht und er hat mich eingelocht.«

»Er schaltet seine Gegner aus«, sagt der Kreisleiter bitter. Und der Oberst meint nachdenklich: »An und für sich ein ganz normaler Vorgang. Wir selbst hätten diese Methode anwenden sollen. Allerdings schon wesentlich früher.« »Ich habe Sie immer gewarnt, Herr Oberst. Hätten Sie rechtzeitig darauf gehört, säßen wir jetzt nicht hier.« »Reden Sie doch keinen Mist, Kreisleiter. ›Wenn‹ und ›hätte‹, sobald ich das höre, wird mir übel.« »Wenn man auf die Latrine will, Herr Oberst«, erklärt Vogel bereitwillig, »muß man zweimal kurz läuten.«

Aber die Herren schweigen verbittert. »Wie lange wird das dauern, Herr Oberst?« »Das weiß ich doch nicht, Kreisleiter.

Da müssen Sie schon diesen Strick fragen.« »Der Irrtum wird sich doch bald aufklären. Es ist doch alles ein Irrtum, Herr Oberst. Strick braucht doch nur bei der Gauleitung nachzufragen. Oder bei Keßler. Und dort wird man ihm erklären, daß jede Verdächtigung unsererseits absurd ist. Der Gauleiter hält große Stücke auf mich. Und für Sie, Herr Oberst, übernehme ich jede Bürgschaft. Dieser fatale Mißgriff wird dem Kerl Strick teuer zu stehen kommen. Die Hoheitsträger der Partei sind für solche Leute unantastbar.«

Der Oberst glotzt verwundert aus der weißen Wäsche. Die anhaltende Albernheit des Kreisleiters bringt ihn zum Kochen. »Ja, Mann«, sagt er, »merken Sie denn noch immer nicht, was hier gespielt wird? Ein Attentat auf unseren Führer! Eine Widerstandsbewegung, die sich durchzusetzen versucht! Ja, glauben Sie denn, dieser Strick arbeitet gegen die Widerstandsbewegung, für den Führer? Ganz großer Irrtum. Daß wir hier sitzen, ist doch ganz bewußt angelegt. Er schaltet die verläßlichsten Nationalsozialisten — Sie und mich — aus. Wissen Sie, was das bedeutet? Daß wir, wenn seine Partei sich durchsetzt, baumeln können.«

Der Kreisleiter ist betroffen. Der Kragen wird ihm zu eng. Vogel betrachtet ihn mit unverhohlener Anteilnahme. »Sie meinen, kein Irrtum?« »Gar nicht daran zu denken.« »Ja, aber — wenn Keßler?« »Kommen Sie mir nicht noch mit diesem Keßler! Wer weiß denn, wo der sich aufhält? Vielleicht liegt er schon in Würzburg mit durchlöchertem Kopf vor irgendeiner Mauer. Wenn dieser ganze Widerstandsladen nicht rechtzeitig in die Brüche geht, werden sie aus uns Seife fabrizieren.«

»So ist es«, sagt Vogel mit dem Brustton der Überzeugung. »Auch ich befürchte das Schlimmste. Aber auf unsereinen hört ja niemand.«

Noch keine einwandfreie Übersicht über das, was in Würzburg passiert. Noch keine Verbindung zu anderen Kommandanturen. Erwartungsvolle Ruhe im eigenen Bereich. Also: warten. Abwarten. Bereit sein.

»Und was muß jetzt geschehen?« will Magda wissen. Sie sitzt im Arbeitszimmer von Strick. Der steht am Fenster und sieht hinaus. Doppelposten vor dem Kasernentor. Patrouillen entlang der Zäune. Ein MG auf dem Dach des Wachlokals, das bequem die Straße beherrscht. Rehhausen in träger Nachmittagsruhe. Unten auf dem Bahnhofsgelände brodelt der Betrieb. Sonst: Stille. Erwartungsvolle Stille.

»Was nun?« Strick preßt sich die Innenfläche seiner Hand an die Stirn. »Warten, Magda. Nichts als warten. Die Schwierigkeiten auffangen, den Widerständen begegnen, hinhorchen, ob das Unbestimmbare atmet, ob es auf uns zukommt oder sich uns entzieht.« »Und dann?« »Später, meinen Sie, Magda?« »Ja. Wenn das alles hier ein Ende gefunden hat. Was kommt dann?«

Strick ist müde. Er blickt glanzlos vor sich her. Menschen und Landschaft vor ihm verbergen sich, wie hinter dichten Schleiern. Die Welt vor ihm ist ein strahlendhelles, blendendes Flimmern. Ein jähes schneeweißes Aufglühen, als stände er im Kernpunkt einer Explosion. »Ich weiß es nicht«, sagt er tonlos. »Ich wage es nicht mehr, Hoffnungen zu haben.«

»Und warum tun Sie es trotzdem?« Strick zuckt mit den Schultern. »Warum lieben Sie einen Menschen und der andere stößt sie ab? Warum nennen Sie das eine Gerechtigkeit und das andere Verbrechen? Man tut es eben.« »Sie machen es sich sehr leicht«, sagt Magda.

»Was erwarten Sie denn von mir? Soll ich tiefsinnige Betrachtungen ausstoßen, mit gefurchter Stirn in den Ecken des Lebens hocken, bedächtig vor mich hersinnen, mit dem hohlen Schädel nicken und tun, als hätte ich das alles bereits gewußt, alles schon kommen sehen? Und es gäbe nichts mehr, was mich noch zu erschüttern in der Lage wäre? Und wenn es Sie umwirft, Magda: mich kotzt dieses braune und sonstige Gesindel an! Das ist alles. Es gibt keinen anderen Grund für mich. Und glauben Sie, er genügt mir vollkommen.«

»Und Ihre Ideale? Das bessere, schönere Leben, das kommen muß?«

»Ein Dasein in Schönheit und Würde? In diesem Jauchefaß des Abendlandes? Kann man eine stinkende Petroleumlampe einfach auspusten und sagen: jetzt ist es Tag? Reden Sie doch nicht von diesen Dingen, Magda. Wenn wir das eine nur auslöschen, ist das andere noch nicht da. Und ich kann nur vernichten. Das haben sie mir beigebracht, und das führe ich Ihnen jetzt vor. Das andere müßt Ihr machen!«

»Warum wollen Sie nicht weitersehen?«

»Seit fünf Jahren beginne ich jeden Tag mit dem Gedanken, daß ich morgen nicht mehr da sein könnte, sondern irgendwo abgeschlachtet, verkohlt oder zermalmt herumliege. Heldentod, oder sonst irgendein Ende aus Staatsgründen. Weltanschauungsfraß einer entfesselten Menschheit. Ich habe nicht gewußt, daß es seit 1933 Millionen gab, die seit diesem unseligen Jahr viertausend Tage lang das gleiche dachten. Es bleibt dann nicht mehr viel vom Leben. Man wird heimtükkisch, kalt, herzlos. Wirft alle Ideale über Bord, glaubt nicht mehr an sich und an Gott auch nicht. Selbst die Liebe wird zu einer Funktion. Was erwarten Sie von mir, Magda, außer daß ich Lust verspüre, der Henker meiner eigenen Richter zu sein. Glauben Sie mir, das ist ein Menschenleben wert — bis zum letzten Herzschlag.«

Heranhastende Schritte auf dem Korridor. Der alte Tannert stößt die Tür zum Dienstzimmer des Oberleutnant Strick auf und steht schweratmend auf der Schwelle. Er ist erregt. Seine Sprache klingt gepreßt. Er sagt: »Keßler — ist da.«

Strick horcht diesen Worten nach. Verwunderung ist in ihm. Er begreift langsam, was das bedeutet. Ach was, bedeutet! Bedeuten könnte. »Wo?« fragt er sachlich.

»An der Wache«, berichtet Tannert. »Er verhandelt mit Geiger, aber durch das Tor. Reinkommen will er nicht. Sein Wagen steht mit laufendem Motor.« »Was fordert er?« »Er will Sie sofort sprechen.« »Und was tut Geiger?« »Der windet sich, verweist auf Ihre Vollmacht.«

Magda fällt sachlich ein: »Hoffentlich sagt er nicht, welche Vollmacht er meint. Sonst weiß Keßler sofort, was hier gespielt wird.« »Ich habe überhaupt keine Vollmacht«, sagt Strick.

Das Telefon läutet schrill. Das gellende Klingeln fällt jäh in den Raum, zerrt sich auseinander und schrillt von den Wänden wieder. Magda geht an den Apparat. »Ja? — Nein. Oberleutnant Strick ist im Augenblick nicht da. — Seine Sekretärin.«

»Wer ruft an?« will Strick wissen. Magda deckt die Hand fest über die Sprechmuschel. »Keßler«, sagt sie. Dann telefoniert sie weiter. »Oberleutnant Strick muß jeden Augenblick wiederkommen. — Ja. Ich höre. — Ja. Ich werde es übermitteln.«

Magda läßt den Hörer aus der Hand gleiten. Ein aufgestörtes Reh, das Schüsse vernommen hat. Sie sagt fast tonlos: »Keßler hat den Befehl über die Kommandantur übernommen. Entsprechend seiner Vollmacht hat ihm Geiger die Gefangenen übergeben. In diesem Augenblick werden sie von Keßler verhört. Sobald Sie zurückkommen, hat er gesagt, bittet er um sofortigen Anruf. Er bittet Sie weiter, diesen Raum nicht zu verlassen. Er wird Sie hier aufsuchen, sobald er mit der Wache fertig ist.«

Leutnant Rabe dringt in den Raum. Er wirft die Tür hinter sich zu. Verputz bröckelt ab und rieselt zur Erde. »Du weißt, daß Keßler hier ist? Und jetzt?« Rabes Gesichtsmuskeln treten straff hervor, ein Kopf, wie eine Plastik. »Also, was machen wir jetzt?«

Strick spielt in leichter Nervosität mit einem Bleistift. Stößt ihn auf die Schreibtischplatte und läßt seine Finger daran hinuntergleiten. »Wir könnten ihn umlegen. Wir könnten den anderen mit Gewalt eine neue Überzeugung beibringen. Wir könnten auch mit dem Oberst verhandeln. Daß er sich verhältnismäßig sanftmütig verhaften ließ, geschah gewiß nicht ohne Hintergedanken. Er ist keinesfall abgeneigt, mit preußischer Gesinnung unsaubere Dinge zu tun.«

Der Telefonapparat läutet anhaltend. Magda nimmt den Hörer ab. Horcht hinein. Sagt dann zu Strick: »Die Leitung nach Würzburg ist wieder benutzbar.« »Sofort eine Verbindung.« Summertöne drängen sich in sein Ohr. Würzburg meldet sich. »Ja, Oberleutnant Strick hier. Persönlich. — Nein. Keßler ist noch nicht hier gewesen. — So? Der wollte zu mir rauskommen? — Verstehe. Ja. Ich werde es ihm sagen.«

Strick sagt: »Die Sondermaßnahmen sind aufgehoben. Unwesentliche Auswirkungen. Nur geringer Aufstand. Örtlich beschränkt. Hitler leicht verwundet. Meuterei im Keime erstickt. Gefahr vorbei! Das, was sie Gefahr nennen, das ist vorbei!«

Er lehnt sich gegen den Tisch, wie um Halt zu suchen. Seine

Hände hängen schlaff herab. Plötzlich faßt er sich. Pumpt sich voll Luft. Er greift in die Hosentasche und entnimmt ihr seinen Revolver. »Abgang mit Ehrengeleit«, sagt er hart. »Zwei Magazine und eine ruhige Hand ergeben ein umfangreiches Staatsbegräbnis.«

Der alte Tannert lächelt, mit leichter Verachtung, fast sogar, was noch schlimmer ist, mit Mitleid. »Stecken Sie das Schießeisen in die Tasche, Oberleutnant Strick. Müssen Sie denn immer gleich schießen? Das ist doch kein Ende. Nur eine Unterbrechung. Was mir allein Sorge macht, ist Ihre Nachfolge. Ruhig Blut, Strick, aber nicht nur beim Schießen. Die Entschlossenheit muß bedeutend weiter reichen.«

Der alte Tannert sieht sich um, auf Rabe, auf Magda. »Werden wir denn nicht noch alle gebraucht? Oder haben wir uns für diesen einen Tag und damit für einen billigen Triumph der anderen aufgespart? Für einen lächerlichen Kleinhirnheroismus? Als Beweismaterial für die vorzügliche Funktion der Gestapo?«

»Sie warten und warten, Tannert, und werden alt dabei!«
»Und wir«, sagt Magda, »wachsen auf und verstehen ihn.«

»Was redet Ihr!« sagt der alte Tannert. »Keine Grabrede erweckt Tote. Handeln Sie, Strick, aber vernünftig. Sie sind nicht allein auf der Welt. Sie haben die Verantwortung für mehrere Menschenleben. Mindestens für fünf. Also?«

Strick wirft seinen Revolver auf die Schreibtischplatte. Er schlägt dumpf auf, scharrt einige Zentimeter über das trockene Holz, bleibt dort liegen. Nichts als ein Stück Eisen. »Gut«, sagt Strick. »Du, Rabe, stellst dich Keßler zur Verfügung. Keine Widerrede. Handle so, als seist du mein Gegner. Und sei versichert, es ist noch nie ein Feind so geliebt worden wie du.«

»Ich verstehe«, sagt Rabe. »Ich werde also Keßler klarzumachen versuchen, daß du allein schuldig bist. Ich werde versuchen, den Beweis zu erbringen, daß alle anderen mit dem Verlauf dieser Aktion nichts zu tun haben. Sollten sie dich hängen, werde ich tatenlos dabeistehen, und wenn es sein muß, das Urteil selbst vollstrecken. Das alles erwartest du doch von mir?« »Genau das.«

»Und weiter?« will Tannert wissen. »Sie, Magda, gehen in Ihr Dienstzimmer zurück. Sie, Herr Tannert, hängen in Gottes

Namen weiter Plakate auf. Ihr beide wißt von nichts, habt Befehle bekommen, diese ausgeführt. Das ist alles. Ihr arbeitet weiter, als habe sich nichts ereignet. Gut so?«

»Mein lieber Strick«, sagt der alte Tannert, »wenn Sie mal in meine Gruppe eintreten wollen, werde ich für Sie bürgen. Aber nicht ohne Vorbehalt. Er hat ganz brauchbare Anlagen, werde ich sagen. Man sollte versuchen, etwas aus ihm zu machen. Nun, wir treffen uns ja wohl bei Mutter Tikkes.«

Sie gehen. Strick steht allein im Raum. Wie ein Boot in der Endlosigkeit des Wassers. Eine winzige Ziffer in einer Millionenrechnung. Morgen vielleicht ein Aktenstück, ein Kriegsgerichtsfall. Wegen Hochverrat, vermutlich. Oder was?

Der Oberleutnant Strick steht einsam in seinem Dienstzimmer, vorgebeugt, als horche er in die Abenddämmerung. Stille um ihn. Vom Kasernentor her klingen die Fetzen einiger scharfer Stimmen an sein Ohr. Fern im Tal klingt eine Kirchenglocke.

Er entnimmte seiner Brieftasche einige Papiere. Reißt das oberste Blatt seines Schreibblockes los. Er öffnet eine Tischschublade und findet dort, nach kurzem Suchen, einige Paßbilder und Fotokopien. Das alles knüllt er zusammen und trägt es auf das Fensterbrett. Es hält ein Streichholz daran. Die Flamme frißt sich mit gleichmäßigem Geknister durch die Papiere. Die Ölfarbe der Fensterbank schmort an, treibt Blasen, die zerpuffen. Stinkiger Qualm schlägt ihm ins Gesicht.

Strick steht unbeweglich am Feuer. Kurze Hitzewellen glühen sein Gesicht an. Er weicht nicht aus. Auch als er spürt, daß hinter ihm eine Tür geöffnet wird, leise, vorsichtig, verändert er seine Haltung nicht. Er starrt in die zusammenfallende Flamme, dieselbe, die noch wenige Sekunden vorher sich durch das Papier hindurch in das Holz einzufressen begann.

Die Tür hinter ihm wird sacht in das Schloß geschoben. Es schnappt mit geringem Knacken ein. Schritte sind keine mehr vernehmbar. Außer ihm atmet im gleichen Raum noch ein Mensch. Er wendet sich nicht nach ihm um. Er sieht die Flamme vor sich, die noch einmal aufzuckt und dann qualmend verlöscht.

Es ist Eris Stimme, die jetzt auf ihn zukommt und in seinen

Nacken gleitet. »Es scheint sich dem Ende zu nähern«, sagt Eri. »Und wer ist der Verlierer?« »Und wenn ich es bin?« Strick spricht vor sich hin, als rede er die immer noch Blasen treibende Lackfarbe an.

Eri macht keinen Schritt vorwärt. Sie steht, mit dem Rücken gegen die Tür gelehnt, da. Sie sieht gegen den Abendhimmel die Silhouette von Strick. Sein Kopf ist gesenkt, die Schultern sind vorgebeugt. Der Fensterrahmen ist wie ein Kreuz, das über ihm liegt. »Was erwartest du jetzt von mir?« will Erika wissen.

Strick greift in die verkohlten Papiere und zerreibt sie zwischen seinen Fingern. »Ich darf von dir nichts anderes erwarten als das, was du Klugheit nennst.« Er streckt die Hände mit der Asche aus dem Fenster und läßt die in den Garten hinabrieseln. »Ich wollte«, sagt er, »mit kleinem Einsatz Riesengewinne erzielen, doch die Gesetze der niederen Mathematik verschließen sich mir.«

Die Stimme Erikas wird um Grade härter, klingt wie sprödes Glas. »Auf wen hast du gesetzt? Auf das Offizierskorps? Sie sind gerade fähig, die Befehle auszuführen, die sie erreichen. Die sind nicht reif, den Nationalsozialismus zu schlagen. Sie waren es nie und werden es auch niemals sein. Ich kenne einen stattlichen Querschnitt von ihnen. Sie imponieren mir nicht. Ich dachte, du seist eine Ausnahme gewesen. Zielbewußt, ganz nüchtern denkend — in diesem Punkt wenigstens — und dadurch ihnen allen überlegen. Du bist aber nur, wenn es ganz hoch kommt, ein versponnener Idealist. Ihr Idealisten aber habt immer einen Augenblick, von dem ab ihr normalen Menschen unerträglich werdet. Und eines Tages scheitert ihr immer. Ihr träumt zuviel, ihr denkt nicht real genug.«

Strick läßt seine Hände sinken. Sie sind schmutzig und riechen nach Rauch. Er wendet sich ganz langsam, wie auf einer Drehscheibe, um. Zwischen ihm und Erika liegen sechs Meter Zwischenraum. Ein zertrampelter, verdreckter Fußboden. Glatt gehobeltes Holz, von Sohlennägeln aufgerissen, grau geworden durch eingetretenen Straßenstaub, von Wasser überspült. Und alles trocknete die Sonne ein. Drüben steht Erika. Kaum verhülltes Leben.

»Du sollst wissen«, sagt Strick leise, »daß ich dich — sehr gern gehabt habe.« Eri schließt kurz die Augen. Sie saugt die vollen Lippen ein und preßt sie aufeinander. Schließlich sagt sie: »Und welcher Posten ist das in der Rechnung, die du jetzt begleichen willst?«

Er sieht sie voll an, als wolle er ihr Bild tief in sich einsaugen. »Ich danke dir für vieles. Unwichtig, ob es gut oder schlecht war. Es ist nicht auszulöschen, es wird mir bleiben. Fast bekomme ich wieder Mut.«

Erika lehnt den Kopf zurück. Ihr glänzendes Haar berührt den abgegriffenen Türrahmen. »Was soll ich dir darauf antworten«, sagt sie. »Soll ich dir diese Trennung künstlich erleichtern? Soll ich jetzt kühl behaupten: Wir verstehen euch selten, aber wir leben von euch. Wenn du es nicht bist, wird es der Oberst sein. Geht der vor die Hunde, kommt ein anderer. Irgend jemand lebt immer gut, und er wird es gerne mit uns tun. Ist es das, was du hören willst?«

Das Lächeln auf Stricks Gesicht verstärkt sich. »Es wäre gut, wenn du mich verübergehend vergessen würdest. Ich wünsche aufrichtig, daß es dir gelingt. Du hast noch viel vor dir. Vielleicht bin ich am Ende. Vielleicht. Möglich auch, daß das alles nur ein Übergang ist. Alles möglich.«

»Es ist schade. Ich habe große Hoffnungen auf dich gesetzt.« »Ich nur sehr wenige. Aber vielleicht übertreffe ich sie.« »Und wenn ich mich nicht von dir lösen will?«

Er sieht sie an, als sei sie ein Bild, ein Plakat, das im Bruchteil einer Sekunde eine Weisheit verkündet. Sein Blick gleitet an Eri hinunter. Das Bild, das sie bietet, treibt vorbei, als werde es durch einen Projektor gejagt. Aus.

Er wendet sich schroff ab. Er starrt in die beginnende Nacht. Der Abendnebel brodelt im Maintal. Er schluckt die Häuser auf und schiebt sich ihm mit langen, plumpen Armen entgegen. »Ein Leben genügt«, sagt er schroff. »Ich bitte dich zu gehen.« »Und das Wiederkommen verbietest du mir nicht?« »Ich bitte dich zu gehen«, sagt Strick, wie eine Drohung.

Er hört, wie ein Fuß sich vortastet, ihm entgegen. Dann zögert, die Bewegung abbricht, erstarrt. Dann ein kurzes, knappes, kaum vernehmbares Lachen, das in einem Menschen ertönt, von diesem gedrosselt wird, damit es seine Fröhlichkeit nicht verrate. »Ich glaube«, sagt Erika, »ich habe mich selbst nie gekannt. Bisher jedenfalls nicht.«

Er hört, wie hinter ihm eine Klinke niedergedrückt wird. Die Tür bewegt sich, fällt ins Schloß. Leichte Schritte entfernen sich auf den Korridorfliesen. Werden verschluckt. Scheinen nicht mehr zu existieren. Aber es ist möglich, daß sie sich nur entfernen, um wiederkommen zu können.

Die beginnende Nacht verschleiert die Konturen der Berge. Sie ruhen breit und behäbig. Die Maschen des Kasernenzaunes werden dick und flach. Der sie krönende Stacheldraht verliert an Schärfe. Strick murmelt vor sich her: »Welch ein Leben dürfen wir wählen: blind sein, Märtyrer oder Mörder. Das erste ward mir von der Vorsehung nicht gegönnt. Zwischen den beiden anderen Dingen zu wählen, fehlte mir bisher der Mut. Bisher. Bisher.«

Keßler öffnet die Tür, die vom Wachlokal in die Kasernenanlage hineinführt, weit. Er stößt sie auf, als sei sie ein zu beseitigendes Hindernis. Er steht breit, ausfüllend in ihrem Rahmen.

Lässig wendet er sich noch einmal um, sieht über den Oberst und über den Kreisleiter hinweg, auf Rabe hin und meint: »Ich gebe Ihnen da völlig Recht, Rabe. Die radikale Lösung ist hier die einzige Möglichkeit.«

Keßlers kalte Augen gleiten weiter, bleiben auf Vogel liegen, der ihn freundlich und verkniffen anschaut. Ein gerissenes Bürschchen ist das, denkt Keßler. Gut, daß über den verfügt werden kann. Diese durchtriebenen Kerle sind wertvoller als ein halbes Dutzend stolz geschwellter Heldenbrüste unterhalb hohler Köpfe. Keßler sagt mit gestanzter Deutlichkeit: »Sie haben einen klaren Blick und gesundes Empfinden, Obergefreiter. Sie sehen mehr als mancher Trottel von Vorgesetztem.«

Der Oberst pumpt sich voller Gelassenheit. Er atmet gleichmäßig und tief. Der Kreisleiter neben ihm ist nervös und verlegen. Ihm begegnete in diesen Stunden die peinlichste Schwierigkeit seines an Schwierigkeiten gewiß nicht armen Daseins. Und sie hat noch nicht geendet. Keßler ist nicht der Mann, der sich ihm abnimmt.

Gareis ordnet, als sei nicht das geringste geschehen, ein

Bündel Papiere und numeriert sie. Keßler geht auf ihn zu. »Wenn einer wie Sie sich hier einlochen läßt, so verstehe ich das immerhin noch. Sie sind ein Jagdhund, kein ...« — er mustert den Oberst flüchtig — »... angeblicher Vertreter des Berufsheldentums. Aber jetzt, Gareis, werde ich Sie auf eine Fährte hetzen. Was das heißt, wissen Sie.« »Wenn die Fährte stimmt«, sagt Gareis gelassen, »dann Waidmannsheil.«

»Also gehen wir!« Keßler stößt das heraus wie einen Befehl, gegen den es keine Widerrede gibt. Er setzt sich an die Spitze der gehorsam nachtrabenden Kavalkade. Der Oberst ist bemüht, sich wieder auf sein hohes Roß zu schwingen, schiebt sich an die rechte Seite Keßlers, so erreichend, daß dieser, wie es der Gepflogenheit entspricht, links von ihm geht. Der Kreisleiter tut eifrig das Seine. Er trabt an die rechte Seite des Obersten, wodurch dieser die vorschriftsmäßige Mittelposition einnimmt.

Hinter diesen Rabe und Gareis. Rabe ernst und entschlossen, Gareis völlig gleichgültig erscheinend, aber mit funkelnden, leicht zugekniffenen Augen. Vogel, seinen Stahlhelm lässig ins Genick gedrückt, eine Maschinenpistole gleich einem Spazierstock unter den Arm geklemmt, führt das Wachkommando an, das sie — acht Mann hoch — befehlsempfangsbereit begleitet.

»Ich hoffe«, sagt der Kreisleiter Dr. med. dent. Friedrich nicht ohne Haltung, »Sie werden diese Freiheitsberaubung mit den schärfsten Maßnahmen ahnden, Herr Keßler.«

Keßler schreitet aus, auf das Kommandanturgebäude zu. Sein mächtiger Körper ist leicht vorgebeugt, als sei er bereit, gegen eventuell auftauchende Widerstände anzurennen. Er antwortet grob und kurz: »Ich bin nicht Ihr Kindermädchen, Kreisleiter. Daß ausgerechnet Sie sich hier einsperren ließen — Sie, ein Kreisleiter, Hoheitsträger der Bewegung, Alter Kämpfer und was weiß ich alles — das ist ein glatter Witz!«

Der Oberst sieht hier eine Gelegenheit, klärend und richtungweisend einzugreifen. Er sagt: »Vergessen Sie nicht, Herr Keßler, daß Derartiges erst durch Ihre Politik möglich wurde. Die Machtbefugnisse dieses Strick haben Sie allein geschaffen. Was hier geschehen ist, ist, genau betrachtet, nicht ohne Ihre Mitwirkung geschehen.«

Keßler bremst seinen Gang. Steht da, als sei er gegen eine Mauer gerannt. Die ganze Kavalkade hinter ihm hält jäh. Sie rennen einander fast über, bleiben dann stehen.

Keßler stößt scharf zu. Seine Stimme bekommt a tempo einen metallischen Klang. Das ist ein alter Trick von ihm. Gut funktionierende Vernehmungstechnik. Oft geübt, immer wieder erreicht. »Ihr Verhalten beweist mir doch nur, wie im Prinzip richtig meine Maßnahmen waren. Sie haben sich beide aufgeführt wie Zirkusclowns. Für solche Wachsfiguren genügt ein couragiertes Waschweib.«

Der Oberst ist betroffen. Ein Wortgefecht mit Keßler zu diesem Zeitpunkt wäre unklug, auch völlig unter seiner Würde. So sagt er nur vieldeutig: »Wir sprechen noch darüber, Herr Keßler.« Und Keßler meint kalt: »Möglicherweise sogar vor einem Kriegsgericht.«

Dann wendet sich Keßler schroff ab. Schreitet weit aus, auf das Kommandanturgebäude zu. Der Trupp hinter ihm trabt nach.

Schritte dröhnen auf dem Korridor. Einige Stimmen. Darunter, sich deutlich abhebend, die scharfe, metallische Stimme des Hauptmanns Keßler, der aus sich herausschmettert, als sei er eine Trompete.

Die Schritte kommen näher, die Stimmen werden lauter. Das ferne Dröhnen verwandelt sich in nahes Stampfen. Keßler scheint völlig über der Situation zu stehen. Er bläst mächtig in ihre Ohren. Keßler öffnet die Tür, wendet sich noch einmal an das Gefolge im Korridor und sagt trompetend: »Alles wartet auf weitere Befehle von mir.«

Keßler schiebt jetzt seine mächtige Gestalt vollends in den Raum. »Da sind Sie ja, Strick.« Er mustert ihn, als wolle er ihn mit seinen Blicken an die Wand bohren, oder auf dem Schreibtischstuhl festnageln, auf dem Strick sitzt. »Sie haben Maßnahmen getroffen, mein Lieber, die zum Teil recht begründet erscheinen. Das erkenne ich an. Darüber hinaus aber haben Sie andere Befehle erteilt, die nicht nur zu weit gehen, sondern geradezu — hm.« Er sieht Strick mit verkniffenen Augen an. Strick sieht ihn gelassen an, nicht ohne Freundlichkeit. Seine Hände liegen ruhig auf den Armlehnen des Stuhles.

Keßler räuspert sich stark. »Wenn man Sie so dasitzen sieht, Strick, könnte man meinen, Sie verkörpern das lebendige gute Gewissen. Das ist aber Mist. Als in Würzburg einige übergeschnappte Stabsoffiziere anfingen mit der Pistole zu spielen, bin ich zu Gareis getrabt. Ich habe sie ohne ihn umlegen müssen, denn Gareis war weg. Aber dafür habe ich bei Gareis ein hochinteressantes Aktenstück über Sie gefunden. Und darüber werden wir uns noch eingehend unterhalten.«

Stricks Hände fassen um die Sessellehnen. Keßler grinst genußvoll vor sich her. Er räuspert sich erneut, noch kräftiger. Er öffnet die Tür einladend und trompetet hinaus: »Kommen Sie doch herein, meine Herren.«

Inspektor Gareis, Oberst Müller, der Kreisleiter und Leutnant Rabe schieben sich in den Raum. »Die Wache bleibt im Korridor«, ruft Keßler. »Nur der Obergefreite kommt rein.« Und jetzt stelzt auch Vogel in den Raum und hat sich das Gesicht eines entschlossenen Vernichters zugelegt. Er pflanzt sich an die Tür und steht dort ungerührt, wie ein Denkmal.

Keßler geht seiner Lieblingsbeschäftigung nach: er macht Betrieb. »Äh, Herr Rabe, wollen Sie bitte für mich eine Verbindung mit meiner Dienststelle aufnehmen?« Rabe geht wortlos an das Telefon. »Nehmen Sie Platz, Gareis, entwickeln Sie Ihre Pläne. Überlegen auch Sie Ihre nächsten Maßnahmen, Herr Oberst. Sie auch, wenn das möglich ist, Kreisleiter. Ist ihre Spritze schußbereit, Obergefreiter? Möglich, daß wir irgend jemand in ein Sieb verarbeiten müssen.«

Strick sagt aus seinem Stuhl heraus: »Irgend jemand, Keßler? Irgend jemand können auch Sie sein.« Keßler stutzt. Lacht dann auf. »Sie wollen doch nicht etwa drohen, Strick. Sie mögen sein, was Sie wollen, Strick, aber ein kompletter Idiot sind Sie nicht. Wir sind hier einwandfrei in der Mehrzahl. Was Sie hier um sich sehen, dürfte Ihnen gegenüber wohl kaum freundschaftliche Gefühle hegen.«

Keßler setzt sich mit breitem Hintern mitten auf den Schreibtisch. Er angelt sich einen Stuhl herbei und stellt seine Füße darauf. »Vorläufig«, sagt er mit triefendem Hohn und sanften Tonwellen, »frage ich mich immer noch erstaunt, wie das überhaupt möglich war!« »Das wundert Sie?« sagt Strick. »Es ist doch ein viel größeres Wunder, daß diejenigen, die Sie hier als Ihre Trabanten vorführen, überhaupt noch existieren.«

»Was wollen Sie damit andeuten?« »Daß noch sehr vieles existiert, das gar keine Daseinsberechtigung hat.« »Ihr Anschluß, Herr Keßler«, ruft Rabe am Telefon.

Der Inspektor Gareis blättert unterdrückt lächelnd in der ausliegenden »Schmutz- und Schundliteratur« und reibt flüchtig seine Nase. Der Obergefreite Vogel zuckt auch nicht mit einer Wimper. Nur in seinen Augen glimmt es auf. Oberst und Kreisleiter sind starre Ablehnung. Keßler begibt sich ungerührt an das Telefon. »Hauptsturmführer — äh — Hauptmann Keßler. — Ja. Berichten Sie. — Na also! Ich komme sofort.«

Er knallt den Hörer in die Gabel und sieht sich mit funkelnder Befriedigung um. Er dröhnt in den Raum: Staatsstreich will das Volk machen und versteht einen Dreck von Organisation! Diese alten Paradegäule benehmen sich wie die Dilettanten. Sind höchstens in der Lage, einige Feldzüge in die Binsen gehen zu lassen. Staatsstreich! Wir werden diese verkalkten Militärs schon zum Endsieg zwingen.«

Keßler läßt eine genußvolle Pause eintreten. Hohe Befriedigung grinst aus ihm heraus. Er hockt sich erneut mitten auf die Tischplatte und mustert — einen nach dem anderen — die Menschen im Raum. »Wer uns hindern will«, sagt er mit bedrohlicher Ruhe, »dem treten wir solange in den Hintern, bis er seinen Verstand auskotzt.«

Niemand antwortet. Alles sieht Keßler an. Nur Gareis blättert, als ginge ihn das Ganze nichts an, in einem Buch. »Ist es nicht so?« will Keßler wissen. »So ist es doch, Obergefreiter, was?« »Jawohl«, sagt Vogel von der Tür her. »Genau so muß es sein. Wer uns hindern will, schaufelt sein Grab.«

Keßler nickt befriedigt. Gut, der Obergefreite. Stimme des Volkes. Dann ordnet er an: »Sie, Herr Oberst, übernehmen wieder die Kommandantur. Blasen Sie diesen Zauber ab. Sollte ein Verdacht gegen Sie ausgesprochen sein, so finde ich ihn unbegründet. Sie, Herr Kreisleiter, werden sicherlich auch noch einige Aufgaben erledigen wollen. Lassen Sie sich, bitte, durch mich — vorläufig wenigstens — darin nicht stören. Wenn ich Ihr Wirken als Hoheitsträger der Partei betrachte:

Sie müssen zweifellos ein ganz ausgezeichneter Dentist gewesen sein!«

Der breite Hintern von Keßler gleitet von der Schreibtischplatte. Er reckt seinen mächtigen Oberkörper und sieht auf Strick prüfend hinab: »Was Ihr Verhalten anbetrifft, Herr Oberleutnant Strick, so finde ich es — gelinde gesagt — nicht einwandfrei.« »Ich bin anderer Auffassung«, meint Strick gleichmütig.

»Meine Auffassung ist hier allein maßgebend.« »Aber wie lange noch, Keßler? Fühlen Sie sich eigentlich sehr sicher?« Keßler erstarrt langsam. »Ich habe immer gedacht, Strick, Sie hätten sich lediglich geirrt. Aber Sie scheinen genau gewußt zu haben, was Sie hier inszenierten.« »Und das sollte Ihnen doch zu denken geben, Keßler.«

Keßler sagt langsam: »Sie sind verrückt, Strick. Sie sind total übergeschnappt. Sie sind ein Staatsfeind.« Strick, völlig ungerührt, entgegnet klar: »Aber wie lange noch, Keßler? Heute noch erklären Sie mich für einen solchen, morgen werden Sie einer sein. Heute werde ich baumeln, morgen Sie. Ich nenne das jetzt schon einen Ausgleich. Ihre Sorte wird das vielleicht später als Rache bezeichnen.«

»Sie sind ein Narr«, sagt Keßler. »Sie haben gemerkt, daß Sie verspielt haben. Jetzt werden Sie frech. Sie meinen, das sei Haltung, ist aber nur Größenwahn. Wir werden Sie abservieren wie Speisereste. Ich selbst werde das Verfahren gegen Sie leiten, sobald ich zurückkomme. Bis dahin wird Sie unser so vorzüglich orientierter Kriminalinspektor Gareis verarzten. Und das nach allen Regeln der Kunst, Gareis! Daß Sie eingelocht wurden, das schadet Ihnen gar nichts, Gareis. Das wird Ihren Arbeitseifer hoffentlich nur noch verstärken. Daß Ihnen aber so etwas überhaupt passieren konnte, finde ich — zum mindesten — erstaunlich.«

Gareis kleine Augen blicken glanzlos auf Keßler. Der Kerl kann denken was er will, sagt sich Keßler, er wird immer aussehen wie ein Idiot. Nun gut. »Ich darf Sie also bitten, mein lieber Strick, jenes Quartier zu beziehen, das Sie freundlicherweise Ihrem Kommandanten und dem Kreisleiter zugedacht hatten. Oder sind Sie etwa anderer Meinung, Herr Oberst?« »Durchaus nicht!« kollert der überzeugt.

»Da Sie weiter, Herr Oberst, einen neuen NSFO brauchen, billige ich Ihre Anregungen und schlage dafür Leutnant Rabe vor. Er hat diesen eingesperrten Obergefreiten ausfindig gemacht. Er war der einzige — der einzige! — der einen klaren Kopf behielt, die Übersicht besaß und mir in drei Minuten mehr geholfen hat, als dieser autoritätsgläubige Trottel von Hauptmann am Kasernentor. Wenn Sie, was ich verstehen kann, gegen Strick sind, müssen Sie jetzt — wenn Sie überhaupt noch etwas sind — für Rabe sein. Einverstanden?«

»Das ist ganz im Sinne der Bewegung«, sagt Dr. Friedrich überzeugt. Und Oberst Müller sagt: »Er war schon immer gegen Strick eingestellt. Das spricht für Rabe.«

»Übernehmen Sie also hier die weitere Abwicklung, Herr Rabe. Sorgen Sie für Sicherheit und stellen Sie das Vertrauen zur Führung wieder her.« Rabe nickt gemessen.

»Und Sie, Gareis, stürzen sich auf unseren Freund Strick. Nehmen Sie sich ihn vor. Zerlegen Sie ihn in seine einzelnen Bestandteile. Es wird, vermute ich, allerhand zum Vorschein kommen.«

Keßler schreitet zur Tür. »Ihnen beiden«, sagt er zu Oberst und Kreisleiter, »würde ich den Rat geben, Leutnant Rabe bei der Arbeit möglichst wenig zu stören. Guten Abend, meine Herren. Und: Heil Hitler!« Er geht.

»Machen Sie die Fenster auf«, sagt Gareis. »Wir brauchen frische Luft.« Vogel, bereitwillig, öffnet sie weit.

»Ja«, sagt der Oberst und wippt in den Knien. »Ja.« Er schaut in die Runde. Gesichter um ihn wie eine Kollektion Vollmondlampions, die in einem Schaufenster stehen. Sprachlos, scheinbar gleichgültig, wartend. Schließlich sagt er: »Brauchen Sie mich eigentlich noch, Rabe?« »Im Augenblick bestimmt nicht, Herr Oberst.«

»Ich bin«, erklärt Dr. med. dent. Friedrich in seiner Eigenschaft als Kreisleiter wohlwollend, »sehr damit einverstanden, daß Sie dieses wichtige Amt übernehmen. Die Partei hat Männer wie Sie nötig. Schwierigkeiten müssen beseitigt werden.«

»Das ist es!« meint Oberst Müller mit ungewisser Handbewegung. »Es wird immer darauf ankommen, wer und was sich am Ende dennoch durchsetzt. Das Wertvolle ist aber nicht so leicht aus der Welt zu schaffen. Denken Sie stets daran, Rabe: wir befinden uns in Deutschland. Das bedeutet, daß wir einer Nation dienen, deren Haupttugend die Ehre ist.«

»Ich verspreche Ihnen, Herr Oberst, stets daran denken zu wollen.« »Dann ist es gut, mein lieber Rabe. Und wenn Sie irgendwie meine Hilfe oder meinen Rat benötigen: wir sind im Kasino. Kommen Sie, Herr Kreisleiter.«

»Ja«, sagt der Kriminalinspektor Gareis und klappt das Buch zu, in dem er interessiert geblättert hat. »So ist das also. Wieder einmal wissen wir, wo das Recht ist und was wir machen müssen, um ihm zu dienen. Und das gibt es noch, dieses Recht. Manchmal braucht man Jahre, um einen Zipfel davon zu entdecken.«

Er legt seine Aktentasche sorgfältig und umständlich auf einen Stuhl. »Heute habe ich keine Zeit mehr, noch irgendwelche Vernehmung durchzuführen. Das machen wir morgen, im Laufe des Vormittags.« Er zieht sein albernes Gesicht lang und schabt sich mit gespreizten Fingern am Kinn.

»Sorgen Sie also dafür, Herr Rabe, daß der — Untersuchungshäftling zu meiner Verfügung gestellt wird. Ob Sie ihn heute abend, oder heute nacht noch transportieren, oder erst morgen, ist mir gleich. Meine Aktenmappe«, er reckt das Kinn in die Richtung, »lasse ich Ihnen hier. Ich bin davon überzeugt: sie ist bei Ihnen in den richtigen Händen. Sehr interessante Unterlagen darin, Reiserouten, Fahrpläne und so! Verschließen brauche ich sie ja nicht.«

»Ja, und das Buch hier, den Tucholsky, den leihen Sie mir, bitte. Interessante Lektüre.« Er wendet sich an Vogel, der ihm freundlich entgegenlächelt. »Auch auf Sie verlasse ich mich.« »Das können Sie, Inspektor.« »Ich bin davon überzeugt«, sagt Gareis lächelnd. Und, ganz leise, zu Strick: »Wenn ich Sie nicht mehr sehen sollte, Sie Halunke — alles Gute! Leben Sie wohl — Galgenstrick.«

»Damit wären wir also am Ende«, sagt Strick.

»Es ist noch viel zu erledigen«, meint Rabe. »Wir haben

noch neue Soldbücher, Urlaubsscheine und sonstige Papiere anzufertigen. Die Zeit drängt.«

»Auf zu Mutter Tikkes«, schlägt Vogel vor. »Von dort aus mit Gareis'schen Marschrouten ab nach Konstanz und weiter Richtung Schweiz. Alte Leute wissen schon! Beeilen wir uns, damit endlich einmal ein Wehrmachtzug mit Berechtigung durch die Gegend braust. Galgenstrick und Galgenvogel quittieren ihren Dienst in der Großdeutschen Wehrmacht. Denn mir, Rabe, als dem verläßlichsten Mannschaftsdienstgrad, übergeben Sie den Transport des Untersuchungsgefangenen Strick. Und der wird nie ankommen! Denn wir begeben uns in Erholungsurlaub, auf Staatskosten. Räder müssen rollen für den Sieg!«

»Dann wollen wir nicht zögern«, sagt Strick, »und ...« »Es lebe Deutschland!« ruft Rabe fest. »Deutschland?« sagt Strick versonnen, wie angepackt von einer Sturzwelle der Hoffnungslosigkeit. »Deutschland?«

»Menschenskinder«, kräht Vogel, »werdet bloß nicht wieder sentimental!«

»Deutschland? Hoffentlich lohnt sich das noch. Hoffentlich.«